Texto de acordo com as normas do novo acordo ortográfico da língua portuguesa (Decreto Legislativo Nº54 de 1995).

Editora – Catia Mourão
Capa – Joice Dias
Diagramação – Catia Mourão
Revisão – Halice FRS

CIP-BRASIL. CATALOGAÇÃO NA PUBLICAÇÃO
SINDICATO NACIONAL DOS EDITORES DE LIVROS, RJ

L71c

Lima, Sthefane
Casamento arranjado : o CEO e a órfã / Sthefane Lima. - 1. ed. - Rio de Janeiro : Ler, 2024.
336 p. ; 23 cm.

ISBN 978-65-5055-065-3

1. Romance brasileiro. I. Título.

24-88544 CDD: 869.3
CDU: 82-31(81)

Meri Gleice Rodrigues de Souza - Bibliotecária - CRB-7/6439
27/02/2024 04/03/2024

Foi feito o depósito legal.
Direitos de edição:

Ler Editorial

Casamento ARRANJADO

O CEO E A ORFÃ

STHEFANE LIMA

1ª edição
Rio de Janeiro – Brasil

SUMÁRIO

PLAYLIST

Para ouvir a playlist de "Casamento Arranjado - O CEO e a órfã" no Spotify, abra o App no seu celular, selecione "buscar", clique na câmera e posicione sobre o code abaixo.

"O amor é uma força que transforma o destino."

Chico Xavier

Querido Maurício,

Você deve agora estar se perguntando o porquê deste testamento. Imagino os milhares de xingamentos e maldições que está dedicando a mim, os quais, certamente, alguns eu mereça de fato.

Em minha vida tive algumas condutas questionáveis e determinadas ações insanas, mas de longe esse feito é o mais coerente e louvável da minha parte.

Você é homem de total caráter, destemido e sábio, nada menos que desejo para minha querida Elisa. Esta será uma união planejada por mim por anos. Então, assim como a chuva cai do céu, o sol nasce todas as manhãs e a lua surge à noite, você deve se casar, pois o que foi predestinado não pode ser desfeito. Mas, saiba que o casamento não é de todo ruim, quando temos uma mulher boa ao nosso lado.

PRÓLOGO

São Paulo, Brasil

Treze anos atrás...

— Lily, olhe para mim, minha estrelinha.

Meu pai estava sentado ao meu lado, enquanto o carro ia rápido por uma estrada cheia de árvores tão altas e cheia de folhas que eu mal conseguia olhar pela minha janela e ver até o topo; com certeza algumas dela tocavam o céu e brincavam com algumas nuvens. Eu queria sentir também as nuvens, queria saber se elas eram tão macias como pareciam. Era um sonho bobo, uma coisa de criança, mas eu tinha certeza de que elas tinham gosto de algodão-doce.

— Oi, papai.

Olhei em direção ao meu pai, que sacudiu a cabeça, agitado. Seus olhos piscaram e ele abriu para mim um sorriso, não um daqueles sorrisos que eu tanto amava e fazia o meu coração aquecer e dar pequenos pulinhos, de me fazer a menina mais feliz e sortuda do mundo. Que podia ser comparado a um grande pedaço de bolo de chocolate bem molhadinho ou a uma bola de sorvete de morango coberto com confetes, minhas sobremesas favoritas. O sorriso dele era o mais lindo do universo, mas esse estava triste e gelado. Como se o bolo tivesse estragado e o sorvete derretido.

Papai passou as mãos por suas pernas cobertas por sua calça social cinza, depois apertou os dedos e os enfiou nos cabelos. Ele puxou uma respiração funda e fechou os olhos, ficou assim por alguns segundos e quando os abriu, o azul deles parecia um mar escuro e frio, como o de Ubatuba quando íamos, nas férias de julho.

— Venha aqui, minha pequena estrela. Sente no meu colo — ele disse, batendo em seus joelhos com a mão.

Tirei o meu cinto de segurança e pulei em seu colo. Papai me apertou em seus braços tão forte que me senti esmagada em seu terno bonito, mas em vez de reclamar, apenas enfiei ainda mais o meu nariz em seu peito forte de super-herói para sentir ainda melhor o seu perfume. Ele cheirava como um dia fresco, uma chuva leve, como o orvalho da manhã.

Papai parou com seu abraço de urso, então levei minhas mãos ao seu rosto. A pouca barba ali presente causou uma sensação de cócegas em meus dedos, que percorriam as bochechas dele como carinho. De repente, a pele quente esfriou sobre o meu toque e três linhas em ondas se formaram entre as sobrancelhas dele.

— O que foi, papai? Não gostou do carinho?

— Claro que gostei, mas agora eu preciso de seus beijos de luz.

Ele pegou as minhas mãos com as suas e quase dei um pulo em seu colo ao sentir como estavam frias, pareciam duas pedras de gelo. Esfreguei-as entre as minhas, para esquentar, e logo comecei a distribuir meus pequenos beijos por elas e seguir até beijar o seu rosto várias vezes para ele se sentir melhor. Pois papai sempre dizia que os meus beijos eram tão doces e brilhantes que poderiam deixar qualquer pessoa feliz, resolver mais fácil qualquer problema do mundo, iluminar qualquer quarto escuro e fazer todo o medo desaparecer.

Era como se eu fosse uma fada e com a minha vara de condão de estrelinha, em um simples girar e como mágica tudo ficava curado e consertado. E como sempre ele me pegaria no colo e me abraçaria, cantaria aos meus ouvidos a canção "Brilha, brilha estrelinha" e dizer que eu era a menina mais linda do mundo, enquanto gargalhávamos juntos. Todas as vezes que ele voltava no serviço, eu corria até a porta para recebê-lo com os meus beijos de luz; essa era a parte favorita do meu dia. Mas agora, papai não estava sorrindo, suas mãos estavam ainda mais frias, seus olhos mais escuros como um céu em uma tempestade com raios e trovões e as ondinhas entre as suas sobrancelhas estavam ainda mais fundas.

Meu pai respirou fundo, seu rosto ficou vermelho e seus olhos fecharam com força. Ele parecia muito chateado.

— Papai, não fique triste. Precisa de mais beijos de luz? Vai ajudar o senhor a ficar melhor? Posso dar milhões de beijos.

Ele apenas me apertou junto ao seu peito, novamente em um abraço de urso, agora sua barba arranhando de leve a minha testa. Sacudi a cabeça para a sensação de formigamento parar, acho que isso fez meu pai me afastar e me colocar sentada novamente ao seu lado.

— Senhor, chegamos — Clovis, nosso motorista, falou com a voz grave.

Papai olhou para mim, sua boca estava como uma linha fina, antes de ele morder o lábio inferior com força e franzir o nariz. Por um segundo, parecia que ele não sabia o que fazer com as suas mãos, até que elas abriram aporta e com um salto rápido ele desceu do carro.

— Vem, Elisa.

Escorreguei para fora do carro, quando os meus pés firmaram no chão, levantei a cabeça olhando onde estávamos, papai nunca me levou a um lugar tão longe de casa. Olhei para o grande prédio branco em minha frente e vi que lá no alto tinha um nome dourado e um símbolo quadrado. Deixei a minha cabeça cair para trás e me esforcei para ler o que estava escrito lá. Abri bem os olhos para enxergar melhor as letras. Até que finalmente consegui ler: Colégio de Vila Matilde. Não tive tempo de perguntar ao meu pai o que estávamos fazendo ali, pois logo ele pegou a minha mão e me levou para dentro do edifício.

Ao passarmos pelas portas de vidro azuis, uma senhora de cabelos marrons curtos e vestindo um conjunto cinza de saia e camisa cheia de botões nos esperava. Quando ela olhou para mim, abriu um sorriso. Devolvi-lhe um sorriso, ela parecia legal.

— Seja bem-vindo, senhor Paulo Marinho. — Sua voz angelical pareceu ecoar pelas paredes de azulejos coloridos.

— Obrigado, Carmen — papai respondeu com a sua voz gelada. — Está tudo pronto?

— Sim. Tudo conforme solicitado. O contrato precisa apenas de sua assinatura.

Papai respirou fundo.

— Certo. Vamos acabar logo com isso.

— Acompanhe-me até a minha sala.

Caminhamos novamente por um longo corredor até chegarmos a uma porta onde estava escrito Diretoria. A mulher entrou primeiro, logo em seguida, papai e eu entramos. Na sala, uma grande mesa marrom tomava a maior parte do espaço, sobrava pouco para as cadeiras, uma estante cheia de livros e dois vasos de plantas. Olhei para as paredes amarelas e não tinha nenhum quadro, apenas uma enorme janela de vidro, que me permitia ver uma imensa área verde com árvores e plantas; uma espécie de jardim.

— Aqui está o contrato, senhor Marinho. — A senhora Carmen já estava do outro lado da mesa, com um envelope pardo na mão.

Pela primeira vez, desde que chegamos, papai soltou a minha mão. Ele abriu o envelope e começou a ler o contrato. Seus olhos corriam lentamente pelo papel, ele parecia bem concentrado na leitura. Sua expressão estava séria, a boca reta e as sobrancelhas franzidas. Como ele sempre ficava quando recebia alguns clientes em casa. Algumas vezes, conseguia espiá-lo de longe no escritório fechando os seus grandes contratos de negócio, a forma que ele andava e se expressava, de como todos sempre faziam o que ele pedia. Era algo encantador.

— Perfeitamente elaborado e redigido — ele elogiou com a voz firme, enquanto pegava a caneta para assinar o contrato. O que o fez com um movimento de mão. Depois se aproximou da janela e olhou lá embaixo. — Agora, Carmen, se puder me dar um minuto com minha filha.

Ela sacudiu a cabeça antes de sua voz terna falar:

— Claro, senhor.

Assim que a mulher saiu pela porta, um silêncio dominou a sala. Estava tudo tão calmo que eu podia escutar o baixo ruído do ar-condicionado e os ponteiros do relógio que estava em cima da mesa. Mas logo a minha atenção foi roubada pelos passos pesados e duros do meu pai, no piso de cerâmica branca. Ele andou de um lado para o outro por incontáveis vezes. Até que finalmente parou diante de mim. Ele se ajoelhou, seus olhos ficaram da altura dos meus.

— Elisa, preciso contar uma coisa a você. — Ele parou e estalou a língua. — Você precisa prestar bastante atenção. Está entendendo?

Concordei com a cabeça e respirei fundo.

— Lily, você precisará mudar para esta escola, a partir de hoje — ele disse com a voz trêmula.

— Por quê, papai? A minha escola não é boa mais? As minhas notas não são o suficiente? Aqui não fica muito longe de casa? Não ficará ruim para o Clovis vir me buscar todos os dias?

Ele fez que não com a cabeça e seus lábios tremeram. Uma onda fria que nasceu em minha barriga parecia uma estrela cadente dentro de mim, espalhando um arrepio por todo o meu corpo pela maneira esquisita que papai me olhava. Era o mesmo olhar que ele carregava no dia que contou sobre a morte da minha mãe.

— Não, minha estrela. Aqui não é uma simples escola. Aqui funciona como um internato. Quando acabarem as aulas, não necessariamente você precisará ir embora. Você poderá dormir aqui, almoçar e jantar. Fazer tudo como se fosse a sua casa. Aqui você será bem-cuidada e estará em segurança.

Olhei para tudo ao redor, não era como a minha casa. E quem cuidaria de mim, se a Bah estaria longe? E como seria quando papai chegasse a casa e eu não estivesse lá para recebê-lo com os meus beijos?

— Por que eu tenho que estudar aqui agora, papai? Você não quer mais morar comigo? Eu fui desobediente?

Meu pai me abraçou, enfiando o nariz em meus cabelos curtos e castanhos.

— Não, Elisa, jamais pense isso de você. Você é uma menina boa, você é a minha estrela forte e corajosa. Vai amar estudar aqui e fazer novas amizades. Você roubará o coração de todos, eu tenho certeza. — Ele tirou os cabelos da minha franja que cobria um pouco dos meus olhos. — Não existe em todo este planeta menina mais encantadora que você e...

— Eu não quero roubar mais nenhum — eu o interrompi. — O seu coração já é o suficiente.

Meu pai sorriu.

— E você terá posse do meu coração para sempre. — Ele fechou os olhos. — Mas eu precisarei fazer uma viagem longa, querida, e infelizmente não posso levar você comigo, era tudo o que eu mais queria, adoraria estar ao seu lado todos os dias, mas estarei em muitas reuniões, sendo assim, passarei a maior parte do meu tempo em escritórios. Porque se eu fechar esse negócio, nossa empresa será reconhecida mundialmente. E eu não posso deixar você desamparada. Você ficará aqui, até que eu volte. Entendeu?

— Mas eu não quero ficar aqui. — Uma sensação estranha apertou meu coração. Peguei as mãos gélidas do meu pai e apertei entre as minhas. — Eu não quero ficar aqui sozinha, papai. Eu vou sentir saudade. O senhor é tudo que eu tenho e mais amo neste mundo.

Papai me apertou forte contra o seu peito, dando muitos beijos em meus cabelos, antes de me soltar e olhar bem fundo dentro dos meus olhos.

— E você é a luz da minha vida. Meus dias sem você serão tristes e frios. E eu farei de tudo para poder estar de volta logo para ganhar seus beijos de luz. Vai ficar tudo bem, ok? Eu só preciso de um mês ou dois. Você entende? — Concordei com a cabeça, então ele ficou de pé. — Agora, eu tenho um presente para você.

— Um presente? — Franzi meu nariz, não era meu aniversário e ainda faltava muito tempo para o Natal.

Novamente papai sorriu para mim, mas o sorriso não chegou aos seus olhos. Não foi um sorriso verdadeiro e completo. Ele não estava feliz, estava triste.

— Minha pequena... — papai começou com a voz grossa. — Quero que aprenda uma coisa, Elisa, as coisas nem sempre acontecem como queremos ou planejamos. A vida é um labirinto onde passamos todo o nosso tempo procurando um caminho certo, um destino e um futuro. Às vezes, precisamos ter coragem e enfrentar alguns obstáculos, refazer nossos passos e vencer os nossos medos. Às vezes, dá certo, mas outras não. E nisso está a beleza do viver. São as nossas falhas que nos ensinam a lidar com problemas e nos deixar mais fortes a cada dia. E são nossas escolhas que nos levam até um final, infeliz ou feliz. Nunca esqueça quem você é e sempre, sempre siga seu coração.

Ele tirou de dentro do bolso de seu terno uma pequena caixinha azul que em sua tampa tinha algumas pedrinhas brancas e brilhantes. Quando abriu, percebi um grande coração dourado preso a uma corrente fina da mesma cor. Papai pegou o colar e guardou a caixa de volta.

— Isso é um relicário. Sempre pertenceu à nossa família. — Ele abriu a peça e a olhou com carinho, à medida que seus olhos ficaram muito vermelhos. — Era o colar que sua mãe não tirava... — Sua voz falhou, ele olhou para o teto, antes de seus olhos tristes olharem para mim novamente. — Sua mãe e eu sempre imaginamos que daríamos isso a você em seu aniversário de quinze anos...

Ele pegou a minha mão e colocou o relicário aberto ali. Olhei com atenção a fotografia em preto e branco. Um homem e uma mulher, sorridentes, com um bebê banguela no colo. Um frio subiu por minha barriga quando reconheci meu pai e minha mãe.

Ah, mamãe, como eu sentia a sua falta!

Papai do céu a tinha levado para morar com Ele quando eu tinha apenas dez anos de idade. Lembro quando papai me falou isso, eu fiquei tão triste e chateada com Deus, eu não era uma menina ruim e nem desobediente e não entendia por que ele tinha levado logo a minha mãe. Nesse dia, eu corri para a sala onde mamãe e eu passávamos a tarde toda lendo ou dançando alegres e cantando alto. E lá, diante da estante com o toca-fitas antigo, eu chorei, chorei, chorei e então fui até a grande janela de vidro e olhei para o céu cinza. Sabia que ali era a moradia de Deus, então prometi que seria uma menina muito melhor, não iria desobedecer a ninguém, que me esforçaria mais na escola e até mesmo passaria a comer feijão, se ele devolvesse a minha mãe.

Nada aconteceu, dois anos se passaram e eu já não esperava mais que ela entrasse pela porta dizendo que Deus tinha deixado que voltasse. E eu não podia mais perguntar sobre ela para papai, ele sempre ficava triste, nervoso e chateado. Ele queria esquecê-la, por isso guardou tudo dela em um único quarto, que sempre estava trancado, a única coisa que sobrou foi uma foto dela que ficava ao lado da minha cama, que eu fazia questão de beijar todos os dias antes de dormir. Tenho certeza de que minha mãe me via fazer isso lá de cima.

— Deixe que eu coloque em você — papai pediu, tirando-me das tristes lembranças do pior dia da minha vida. Ele pegou o relicário em minha mão e, antes de colocar em meu pescoço, deu um beijo carinhoso nele. — Guarde-o com você para sempre, este colar é uma pequena parte da sua mãe. E sempre que se sentir sozinha ou com saudade, olhe para a foto, e veja como estávamos felizes por ter você em nossos braços. Desde que descobrimos que sua mãe estava grávida, toda a nossa vida, alegrias e planos passaram a ser dedicados a você. E quando você finalmente nasceu, foi como um raio em nossas vidas, trazendo muita alegria e amor. Você veio a este mundo destinada a ser luz, a brilhar e a sonhar alto. Nunca se esqueça disso. Promete, Elisa Maria Marinho?

— Sim, papai.

— Isso, essa é minha menina esperta — ele disse dando um pequeno toque com o polegar em meu nariz. E eu sorri, adorava quando o orgulhava. — Agora, querida, precisarei ir para casa, partir para a viagem de negócio.

Meus lábios começaram a tremer e senti meus olhos ardendo com as lágrimas que começavam a descer por minhas bochechas. Eu não queria ficar sem meu pai, eu não queria ficar sem ver seu sorriso ou sem seu abraço. Mas seria por pouco tempo e logo estaríamos juntos novamente. Eu tinha certeza de que ele não me deixaria aqui para sempre.

— Eu ficarei aqui esperando você, papai. — Minha voz saiu áspera. Parecia que tinha um nó em minha garganta. Na verdade, eu mal conseguia respirar direito. — Você não irá demorar e logo estaremos juntos. Não será assim, papai?

— Eu voltarei, sim, minha pequena estrela. Prometo.

Meu papai me abraçou forte, enfiou o nariz em meu cabelo e deixou alguns beijos em meu rosto.

— Você é o meu mundo, Elisa. — Ele deu mais um beijo em meu nariz. — Lembre-se disso.

Então, papai me soltou e respirou fundo. Depois segurou em minha mão e nos levou para fora da sala. A senhora gentil estava ali, no corredor, esperando por nós. Meu pai balançou a cabeça para ela, que logo entendeu o gesto e se aproximou.

— Cuide dela, Carmen.

A mão dele apertou a minha mais uma vez, então a soltou. O corpo do meu pai se contraiu, enquanto ele fechava os olhos com força. Quando os abriu novamente e olhou para mim, eu nunca tinha visto aquela expressão em seu olhar. Ele parecia tão...

— Eu te amo, Elisa! Muito. Muito. Igual ao número de estrelas do céu.

Assim que terminou de dizer aquilo, ele começou a caminhar pelo corredor, em passos compridos e rápidos. Enquanto ele partia, comecei a chorar e um grito alto saiu da minha garganta:

— Papai!

Ele se virou, acenou e logo voltou a caminhar de volta em direção à saída. Deixando-me ali com medo, mas eu sabia que ele voltaria.

Sim, ele voltaria para mim.

Ele tinha prometido.

Capítulo 1

Maurício

— Senhor Ferrer, essa decisão não cabe somente a você. Todos os detalhes precisam ser aprovados pelos membros do conselho em votação.

Passo meus dedos ritmadamente pela superfície brilhante da mesa de reunião, feita de madeira escura. Antes de explicar para os donos dos dez pares de olhos que me olham, que um mais um são dois.

— Fechar parceria com a fábrica Amsterdam nos garantirá um crescimento maior do que estamos prevendo para todo o ano. Em dois anos, esses lucros duplicarão, podendo atingir receitas incalculáveis. Não podemos simplesmente perder esse negócio por falta de votos a favor.

Outro executivo entra na conversa com excessiva acidez.

— Senhor Ferrer, como bem sabe das regras da empresa, não podemos fechar um negócio sem os votos suficientes, mesmo que, segundo seus levantamentos, a F&D Indústria lucrará com essa parceria. Aconselho que levante todos os documentos necessários, estudos e outros clientes da Amsterdam para a reunião do mês seguinte, quando todos os membros estiverem presentes, nós poderemos fazer uma nova discussão sobre esse tema.

Fecho a mão em punho, esforçando-me para conter minha raiva. Reprimindo a vontade de gritar diversos tipos de xingamentos contra todos esses babacas, mantenho minha voz baixa, mas não evito que a minha fúria seja refletida em minhas palavras.

— Vocês simplesmente irão jogar quinze milhões de reais fora?

Aperto tão forte minha caneta entre os dedos que fico surpreso quando ela não se parte ao meio.

— A decisão está tomada, senhor Ferrer. Esforce-se mais e, quem sabe, não podemos aprovar sua ideia no mês que vem.

— É isso?

— Sim. O conselho deste mês tomou essa decisão.

Minha mandíbula se aperta e deixo escapar lentamente o ar pelo meu nariz; como um touro raivoso em um rodeio. Prestes a derrubar quem ouse dominá-lo. Conselho de merda, ignorantes e panacas, tenho vontade de gritar. Mas apenas estaria deixando palavras ao vento. Então me levanto rápido. Ficando ereto, olhando todos os urubus à minha frente com uma expressão de contrariedade, fuzilando-os.

— Se o conselho decidiu assim. Quem sou eu para ir contra.

David Alencar, um dos mais velhos do conselho e terceiro maior dono de ações, olha para mim com uma sobrancelha erguida.

— Cuidado com suas palavras e atitudes, senhor Ferrer. Lembre-se de que na F&D, somos a favor do respeito e, acima de tudo, do trabalho em equipe. Você ainda faz parte dela e é uma parte importante.

Fico parado olhando para ele. Lutando contra a vontade de mandá-lo se foder. Houve uma fase em minha vida, certo tempo atrás, que não pensaria duas vezes antes de fazer isso. Mas agora, evito qualquer reação que possa aumentar a minha incapacidade de liderança diante do conselho.

— Certo, o time sempre em primeiro lugar.

Balanço a cabeça e saio da sala de reuniões em direção à minha. Minutos depois, entro em meu escritório e bato a porta com força. Com certeza assustando minha assistente. Mas não me importo e sigo a passos duros até minha mesa, caindo como um peso morto em minha cadeira, levando as mãos até o cabelo com um forte desejo de puxá-lo até que o fiasco de agora saia da minha cabeça com eles.

Mas nada adianta, a raiva ainda corre pelo meu sangue, causando pequenas explosões dentro de mim. É como se eu fosse um vulcão e estivesse pronto para entrar em atividade, com meu magma efervescente que destruiria quem ousasse chegar perto. Principalmente, se fossem todos os membros do conselho, que me tratam como um insignificante ou um despreparado.

Sempre achei que seguiria os passos do inestimável Roberto Ferrer, meu pai, um homem de honra e bom caráter, um empresário bem-sucedido, bastante inteligente e um dos donos da maior indústria automobilística do país, a F&D. Um pouco ingênuo em fazer sociedade com seu amigo Pedro Dias.

Depois da morte de papai, Pedro quase afundou a empresa em dívidas com sua péssima administração e a única saída que o cretino arrumou foi vender parte dela para empresários asiáticos. A empresa ficou dividida e ainda em uma situação de risco de entrar em falência a qualquer momento. Quando completei a maioridade, assumi a minha parte por direito, lutando todos os dias para reerguer o negócio e o deixar como meu pai havia batalhado para criar.

Há anos tento assumir a presidência. Já faz cinco anos que eu me formei em Administração de Empresa e dois anos que me especializei em Gestão Financeira. Estou mais do que preparado para gerenciar a empresa. Eu tenho capacidade para tomar decisões empresariais de ponta, ninguém como eu tem visão contemporânea dos negócios. Porém, continuo como um simples executivo, que tem a ambição e inteligência massacrada em cada reunião.

Respirando fundo e levantando da cadeira para evitar uma nova onda de irritação, vou até as janelas que dão ampla visão para o mundo lá fora, espiando as ruas de São Paulo, sempre cheias de carros e como a vida dos seres humanos se tornou caótica. Tento observar o céu se preparando para uma tempestade.

Porém, minha mente está a milhares de quilômetros por hora. Refletindo sobre todas as saídas que eu posso considerar para chegar aonde eu quero: o topo.

A primeira, não é tão simples assim. Envolve pessoas. Anderson Ferreira e, principalmente, sua filha, Cintia. Anderson é dono de uma boa parte de ações da F&D, e também muito influente com os demais membros do conselho. Certamente, se ele estivesse aqui hoje, minha ideia de parceria com a Amsterdam seria apoiada. Ele é o único que vê minha sagacidade e força de vontade. Talvez por ter nele um exemplo, uma força a quem sempre procurei para me manter desde que pedir meu pai, ou talvez por causa da minha amizade com sua filha, se é que posso chamar nosso relacionamento assim. Visto que eu não tenho costume de levar minhas amigas para a cama.

Mas Cintia sempre me provoca, ela tem o dom de me levar para o mau caminho. E muito prazeroso. Tenho de dizer que nossas noites são quentes como o inferno. Seu corpo é atraente, e todo resto, não posso negar. Seria um mentiroso se fizesse isso. Se eu deixasse nosso envolvimento mais sério, com certeza deixaria Anderson Ferreira em minhas mãos ou sempre ao meu lado, quem sabe até conseguisse finalmente comprar suas ações que, somando com as minhas, eu teria quase 50% da empresa. O que é bem mais do que possuo atualmente.

Todavia, não me agrada nada a ideia de casar para ter o que sonho.

Mesmo que eu acredite que no mundo dos negócios tudo é válido. Casamento, família e filhos nunca foram algo que almejei em minha vida. Provavelmente, é um dos sinais da minha incapacidade de acreditar no amor. Digamos que passei a infância inteira vendo como o "amor" que minha mãe dizia sentir pelo meu pai não durou sequer dois anos de casados. Alexandra, minha mãe, se é que ela pode ser considerada uma, engravidou quando era menor de idade, sempre deixou claro que eu destruí sua juventude. Talvez tenha sido este o motivo de eu não significar nada para ela. Ela não gostava de mim como filho, apenas me suportava porque tinha de agradar ao meu pai ou perderia a boa vida de viagens e eventos que o casamento lhe proporcionava. Quando comecei a entender melhor, percebi que os homens que apareciam em casa a cada viagem de negócio do meu pai, não eram seus amigos, sim, seus amantes. Assim, desde cedo, percebi que o amor não era um sentimento verdadeiro, não existia.

Quem pode me livrar dessa escolha de ir parar no altar é Pedro Dias, falecido há três meses. Estou ansioso, esperando a leitura do seu testamento. Mas o advogado do ordinário está fazendo de tudo para me deixar impaciente. Sempre atrasando a leitura com qualquer desculpa esfarrapada.

Para mim, o conteúdo do testamento é óbvio. Pedro não tem um herdeiro. Então, suponho que, dessa vez, suas ações estarão livres para a venda e eu ficarei mais do que feliz de fazer a compra de todas elas.

Aposto todas as minhas fichas nessa segunda saída. Somente me basta esperar pela visita de seu advogado para fazer minha proposta.

— Não pode ser! — brado. — Isso é um absurdo, só pode ter sido um engano. Quero rever esse testamento com meu advogado. Saber de sua legalidade e como reverter essa insanidade.

Ando de um lado para outro do meu escritório com a incredulidade estampada em meu rosto, enquanto o advogado Dr. Costa parece estar esgotado de repetir que não há engano e que o documento é oficial.

— Senhor Ferrer, não ocorreu nenhum erro. O documento tem expressadas todas as vontades do senhor Marinho e está registrado em cartório, o tornando válido — ele diz, calmo, mas com certa dureza na voz. — Trabalho há anos nesta profissão, não tenho costume de cometer ilegalidades ou deslizes que manchariam meu nome.

Paro de andar e o fito.

— E as leis atuais permitem isso? Isso não é ato do tempo da pedra lascada? — pergunto com rigidez.

Quero ver qual resposta esse infeliz dará.

Ele não viveu no período pré-histórico, mas, mesmo que tivesse, o que ele saberia sobre leis? Se a Humanidade naquele tempo apenas sabia construir ferramentas de pedras, seus abrigos simples e matar animais para sua alimentação. Tudo bem que eles conseguiram dominar o fogo, mas creio que esse australopiteco vestido de terno caro e gravata combinando não será capaz de controlar as chamas que há em mim neste momento. Considerando que pareço cincos vulcões juntos.

— Mesmo sendo um costume que existe desde as primeiras tribos humanas, essa prática persiste até as datas atuais. Especialmente em algumas sociedades como na Índia e países da região adjacente. Por diversos motivos, sejam eles financeiros ou políticos, para celebrar uma aliança entre os pais ou a proteção que o pai buscava para sua filha ou afilhada e negócios. Atualmente, esse tipo de casamento é visto como um contrato ou uma cerimônia conveniente, mas que, ainda assim, deve ser considerado uma união conjugal.

— Certo! — interrompo-o. — *Namastê*! Estamos na Índia, então. Preciso colocar uma vaca na minha sala como forma de adoração e uma esposa que não conheço em meu quarto?

Sorrio, mas minha vontade é mesmo esbravejar.

— Não necessariamente precisamos estar na Índia para colocar este contrato em prática, visto que o senhor Dias deixou isso em um testamento. — Ele me entrega o papel que quero rasgar em mínimos pedaços, mas controlo meu acesso de fúria. — Como pode ler, é um testamento cerrado, o qual tem objetivo de dividir os bens, assim como garantir sua validade e eficácia diante da impossibilidade de sua alteração. Você escolhe seguir as regras ou deixar que a Indústria F&D seja liquidada em menos de quatro meses. Um grupo chinês parece bem interessado na compra dos 40% das ações dele.

— Um golpe perfeito — declaro entredentes. — Escolher entre ir logo para o inferno ou passar uma temporada no purgatório.

— Então, como já está ciente e em posse da cópia do testamento. Não há mais nada a ser feito aqui. — Ele se levantada cadeira do meu escritório, ajeita os botões de seu terno, claramente se abstendo da minha entonação rude. — Entrarei em contato com a senhorita Marinho, caso decida participar, posso informá-lo para comparecer em meu escritório. Se decidir seguir o testamento, precisará dela.

Eu o fuzilo com o olhar, mas o crápula nem mesmo pisca.

— Um encontro marcado, não há coisa mais romântica — exprimo com uma sobrancelha elevada. — Quem sabe já não levo as algemas para oficializar o enlace.

Ignorando meu tom ácido com sabedoria, ele assente e sai do meu escritório. Com o documento em minhas mãos, derrotado sento no espaçoso sofá. Mesmo sem ter conhecimentos a fundo, releio as linhas digitadas ali, na esperança de que nas entrelinhas tenha alguma chance de reverter isso, mas em cada palavra vejo o quão sórdido e manipulador foi Pedro Dias em ditar todas as regras para que sua vontade seja soberana.

— Ordinário— rosno, irado, para que onde quer que o infeliz esteja seja capaz de escutar.

Sem saída, deixo as minhas costas cair no encosto do sofá e fico pensativo.

Ser um peão bobo nas mãos de Pedro canalha em grau maior?

Não, obrigado!

— Maria! Maria! — grito, como se isso pudesse aliviar minha ira, enquanto chamo por minha assistente. — Venha aqui.

Em cinco segundos, com todo seu profissionalismo, Maria está em meu escritório.

— Senhor Ferrer, em que posso ajudá-lo? — fala da maneira mais serena possível.

Queria poder dizer para ela me ajudar a desfazer esse mal-entendido, para ela me acordar desse pesadelo terrível, mas opto por esconder minhas perturbações e respondo com o básico e sem emoção:

— Coloque-me em contato com o doutor Fernandes, urgente.

Ela assente e sai.

Em menos de um minuto, o telefone toca na minha mesa.

— Senhor Ferrer, em que posso ajudá-lo?

A voz cheia de profissionalismo de Lucas quase me faz sonhar com a libertação do tormento que estou. Ainda mais considerando os anos que ele me assessora e algumas situações difíceis e embaraçosas da quais já conseguiu me livrar, a minha ilusão triplica. Eu sei que se não for ele a derrubar esse testamento, nenhum outro advogado no mundo conseguirá.

— Eu preciso que verifique a autenticidade de um testamento e a possibilidade de fugir de um casamento arranjado.

A linha fica muda. Escuto a respiração pesada dele, o que irrita até a minha última célula nervosa.

— Poderia ser mais específico?

— Como sabe, Pedro Dias faleceu há três meses, e hoje foi a leitura do testamento para divisão dos seus bens, principalmente da indústria F&D. Mas a visita do doutor Costa ao meu escritório não foi nada do esperado. Quando o advogado leu o documento, vi que o crápula não me cederia uma conquista fácil, o que eu deveria imaginar. Por anos, ele zombou da minha capacidade e macerou todos os meus sonhos, se negando a qualquer negócio. E, mesmo morto, ele ainda continua a rir de mim e a me condenar a um futuro infeliz, pois foi bem específico em sua cláusula principal: ou eu caso com sua filha para ter a possibilidade de compra das suas ações ou fico a ver navios, vendo o restante de a empresa ser fragmentada entre mais sócios.

Doutor Fernandes, mais uma vez, respira fundo.

— Testamentos cerrados são difíceis. Eles são guardados por leis específicas e geralmente nunca podem ser anulados. Eu teria que ler todo ele para buscar uma saída legal.

— Certo, encaminharei uma cópia do testamento para você.

— Fico no aguardo.

— Faça o seu melhor. Consiga anular essa barbaridade o quanto antes.

— Senhor Ferrer — declara ele, todo profissional. — Não posso prometer ou garantir que consiga fazer o que deseja. Quero que esteja ciente, como já falei antes, de que os testamentos feitos em vida, em geral, são bem firmados nas leis. E quando estão completamente elaborados de maneira correta, nunca são inválidos. Mas farei meu melhor e o que estiver dentro dos princípios judiciais para reverter o documento.

Eu engulo em seco.

— Espero sua resposta o mais breve possível.

Depois de desligar, recosto-me na minha cadeira e ranjo os dentes, contrariado, percebendo que o meu livramento parece ser impossível. E que a qualquer momento eu tenha de pular no abismo que vai me engolir como se eu fosse um pequeno pedaço de nada.

Quem tem uma empresa em suas mãos, mas para conseguir o que quer e lutar pelo seu sonho, precisa entrar em um casamento arranjado?

Nada disso faz sentido para mim.

Puta que pariu!

Não quero ser um nada, uma minoria.

Quero o controle por completo. Quero o que é meu por direito. Quero honrar meu pai.

Capítulo 2

Elisa

— Hummm... Qual será o humor dela hoje? — Samara pergunta, enquanto estou abaixada arrumando a vitrine com os petiscos finos que acabaram de sair da cozinha.

Contudo, não preciso sequer olhar para saber de quem a minha amiga está falando. Apenas uma pessoa é capaz de fazer meu radar começar a apitar dentro da minha mente: perigo à vista. Ameaça se aproximando. Corra para as colinas. Repito: corra para as colinas. Desastre acontecendo em três... Dois... Um...

— A pergunta certa não seria: qual das espécies de cobra ela incorporou esta manhã?

Já podemos esperar um ataque, uma mordida e uma gota de veneno que pode coagular todo o seu sangue, deixá-lo imóvel, sem oxigênio e levar à morte em questão de horas, minutos até.

Com essa adrenalina do perigo lambendo nossas costas como labaredas e chutando nossa bunda como se fosse o grande pé, quem precisa de café para despertar em uma manhã de segunda-feira?

— Considerando o vestido que ela está usando hoje, precisamos ligar urgentemente para o Butantã para que eles providenciem uma tonelada de antídoto para ser entregue via Sedex à cafeteria — Sam fala, fazendo menção de pegar o ramal em cima do balcão, mas então ela para e seu olhos ficam arregalados. — Ah, merda! E temos a primeira vítima.

Levanto rápido, olhando para a portaria e vendo como o coitado do porteiro, senhor Arnaldo, está sendo atacado sem piedade.

Nhac! Nhac! Nhac!

Ele não tem nem para onde correr.

O pobre já caiu no bote.

— Olhe para essa porta. Está tão suja como se fosse... — A voz rude da megera é apenas um sussurro aos nossos ouvidos pelo lado de dentro, mas aposto que lá fora está zunindo como se a sua garganta estivesse ligada a mil alto-falantes.

— Caracas, o senhor Arnaldo parece desesperado.

Samara olha com pesar para onde a cena se desenrola.

— Estou com pena dele. O senhor Arnaldo é tão alegre, que parece o coelhinho da Páscoa fofinho. — Lembro-me de como ele é tão gentil e como seu sorriso é capaz de conquistar até o mais rabugento dos clientes. — Mas agora ele está tão vermelho e amedrontando, que aposto que nesse ano ninguém irá ganhar ovos de chocolates.

Minha amiga sacode a cabeça, fazendo seus cachos negros balançarem com o movimento.

— Certamente, se o próprio demônio não estivesse arrancando o couro peludo e fofinho do pobre coelhinho, nesse ano seria o que teríamos mais chocolates. Mas que merda!

Sacudo a cabeça, concordando. Raios, são chocolates. Todo ano arrumo sempre qualquer motivo para me entupir de doce. Estou triste? Uma barra de chocolate resolve. Estou ansiosa? Olha um bombonzinho ali. Quero sair gritando pelada pela rua? Uma caixa de bombom, duas barras e um sorvete de chocolate, resolve na hora.

Poxa!

Espero que a serpente não consiga abocanhar o coelhinho de uma vez, para quem sabe consigamos salvar a Páscoa, mas considerando os gestos cruéis e ameaçadores que ela está fazendo com mãos e braços, a jiboia com corpo de Medusa irá estraçalhar de vez o pobre orelhudo.

Ah, Nossa Senhora protetora dos animais fofinhos e Nossa Senhora dos chocólatras, intercedeis por nós!

— Olhe só, como está irritada. Parece que vai soltar fumaça pelo nariz e orelhas a qualquer momento. Ela parece um dragão prestes a incendiar toda Avenida Paulista. — Um sorriso malicioso brinca nos lábios cor-de-rosa de Samara, enquanto seus dedos ágeis deixam a caixa registradora para fazer um simples sinal. — Se ela esquentar mais ainda a cabeça, com toda certeza seus chifres irão derreter.

Bem, em toda empresa há uma espécie de rádio-fofoca e, quando algo acontece, a notícia é disseminada tão rápido que parece fogo em gasolina. Terminou o namoro? Você não pode nem sofrer sozinho. Saiu com alguém novo? Eles já têm a ficha criminal. Tem uma dívida? Piores que agiota, sabem até a quantia. Desconfio que eles tenham um satélite e câmeras ligadas vinte e quatro horas pelos setes dias da semana. Pode chorar BBB. Essa cafeteria é o local mais vigiado do mundo. Mas claro que não há boatos melhores do que os de traição, esses se espalham como um tsunami. E sempre está no topo de melhor fuxico a vida infiel do senhor Antonio Duarte com a sua esposa. Toda semana é uma amante nova, não sei como que ela consegue ainda andar com o peso que tem na cabeça.

— Ah, bilhões de merda, ela está vindo... — Sam sussurra, apressada, começando a mexer de qualquer jeito na caixa registradora; tenho certeza de que ela nem sequer sabe o que está fazendo neste momento.

Eu, por minha vez, pareço que virei uma pedra, não consigo sequer me mexer ou respirar. Apenas observo a cobra se movimentar lentamente por entre as mesas e cadeiras do salão, procurando a próxima presa, farejando o nosso sangue quente pulsar em nossas veias, sem dúvidas sentindo à distância o cheiro do nosso medo.

Quem não conhece a peça, estaria encantado com o leve balançar de cintura da formosa mulher. Como se ela fosse a garota de Ipanema, a coisa mais linda e cheia de graça. Os olhos cor de mel aparentam ser meigos. O rosto delicado lembra um anjo. Seu cabelo loiro e tão brilhante que tenho dúvidas de que não causaria uma leve inveja no grandioso sol. Contudo, de doce, com o sorriso lindo, cheia de amor, afável como uma rosa e gentil como um anjo, ela não tem nada. Nenhuma gota. Nadica de nada.

Pelo contrário.

Seu sorriso é de menosprezo. Ela é venenosa. É pior que cobra cascavel. Seu veneno é cruel e mortal. Uma louca que não se importa em gritar com seus funcionários, parece uma bruxa amaldiçoando todos à sua frente, um anjo mau. Tenho certeza de que detesta todo o mundo e fazer maldade é o que a deixa viva.

Minha mente completa: venenosa eh eheheheh... Erva venenosa. Erva venenosa. Venenosa eh eheheh...

Aposto também que você cantou no mesmo ritmo.

Mas cuidado, não aconselho que cante alto, se não estiver em posse de água benta, uma cruz, uma distância segura ou, como eu, com um balcão me protegendo de qualquer ataque surpresa.

Viro-me para estudar melhor a senhora Duarte, o longo tampo de madeira escura e brilhante entre nós duas. Ela está parada do outro lado, seu vestido com estampa de cobra desenha todo o belo corpo e as curvas acentuadas, ostentando sua frieza e a língua bifurcada afiada como uma espada.

E, por Deus, ninguém escapa do seu desprezo.

Observo com dó enquanto ela se prepara para repreender minha amiga Samara, colocando uma das mãos de unhas vermelho-sangue em cima do balcão e se inclinando para ela.

— Samara... — À menção do seu nome, minha amiga empalidece, causando um contraste nada atraente para a cor cinza-escuro de nosso uniforme. Ainda mais quando o seu pescoço assume um tom vermelho cintilante. — O que foi aquela planilha enviada na sexta-feira? — A senhora cascavel para um pouco, batendo sua unha enorme no tampo de madeira e então lança um olhar duro e sem emoção para Sam. — Aquilo parece um trabalho feito por uma criança de cinco anos. Eu não consegui entender os números, não tem as entradas nem saídas. Os dados de faturamento estão uma merda.

A voz fina e enjoada ecoa pelo ambiente, escorrendo pelas paredes brancas como se fosse veneno puro.

— Eu quero que refaça a planilha, desta vez com todos os dados coerentes. Quero detalhes do faturamento. Use o Excel ou qualquer planilha que achar já feita no Google. Se não sabe como fazer isso, pode escrever a sua carta de demissão.

A erva venenosa olha para Samy com tanta dureza, que até me remexo de maneira inquieta no meu lugar, mesmo que os seus olhos cruéis não estejam voltados para nenhum ponto em minha direção.

Graças a Deus.

Amém, Jesus.

A poderosa naja levanta três dedos finos e compridos.

— Você tem três horas.

— Sim, senhora, sim...

Sam se atrapalha com as palavras. É o veneno que corre em suas veias que já está atrapalhando seu raciocínio. Putz! O próximo passo é perder a consciência. Coitada da minha amiga, alguém chame uma ambulância.

A naja olha mais uma vez para todo o local, antes de marchar a passos duros em direção ao seu escritório, batendo a porta logo em seguida.

Reviro os olhos. Essa porta bate tanto que toda a semana eu tenho de fazer algum tipo de manutenção nela. Segundos depois, Antônio Duarte passa pelo salão e respiro com alívio, quando ele segue sem sequer me enxergar.

Ufa!

— Meu Deus, eu quero vomitar.

A voz de Sam é um sussurro.

— Respire. Respire. Conte até dez... — digo com calma, tentando fazer os primeiros- socorros desse ataque brutal. Alguém sabe como proceder diante de uma mordida de cobra? Por favor, ajude-me aqui com a minha amiga. — Você vai ficar bem.

— Eu vou? — pergunta, ainda incrédula.

Sacudo a cabeça.

— Sim. Você é forte e corajosa.

— Eu sou forte e corajosa — repete como se fosse uma prece. — Eu vou ficar bem. — Suspira. — Ah, merda... Eu preciso correr. Tenho três horas para fazer uma planilha que costuma levar um dia inteiro. Eu estou fodida. E nem vou gozar. Porra! Tenho de correr se quero manter a minha bunda nesse trabalho.

Então Samara corre para uma sala muito pequena e apertada, que usa como escritório. E antes que eu possa respirar novamente, sons nada agradáveis vêm do escritório dos chefes.

A segunda-feira começou com toda energia possível.

Sofra usina hidrelétrica de Itaipu.

E antes de dar chance para uma descarga elétrica, abaixo a cabeça e começo a limpar todo o chão da cafeteria. Tenho um trabalho difícil, que detesto, e muito cansativo, mas todo mundo sabe que a Cinderela, além de suportar a madrasta bruxa e suas meias-irmãs aprendizes de megeras, teve que esfregar muito chão para finalmente conhecer sua fada-madrinha e conquistar seu príncipe encantado em uma única noite. Um dia, gata borralheira; no outro, uma princesa com seu final feliz.

Olho para cima e faço uma prece:

— Oh, Deus! Agilize aí o meu "felizes para sempre".

Mas, nada de sinal divino. Nenhuma luz brilha no teto. Nada! Nadinha! Apenas me deparo com algumas teias de aranha, que certamente terei de limpar o quanto antes.

Respiro fundo, tentando esquecer que a vida sempre foi uma batalha para mim.

Aos dez anos, foi a primeira vez que entendi que nem tudo era fácil como eu imaginava. Em um dia, eu tinha a minha mãe e no outro, depois de um acidente de carro, ela havia partido para nunca mais voltar. Fiquei alguns meses chorando por sua perda, achando que teria consolo nos braços do meu pai, mas talvez criar uma filha sozinha não estava nos planos dele. Logo ele se desfez de mim ao me colocar para estudar em um internato e esqueceu minha existência, já que nunca mais voltou como prometeu. Eu nunca mais o vi, ou soube de qualquer notícia sua, pelo menos não até o dia em que a diretora Carmen me informou da sua morte; tinha virado uma órfã. Sem parente algum e sem dinheiro, pois papai havia falido. Pior, já que eu não tinha sequer para onde ir, pois tinha atingido a idade limite de continuar no internato.

Aos vinte dois anos eu estava completamente sem eira nem beira.

Minha salvação, novamente, foi a diretora Carmen, que com sua gentileza me levou para morar com ela. Logo aceitei, já que, desde que cheguei ao internato, ela foi tudo para mim; mãe, pai, amiga, conselheira e professora. Além de me fazer sentir segura e amada. Parecia que eu tinha entrado em uma fase dos sonhos, até mesmo comecei a estudar em uma universidade, tinha notas perfeitas e era considerada a melhor aluna da turma de Literatura.

Então, o novo golpe veio. Um ano atrás, Carmen ficou doente, depois de muitos exames foi diagnosticada com doença degenerativa dos ossos: osteoporose. E sendo uma doença praticamente assintomática e silenciosa, ela já estava em um estado avançado. Sua massa óssea já estava bastante comprometida. Começamos a ir a especialistas, mesmo que a cura para essa doença não exista, há apenas tratamento para que a qualidade de vida do doente continue suportável, que a doença não evolua ou que nenhuma fratura mais grave aconteça. Esse último fator foi determinante para que decidisse colocá-la em uma casa de apoio, onde especialistas e cuidadores poderiam usar as técnicas necessárias para fortalecer seus ossos e evitar o máximo possível que ela tenha uma queda, já que eu não podia estar vinte e quatro horas com ela e nossa casa não era o lugar mais adequado, para contratar uma enfermeira integral.

Ela foi internada em uma clínica horrível. Os enfermeiros eram poucos e os médicos negligenciavam os pacientes. Então, percebi que ela precisava de mais cuidados em um lugar decente. E o dinheiro que ela recebia de sua aposentadoria não poderia arcar com essa melhoria. Logo deixei os estudos para procurar um emprego para fornecer isso a ela.

Depois de muito procurar uma oportunidade, a única que encontrei foi aqui na *Çoffee Majestic*, um lugar para ricos e madames, que me garante um salário por mês e, algumas vezes, uma boa gorjeta. Então, finalmente coloquei tia Car em uma clínica melhor, com profissionais adequados. Ela está feliz. Está sendo bem-cuidada e, com fé em Deus, o avanço de sua doença será interrompido.

A porta do escritório se abre e Mariza Duarte passa como um furacão. Desta vez não tenho a mesma sorte e não passo despercebida.

— Cadê meu café?

Os lábios vermelhos não seguram sua arrogância. Assim como seus olhos não conseguem disfarçar a sua irritação.

— Pensei que a senhora não gostasse de café. Uma vez reclamou que lhe causa queimação.

Ela dá dois passos a mais em minha direção.

— Pare de pensar, Elisa. Você não está aqui para decidir o que eu quero ou não. Você está aqui para limpar, lavar pratos, servir e obedecer. Não se esqueça de que eu também sou dona da *Coffee Majestic*.

Meu coração martela. Eu sei o que ela quer dizer com isso. Uma sensação ansiosa toma conta do meu estômago.

Será que ela finalmente conseguiu convencer Antonio a me demitir? Eu sei que ela tenta fazer isso desde as minhas primeiras semanas, sempre estava berrando comigo por algum erro que ela imaginava que estivesse cometendo. Sempre procurando uma razão para chutar minha bunda daqui.

Mas, sou persistente. Eu tenho uma razão.

— Com açúcar ou adoçante, senhora?

— Adoçante. E não demore.

— Agora mesmo.

Ela me olha dos pés à cabeça antes de voltar para o escritório, desfilando como uma cobra naja pelo deserto do Saara.

Você pode. Você é capaz.

Respiro fundo e vou até a cozinha pedir o café da serpente. Encontro Penha, mas ela está ocupada demais preparando os pães de canela. Assim como Francisco, empenhado em fazer os bolos de manteiga de amendoim que deixam um perfume por todo o lugar. Laura, a barista, ainda não chegou, então eu mesma vou até a cafeteira. Minha vontade é colocar sal no lugar do adoçante, mas com certeza esse ato de rebeldia me faria perder o emprego. E como disse antes, eu não posso perder esse trabalho.

Entro no escritório e, segundos depois, volto com a xícara de café intocada pela senhora Duarte, já que ela alegou que tem gastrite e que eu entendi errado e ela havia pedido chá. Ainda insinuou que estou surda, que se um dia errar o pedido de um cliente, será o meu último dia.

— "Não importa a dor que você tenha no coração, siga acreditando e seu desejo se tornará realidade" — recito o trecho do conto de fadas Cinderela, como um mantra.

Sempre enuncio essa frase como um lembrete de que, independente da situação, se cremos, conquistaremos o que quisermos.

Porque sei, a vida não costuma ser muito tranquila para todas as outras pessoas, cada um tem o seu próprio carma. E como sempre fui muito otimista, nunca abandonei a fantasia de que um dia tudo irá melhorar e não irei me sentir tão maltratada pelo resto do mundo ou destino. São esses sonhos que me ajudam a seguir em frente depois de muitas noites em claro, depois de tantas perdas e infelicidades.

Meu celular toca no meu bolso, tirando-me dos devaneios. Olho no visor e reconheço de imediato o número da clínica onde tia Car está. Atendo o mais rápido possível. Eles nunca ligam, a não ser para fazerem cobranças da tarifa mensal ou informarem algum procedimento ou exame que custará mais dinheiro.

— Senhorita Elisa. — A voz grossa do homem adentra meus ouvidos.

— Sim, sou eu.

— Aqui quem fala é Fabiano, recepcionista da clínica Bem-viver, onde sua tia Carmen Pereira está internada. Estou ligando para informá-la sobre o acontecimento com a paciente nessa manhã.

Meu sangue esfria, minha cabeça gira e meu coração começa a bater mais rápido; um pressentimento ruim vai tomando conta de todo o meu ser. A preocupação fazendo um nó se formar em meu estômago, causando um familiar sentimento de pânico.

— O que aconteceu com titia Carmen?

CAPÍTULO 3

MAURÍCIO

O barulho dos meus socos atingindo o saco de areia ecoa por todo o lugar. Levantei cedo, a insônia me pegou de jeito na noite anterior. Tentei não pensar em cigarros, mesmo depois de cinco anos, a cada onda de estresse uma imensa vontade de fumar me atacava. Irritado com essa ânsia e fraqueza, decidi fazer um pouco de exercício físico. Coloquei minha roupa de musculação e subi até o último pavimento do meu apartamento, onde fica minha academia individual, muito bem-equipada com de halteres a equipamentos modernos.

Depois de iniciar com aquecimento leve, aumento a intensidade dos meus golpes, em ganchos de direita e esquerda e, de vez em quando, usando o joelho para socar o saco de areia que balança de forma desgovernada à minha frente. O suor escorre pelo meu rosto e peito. Pego uma toalha e enxugo de forma brusca toda a minha pele, depois a jogo no chão. O som do meu iPod está explodindo com a música alta, ainda assim, não está alto o suficiente para mim. Então, aumento até o último volume, testando as minhas caixas acústicas novas e as paredes à prova de som.

Agradecendo que o tinido das notas de *Till Collapse,* do Eminen, esteja quase estourando meus tímpanos, continuo socando rápido e forte, tentando evitar que os acontecimentos do dia anterior invadam minha mente, mas com a mesma agressividade e agilidade que uso minha mão direita para atingir o saco preto, as palavras do doutor Costa repetem em minha cabeça, como se fosse um sino, em badaladas altas e irritantes:

— *Você escolhe seguir as regras ou deixar que a Indústria F&D seja liquidada em menos de quatro meses. Um grupo chinês parece bem interessado na compra dos 40% das ações dele*.

Sacudo a cabeça em negativa.

Eu devia ter previsto que Pedro Dias estava planejando algo ardiloso, ele passou os últimos meses de sua vida negando qualquer uma de minhas tentativas de compra de suas ações. Por mais que oferecesse uma quantia absurda, a resposta era sempre negativa. O que eu não entendia, ele estava à beira da morte, teve um ataque cardíaco brutal há oito meses, ele nem sequer tinha condições de andar, quanto mais cuidar de sua parte na empresa. Era lógico que ele deveria ter se desfeito dela antes, já que não tinha esposa, filhos ou parentes para quem pudesse deixá-la como herança.

Bem, até que seu advogado leu o testamento e descobri a existência de sua afilhada. A prometida desconhecida que eu teria de desposar para ter em minhas mãos 35% a mais de ações e assumir de vez a presidência da empresa.

Meu semblante se fecha.

Inferno!

Intensifico os socos. Atinjo o saco de pancada de forma frenética. Imagino ser ali em minha frente Pedro Dias, que me olha com desdém e seu sorriso irônico. Minha visão se torna vermelha, minha respiração está entrecortada e a fúria corre por minhas veias. Logo estou chutando o que imagino ser a bunda do infeliz, para que ele fique cada vez mais no inferno. Depois estou dando joelhadas no que fantasio ser suas costelas, para tentar tirar a todo custo de seus lábios seu riso zombador. Insano, despejo toda minha ira nele até a irritação sair do meu sangue quente.

Eu termino sem fôlego, o peito arfante e todo banhado de suor.

Desligo a música estridente, vou até o frigobar pegando uma garrafa de água, bebendo em longos goles até a minha respiração se estabilizar. Depois pouso a garrafa vazia sobre o aparador, pegando o meu celular em seguida. Vejo que ainda são 4h30 da manhã, ainda tenho tempo suficiente para ir para a F&D.

Então, meu celular vibra, na tela aparece a foto de Cintia, que acabou de mandar mensagem. Estou surpreso por ela estar acordada numa hora dessas, sei que ela gosta de dormir até tarde. Mas então lembro que ela está do outro lado do mundo e certamente a essa hora deve estar caindo na cama.

Clico em sua foto para ler sua mensagem:

Sinto a sua falta, estou contando os segundos para vê-lo, amor. ♥

Travo o maxilar. Eu conheço bem Cintia e sei o que essa sua declaração quer dizer. Ela é inteligente, quer manter nossa conexão, quem sabe fortalecer nossos laços através de declarações melosas. Quer me ter em suas mãos como se eu fosse seu cachorrinho adestrado, que quando a dona aparece bota a língua de fora e vai até ela com o rabo balançando. Logo eu, que não vim ao mundo para me submeter a esse sentimentalismo barato e infundado que o mundo de fantasia quer nos fazer engolir goela abaixo. O que melhor posso fazer por ela e nosso envolvimento, é não responder suas palavras, então ignoro sua mensagem.

Segundos depois, uma notificação de e-mail chega. Não um simples e qualquer e-mail, mas do meu advogado Lucas Fernandes, sinto cada pelo do meu corpo se eriçar à medida que todos os meus nervos se tensionam.

Com os dedos ansiosos, clico em abrir.

De: Lucas Fernandes
Assunto: Testamento Pedro Dias.
Data: 10 de janeiro de 2020 06:40
Para: Maurício Ferrer.

Prezado senhor Ferrer,

Venho por meio deste e-mail informá-lo que tenho em posse todas as considerações referentes ao testamento do senhor Pedro Dias, passado para análise e verificação de legalidade.

Estarei livre por toda a parte da manhã, caso queira explicações mais detalhadas, posso passar em seu escritório.

Lucas Fernandes
Advogado Consultivo e Privado.
OAB/BR 12789

Respirando fundo, respondo que ele compareça em meu escritório às 8h, quero saber o quanto antes de todas as suas considerações. Com o celular ainda em mãos, mando uma mensagem para minha assistente, para que ela transfira meus compromissos desta manhã para a parte da tarde ou, até mesmo, para amanhã; considerando que estado emocional estarei após a reunião com meu advogado.

Espero que eu não queira tirar o couro de ninguém.

Prefiro que eu dê sorrisos brilhantes até para as paredes.

Verifico novamente o relógio e vejo que apenas meia hora se passou. Bem, eu ainda preciso tomar um banho, escolher uma roupa confortável, tomar o desjejum e seguir para a empresa.

Decidido, subo a escada que me leva até onde minha suíte fica localizada. Antes de começar a retirar as roupas para o banho, saco meu celular e o deixo em cima da cama e sigo para o banheiro. Retiro o tênis e as meias, deixando-os de lado. Depois, descarto o short molhado de suor, a boxer preta nas mesmas condições, e entro debaixo da ducha de água quente.

— Senhor Ferrer, todo testamento é feito para divisão de bens, sem que haja briga entre os herdeiros. No caso do testamento deixado pelo senhor Dias, não há uma herdeira legítima, como uma mãe, filha, filho ou esposa. O qual ele é obrigado a deixar 50% de toda sua herança para um deles. Esse cálculo é feito do montante do patrimônio do falecido, descontando-se as dívidas e demais despesas. Então na falta de um porvindouro, os bens existentes podem ser distribuídos da maneira que o elaborador estipular, assim como as regras para usufruir desse bem.

Giro em minha cadeira de couro, antes de pegar um lápis em minha mesa e ficar girando-o em meus dedos para conter minha ansiedade.

— Seja claro e objetivo, senhor Fernandes. Não quero saber como são os testamentos. — Gosto de ser direto. Odeio rodeios. — O importante aqui é saber se posso recorrer e invalidar o deixado pelo crápula Dias ou não?

Lucas Fernandes olha para mim através de seus óculos de grau. Ele já é um senhor de idade, mas muito eficiente, tanto que trabalhou com meu pai, um advogado exímio, uma relíquia para o mundo jurídico federal. Ele me espia novamente, então limpa a garganta e ajusta a gravata antes de falar:

— O testamento está completamente dentro da lei. Assim como homologado em cartório com todos os quesitos necessários. O que o torna válido e irrevogável.

O sangue que corre pelas minhas veias esfria tanto que sinto um choque em minha pele, a respirar parece algo que não sei como fazer neste momento. Eu sinto que a qualquer momento irei cair morto no chão da minha sala. Analiso Lucas Fernandes, sua careca brilha de suor sob as luzes brancas.

Bato com os punhos em minha mesa de vidro, fazendo alguns papéis ser jogados ao chão.

— O que você está dizendo? — Soou calmo.

Estou sentindo tudo, menos isso.

Ele me olha firmemente.

— Que se quiser ter o controle da F&D, precisará seguir o testamento, assim como se casar com a senhorita Marinho para poder herdar suas ações descritas em testamento. Do contrário, as ações serão colocadas à venda e nem você poderá comprar, muito menos ela poderá receber o dinheiro dessa venda. Vocês estão amarrados a esse casamento de qualquer forma.

Sinto um nó nas minhas entranhas. Uma imensa vontade de arremessar algo contra a parede inunda todo o meu ser, mas me controlo.

— Então, eu não tenho mesmo saída?

Inclino-me para frente, largando o lápis e coloco as duas mãos apoiadas na grande mesa. As sobrancelhas grisalhas do senhor Fernandes nem sequer se remexem ou qualquer músculo de seu rosto, a paciência parece ser sua sombra

— Infelizmente, não. Apenas precisa escolher entre seguir o testamento ou não. — Simples. Perder ou perder. — Agora que já passei todas as considerações, voltarei para o meu escritório. Caso necessite dos meus serviços, sabe como me encontrar.

Lucas se levanta da cadeira, abotoando seu paletó. Então, caminha até a saída, mas ele hesita antes de chegar até a porta.

— Mais uma informação importante sobre o documento. Você e a senhorita Marinho têm apenas três meses para se casarem. Um casamento que deve durar pelo menos um ano e parecer verdadeiro perante a sociedade.

E então ele sai, como se não tivesse acabado de jogar uma bomba-relógio em meu colo, sim, ter recitado uma oração dos anjos com toda a calmaria.

— Maldição!

Enfio as duas mãos em meus fios de cabelo e os puxo. Minha cabeça parece prestes a explodir a qualquer momento. Estou à beira de um surto. A um passo de esquecer que sou um homem que tem uma imagem de ser racional a zelar.

Sinto uma onda de cólera me invadir, como se fosse um tsunami, um terremoto e furacão tudo junto, pronto para devastar o mundo todo em segundos. Não deixando nenhuma merda no lugar. Tomado pelo instinto selvagem, levanto-me do sofá em um salto e tiro o terno preto, a gravata de seda prata e os jogos sobre o tapete branco ali no chão. Em um movimento rápido, abro os botões do punho da minha camisa branca, assim como alguns da gola. Respiro fundo, mas nada acalma meus nervos, então em passos longos e barulhentos caminho até o bar na sala, sirvo-me de uma dose de uísque e a ingiro em um único gole. Depois me sirvo de mais outra e faço o mesmo.

Diabos!

Casar ou perder a presidência da F&D.

Passar um ano no inferno ou assinar o meu diploma de fracassado.

Desenho a boca do copo de vidro com um dedo, pensando em não obedecer aos desejos de Pedro. Apenas me restariam 30% das ações, uma mixaria considerando todos os meus esforços e o que já era meu por direito. Eu continuaria sendo minoria. Eu continuaria apenas mais um que poderia levantar a mão e votar por sim ou não em qualquer reunião do conselho. Um esquenta-cadeira massacrado, em vez de ser o majoritário e quem bateria o martelo em cada decisão. Meus anos de estudos seriam jogados fora, abandonaria o sonho e esforço do meu pai, assim como todos os meus projetos de carros sustentáveis.

Um letreiro luminoso reflete dentro de minha cabeça em luzes neon:

De jeito nenhum!

Nem fodendo!

CAPÍTULO 4

ELISA

Dias de luta, dias de glória[1].

É o que diz a música no do metrô, enquanto cruzo toda a cidade de São Paulo, então começo a prestar atenção no restante da letra que parece relatar tão bem a minha vida neste momento. Claramente tirando os dias de glórias e substituindo por mais dias de peleja.

Já que realmente em minha vida nem tudo acontece. Complementando: nem tudo de bom, na verdade. E por mais que eu rale feito uma condenada, continuo no mesmo lugar, sem crescer ou evoluir.

E mesmo que a música fale sobre todo o esforço e dedicação que é preciso para realizar nossos sonhos, que nunca devemos desistir de onde queremos chegar, mesmo que tudo pareça estar dando errado.

A cada dia, fica mais difícil que eu grite: chupa mundo! Eu finalmente consegui!

À medida que fazia alguma dancinha da vitória, ou melhor, humilhante, já que minha cintura é um tanto dura para qualquer demonstração de movimento que seja diferente de caminhar.

Olé, destino traiçoeiro. Desviando dos golpes da vida, como uma bela toureira e deixando o destino tonto, zarolho e comendo poeira.

Vá para Marte azar de uma figa! Bebendo o seu choro como se fosse uma taça de champanhe. E sorrindo, quando fizesse cócegas em minha garganta. Como uma louca completamente embriagada.

Contudo, agora posso até mesmo vislumbrar o mundo rindo da minha cara de panaca, depois do destino me dar uma rasteira e o azar me abraçar tão forte junto ao chão, como se usasse uma camisa de força ligada a milhares de correntes saídas diretamente do fundo do poço.

Sorrio da minha desgraça, pois rir é o melhor remédio.

Podem me tirar tudo que tenho.
Só não podem me tirar as coisas boas.
Que eu já fiz para quem eu amo.

---

[1] Música: Dias de Luta, Dias de Glória – Charlie Brown Jr.

E eu sou feliz e canto.
O universo é uma canção.

Eu vou vencer. Eu sei que vou.

Encosto minha cabeça na janela do metrô e fecho os olhos. Inspiro fundo, tentando pensar positivo e não desmoronar sob a pressão emocional. Se eu começar a surtar, tudo ficará pior, eu me perderia, chutaria o balde e jogaria os papéis para cima, igual aquelas cenas de filmes em que a mocinha desiste de tudo. Mas meu final não seria tão legal, não, e a mais terrível consequência seria que titia Car acabaria em uma clínica pública, malcuidada e com superlotação, ela até mesmo poderia piorar.

Sinto uma dor no peito. Não posso deixar isso acontecer.

Não!

Eu seria até capaz de trabalhar em dois empregos, vender tudo o que eu tenho, pedir esmolas ou o que estiver ao meu alcance para continuar a mantendo na clínica onde ela está agora.

Depois de mais uma hora, desço do metrô na estação Morumbi, bairro onde fica a clínica que titia Carmen está. Ontem, além da ligação informando que ela machucou o joelho durante uma caminhada, graças a Deus a clínica agiu a tempo e nada agravou seu estado físico, apenas uma bota ortopédica, que ela precisará usar por cinco meses, a recepcionista informou que ela estava agitada, recusando-se a participar das atividades em grupos, até mesmo comer ou fazer suas esculturas. O que me deixou muito preocupada e com um tanto de culpa, já que por estar ocupada demais em meu emprego, eu não tive tempo para fazer nem uma visita rápida.

Quando chego diante da clínica, fico parada olhando para a estrutura alta e intimidadora, que emana riqueza, toda de vidro e concreto que se destaca entre os demais prédios ao redor. Sem querer perder tempo, sigo até a entrada, identifico-me e recebo um crachá de visitante. Sigo em direção aos quartos. Por mais que conheça o lugar como a palma de minha mão, a beleza e organização não deixam nunca de me encantar. As paredes sempre decoradas com quadros alegres. Plantas e flores por todo o local também dão um charme a mais, além de acrescentar um ar de saúde e natureza. Os funcionários que encontro pelo caminho me cumprimentam com um sorriso no rosto, demonstrando que são felizes por estarem aqui. Estremeço ao pensar que talvez não possa mais proporcionar todo esse bem-cuidado à minha tia.

Assim que chego ao quarto de titia Carmen, encontro-a dormindo. As persianas das janelas estão fechadas, ainda assim o quarto está sendo tomado pelos raios de sol do início da tarde. Aproximo-me de sua cama, vendo seu cabelo grisalho espalhado sobre o travesseiro marrom, parecendo uma nuvem de algodão. Seu peito sobe e desce devido à sua respiração agitada. O rosto enrugado parece tenso, como se estivesse preocupada e sendo atormentada por algum pesadelo.

A única vez que a vi assim foi quando descobrimos sua doença. Ela até mesmo tentou esconder de mim a gravidade, mas eu podia ver que a cada dia seu corpo estava perdendo a vitalidade. Eu via em seus olhos âmbar o medo, a preocupação e ansiedade. Então eu descobri que ela não queria me deixar sozinha. Titia Carmen estava disposta a aguentar suas dores para que, mais uma vez, eu não me sentisse abandonada no mundo.

Fecho os olhos e respiro fundo, tentando acalmar o meu coração agitado com tamanha gratidão. Ela pensa em mim como uma filha e, como todas as mães, queria ter sua cria debaixo de suas asas e à vista de seus olhos para que, quando qualquer ameaça surgisse, pudesse se transformar em uma leoa para defender com unhas e dentes.

Engulo seco. O que seria de mim sem essa mulher?

Titia Car se remexe na cama e de repente acorda. Seus olhos tão logo são direcionados para mim. A expressão tensa se suaviza quando ela estende seus braços para mim.

— Minha menina, eu estava com saudade de você.

Em dois passos, já posso abraçá-la. Envolvo os ombros da mulher que é a minha família e tudo de mais importante em minha vida e descanso minha cabeça em seu ombro direito, recebendo todo o seu carinho por mim, em contrapartida tento fazer o mesmo.

— Eu estou aqui, titia Car. — Distancio-me um pouco para olhar em seus olhos. — Desculpe ter ficado tanto tempo longe, mas a minha vida está uma correria. Como está? E o seu pé, está doendo? Por isso você está agitada, se recusando a fazer algumas atividades, comer e até mesmo fazer suas artes?

— Eles exageram, eu estou muito bem. Não sinto nenhuma dor, de verdade, acredite no que eu digo, minha menina. Estou novinha em folha. — Ela passa as mãos por minhas costas e então toca minha bochecha. — Agora você, parece cansada. Mais magra. Mais velha do que realmente é. Você é tão jovem, deveria estar festejando a sua vida, estudando, sem tantas preocupações na cabeça, saindo para fazer compras como a maioria das mulheres em sua idade, assim como deveria estar namorando e suspirando por ter encontrado seu príncipe encantado.

Assim como eu, tia Car acredita em finais felizes, em princesas e príncipes encantados que montam cavalos brancos. Muitas vezes, passávamos nossos domingos, sentadas em frente à televisão, assistindo a filmes, novelas ou séries. Suspirando a cada vez que o mocinho e a mocinha se encontravam e trocavam juras de amor. E todas as vezes que venho visitá-la, ela sempre acha um jeito de reclamar por eu não estar vivendo um amor, ou de se culpar por ser um peso para mim.

No entanto, não quero entrar nesse assunto hoje. Evitando olhar em seus olhos, levanto da cama e mudo de assunto.

— Que bonito — falo apontando para um vaso que está sobre a sua mesa de escultura. — Lembra alguns dos vasos que vimos em Cunha.

Ela sorri, olhando para a escultura.

— Eu fiz de presente para você. Quero que leve para casa. Quero que sempre se lembre de nossa viagem.

Assinto, esse não será o primeiro que levarei comigo. Lá em casa, o que mais tenho são as esculturas dela, por todos os lados. São meus artigos de decoração preferidos. Bem, são os únicos que eu posso ter o luxo de ter.

Titia Carmen começa a me contar uma história nova, sempre que venho aqui ela tem uma, e eu adoro ouvir.

— Hum... — Sua voz sai melodiosa. — Eu descobri que a cozinheira e um dos jardineiros estão tão apaixonados. Mas se negam a aceitar o óbvio. — Ela coloca um dedo no queixo.

— Vai dar uma de cupido, acertando flechas por aí?

Ela balança a cabeça.

— Vou acertar óculos em cada um — diz, séria. — O pior cego é aquele que não quer ver, mas vou resolver a cegueira daqueles dois, para pararem de perder tempo.

Eu rio alto, até mesmo meus ombros balançam. Ela continua tagarelando sobre seu plano romântico para unir os pombinhos, até que em certo momento novamente acaba pegando no sono.

Observo-a, titia nunca pareceu tão cansada. Ela nunca dormia nas minhas visitas, sempre pedia por tempo a mais para os enfermeiros, que gentilmente cediam, mas havia dias que nós duas extrapolávamos e eu praticamente tinha de ser carregada para fora. Então penso que esse sono todo deve ser consequência dos remédios para a torção em seu pé.

Com o vaso em mãos, dou um beijo na testa da minha tia e saio do quarto, murmurando uma espécie de prece, que logo mais ela estará em casa, então faremos bolos, doces, pães, brigadeiro e nos sentaremos no chão da sala e conversaremos por horas e horas; ou até uma de nós desmaiar depois de tanto comer. Com o coração na mão e as pernas pesadas, vou até o financeiro para pegar a segunda via da fatura deste mês, já que tive problemas com o meu e-mail.

— Em quem posso ajudá-la? — pergunta uma jovem mulher, que está sentada atrás de uma pequena mesa, assim que cruzo a porta do financeiro.

— Eu gostaria da segunda via de uma fatura. Você poderia me ajudar?

Ela olha para o computador e depois para mim e gesticula com o dedo para eu me aproximar.

— Diga o nome e sobrenome da paciente.

— Carmen Letícia Souza Andrade.

Ela apenas digita apressadamente no teclado. Em questão de segundos, a impressora que fica ao seu lado começa a fazer o barulho de que está trabalhando.

— Aqui está, senhorita. As suas faturas deste mês. — Ela me entrega duas folhas.

— Como assim? — Eu a encaro, surpresa. — Duas faturas?

— Sim, a referente à estadia mensal e a outra ao tratamento médico complementar.

Tenho certeza de que neste momento os meus olhos estão o dobro do tamanho e minha boca em formato de O.

— Eu não fui informada de que o procedimento realizado ontem influenciaria na fatura mensal.

— Eu não posso dizer o motivo de não ser informada antes, senhorita Marinho. Eu apenas recebo ordens. E fui informada de que da fatura atual até a fatura de número 24, você pagará de forma parcelada o procedimento e equipamento de tratamento usado em sua tia.

Engulo em seco. A minha garganta parece que está em carne viva quando vejo a quantia do parcelamento. Mil reais a mais por mês. Eu precisarei pagar mil reais a mais.

— Você ouviu e entendeu, senhorita Marinho?

Ouvir, sim. Compreender? Nunca!

— Eu não posso prorrogar a cobrança deste mês?

Ela me olha com pesar.

— Infelizmente, não. As faturas deste mês já foram fechadas e a nota fiscal foi emitida.

Lembro que dia é do mês. A minha fatura vencerá daqui a duas semanas.

— Isso está dentro das leis? Digo, essa cobrança absurda por um procedimento que vocês mesmo realizaram?

A mulher suspira do outro lado da mesa.

— Todas as taxas de cobranças fora do pagamento mensal estão descritas em contratos assinados, senhorita Marinho. Não agimos fora da lei ou de forma ilícita para prejudicar nossos pacientes e clientes. Não precisamos disso, somos uma instituição privada, uma das melhores da cidade, tanto em espaço, serviços oferecidos e profissionais credenciados. Temos nossas próprias regras. Mas se não está contente com a nossa administração, há outros lugares onde você pode internar sua tia, existem algumas casas com taxas fixas de internação que são regidas pelo governo.

A imagem da primeira clínica onde coloquei tia Carmen aparece em minha mente. Assim como a imagem dela sendo maltratada, sentindo dores absurdas e sem um acompanhamento de um médico especializado. Se ela voltar para lá, tenho certeza de que em menos de uma semana não somente o seu estado pioraria, como também pegaria outras infecções incuráveis.

— Não tenho esse interesse de transferência — digo rápido. — Apenas não estou contente com essa taxa a mais na fatura.

Novamente, ela respira fundo.

— Podemos lhe oferecer a possibilidade de mudar de quarto. Temos diversos tipos deles, como os semiparticulares e os da modalidade de enfermaria, em que a taxa mensal é menor que o atual que sua tia está.

Sinto uma dor no peito e esfrego minha cabeça com frustração. Os quartos ao qual ela se refere, apesar de limpos, são pequenos, o que não dá espaço para as esculturas de argila de titia Car. Ela adora fazer seus vasos, além de ser uma prática física que ajuda no fortalecimento dos ossos. As janelas mais se parecem com um buraco de rato de desenhos animados, e não dão vista para o jardim. Ela ficaria muito infeliz por não poder ver todos os dias as dezenas de borboletas sobrevoarem as rosas. Eu não posso deixar isso acontecer. Eu preciso mantê-la no quarto particular, independente do custo extra.

— Senhorita Marinho, você tem mais alguma pergunta?

Tenho vontade de gritar para ela: sim! De onde vou tirar mil reais a mais, se não ganhei na loteria e praticamente todo meu salário vem para essa clínica, só me sobra um pouco para comprar o que comer, ou seja, macarrão e sardinha ou atum. Mas, seria inútil, ela não pode me ajudar a procurar o pote de ouro escondido no final do arco-íris.

— Por enquanto, não.

Minha voz é apenas um fio.

— Qualquer dúvida que possa surgir mais tarde, você tem o nosso número.

Acredito que você já deve ter ouvido: quando a esmola é grande demais, o santo desconfia.

Sabe quando o destino de repente vira bipolar e lhe oferece algo tão inesperado, que só pode ter alguma coisa errada por trás?

Como na história de João e Maria, depois que o pai e a madrasta má os deixaram na floresta para se livrarem deles. Então, quando eles acham que finalmente iriam morrer de frio e fome, encontraram uma casa muito mimosa, onde as paredes eram feitas de bolo e o telhado de chocolate e uma velhinha muito boa gente que, além de oferecer comidas gostosas, lhes cedeu camas quentinhas. Parecia que tinham encontrado o paraíso, certo? Quando, na verdade, a boa anciã não passava de uma bruxa que usava esse velho truque para atrair as crianças e, ao final, se alimentar delas.

É assim que meu santo está se sentindo agora, desconfiado. Sinto como se mais de cem pulgas estivessem atrás da minha orelha, pulando como se fizessem uma grande festa ao encontrar um cachorro muito peludo. Ao mesmo tempo em que milhões de pensamentos atravessam a minha mente, como se fossem fogos de artifício explodindo e me deixando tal qual uma barata tonta ao tentar saber por que Mariza Duarte me ofereceu um serviço extra, limpar o salão onde ela receberá os seus convidados para a grande festa em comemoração ao seu aniversário de casamento, quando, na verdade, ela me detesta e não quer me ver em sua frente.

Encosto minha cabeça na janela do ônibus e fecho os olhos, tentando esquecer esses pensamentos e acreditar que algum tipo de milagre aconteceu e Mariza se transformou em uma boa samaritana. Ou o mais possível de acontecer, que ela foi abduzida por ETs que fizeram uma lavagem cerebral nela e depois a devolveram para a Terra.

Não importa o que tenha acontecido. O que importa é que vou conseguir um extra para pagar a fatura dupla deste mês.

Abro os olhos e peço parada. Olho em meu celular o endereço da mansão Duarte e quase tenho vontade de chorar ao perceber que ponto de ônibus fica na outra extremidade. Quase meio quilômetro de distância.

Droga!

Tenho apenas meia hora para chegar até lá.

Então, baixando o espírito do Usain Bolt, abaixo a cabeça e saio correndo em direção à mansão Duarte. Minhas pernas ardem aos primeiros cinco metros de corrida e minha boca está tão seca como se eu estivesse perdida há dois anos no deserto sem uma gota d'água, por não estar acostumada a praticar exercícios físicos. Mas, não paro para descansar ou recuperar o fôlego, não posso chegar atrasada e dar a oportunidade para a senhora Mariza voltar atrás e não me dar mais esse extra.

Quando paro de correr, toda suada e com a respiração pesada, estou diante de um grande portão de aço preto de uma imensa mansão, mais parecida com um castelo saído diretamente do conto de fadas, ainda mais pelo imenso e lindo jardim que enfeita a sua entrada. Posso jurar que tem mais espécies de plantas que toda a floresta Amazônica.

Enquanto estou me identificando na guarita da mansão, vislumbro rapidamente minha imagem no vidro das janelas. Meu cabelo castanho está arrepiado, os fios lisos mais se parecem com um Chow Chow que acabou de correr por todo um parque. Até mesmo coloco minha língua para fora para ter a certeza de que ela não está em um tom azulado, já que antes tinha sentido as pulgas em minha orelha, não é uma boa hora para descobrir que estou me transformando em um cachorro de fato.

Depois dos porteiros perguntarem até a numeração dos meus sapatos, finalmente liberam a minha entrada. Um deles me conduz até a parte de trás da mansão, onde sou recebida por uma senhora, vestida toda de preto, com um coque alto e sapatos fechados, assim como sua expressão.

— Finalmente você chegou — ela fala, olhando no relógio em seu pulso. — Achei que o combinado fosse às oito.

— Tive um pequeno imprevisto. Achei que o ponto de ônibus fosse mais próximo. Mas me enganei.

Ela me olha dos pés à cabeça. Sua boca retorcida para mim.

— Não quero suas desculpas. Quero serviço. Venha! O salão precisa ser limpo para que a equipe de decoração possa fazer o seu serviço.

Respiro fundo, tentando me controlar para não dizer algumas palavras doces demais para essa senhora azeda. Eu a sigo até um quarto, onde ela me entrega uma roupa toda preta, botas de plástico, vassouras, flanelas e alguns produtos de limpeza. Quando ela sai, começo a trocar de roupa, deixando as minhas em um banco, com a minha pequena bolsa.

Depois, dirijo-me até a parte central da mansão. Encontrando ali uma escada. A cada degrau, parece que vou cair ali mesmo; como a Branca de Neve quando foi envenenada por uma maçã da bruxa malvada. Mas, sem um príncipe encantado que possa me acordar com um beijo. Então, quando levanto meu pé para chegar até a porta, tropeço e quase caio diante da soleira. O que já esperava, não só pelas minhas pernas estarem tão moles quanto um mingau de milho, mas por eu ser um tanto atrapalhada.

Uma ponta de pedra fora em um calçamento? Com certeza meu dedão a encontrará para me humilhar.

Uma quina de um móvel qualquer? Meu joelho com certeza vai querer conhecê-lo.

Prazer, a destrambelhada de cinco pernas. A nova atração do *Cirque de Soleil*.

Recomponho-me do meu quase tombo e cruzo as portas duplas, grandes e de vidro. Quando chego ao imenso salão onde acontecerá a festa, sou tomada por luxo e riqueza. As paredes parecem as mais altas que já vi, além de lisas e repletas de quadros de paisagens. Olho tudo, encantada. Um lustre chama minha atenção, pelo tamanho e milhares de contas que descem dele. Parece ser feito todo de diamante. Assim como algumas joias que estão expostas em uma mesa. Alguns colares, brincos e pulseiras, como se fosse uma exposição de riqueza.

Franzo o cenho.

Eu nunca estive em uma festa de grã-finos, então não sei se é errado ou não expor joias assim.

Espio mais adiante e tremo quando vejo um leão tão grande, parado, de dentes para fora, pronto para me atacar. Imediatamente, estaco no lugar, pois sinto que, se der mais um passo ou até mesmo respirar, ele avançará em mim, como se eu fosse uma pobre hiena e, tristemente tenho de admitir que não tenho sequer a mesma agilidade que o pequeno animal para sair ilesa. Ele irá me derrubar apenas com um único rugido e me estraçalhará em um único golpe para me engolir sem nem mesmo mastigar.

Por que tudo de errado tem que acontecer na minha vida? Só posso ter jogado pedra na cruz de Cristo em outra vida! Ou, quem sabe, ter bebido todo o vinho da Santa Ceia, ou passando por debaixo da primeira escada inventada no mundo. Derrubado todos os saleiros do Universo, quebrado os primeiros espelhos criados pela Humanidade.

Não é possível tanta falta de sorte assim.

Apesar disso, não vou me entregar sem lutar. Ainda sem respirar ou até mesmo piscar, dou um passo para trás, pronta para salvar a minha vida, mas bato com as costas na porta dupla. Tento abri-la com meu próprio corpo, mas a porta nem se move. Droga! Tenho de empurrá-la com mais força, mas como vou fazer isso sem dar as costas e correr o risco ser atacada por trás?

É o fim!

Eu não quero morrer. Ainda sou jovem demais, tenho muito que viver, muitos sonhos a se realizar.

— Socorro! — grito por ajuda. A minha voz some no ar. Tento de novo. — Alguém me ajude. Esse leão vai me comer viva.

Desta vez a minha voz ganha um eco nas paredes lisas, mas nenhuma resposta ou alguém aparece.

Sim, estou sozinha com o leão, que continua parado na mesma posição de ataque, seus olhos brilhantes para mim indicam que ele está faminto.

Sem saída, amedrontada demais, fecho os olhos e começo a orar pela minha alma todos os pais-nossos, ave- Marias, oração do credo, salve rainha e todas as outras orações que eu conheço, já que da carne esse leão não deixará um pedaço. Para que o Senhor me receba de braços abertos no céu e tenha piedade de mim, mesmo que em alguns momentos de minha vida eu tenha Lhe dado muito trabalho.

Com uma coragem que não sei de onde tiro, abro os olhos para ver se o leão já está próximo de mim, pronto para o abate. Porém, ele ainda continua no mesmo lugar. Sem ter se movido um milímetro. Ou ele não me viu aqui, ou deve estar me achando magra demais para sua alimentação, e o esforço que ele faria para mastigar meus ossos, não compensaria o trabalho de me atacar.

Espera!

Dou passos incertos até estar diante do leão. Usando a vassoura com pau para cutucar a fera, noto que ela é de gesso. Solto um gargalhada, que acaba saindo pelo nariz. Neste momento pareço um porco: "oinc, oinc". Mas meu riso sempre sai assim quando a situação é embaraçosa demais. Sério. Como eu fui confundir uma estátua de leão com um de verdade? Tudo bem que tenho a mente exageradamente fantasiosa, mas isso é demais até mesmo para mim.

O que está acontecendo comigo?

Primeiro, tropeço em meus próprios pés e quase caio. Segundo, confundo-me com uma estátua e me desespero pensando que vou ser comida viva.

Há quem diga que as coisas ruins só acontecem de três em três.

Duas já aconteceram.

Agora, só falta uma.

Depois de deixar o salão mais limpo que o palácio da rainha Elizabeth e mais cheiroso que todos os perfumes franceses juntos, sigo para o quartinho onde deixei as minhas coisas. Entro, respiro fundo, sentando-me no pequeno pufe e me permito fechar os olhos. Sinto como se um trator tivesse passado por cima de mim e alguém tivesse chutado as minhas costelas, mas sei que essas dores são frutos de ter escovado todas as paredes, janelas e canto do salão. Afinal, queria passar uma boa impressão para Mariza.

Assusto-me ao escutar uma batida à porta. Abro os olhos rapidamente e dou de cara com a senhora Duarte, como um papagaio de pirata, está a senhora azeda. Mariza está com um sorriso estampado nos lábios, seus olhos brilham e até mesmo a sua pele parece mais bem-cuidada ainda.

— Gostou da limpeza, senhora Duarte? — inquiro, levantando-me.

Ela se aproxima, assim como sua sombra.

— Achou que eu não ia perceber? — Sua voz é alta, quase estridente.

— Perceber o quê? Por acaso, esqueci de limpar algum lugar?

— Não precisa mais fingir, Elisa. Sua máscara de boazinha acabou de cair. — Mariza me encurrala entre seu corpo esbelto e a parede. — Onde está o meu colar, sua pequena infratora?

— Que colar?

— O que você roubou!

— Eu não roubei nada — defendo-me.

— Ah, agora quer se fazer de boa menina. Sempre desconfiei dessa sua cara de santa — Mariza fala alto, praticamente cuspindo em minha cara. — Mas você não passa de uma santa do pau oco. Onde colocou minha joia?

— Mas que merda está acontecendo aqui? — Ouço a voz grossa do senhor Duarte. — Que gritaria é essa que dá para ouvir do outro lado da casa?

— Está vendo sua protegida aqui. — Mariza aponta sua unha bem-feita para mim. — Não passa de uma ladrazinha de quinta, pensou que eu não ia perceber seu roubo.

— Eu não roubei nada! — falo com a indignação dominando minha voz.

— Ah, garota, não se finja de sonsa. Você pegou o meu colar de diamantes, que ganhei do meu marido, ano passado. Eu aposto que está dentro de sua...

Antes que ela termine de falar, acerto-lhe um tapa barulhento no rosto.

— Eu não sou ladra!

Mariza segura minha mão que ainda está levantada na frente de sua face, pronta para lhe acertar novamente, caso ela ouse a dizer qualquer coisa que afronte meu caráter.

— Quem você pensa que é, garota? — Sinto os pingos de saliva saltarem em mim, tamanha é brutalidade com que ela fala. — Como ousa me bater assim?

— Sou uma mulher digna. Nunca vou aceitar que levante falso testemunho contra a mim ou que duvide do meu caráter — devolvo, puxando com brusquidão meu pulso do seu aperto, tentando evitar que as lágrimas que ameaçam cair, transbordem ao sentir a acusação queimar a minha pele.

— Vamos ver o quão digna é — Mariza grita. — Mercedes, olhe dentro da bolsa dessa ladra.

Antes que eu tenha tempo de evitar, a senhora azeda está abrindo a minha bolsa. E para meu choque total, tira de lá um colar que acabei de ter visto exposto no salão.

— Este é o colar que notou o sumiço, senhora?

— É exatamente esse.

Com as palmas da mão suando e o corpo tremendo, tento fazer um esforço enorme para falar que não sei como isso foi parar na minha bolsa, mas eu estou sufocando lentamente, à medida que meu estômago se revira em onda agitadas e o coração triplica suas batidas. Então a minha voz sai com pequenos suspiros entalados.

— Eu não o peguei, eu juro.

— Isso é inadmissível. Elisa. — A expressão do senhor Duarte é de incredulidade, acusação e raiva. — Roubar não é algo que tolero.

— Você deveria chamar a polícia. Não podemos deixar isso sem um castigo para essa ladrazinha. — A voz vitoriosa de Mariza queima os meus ouvidos.

— Não, por favor, não. Eu juro que não peguei esse colar. E não sei como ele foi parar em minha bolsa — apresso-me em pedir.

Olhando em súplica para a senhora Duarte, vejo algo sombrio cruzar o seu rosto, e em seus lábios se desenhar um sorriso perverso.

— Eu não consigo mais confiar em você, Elisa. — O tom de voz dela é baixo, mas seus olhos ficam ainda mais rigorosos. — Como posso confiar a cafeteria em suas mãos, e não me preocupar que, de alguma forma, esteja nos roubando ou, quem sabe, algum cliente. Querido, não podemos permitir que isso aconteça, nosso nome e empresa estariam na lama.

O olhar que ela dá ao senhor Duarte é amedrontado. Tanto que ele se aproxima dela.

— Elisa, não chamarei a polícia em consideração ao tempo que trabalha para nós, mas certamente não posso mais mantê-la como nossa funcionária. Está demitida. Um de nossos contadores entrará em contato para acertar todos os detalhes.

Dito isso, meu ex-chefe me dá as costas e vai ajudar a cobra naja, que parece tão nervosa com todo o acontecido, que sai carregada do quartinho pela sua sombra e o panaca do seu marido.

O som da porta se fechando me tira do estupor. Sinto uma dor no estômago e minha respiração pesa. A dor que queima em meu peito abala todo o meu ser, massacrando a ilusão criada na última semana que daria tudo certo, que eu conseguira levantar a quantia extra com facilidade. Fecho os olhos, querendo acreditar que estou presa em meu pior pesadelo e que, quando os abrir, vou estar em casa, feliz por ter conseguido um dinheiro extra.

Mas quando abro os olhos úmidos e os pisco para ter certeza, mesmo com a visão embaçada, noto que ainda estou no mesmo lugar onde acabei de cair feito uma pata no plano de Mariza, pois eu tenho certeza de que tudo isso não passou de uma armação dela.

Ela conseguiu me fazer perder o emprego. Ela finalmente riu por último.

Querendo sair deste antro de cobras o mais rápido possível, desfaço-me das roupas que usei para limpeza e visto a calça jeans escura, uma blusa de manga simples e calço meu velho e guerreiro tênis, que uso sem meias. Apressada, deixo o quartinho, usando a saída para os funcionários, e respiro fundo quando chego ao lado de fora.

Depois de duas horas dentro do ônibus, chego a minha casa, liberto-me de todas as minhas roupas as colocando em um cesto de roupas sujas. Sem muita demora me encolho em meu pequeno sofá. Respiro fundo, tentando desfazer o nó em minha garganta e a ardência em meus olhos, mas é como se eu não conseguisse lutar contra, é impossível, na verdade.

Então, avisto uma foto minha e da tia Car em um parque, há uns dois anos, quando sua doença ainda não tinha se manifestado e eu tinha acabado de ser aprovada no vestibular. Ela havia decidido que tínhamos de comemorar de qualquer forma, mas nunca tivemos dinheiro suficiente para algo que fugisse da nossa realidade, então a única saída foi fazer uma pequena viagem até o interior de São Paulo, onde pudemos alugar um pequeno chalé em Cunha, para aproveitar o clima bucólico da natureza quase intocada. E dessa vez, até o tempo colaborou, dando-nos um dia de sol em pleno inverno paulista. Lembro-me bem de cada detalhe, das borboletas sobrevoando as flores, dos raios de sol mimando nossa pele nas trilhas que fizemos, dos picolés de frutas que comemos e, principalmente, de cada sorriso que demos ao visitar os pequenos e charmosos ateliês, repletos de artesanatos de cerâmica.

De repente, a minha mente parece um turbilhão de pensamentos. O meu coração está pulando rápido no peito, como se a qualquer momento ele fosse sair pela boca.

Pisco os olhos para evitar as lágrimas. Mas, até mesmo a mais forte rocha um dia se parte, então apenas deixo meu corpo escorregar até o chão, sem me importar em demonstrar fragilidade. Choro com a dor da impotência, a sensação da humilhação e um aperto no peito. O desespero, que não estava pouco, agora se triplica.

O que eu farei?

Se agora não tenho de onde tirar a parcela mensal da clínica, como conseguirei mil reais a mais?

Capítulo 5

Maurício

Um mês depois...

O trânsito de São Paulo está infernal. Uma fila sem fim de carros, motos e caminhões é formada na principal avenida, devido à forte chuva que iniciou durante a madrugada e perdurou até as primeiras horas desta manhã. O som das buzinas acaba com os meus nervos e aumenta ainda mais a minha dor de cabeça, como se tivesse dentro dela uma bola de aço imensa acertando e massacrando o meu cérebro. Se bem que uma grande parcela dessa tormenta se deve pela noite de ontem, que exagerei nas bebidas; parecia um viciado em álcool deixado sozinho em um bar, sem se importar com as consequências que teria que colher no dia seguinte. Agora estou aqui, com uma ressaca física e mental das piores que já tive, mas eu precisava disso, de um tempo sem pensar. Pelo menos, passei algumas horas sem me lembrar de como a minha vida está por um fio e tudo por conta de um testamento.

Aperto as mãos no volante tentando evitar que esse pensamento volte a me atormentar, ao mesmo tempo em que meu celular começar a trocar de forma insistente. Não preciso olhar para ele para saber quem está querendo falar loucamente comigo. Pois eu sei muito bem que estou atrasado para a reunião mensal dos membros da comissão da F&D.

Bufo, apertando a buzina.

Tic Tac.

Verifico o relógio no painel do carro.

Uma hora e meia de atraso.

O quão perigoso isso pode ser?

Eu respondo. O mesmo que juntar um leão faminto e um filhote de gnu.

Em outra situação, possivelmente esse atraso não poderia me custar nada, apenas algumas olhadelas e julgamentos que ninguém teria coragem de falar. Os executivos apenas poderiam me considerar arrogante e ardiloso. E eu nem sequer me importaria, pois estaria no poder e em minha posição ninguém poderia dizer o que eu fazer.

A realidade, entretanto, é uma merda de elefante; grande, fedida e muito difícil de limpar. Todos cairão em cima de mim, como urubus em carniça, e o máximo que eu posso fazer é dizer alguns xingamentos, algumas palavras grosseiras e duras, e não passarei de uma piada para todos eles.

Depois de mais alguns minutos, finalmente estaciono o carro em minha vaga na F&D. Quando saio, ajeito o meu cabelo com os dedos o máximo que eu posso para deixá-lo apresentável, abotoo meu terno e ajeito o nó da gravata.

Com o mau humor causado pela ressaca, entro na cabine de aço, digito o andar da cobertura, e o elevador começa a subir diretamente para o andar onde fica a sala de reuniões. Respiro fundo dez vezes, inflando o peito, ciente de que vai ser difícil, mas que estar em situações desconfortáveis e desafiadoras é o que faço de melhor. Eu prospero com elas.

Assim que dou o primeiro passo para dentro da sala de reuniões, umas oito cabeças se viram em minha direção. Todos os membros estão com os olhos bem focados em mim. Enquanto fico de pé, parado feito um fantoche imprestável desobediente que precisa pedir desculpas por ter ido contra os comandos de seu manipulador.

— Você está atrasado, senhor Ferrer. Atraso nunca é um bom presságio no mundo dos negócios — David Alencar diz, firme, sentado na cadeira que fica na ponta da mesa.

Sua expressão é de desagrado, bem próximo de uma condenação. Como se eu fosse um criminoso, e ele o deus da justiça.

Para o inferno, ele e sua lição de moral!

— Problemas acontecem, mas agora já estou aqui — limito-me a dizer.

— Um bom empresário precisa, além de estabilidade, muita responsabilidade — Felipe Alencar segue o caminho do pai.

— E o que você sabe sobre responsabilidades? — rebato.

— Há certas responsabilidades que só adquirimos quando precisamos administrar uma empresa. Talvez eu aprenda assim — ele replica, irônico.

Eu encaro Felipe, ciente de que, se ele mover um único músculo a mais de sua mandíbula e falar qualquer outro absurdo, serei capaz de perder a compostura e partir para cima dele, e não será nada agradável a forma que eu deixarei seu rosto de porcelana, então apenas trabalho em minha respiração, antes de retrucar:

— Como aprendeu a gastar todo o seu tempo em viagens, em passeios de barcos por ilhas e a enchê-lo com diversas mulheres?

Fito-o com desafio. Ao modo que ele trava a mandíbula e cerra os olhos, mas sem ter como se defender do meu soco de direita em seu ego elevado.

Ele nunca participava das reuniões, estava sempre viajando e somente se importava em receber parte de seus lucros no final do mês. E agora me vem com essa de administrar a F&D. Com a morte de Pedro Dias, seu pai se tornou um dos maiores detentores de ações, ficando atrás apenas de mim. Eu sei que David almeja a presidência interina e, por ser o mais velho e experiente, imagina que o cargo já é seu. Tanto que ele até mesmo começou a entrar em contato com alguns clientes, apresentando-se como diretor geral da empresa. Ele quer usurpar o meu lugar.

Mas o inferno ficará gelado se um dia isso chegar acontecer.

— Bem, já que todos os membros do conselho estão aqui, acredito que possamos dar início a reunião deste mês — Anderson fala, altivo, provavelmente prevendo que se alguma coisa a mais for dita, esta sala será palco da Terceira Guerra Mundial.

O que eu não duvido, visto que eu estou tenso. Todos os meus nervos parecem aço, e eu preciso extravasar a minha raiva urgentemente.

Quando sento, noto que em minha frente está Cintia, seu rosto se contorce em sinal de aborrecimento e seu olhar dedicado para mim não se compara em nada como o mesmo de ontem à noite, quando estava por cima do seu corpo sensual; profundamente dentro dela, enquanto suas mãos pequenas arranhavam as minhas costas à medida que seu corpo tremulava sobre o colchão e ela dizia coisas desconexas. Ao tempo que encontrávamos a nossa libertação, deleitando-nos com o nosso prazer ao satisfazer um ao outro. Noite adentro foi assim, até que ela cedeu ao cansaço e caiu em um sono profundo. E poderia continuar ao seu lado, diversas vezes eu amanheci em seu apartamento, em sua cama. Mas, ao contrário das vezes anteriores, eu apenas levantei, segui para o banho, vesti as minhas roupas e a parti para minha madrugada de bebedeira.

Então é justificável seu olhar assassino para mim neste momento.

O olhar, eu mereço. Sua birra, não.

Porque se ela fizer birra, certamente dará um jeito de fazer com o que o nosso envolvimento seja noticiado em alguma revista. Ela não segura a língua quando está com raiva e isso não será nada bom para mim. E na situação atual que estou, isso seria um desastre.

Imaginem a situação comigo: alguma revista publica sobre o meu namoro com Cintia Ferreira, e dias depois terá de anunciar o meu casamento com Elisa. E quando eu me tornar o CEO da F&D, não serão os avanços da empresa ou o quão bem eu estou a administrando que será noticiado. Da fama que eu quero, nos jornais de negócios, passarei a estampar os tabloides de entretimento, visto que atualmente no Brasil, fofoca é mais noticiado e difundido que qualquer outro assunto mais importante.

Não concorda comigo?

Então abra qualquer rede social sua e veja qual postagem teve mais compartilhamentos, curtidas e comentários. E se choque ao saber que foi algum acontecimento na vida de alguma celebridade ou subcelebridade.

— Senhor Ferrer, qual seu voto? — É a voz de Anderson, tirando-me dos meus pensamentos.

— Desculpe, me distraí. — Olho para ele. — Poderia repetir qual o assunto da votação?

David tamborila os dedos no tampo da mesa.

— Entrei em contato com a fábrica Nem Car, sobre a produção de algumas peças de acessórios para nossa companhia e eles ficaram mais do que felizes em fechar parceria. O que nos renderá bem mais lucros do que se fecharmos com a Amsterdam, a qual você sugeriu na reunião passada. Se você olhar no relatório que está à sua frente, eles têm anos de mercado e muitos clientes que garantem a qualidade e prestação de serviço. Temos sete votos a favor, o que já é suficiente para fecharmos negócios, mesmo assim, quero ouvir suas considerações.

Controlo a minha expressão, mantendo-a neutra. Posso sentir os olhares dos outros carniceiros em mim e me recuso a deixar que qualquer um deles possa saber o quanto eu estou irritado com essa situação.

— Bom para você, senhor Alencar. — Coloco em meu rosto um sorriso sarcástico. — Espero realmente que a parceria traga receitas para a F&D, assim como muito sucesso.

A sala fica em silêncio. Enquanto internamente eu xingo até a última criação de palavrões, com a maior cara de paisagem que consigo expressar. Agindo como se nada estivesse acontecendo e sendo decente. O que não muda o fato de que detesto esse infeliz desprezível por esfregar na minha cara que ele conseguiu uma parceria e teve os votos necessários para fechar o negócio. Mas ele que cante vitória antes do tempo, porque, quando menos esperar, serei eu quem decidirei tudo sem precisar de comissão ou merda de conselho nenhum.

Eu estou à espera apenas de um casamento para fazer todos eles dançarem em meu ritmo e, de preferência, com os bicos fechados.

O babaca continua com seu discurso entediante e decido parar de ouvi-lo. Quando os outros participantes começam a se levantar, fico de pé rapidamente e saio da sala, não tenho certeza se teria tanto estômago ou paciência para ver todos os apertos de mãos, tapinhas nas costas e felicitações a David.

Quando chego ao meu andar, isolo-me em minha sala. Com passos apressados e duros vou até a minha janela, necessitando de uma distração para controlar a imensa vontade de voltar à sala de reunião e berrar para aqueles urubus tudo o que está entalado em minha garganta.

Olhando como as pessoas parecem minúsculas e os carros, miniaturas, descarto o terno e passo os dedos pelo cabelo, sentindo ainda uma leve pontada de enxaqueca que parece que vai me acompanhar pelo resto do dia.

Sorrio com escárnio. Meus nervos em aflição pela espera da ligação do advogado informando para ir ao encontro da minha noiva, meu ego inflamado pelo que acabou de acontecer na reunião mensal de membros do conselho.

Que jeito mais perfeito de se iniciar uma semana.

O que eu mais poderia esperar?

De repente, ouço a porta da minha sala ser aberta.

Ah, não... Que merda!

Viro-me lentamente, esperando que não seja Cintia. Não tenho certeza se aguentaria suas investidas sensuais, sua maneira disfarçada de tentar arrancar alguma explicação de mim pelo que aconteceu ontem. Eu não quero ouvir nenhum drama feminino, ainda mais quando ela está ciente das condições do nosso envolvimento.

Contudo, solto uma respiração leve quando vejo entrar em minha sala, Rômulo, que sem nem se dá o trabalho de bater à porta. O que é um gesto normal vindo dele, já que ele não tem etiqueta nenhuma.

Caminho de volta até a minha mesa, ajeitando os punhos da camisa em meu cotovelo, tentando parecer tranquilo, mas estou a anos-luz disso.

— Olá, irmão — ele me cumprimenta com o sorriso, mostrando todos seus dentes.

Eu bufo para o seu bom humor.

— Você não foi anunciado. Como ousa entrar assim na minha sala? Quando vai aprender a bater à porta?

Meu amigo revira os olhos, sem dar a mínima para o meu tom seco e minha cara fechada.

Nem um pouco ofendido, ele simplesmente me ignora e caminha despretensioso até sentar em uma das cadeiras em frente à minha mesa e colocar seus pés sobre ela. Sem se importar para areia que está saindo de suas botas, que causa uma grande sujeira sobre o tampo e até mesmo o carpete, ambos caros.

— Santa paciência. Não são nem dez horas da manhã e você já está assim, dando medo até mesmo de olhar. — Ele aponta para mim. — Olha essa cara azeda. Por acaso está com alguma dor de barriga? Ou melhor, está usando uma cueca muito apertada que está impossibilitado de respirar, ou ela está enfiada no meio da sua bunda e não consegue tirar e o está irritando?

Ignoro a sua gracinha, indo sentar em minha cadeira.

— Ao que devo a honra da sua visita?

— Não posso visitar um velho amigo? — Ele revira os olhos, depois se inclina e pega um lápis do pote que tem em cima da mesa, rola-o entre os dedos e depois o joga, tentando acertar o organizador como se ele fosse uma cesta.

O lápis cai ruidosamente sobre a madeira, depois ele pega uma caneta e joga novamente, com o claro propósito de me irritar.

Encaro-o.

— Você pode tirar os pés da minha mesa? — Aponto para as suas botas. — Não é nada educado da sua parte encher todos os meus papéis de terra, Deus sabe lá de onde.

— Não é nada educado — ele repete, enrugando o nariz e torcendo a boca com desdém. — São apenas papéis.

— Papéis importantes — falo, sério.

Os ombros de Rômulo descem e sobem, enquanto ele revira os olhos.

Deus! Nunca vi um homem adulto fazer tanto um gesto irritante quanto infantil.

— Dá no mesmo. Tudo isso virará lixo de qualquer forma.

— Não dá no mesmo. — Exalto-me um pouco. — Alguns desses papéis valem milhões. Outros são projetos que levaram anos para ficarem prontos. Então, por favor, tire seus pés da minha mesa.

Ele me ignora completamente e muda de assunto.

— Que horas irá para Santos, no sábado? Ouvi dizer que as amigas de Cintia estão planejando uma grande festa de aniversário para ela. Com iate luxuoso e tudo. — Animado, ele bate com uma das mãos na outra. — Pegação em alto-mar, papai.

A última coisa que quero é ir a uma festa de aniversário em que a aniversariante espera que eu saia de um bolo gigante ao som de *Marry you*, do Bruno Mars, segurando um buquê de rosas vermelhas e uma caixinha de veludo, enquanto todos aplaudem o gesto romântico, feito bobos.

— Eu não vou. — Pigarreio. — Preciso dar um tempo no meu envolvimento com Cintia.

— Por quê? Estão há um bom tempo nesse chove e não molha. — Ele me encara, então pisca. — O sexo já não é tão bom?

— Eu não vou discutir minha vida sexual com você.

Rômulo gargalha e o som me irrita. Por que ele tem de ser um pé no saco?

— Então podemos ir para outro lugar, fazer nossa própria festa de fim de semana, alugar um sítio, levar algumas bebidas e música. — O escroto ergue as sobrancelhas sugestivamente. — Convidar algumas amigas e, se tivermos sorte, colocar o nosso pau para brincar. Separados, porque você sabe que não divido.

Bufo.

Rômulo sempre foi o festeiro e fode qualquer coisa que tem sangue correndo nas veias. Eu, entretanto, sou o estraga-prazeres, odeio festas e muita gente. Sim, sou um escroto sem sentimento, que até mesmo para ter uma foda casual, a mulher precisa seguir alguns requisitos, uma volta no meu pau, um orgasmo e uma ida sem chance de voltar para minha cama.

— Vamos, irmão, à festa do acasalamento. — Ele gesticula. — Sem falar que faz muito tempo que não saímos.

Faz mesmo. Todavia, minha vida está em jogo. Meus passos precisam ser calculados de agora em diante. Eu preciso ser sensato. Grandes responsabilidades, grandes renúncias, mas um absurdo de satisfação interior.

— Eu não estou no clima para nenhuma festa desse tipo.

— Não está a fim de umas boas fodas?

Ele é implacável e incansável quando quer algo, o que o torna um excelente empresário em seu ramo, um dos melhores da cidade. Mas, também, o que o torna um amigo insuportável e pé no saco.

— Não, não estou a fim. — Minha voz sai em um tom inquestionável.

Surpreso, meu amigo levanta as sobrancelhas claras.

— Você está doente? Deixa só eu ver se está com febre. — Ele se estica sobre a mesa, na tentativa de colocar uma de suas mãos em minha testa.

Dou um soco nela.

— Pare de palhaçada.

— Jesus, você está mais histérico do que o habitual. — Ele sorri. — O que está acontecendo com você? Quer desabafar, colocar toda a ira para fora ajuda, sabia?

Quem o ouve falar assim, poderia dizer que ele é um psicólogo ou algum terapeuta. Mas, não, Rômulo não se adequaria a uma sala branca e fechada, ele é aventureiro. Dono de uma empresa do ramo de entretenimento ao ar livre. Tudo que envolve barraca, mato, riachos, pulos de *bungee jumping*, alpinismo e tudo mais que envolver radicalismo.

Ele e eu nos conhecemos desde muito jovens. Temos muitas histórias juntos e somente ele pode sair ileso por me chamar de histérico e qualquer outra gracinha.

Ele é um fodido, um escroto na maior parte do tempo, mas verdadeiro, é como se fosse um irmão que nunca tive. Então, antes que perceba, estou me abrindo para ele.

— A reunião de hoje foi uma piada. — Respiro fundo. — Eu quase me esqueci dos meus propósitos e perdi a cabeça. Foi por um triz que não mandei todos para puta que pariu e quebrei tudo. Porque o imbecil do David conseguiu uma grande parceria, com apoio de todos os outros panacas de merdas, e eu somente pude parecer feliz pela companhia e abraçar o time. O que transformou o meu dia um desastre do caralho fodido.

Rômulo respira fundo.

— Você acabou de falar cinco palavrões.

— Você somente escutou os palavrões?

Rômulo ri, pegando agora alguns clipes e os deformando.

— Porra, cara, isso tudo é uma merda. Você sabe que eu acho toda essa política de empresa uma besteirada só. — Ele gesticula com as mãos em minha direção. — Por que você não dá um tempo? Umas pequenas férias. Poderíamos velejar, escalar umas montanhas, acampar no mato.

— Não tenho tempo para isso. Ainda mais, quando estou prestes a perder tudo. David está agindo como se fosse o presidente. Você sabe o quanto a empresa significa para mim. O quão longe quero estar. O quanto sonho em ter o controle de tudo. O quanto quero fazer o que amo.

— Esta empresa é como se fosse a sua vida, o que o mantém respirando e vivo. E a presidência, o controle de tudo, como se fosse uma honra ao seu pai.

— Sim.

Suspiro, inclinando-me para trás em minha cadeira e afrouxo a gravata. Depois empurro o teclado para o lado e deixo meus cotovelos caírem, descansando o antebraço na mesa.

— E o testamento do Pedro Dias? — Ele finalmente tira os pés da minha mesa. Olhando-me com seus olhos verdes, atento. — Não te dá a possibilidade das compras das ações que tanto almeja?

Passo a mão pelo meu rosto, coçando a barba rala e forço os meus lábios em linha fina, para não gritar com a mínima referência ao testamento.

Merda.

Merda.

Merda.

Maldito Pedro.

Fecho as mãos em punho para não socar nada.

— Não foi favorável. Aquele maldito derrubou todas as minhas expectativas. Ele drenou os rios, destruiu todas as pontes, fez buracos em todas as estradas, furou os pneus do meu carro, me impossibilitando de chegar ao meu sonho.

— Hã? — Rômulo pergunta, olhando-me, a cabeça inclinada para o lado, os ombros se movendo dentro da camisa xadrez como se minhas palavras não estivessem fazendo sentido para ele.

Mas como faria? Se para mim, até agora, nada desse testamento faz sentido.

— Vou ter de casar.

Os olhos do meu amigo dobram de tamanho.

— Você vai casar? — Dizer que ele está surpreso seria um eufemismo. — O que você não está me contando?

Rômulo, além de ser meu único amigo, é meu confidente. Então, sei que se contar sobre o testamento, ele não vai sair por aí gritando aos quatro ventos, ele certamente vai manter a boca fechada. Contudo, assim como tenho conhecimento de sua lealdade comigo, não tenho a menor dúvida de que ele vai me encher a paciência, porque, querendo ou não, isso é um ótimo motivo para piadas e perturbação.

Um caralho de merda.

— Tenho de me casar. — Remexo-me na cadeira. — Melhor, estou sendo obrigado a casar. Porque o infeliz do Pedro Dias deixou em seu testamento uma cláusula irrevogável. Ou eu caso com a sua afilhada ou eu posso dar adeus à presidência da F&D.

— Porra, cara. — Ele solta um assobio alto. — E você vai aceitar?

Recostando-me em minha cadeira e, infeliz, resmungo:

— Sim, daqui a dois meses preciso ser um homem casado, com a minha noiva prometida.

Meu amigo parece atônito. Seus olhos piscam e sua boca abre algumas vezes, mas nenhuma palavra sai. O que é uma novidade, em toda minha vida nunca tinha visto Rômulo assim, ele sempre tem uma piada ou qualquer besteira para falar sobre tudo.

Esfrego as minhas têmporas doloridas, lembrando que falta pouco para eu entrar, de fato, no pesadelo do casamento.

Merda!

De repente, meu ramal toca, pego o telefone e com animosidade atendo:

— Diga, Maria.

— Senhor Ferrer, gostaria de informar que o doutor Costa está na linha...

— Transfira — esbravejo, interrompendo-a.

O zumbido no telefone parece interminável.

— Hummmm... Alô? — A voz em um tom maçante do doutor Costa soa ao meu ouvido. — Senhor Ferrer?

— Sim, sou eu.

Mais uma pausa, um tanto grande para meu gosto e nervos.

— Tenho algumas novidades, gostaria de ouvi-las?

Meu coração acelera, assim que um pressentimento ruim percorre todo o meu corpo. Porque, no mais profundo do meu ser, eu sei do que se trata essa ligação.

— Diga logo o que tem a falar, sem rodeios, doutor Costa. — Vou direto ao ponto.

— Encontrei a senhorita Marinho, foi um tanto difícil, mas nada é impossível para mim. — Seu tom afobado se derrama do outro lado da linha. — A convidei para vir ao meu escritório amanhã, preciso fazer a leitura do testamento para ela. Gostaria de comparecer também?

Engulo em seco, antes de responder:

— Conte com a minha presença.

CAPÍTULO 6

ELISA

— Morangos? — Titia Carmen ergue uma bandeja cheia de morangos tão vermelhos e grandes que, à primeira vista, parecem tão suculentos.

— Sim — digo, enquanto estou tirando da cesta uma vasilha de sanduíches de frango.

— Com chantili?

Balanço a cabeça.

— Não.

— Chocolate?

— Também não.

— Você negando morango com chantili ou chocolate? O que fizeram com a minha Elisa?

Combino um dar de ombros com um sorriso amarelo, sem saber o que responder. É fato que essa é uma das minhas misturas favoritas no mundo, então o fato de eu negar certamente dá a entender que estou doente ou que bati a cabeça. Agradeço mentalmente quando tia Car não se aprofunda no assunto e começa a ajeitar a toalha vermelha sobre a grama verde, então olha para cima e dá um sorriso grande.

— Olha esse sol, esse céu. Queria poder colocar essa paisagem em um retrato. Que dia perfeito!

Estamos no jardim da clínica, fazendo o piquenique que acontece todo último sábado de cada mês. É o momento em que os pacientes aguardam com ansiedade, pois parece sempre uma grande festa para todos. E eu não posso negar a felicidade que sinto por poder compartilhar esse dia com todos eles, dividir as comidas, ouvir histórias boas e até mesmo dançar com alguns senhores e fazer penteados nas senhoras, contudo, neste mês parece que esqueci o entusiasmo em algum canto profundo dentro de mim. Poderia culpar o meu cansaço, já que passei a semana passada toda distribuindo currículo praticamente por toda São Paulo. Mas não, o que está me deixando para baixo é a decepção. Estou muito decepcionada comigo mesma, por perder o emprego e por ter passado um mês e ainda não ter conseguido nada. As parcelas do seguro-desemprego não durarão para sempre e a minha rescisão nem sequer fez cócegas nas dívidas que tenho com a clínica. Eu não quero nem pensar nos meses que virão.

— Elisa, vou ver se a senhora Das Dores quer o bolo de cenoura. No mês passado ela ficou triste porque não ganhou um pedaço.

Carmen fica de pé, ajeita seu vestido azul-marinho e depois o cabelo. Apenas assinto, e logo posso vê-la caminhar em direção à senhora de cabelo vermelho vivo tão característico da senhora Das Dores, que hoje está acompanhada de seu filho e nora. Aposto que devem estar cobrando deles um neto e uma dezena de coisas a mais que obviamente ela está restrita de comer, devido ao seu tratamento de hérnia. Admiro a força de vontade da senhora, nunca a vi triste um dia sequer, ela é tão espirituosa e divertida, não parece ter a idade que tem. Sempre diz que é uma alma jovem em um corpo velho, uma alma festiva, já que é ela quem organiza o baile de máscaras do Natal, pois como sempre diz: mexer os esqueletos faz bem para a vida.

Observo as duas amigas se abraçarem. A senhora Das Dores fala algo que faz titia Carmen se curvar para sorrir. O cabelo caindo para frente, ela parecendo tão leve e despreocupada.

Engulo em seco.

Não tive coragem de contar para ninguém o que aconteceu, nem mesmo para ela. Estou muito decepcionada e infeliz comigo mesma, que não quero machucar mais ninguém. Eu não posso, muito menos quero enchê-la de preocupação agora. Pois se eu contar que a minha vida agora mais se parece com um filme de terror, tenho certeza de que de ela novamente tentará colocar sua saúde e felicidade depois da minha.

Como sempre foi desde que ela me conheceu.

Mas agora, está na vez de ela ser cuidada, de ser a prioridade.

Respiro fundo e decidido não falar uma palavra sequer do que aconteceu, eu focarei em arrumar um novo emprego e quando tudo estiver resolvido, apenas falo que achei um trabalho melhor.

Titia volta e decidimos comer. Sentamos na toalha e, embora já tenha passado das 4h da tarde, o sol ainda brilha como se fosse meio-dia.

— Lembra quando a gente foi para a praia, no ano passado?

Sorrio com a lembrança.

— Lembro, parecíamos duas lagostas ambulantes. Estávamos tão vermelhas que até o vento da noite que batia em nossa pele, queimava. Como foi mesmo que fomos esquecer o protetor solar?

Ela ri, lembrando-se do nosso sofrimento.

— Mas o dia foi divertido. Jamais vou esquecer como foi pular aquelas ondas com você. O quanto sorrimos de deixar até nossas bochechas dormentes. Do final do dia, do sol se pondo e aquela vista alaranjada maravilhosa.

— Sim, foi um dia bom.

Ela me analisa. A ruga entre seus olhos se aprofundando.

— E você se lembra daquela vez que comemos muito sorvete, porque era o seu aniversário? — ela pergunta, e não tenho ideia de onde ela quer chegar com isso.

— Sim, deixamos a sorveteria sem sorvete de chocolate e morango.

— E daquela vez que as meninas do internato resolveram fazer uma brincadeira de Halloween e você passou uma semana dormindo comigo, porque ficou com medo do palhaço aparecer debaixo da sua cama?

Suspiro e meu corpo treme levemente, até hoje tenho pânico de palhaços.

— Elisa, você sabe que pode confiar e me contar tudo, não é? — ela emenda e eu travo. — Você sabe que não precisa lidar sozinha com as coisas?

Meu coração acelera e um suor frio desce pela minha espinha. Disfarço, olhando para o chão, e solto um chiado.

— Eu sei, titia Carmen. Sei que somos uma equipe, que somos você e eu, para sempre.

Ainda mantenho os olhos baixos. Ouvi em algum lugar que os olhos são espelhos de nossas almas. E como me conhece tão bem, tenho certeza de ela que pode enxergar dentro de mim aquilo que decidi esconder.

— Elisa, olhe para mim.

Bi! Bi! Bi!

Um alerta vermelho e barulhento é disparado dentro da minha cabeça.

Não faça isso! Não faça isso!

Recuar!

Uma parte do meu cérebro tenta comandar. Talvez a esperta.

Apesar disso, minha cabeça gira em direção à titia Carmen. Tento com todo o esforço não me mostrar aflita e inquieta enquanto os meus olhos azuis focam os olhos cor de chocolate dela. Mas quando eles se encontram, um suspiro é solto de seus lábios.

— Minha filha, o que está acontecendo?

Minha respiração para na garganta, impedindo-me de dizer qualquer palavra. Não quero desmoronar em sua frente. Eu apenas fico observando seu rosto passar de leve para uma expressão carregada. Como se conseguisse ler em minha alma, olhos ou mente tudo o que está acontecendo. Tenho certeza de que é seu instinto maternal dando o ar da graça. Afinal, todas as mães de verdade têm o dom de enxergar até a última gota de sangue de qualquer filho.

— Vem aqui, minha pingo de gente — ela me chama para o seu colo, para o qual eu vou sem pensar duas vezes. — Às vezes, nossas vidas são como as águas do mar, um dia estão muito turbulentas e impossíveis de dominar, então achamos que isso é o fim do mundo e que a tormenta nunca vai acabar, mas a verdade é que nenhuma tempestade é eterna, depois dela sempre vem a calmaria. Viver não é fácil, temos de ser fortes para vencer os medos, as tristezas e obstáculos que são colocados em nossa frente, mesmo se cairmos em alguns, não devemos ficar presos nisso. Hoje caímos, amanhã levantamos. Aguente um pouco mais, logo mais o seu mundo terá cor. Confie em mim, minha menina. Tudo vai mudar em breve.

Ela aperta o meu nariz e depois enche toda a minha bochecha com pequenos beijinhos. Respiro fundo, apegando-me em suas palavras como se fosse um mantra.

— Um bom filho a casa torna — recito cansada quando chego a minha casa.

Afinal, saí antes mesmo de o sol aparecer. Literalmente, levantei com as galinhas para ir atrás de emprego, passar na clínica para visitar minha tia e depois voltei para labuta de entregar mais alguns currículos.

De passo a passo, vou até meu quarto. Torcendo para que um bom banho possa tirar um pouco da fadiga. Liberto-me de todas as minhas roupas sociais, colocando-as em um cesto de roupas sujas. Sem muita demora, entro debaixo do chuveiro, deixando que a água molhe meu cabelo, minhas costas e meu corpo. Permito-me ficar aqui, sonhando que a água leve embora todos os meus tormentos. Mas esperar por esse milagre é demais, então eu saio do boxe e me visto com as minhas roupas de ficar em casa: calça moletom e camiseta simples. Logo vou até a cozinha preparar meu jantar.

Uma bala para quem disse miojo.

Depois de comer, volto para sala, para colocar sobre a estante, ao lado da minha foto com tia Car, o vaso novo que ganhei dela hoje. Satisfeita por ele ter combinado perfeitamente com o lugar, sento no sofá e ligo a televisão. Pulando de canal em canal, nada parece me agradar.

Até que, de repente, uma propaganda chama minha atenção.

— Está com problemas financeiros? — A voz grossa e ritmada pergunta.

Sacudo a cabeça.

— Sua vida parece que virou um pesadelo?

— Como ele sabe?

— Não sabe mais o que fazer?

— Não, eu não sei! — grito.

— Temos a solução para todos os seus problemas.

— Me digam, pelo amor de Deus!

— A sensitiva Sara, criou um método para você receber de volta o que você pede para o cosmo. Faça a sua prece para a Mãe Terra e ela de dará.

Eu nem sequer pisco enquanto eles explicam o método.

Eu serei considerada louca por vocês por acreditar nisso?

Absolutamente, sim.

Mas não jogue pedra em mim, se você já colocou o Santo Antônio de cabeça para baixo para arrumar um namorado; fez algum pedido para uma estrela que caiu; usou determinada cor na virada de ano, para conseguir o que almeja; colocou sal grosso dentro de um copo de água em sua estante para afastar o mau-olhado de sua casa; guardou um trevo de quatro folhas para ter sorte.

Entendam... Não tenho mais alternativa nem nada a perder.

Respiro fundo e coloco no meio da sala todos os ingredientes que precisarei para o feitiço: uma panela, uma folha de papel, uma caneta, alguns fios do meu cabelo, uma vela e fósforos.

Rapidamente escrevo no papel com letras em maiúsculas gigantes para que a Mãe Terra não tenha dificuldade em ler que eu preciso urgentemente de um emprego, onde vou receber muito dinheiro, depois enrolo a folha como se fosse um pergaminho e com os fios do meu cabelo, faço uma espécie de nó, para evitar que o papel desenrole. Acendo a vela e coloco dentro da panela. Coloco o meu pedido sobre as chamas e observo o papel ser consumido, com o coração na boca.

Segundo a simpatia, as cinzas voarão pelos ares até encontrarem o meu cosmo, que me ajudará com o que pedi.

Então uma ideia absurda atravessa minha mente.

Sempre sonhei em encontrar alguém que me faria sentir amada e única, para a qual eu daria todo o meu amor para sempre. Eu tenho a convicção de que acharei meu príncipe encantado perdido por aí.

De preferência, um homem que se encaixe perfeitamente na minha lista de qualidades necessárias:

1º. Ser leal, acreditar em monogamia.

Eu preciso que minha alma gêmea acredite e respeite os princípios e regras da honra e fidelidade.

2º. Dar grande importância para família.

Muito importante para o item a seguir.

3º. Querer ter filhos.

Pelo menos uns dois.

4º. Respeitar o meu gosto de ser fã ativa de RBD.

Sim, até hoje, de vez em quando, coloco a minha estrela na testa e me imagino ser a Mia, cantando a todo pulmão *Salva-me*. Bate aqui se você é da época da melhor banda já existente no mundo. Quem concorda, respira. Quem não, passe adiante.

Então, quando o primeiro papel começa a virar cinza, eu faço mais um pedido; que a Mãe Terra me dê a minha alma gêmea.

Certamente, deixando claro que o primeiro pedido é o mais importante.

Quando a fumaça começa a se espalhar por toda a sala, antes que os vizinhos pensem que estou tentando colocar fogo na casa, eu pego um copo d'água e jogo dentro da panela.

Pronto! Simpatia feita. Agora me resta esperar para ver se a Mãe Terra vai com a minha cara. Ou se juntará ao meu destino para deixar ainda pior a minha sina.

Isso não! Por favor, Mãe Terra, seja parceira.

Cruzo os dedos. Torcendo para que a minha resposta venha logo.

Então escuto uma batida à porta.

Sinto meus olhos quase saltarem da minha caixa craniana e meu queixo bater em meus pés.

Já?!

Meu Deus, será minha resposta?

Olho para minha calça de moletom, que foi preta e agora é cinza. A minha camisa tão fina que é impossível usá-la sem sutiã. Penso em trocar por outra, mas é como o meme: eu não tenho nem roupa para essa ocasião.

Outro soco na porta.

O meu cosmo está apressado.

Respiro fundo e giro a maçaneta, então minhas esperanças vão lentamente morrendo quando vejo ali parada em minha porta a senhora Lourdes com a cara fechada.

— Olha, garotinha, você não está me pagando para receber seus recados. Mas como sou uma boa vizinha, não ia deixar que aquele pobre homem ficasse aqui batendo em sua porta por horas a fio, então recebi sua carta.

Ela praticamente joga um papel em minha direção. Eu o pego completamente confusa. Não esperava carta de ninguém... A não ser que seja alguma cobrança. Respiro fundo. Eu sabia que elas começariam a chegar em massa, como se aqui fosse a casa do Papai Noel com o Natal se aproximando.

— Então, do que se trata? — ela pergunta, apontando suas unhas que tem o esmalte vermelho já descascando para o envelope em minhas mãos.

Olho-a com uma sobrancelha erguida.

— Obrigada, senhora Lourdes — digo antes de fechar a porta na cara da velha curiosa.

Eu que não darei mais motivos para as fofoqueiras de plantão ficarem falando sobre mim. Aposto que todas elas estão se corroendo para saberem por que eu estou em casa durante este mês.

Suspiro alto enquanto sento no sofá. Rasgo o envelope. E que comece a humilhação das cobranças!

Mas meus olhos dobram de tamanho quando começo a entender o que está escrito ali. É uma convocação de comparecimento a um escritório de advocacia.

Eu entreguei algum currículo lá?

Não lembro. Já que de fato espalhei meu currículo por toda a cidade.

Mas se estão me pedindo para ir lá, não pode ser outra coisa que não seja uma entrevista.

Ah, Mãe Terra!

Obrigada! Obrigada!

Quero agradecer e começar a dancinha de vitória.

Porra!

Já não era sem tempo.

Capítulo 7

Maurício

Quinta volta.

Prédio com a fachada azul-marinho e letras garrafais indicando uma empresa de comunicação.

Depois uma loja de flores. Seguida de um restaurante, que fica ao lado de uma livraria, que está entre uma empresa de informática e um prédio comercial de dez andares.

Sim, já decorei todas as lojas e prédios comerciais deste quarteirão.

Faz quantas horas que estou repetindo esse trajeto?

Duas horas, faz duas horas que vou de cima a baixo na mesma rua, como se eu procurasse um endereço e estivesse perdido. Quando, na verdade, eu bem sei onde quero e preciso ir.

Frustrado, paro o carro e enfio os dedos em meu cabelo, puxando minimamente os fios, enquanto respiro fundo tentando acalmar os meus ânimos, visto que a noite de ontem não foi umas das melhores, tinha passado parte dela acordado, remoendo o que está acontecendo. E a minha manhã, foi como jogar gasolina em um fogo. Explodiu meu humor em níveis absurdos e insanos, quando fui obrigado a participar de uma reunião extraordinária para David apresentar a nova parceria conseguida por ele, enquanto me sentia humilhado e taxado como um incompetente.

Solto o cinto, inclino-me até o porta-corpo da porta do carro e pego uma garrafa de água mineral. Bebo todo o líquido puro em pequenos goles. Enquanto, com uma precisão metódica, a minha mente deixa para trás todos os pensamentos emocionais que estão acontecendo em minha vida, principalmente o testamento e como a minha vida está atrelado a ele. A exigência que Pedro Dias expôs naquele pequeno pedaço de papel me faz sentir encurralado, preso, e este não é um sentimento agradável.

Contudo, eu sou um homem meticuloso. Então levou apenas algumas horas para que eu examinasse todas as possibilidades, deixasse de remoer as injustiças da situação e organizasse os meus pensamentos em um único propósito.

Meu semblante se fecha, enquanto repasso em minha mente todo o plano que criei para hoje: participar da leitura do testamento para a minha noiva prometida, esperar sua reação e convencê-la de que o casamento acontecerá. E eu usarei todas e quaisquer armas ao meu alcance para isso. Eu já tenho até um acordo para ser selado por nós dois. Sei que estou sendo otimista demais em relação a tudo. Mas se o tempo que eu tenho para cumprir o testamento está esgotando, não custa nada estar um passo adiantado e precavido.

Você tem certeza de que irá fazer isso? Uma parte de mim, pergunta.

E o que quer que eu faça? Tenho vontade de gritar de volta.

Mas tenho certeza de que novamente irei apenas receber como resposta o silêncio, como recebi antes, à medida que, desesperado, tentava achar uma saída para esse pesadelo que me consome lentamente.

E mesmo que neste momento parte de mim esteja se revirando em sinal de protesto e que alguns de vocês irão me considerar um cafajeste ambicioso e um patife de quinta categoria, todos vocês, verdade seja dita. E que também esteja sujando a honra e a educação que recebi dos meus pais. Na verdade, decepcionando Roberto Ferrer, com minha atitude infame, já que ele me ensinou que o homem nunca deve sequer imaginar fazer algum mal a uma mulher. Preciso ser honesto com os meus próprios interesses, mesmo que dentro de mim esteja acontecendo agora mesmo uma grande batalha do entre o que quero e entre o que não devo.

Termino de beber minha garrafa de água, descarto o recipiente plástico, fecho os olhos e aperto o meu nariz. Eu não quero arriscar pôr tudo a perder. E por mais que eu precise de Elisa para ter o que quero, não tenho interesse em nada além do que um casamento de fachada. Sem envolvimento, o que não causaria confusão. Eu preciso que ela veja isso como um negócio, no qual não haverá amor. Sem nenhuma união emocional. A única forma de esse casamento ser perfeito.

Então, chega à parte onde eu sei o que não devo fazer. Eu não devo usar Elisa para conseguir o que quero. Sou um canalha, que gosto de minha liberdade, que uso as mulheres para me satisfazer e nunca mais tive um relacionamento sério ou duradouro, mas sempre que tenho alguma mulher em minha cama, todas estão cientes de que não passará de uma noite, talvez duas e nada mais que isso.

Um pervertido e sem capacidade de amar? Sim.

Agora, cruel e sem coração? Jamais.

Eu não gosto da ideia de usá-la. Fazer com que ela entre em um casamento falso e com data marcada para o fim.

Praguejo baixo. Pobre moça, nem desconfia da artimanha do próprio padrinho.

E de novo me vejo envolvido pelos mesmos dilemas de quando recebi a visita do advogado: por que Pedro escondeu sua afilhada? Por que seu advogado procurou a mim para fazer a leitura do testamento, quando há uma herdeira?

Nada disso faz nenhum sentido para mim.

Procurar por essas respostas é o mesmo que querer saber quem nasceu primeiro: o ovo ou a galinha.

Sempre terão algumas teorias e nenhuma delas explica nada.

Bufo.

Não é hora de pensar nisso.

E reviso o meu plano de convencer Elisa Marinho do que eu tenho a oferecer.

E se ela considerar tudo um absurdo e negar?

Paro e sinto o peso das palavras ecoando dentro de mim, mas eu as ignoro.

Não desista. Você vai conseguir o que sempre quis. O que sempre sonhou. Digo para mim mesmo, tentando chutar para longe as minhas emoções. Não é hora de agir igual a elas, isso poderá fazer deste encontro um fiasco e eu não preciso acrescentar mais nenhuma derrota em minha vida. Respiro fundo algumas vezes, buscando em mim a minha razão, recuperar o controle e colocar os meus pensamentos em ordem.

Meu sangue pulsa, minha respiração aumenta, enquanto tamborilo os meus dedos no volante, a ansiedade e nervosismo aflorando com tudo para fora de mim. Assim, começo a contar lentamente, a fim de apaziguar os ânimos, mas nada acontece. Então, em um salto, estou respirando o ar nada puro da Avenida Paulista que agora mais se parece uma rua qualquer da China ou da Índia, onde centenas de carros, um atrás do outro, formam uma fila interminável. Mas ao contrário dos outros países, os motoristas daqui estão socando a buzina como se o som tivesse o poder de tirar os outros veículos da frente, mas a verdade é que só causam barulho e tumulto. Centenas de pessoas se esbarram, enquanto caminham apressadas, como se não tivessem tempo sequer de respirar ou até mesmo piscar. O que não duvido, o mundo de hoje é uma pista de kart, e quem não estiver preparado para continuar de pé a cada colisão, infelizmente é descartado.

Paro de dar atenção para a rua, então caminho lentamente, passo a passo, até estar diante de um imenso prédio comercial amarelo-escuro com uma fachada simples e refinada, olho até o trigésimo quinto andar, onde está localizado o escritório de advocacia do doutor Costa. É ali, onde em poucos minutos todo o meu futuro será posto em jogo. Isso faz os pelos do meu pescoço eriçar. Olho para o relógio em meu pulso, 13h30, o compromisso está marcado para 14h. O meu sangue esfria, quando paro diante das portas duplas de vidro temperado.

Inspiro fundo todo o ar possível, ergo a cabeça e estufo o peitoral.

Você chegou até aqui. É hora de seguir o plano. É hora do show, Maurício Ferrer!

Espero não falhar.

Que a sorte esteja comigo... De todas as formas possíveis.

Fingindo estar calmo e tendo todo o controle, com um sorriso falso cumprimento o porteiro e me direciono até o elevador. Pressiono o botão e fico aguardando, respiração atrás de respiração até que as portas de aço se abram, dou um passo para dentro e indico o andar do meu destino.

As portas começam a se fechar, então um grito no saguão do prédio é escutado.

— Por favor, segura para mim!

Então, uma jovem vem correndo e mergulha com tudo dentro do elevador. Com a confusão, a mulher acidentalmente se choca contra mim, diretamente em meu peito, tanto que é preciso segurá-la pelos braços para não irmos de encontro ao chão. Faço uma careta de contrariedade com tamanha falta de educação e jeito. Quem em sã consciência entra correndo em um elevador? E se as travas de segurança da porta não funcionarem e a pessoa causar um acidente grave?

— Ah, meu Deus... — A voz dela é calma e melodiosa. — Desculpe. Eu não queria esbarrar em você. — Ela pausa, respirando fundo. — Tenho uma entrevista e não quero me atrasar, então precisava pegar o elevador agora.

Quando ela levanta o rosto, imediatamente seus olhos estão em mim. Constrangimento é a primeira emoção a cruzar seu rosto, mas ela me olha de cima a baixo, então admiração a toma por completo, fazendo-a corar. Ela parece paralisada, como se até mesmo não conseguisse respirar. Deve ser porque o ar presente parece ter parado também, pois, por um momento horrível, não consigo sequer controlar a reação do meu corpo, que é irritante. Ainda mais quando não consigo controlar os meus olhos de inspecioná-la, desde seus pés pequenos usando uma sapatilha, passando pelas suas pernas cobertas por uma calça preta social e simples e seu torso vestindo uma camisa branca de botões.

Quando subo de novo o meu olhar, novamente sinto um abalo. Ela tem a pele mais pálida que já vi. Suas sobrancelhas retas cor de ébano estão levantadas sobre os seus olhos, que me encaram com uma franqueza e uma clareza, que lhe dá um ar de romântica e de honestidade brutal. Eles são uma mistura de água-marinha e a pedra preciosa safira. Vejo-me imediatamente mergulhando em algum mar do Havaí ou até mesmo olhando para o céu em alguma cidade do interior, onde ele fica ainda mais azul aos nossos olhos.

O seu cabelo preto, que está solto e desce até abaixo dos seus ombros faltando pouco para chegar à sua cintura, emoldura seu rosto e a deixa com um ar selvagem que ela não faz questão de esconder. As maçãs do rosto são magras, destacando os lábios cheios e róseos. Uma boca como essa, é capaz de criar na mente masculina as mais perversas e prazerosas fantasias.

Ah, mas que inferno!

Quantos anos eu tenho? Dez?

Sacudo a cabeça, detendo os meus pensamentos de um adolescente entrando na puberdade.

— A senhorita está bem? — Minha voz é fria. — Não se machucou?

E de novo seu rosto assume um tom rosa-bebê inocente.

Ela parece atraente. Muito mais atraente, toda corada.

Droga.

Controle-se, Ferrer. Em que diabos está pensando?

Está aqui com um único propósito. Encontrar sua prometida. Não uma aventura para aquecer a sua cama e seu corpo por esta noite.

— Sim, estou bem — ela fala com a voz trêmula. — Aliás, muito obrigada por ter evitado que eu caísse. Eu, possivelmente, teria me machucado.

Ela parece hesitante, à medida que pisca diversas vezes, seus cílios longos também agitados. Ela me oferece um sorriso mínimo.

Ah, como é adorável, não é mesmo?

De repente, eu a imagino em uma cidade do interior, onde tudo é pequeno e todos sabem de tudo. Onde os pais ensinam bons modos para os filhos e, quando chega à noite, se reúnem para passar bons momentos juntos, jogar conversa fora e toda as merdas que eles julgam agradáveis para fazer o momento em família perfeito.

Bufo, incapaz de esconder a minha irritação inicial com sua falta de bons modos. E pressiono o botão do andar que vou.

— Por nada. — Minha voz sai secamente. — Mas, talvez, você devesse ter mais cuidado das próximas vezes e não correr em direção a um elevador que já está fechando as portas. Obviamente, não é uma coisa inteligente de se fazer.

— O quê?

A expressão em seu rosto muda completamente, ela parece tentar entender as minhas palavras um tanto hostis, mas ignoro e com o meu tom de antipatia continuo:

— Você poderia ter causado um acidente grave. Correndo feito uma desesperada, se tivesse tropeçado antes, poderia bater a cabeça no chão, ou se a trava de segurança não tivesse funcionado, teria perdido facilmente um dedo ou o braço completo. Ou seja, burrice agir assim.

A boca da jovem mulher se abre em surpresa, ela está completamente chocada ou enojada com a minha sinceridade brutal. Ela abre e fecha a boca inúmeras vezes até que, por fim, decide castigar seus lábios bonitos com os dentes. E quando seu olhar azul faz contato com o meu, sinto um arrepio na espinha, pois seus olhos são tão intensos e um tanto perturbadores, que não consigo desviar.

E, de novo, a minha consciência é obrigada a intervir por mim.

Pare já com essa merda, Ferrer!

— Isso não foi nada gentil da sua parte.

— Não sou conhecido pela gentileza.

Ela balança a cabeça, seu cabelo movimentando lentamente. Então deixo meus olhos acompanhar os fios lambendo seus ombros, depois o colo, e os seios que ficam pronunciados pela abertura dos botões da camisa engomada. Inevitavelmente, fico curioso em saber o que tem mais abaixo.

Droga. De novo.

Desvio o olhar.

— Então você é sempre assim?

Ela tem a minha atenção de novo.

— Assim como?

Ela enrijece, seus olhos me analisando por completo, sem dúvida me rotulando.

— Um babaca arrogante?

Solto uma gargalhada de deboche e ergo uma das sobrancelhas.

— Só porque você está vendo esse meu lado, não significa que me conheça por completo. Você não sabe nada sobre mim. Mas tenho de concordar que é válido o seu julgamento.

— Você também não me conhece. — Ela aponta para mim. — Mas fez julgamentos um tanto cruéis sobre mim e meus modos.

— Tenho bons motivos para isso.

— Que motivos?

Ela pisca novamente. Os cílios batendo freneticamente.

— Você não tem autocuidado. É insana. Desesperada. Gosta de correr perigo desnecessário, pelo pouco que vi. — Paro e aponto para ela. — Como se você fosse um panda.

— Um panda?

— Sim, aqueles animais fofinhos, preto e branco...

— Eu sei o que é um panda.

— Então não deveria ter perguntado. — Sorrio. — Pandinha.

Ela parece ofendida. Seu rosto agora sustenta um vermelho, não o corado de antes, esse sangue todo que está em sua pele pálida não significa timidez ou inocência, sim, de raiva. Ela olha para minha boca por alguns segundos antes de negar com a cabeça.

— Acho que subestimei você.

— Me subestimou?

— É. Quando evitou que eu caísse, quando me perguntou se eu estava bem ou se eu tinha me machucado, achei que fosse um homem simpático e educado. — Então ergue o queixo, seus olhos sem nunca desviar dos meus. — Mas agora sei que você não passa de um... Você é um...

Ergo minhas sobrancelhas, tenho quase certeza de que elas chegam a alcançar a linha do meu couro cabeludo.

— Eu sou o quê?

Ela estufa o peito. Uma expressão de desafio domina todo o seu belo rosto.

— Um babaca. — Pausa. — Um arrogante. — Outra pausa. — Um bundão.

Assim que a última palavra sai de sua boca, o apito do elevador soa e a voz de uma mulher informa que chegamos ao trigésimo quinto andar, então ela sai.

E eu fico parado, sem acreditar no que ela disse.

Um bundão? Sério? Já ouvi coisas piores.

Sorrio, achando graça de que por um motivo desconhecido, gostei de discutir com a desconhecida.

Demoro uns três segundos antes de sair do elevador e seguir até a mesa da assistente do doutor Costa.

Demoro mais cinco segundos para avistar novamente a mulher que acabou de me insultar no elevador. Que surpresa, não sei se é boa ou ruim. Observo lentamente ela se inclinar na mesa de Diana, sua bunda ficando empinada, à medida que informa que recebeu uma carta de comparecimento, neste escritório.

Meu mundo congela quando a assistente pergunta o seu nome.

— Elisa Maria Marinho.

Ah não...

Que surpresa ruim.

Que surpresa desagradável.

Capítulo 8

Elisa

Observo a secretária digitando tão calmamente alguns números no telefone branco, enquanto seus olhos nem sequer desviam da tela no computador de última geração. Mudo o peso de um pé para o outro, meus dedos apertando dentro da sapatilha de bico fino, que julguei que me daria um ar mais elegante e formal, mas pelo contrário, além de estar me causando bolhas e feridas, quase me derrubou quando entrei no elevador.

Fecho os olhos, lembrando-me do ocorrido.

O que foi aquilo, Nossa Senhora dos perrengues e humilhação?

Pior. Que merda foi o que eu fiz?

Sim, entrei correndo feito uma desesperada em um elevador, colocando-me em risco e até mesmo de quem estivesse dentro, mas eu estava com os minutos contados para chegar com um bom tempo para a minha entrevista, já que atraso nunca é bem-visto pelo empregador. Eu queria estar adiantada, para que ele visse todo o meu interesse pela vaga e do meu comprometimento com a empresa. Eu tinha de mostrar ser a escolha perfeita, já que eu preciso deste emprego.

O que eu não esperava era esbarrar em um homem de cara fechada e que cuspia insultos com a maior naturalidade do mundo, como se fosse fácil, igual é somar um mais um, ou dizer as vogais.

Eu ainda tentei me explicar, dizer os motivos por estar agindo daquele jeito, mas ele fingiu não me escutar ou talvez nem tenha ouvido mesmo.

Então, Deus, o que eu fiz a seguir foi impossível de controlar. Foi como se fosse um mar com ondas e mais ondas, altas, velozes e violentas que atingem a costa litorânea em forma de tsunamis, causando caos e destruição.

Ai, Deus!

Eu simplesmente não consegui conter a minha boca grande de soltar algumas ofensas: arrogante, babaca. E ainda o chamei de bundão. Sua expressão certamente é algo que vai demorar a sair da minha cabeça. Ele parecia surpreso com a minha coragem, a minha audácia de dizer tais insultos. Se ele não é conhecido pela gentileza, tampouco sou conhecida por engolir sapos quando não preciso. Se ele não podia me respeitar e ser educado, eu poderia muito bem fazer a cesárea do rei que ele achava que carregava na barriga.

— Senhorita Marinho. — O sussurro da secretária me faz sair do estupor. Ela olha para o longo corredor e depois para mim, gesticulando com o dedo para que eu me aproxime de sua mesa. — O doutor Costa irá recebê-la em breve. Você pode esperar ali, naquele sofá.

Aceno com a cabeça e olho em direção ao final do corredor onde tem um grande estofado da cor cinza, ao lado de um pequeno móvel repleto do que imagino serem revistas. À frente, uma mesinha baixa com um arranjo de flores brancas e naturais. Para quem vê, um lugar bem-iluminado e que traz a sensação de calmaria e aconchego. Contudo, solto um longo suspiro. Estou muito ansiosa e nervosa.

— Se precisar de água, ir ao banheiro ou outra coisa, é só informar.

A secretária loira me oferece um sorriso.

— Tudo bem, obrigada.

Caminho até o sofá e me sento nele, pegando uma revista para tentar acalmar os meus nervos à flor da pele. Passo as páginas lentamente, mas parece que as letras dançam sobre o papel, não fazendo sentido para mim. Descarto a revista e recito dentro de mim palavras de confiança, como um mantra:

"Calma, Elisa. Você precisa relaxar, ter confiança de que tudo vai sair bem. Que vai dar o seu melhor e um pouco mais para que esta vaga seja sua. Não trema as pernas, pare de bater os dentes e morder as bochechas. Esqueça o nervosismo. Como esperar obter sucesso dessa forma?"

Ainda internamente repito umas três vezes essas palavras, balanço as pernas em movimentos sincronizados e assobio baixinho. Logo me sinto um pouco mais calma, com os músculos de todo meu corpo menos tensos.

Então escuto um estalar no chão, depois outro e mais outro. Olho para o início do corredor e observo o caminhar de passos meticulosamente lentos e seguros.

Ele para.

Sim, ele.

Ele, o babaca, arrogante de cara azeda.

Ele, o bundão do elevador.

Instantaneamente, eu fico tensa. Os músculos travados. Meus sentidos uma confusão, deixando-me em estado de alerta. Rapidamente levanto, mas então eu me atrapalho, sem jeito, e pulo em meus próprios pés sem conseguir tirar os olhos do homem ali parado.

Não tenho palavras e nem respiração adequada para descrevê-lo. Eu tenho duas teorias sobre a beleza. A primeira, que existem coisas encantadoras e lindas por sua forma de serem delicadas, simples e perfeitas; como as flores, os mares, as estrelas, o sol, a lua, as borboletas e o arco-íris. E existem as coisas que são belas pelo seu poder, pelo furor que emana delas e como podem ser indomáveis e misteriosas; como montanhas, furacão, tempestades, erupção vulcânica, avalanches, tigres, ursos e lobos.

Com certeza, esse homem que me observa agora pertence ao grupo das belezas por seu poder natural. Ele é rio, montanha, floresta, terremoto e um pouco mais.

Ele é alto e forte, uma parede muito elegante vestindo um terno azul-marinho, olhando-me como se eu fosse uma criatura anormal, visto que seus olhos parecem impassíveis e uma expressão dura toma todo o seu rosto de feições perfeitas. O porte de autoridade e soberania do homem de pele branca, cabelos lisos, marrons e médios, sem dúvida nenhuma causa furor por onde passa. Os olhos escuros, parecidos com um buraco negro no Universo, parecem um mistério encantado, já que não consigo desviar o meu olhar. Parece que suas íris têm a capacidade de me manter presa ou me fazer perder nessa escuridão. A boca de lábios cheios, brilhantes e vermelhos, parece ser capaz de uivar como um lobo indomável. Ainda mais sua barba rala circulando todo o seu maxilar quadrado, deixando-o com aparência mais selvagem ainda.

A energia do ar muda, quando em passos firmes ele caminha em minha direção e para a minha frente. Ele cruza os braços diante do seu peitoral, continua me encarando e meus olhos, indevidamente, começam a observar toda a musculatura desenhada sob o tecido. Sim, ele é realmente forte. Diria que atlético, pela forma que suas pernas parecem definidas através da calça de linho escura e o terno parece esticado nos braços. E seu cheiro que senti quando ele me segurou, é de uma colônia forte e masculina, um toque de poder, misturada a um aroma intoxicante e incomparável.

Oh, céus!

Contra a minha vontade, tudo dentro de mim reconhece nele a personificação de príncipe de todos os contos e livros que já li.

Mas que merda eu estou dizendo?

De príncipe, ele somente tem o rosto, porque ele não passa de um escroto. Um cretino dos maiores.

Puxo todo o ar que sou capaz de guardar e o solto aos poucos, tentando recuperar meu controle. Estabilizar meus nervos.

— Você de novo. — Aponta para mim. Sua voz soando sem emoção. — Não me diga que sua entrevista é com o doutor Costa?

Engulo em seco, tentando engolir o nó em minha garganta e achar a minha própria voz. Estou paralisada. Não sei como esse idiota consegue ser tão intimidante com apenas um olhar.

— Sim, é com ele mesmo — apresso-me a responder.

Ele não diz nada, apenas fica me encarando sem piscar os olhos, a mandíbula travada e as mãos enfiadas no bolso. Parece inabalável em sua postura. O que me deixa mais nervosa ainda.

Então uma percepção ruim cai sobre mim, como um balde de água fria. E se ele for o dito cujo? Se ele for o doutor Costa?

Eu não seria tão azarada assim, seria?

E quando você teve sorte, querida? Algo grita dentro de mim.

Por favor, por favor, que ele não seja o meu entrevistador, pois com certeza posso dar adeus a este emprego.

— Você é o doutor Costa?

Meu coração martela dentro do peito, enquanto espero sua resposta. Uma de suas sobrancelhas fica arqueada. E passam alguns minutos até que ele resolva mexer seus lábios carnudos.

— Não sei. — Um sorriso malicioso ilumina seu belo rosto. — Talvez eu seja, talvez não.

Ele dá de ombros, dando a entender que não vai sanar a minha dúvida.

Meu Jesus, como ele é irritante!

— Tudo certo. — Trinco a mandíbula, irritada, mas mantenho a minha pose de calma a todo custo. — Manteremos sua identidade em segredo.

Ele tira as mãos do bolso e esfrega seu queixo com calma. A tensão em seu olhar é implacável. Tanto que quase não consigo identificar o que significa o novo sorriso que ele me lança, se é de deboche ou alegria.

— Não se preocupe. Você muito em breve descobrirá não só a minha identidade...

Abro a boca, surpresa, confusão dançando em minha mente e deixando a minha cabeça cheia de perguntas, mas sou interrompida de fazer qualquer uma delas, pois logo a secretária nos interrompe.

— O doutor Costa irá recebê-los agora, senhorita Marinho e senhor Ferrer. Ele os encontrará na sala de reunião número três.

— Obrigado, Diana.

O homem à minha frente dá meia-volta e caminha elegantemente pelo corredor em direção às portas. Seus passos são confiantes, sua cabeça erguida, o peito estufado é dominante. Faz parecer que o espaço é pequeno.

Fico olhando por um segundo para ele que nem uma trouxa. Porque ele pode não ser o doutor Costa, o entrevistador, mas ele é uma peça muito importante para a seleção, caso contrário, não participaria. Solto um grunhido de frustração. A ilusão que criei que conseguiria esse emprego custe o que custar, morrendo dentro de mim lentamente. Sei que dei um tiro no pé, desde que pisei no prédio e esbarrei no senhor Ferrer. De qualquer modo, sigo até a sala de reunião, porque a esperança é a última que morre, e eu estou cheia dela. E não vim até aqui para morrer na praia.

Quando entro na sala, sento-me na primeira cadeira que avisto antes mesmo das minhas pernas cederem, contudo os meus joelhos continuam a bater um no outro, mesmo que eu tente controlá-los. Coloco as mãos em cima do tampo de vidro escuro da mesa, pousando a pasta com Juliano, Silva e Costa Advocacia Especializada impresso em letras vermelhas. Desenho com o dedo toda a caligrafia, por incontáveis vezes. Tudo isso para não encarar o homem que está sentando à minha frente.

Em questão de segundos, passos soam em meus ouvidos. Assim, um homem de terno cinza entra na sala, caminhando com decisão em direção a nós. Quando ele para diante da cadeira que fica à cabeceira da mesa, ele me parece ainda mais confiante e seguro enquanto se senta.

— Senhor Ferrer, que prazer em vê-lo de novo.

Escuto o homem em minha frente ranger os dentes.

— Diria que o prazer é todo meu em estar aqui hoje, doutor Costa. — A voz ecoa em tons graves por todos os cantos do ambiente.

— Tenho certeza de que sim. — O tom do outro homem é estranho. Tenho a sensação de que tem um leve teor de malícia em sua voz. — Afinal de contas, conseguirá o que tanto almeja.

— Estou apostando todas as minhas fichas que sim.

Os olhos pretos estão em mim. O rosto impassível, os lábios em linha fina e as sobrancelhas franzidas.

O homem de terno cinza ri; uma gargalhada alta que definitivamente é de ironia.

— O prêmio é alto.

Sinto-me deslocada. Uma intrusa. Como se tivesse invadido a gravação de um filme de suspense e mistério, já que eu não faço nenhuma ideia do que está acontecendo Ou do que os dois homens ao meu lado conversam. Entretanto, está na cara que é algo muito dramático.

— Vamos logo ao que interessa, doutor Costa. Não tenho a tarde toda para isso — ordena o senhor Ferrer, um tanto exasperado, ainda mais quando apoia com força suas mãos de dedos longos e grossos sobre a mesa.

— Como quiser, Ferrer.

O homem sorri e esfrega as mãos, antes de tirar alguns papéis de dentro da sua pasta.

— Antes de começarmos, senhorita Marinho, quero me apresentar. — Ele pausa. — Sou Juliano Costa, advogado especializado em direito da família e direito de sucessões. — Ele ajeita a sua gravada engomada. — É meu dever como redator, testemunha e executor, informá-la que o senhor Pedro Dias faleceu e que ele a citou em seu testamento.

— Testamento? — Minha voz é um sussurro.

— Sim, testamento. — Ele sacode a cabeça, os fios grisalhos balançam minimamente. — Por acaso, não se lembra de seu padrinho?

— Sim... Sim, lembro... Mas...

Balanço a cabeça, contendo um suspiro. Sim, lembrar, eu lembro. Agora, ele lembrar que eu existo? Isso nunca. A minha última lembrança do meu padrinho foi bem antes da minha mãe morrer e ele não era um homem muito presente, não aparecia em datas comemorativas ou especiais. Nunca estava em meus aniversários, Natais ou peças da escola. Ele nem sequer apareceu no enterro da minha mãe. Eu, por muito tempo, não entendi como os meus pais o escolheram para cuidar de mim na ausência deles.

E agora isso? Um testamento em que ele me cita.

Sinto meus olhos arregalados em confusão. Medo. Susto.

Nem em meus mais absurdos sonhos, poderia imaginar isso.

— Vá direto ao ponto, doutor — Ferrer fala parecendo aborrecido, enquanto olha em volta da sala, tomado por algum tipo de sensação... Diria que talvez seja nervosismo. A julgar pelo jeito que sua mandíbula está cerrada e que ele leva os dedos até o seu cabelo, desmanchando o penteado ali, deixando-o com uma imperfeição que somente o torna mais perfeito.

— Eu trouxe comigo a sua cópia do testamento, senhorita Marinho... — O advogado mexe em algo dentro da pasta. — Para que possa ler todos os detalhes em casa e com calma. E possa sanar todas e quaisquer dúvidas sobre o assunto.

Ele estende uma espécie de pasta para mim. Remexo-me na cadeira e a aceito, mas nem sequer a abro. Não tenho coragem ou força para o ato.

— Agora vou dar alguns detalhes. — Ele passa um de seus dedos compridos sobre o tampo da mesa. A pedra vermelha de seu anel brilhando. — A Indústria F&D foi fundada pelo senhor Roberto Ferrer, em meados dos anos 70, com intuito de rever a ideia do mundo sobre a criação de carros, e tão logo ela se transformou na maior indústria do Brasil e oitava no mundo todo, por ter um produto tão inovador. — Os olhos da cor de mel do doutor Costa se prendem em mim. — Ações dessa empresa, senhorita Marinho, são sua herança.

— O quê? — pergunto sem fôlego. — Eu...

Não sei o que dizer. As palavras me faltam, à medida que sentimentos tão contraditórios me invadem.

— O senhor Dias era sócio da F&D. Ferrer e Dias — ele explica, mas ainda não faz sentido para mim. — Suas ações somam um total de 40% da empresa e 5% dessas podem ser suas, segundo o testamento; outros 40% está com o herdeiro Ferrer; o restante das ações está dividido entre sócios minoritários.

Minha mente continua rodando, como uma montanha-russa. E eu estou exatamente na cadeira da frente, assustada para caramba. Em queda livre, tentando entender como fui me meter aqui, quando, na verdade, a minha mente só pensa em querer gritar tão alto que possivelmente me deixaria sem voz por alguns dias.

Escuto um pigarro.

— Eu sou Maurício Ferrer, filho do criador da F&D. O outro herdeiro. — A voz fria e grave parece quebrada, mas no preto de seus olhos vejo uma pequena chama. — Herdeiro, entre aspas, já que não posso dar segmento ao sonho do meu pai como tenho direito. Ou que possa gerir todo esse império com punho de ferro e dedicação. Contudo, agora tenho uma oportunidade.

Mais uma descida na montanha-russa. Mais uma vez, meus neurônios se agitam.

— Para ter direito à sua herança, senhorita Marinho, existem algumas condições.

Agora é a vez de o doutor Costa assumir o controle de aceleração, a montanha-russa agora se transformando em um trem bala da China, acelerado e prestes a sair dos trilhos, deixando os meus nervos em perigo e minha cabeça cheia de luzes alucinantes. Sinto que meu coração vai explodir a qualquer momento.

— Que condição? — Consigo perguntar.

Maurício se levanta, ficando atrás da cadeira. Inclina-se sobre a mesa, as duas mãos segurando o peso de seu corpo. Seus músculos ficam aparentes no tecido do seu terno.

— Uma simples e única condição. — Sua voz sai exasperada. Então, fixa seus olhos em mim. — Precisamos nos casar.

Capítulo 9

Elisa

Os ânimos na sala mudam completamente no segundo que a palavra casamento é dita. Um silêncio absurdo e longo se faz presente. De um filme de ação para um de terror, exatamente na bendita cena em que a mulher toda inocente entra em uma tenebrosa casa vazia e escura, começa a andar cômodo por cômodo, caminhando lentamente para o perigo. A calmaria havia definitivamente acabado. Então, gritos e mais gritos histéricos são ouvidos.

Sinto as palmas das minhas mãos suando, ao constatar que agora sou a pobre mulher do filme de terror. Eu cheguei aqui com o coração cheio de esperança, ansiosa e muito nervosa, mas pronta para dizer todas as minhas qualidades e defeitos. Embora continue nervosa e ansiosa, agora por motivos diferentes.

— Casamento?

Eu fico sem fôlego, nem sequer tenho certeza de que deu para escutar a minha voz.

O doutor Costa olha para os papéis em suas mãos.

— Aqui estamos. — Ele começa a ler: — Para Elisa Maria Marinho, minha afilhada, filha de Paulo Marinho e Laura Marinho, eu deixo 5% das minhas ações da F&D, sobre a única e exclusivamente condição de contrair matrimônio com o senhor Maurício Ferrer, também detentor de parcelas de ações da empresa.

Tomo uma longa respiração, para tentar manter a compostura, mas de nada adianta. Minha frequência cardíaca continua aumentando, minha cabeça continua girando, minha respiração segue acelerada.

— Um golpe perfeito daquele canalha — protesta com uma voz sombria e um olhar atravessado para o advogado, o homem a qual devo me casar, do outro lado da mesa.

— Uma forma segura de expressar suas vontades depois da morte. Um negócio completamente dentro das leis.

Os olhos de Maurício parecem ser capazes de lançar adagas neste momento, pela forma que ele parece ainda mais perturbado e irritado com as palavras do doutor Costa.

— Estou ciente do que é um testamento.

O homem de cabelos grisalhos adota um sorriso.

— Tenho certeza de que sim.

Mais um olhar irritado em direção ao advogado. Cada músculo no rosto de Ferrer está tensionado. Os olhos frios como gelo. Ele é um retrato perfeito e inegável da raiva.

— Bem, eu preciso falar com a senhorita Marinho — Maurício diz; a voz sem emoção. — Se eu puder usar a sua sala, agradeceria.

— Claro, podem ficar à vontade. — O advogado fecha sua maleta com um estalo audível. Ele olha de mim para Maurício, franzindo o cenho, divertindo-se com alguma coisa. — Conversem e decidam o que irão fazer. Estou à disposição para ouvi-los logo com suas decisões.

Cruzo as pernas debaixo da mesa, enquanto observo Ferrer fechar a porta após o doutor Costa sair. Quando ele volta em minha direção, não se senta, continua em pé, o rosto impassível e os olhos ainda mais frios. Eu não tenho como negar, tudo nele me intimida. Sua postura, seus olhos, sua gravata, sua voz profunda. Mas ainda mais intimidante é que acredito que ele me odeia. Principalmente quando cruza os braços e me olha de cima.

— Parece que temos muito que conversar. — Ele tenta me lançar um sorriso. — Mas no momento tenho apenas algo para lhe propor, senhorita Elisa Marinho.

Ouvir meu nome sair de sua boca me causa uma sensação estranha na barriga.

Ignorando o frio que parece fazer nevar dentro do meu estômago, estendo a mão para a cadeira de couro à minha frente.

— Que tal se sentar, senhor Ferrer. — Junto minhas mãos sobre a mesa. — Acho que ficará mais fácil para você dizer sua proposta.

Ele enfia as mãos no cabelo, sacode a cabeça e começa a andar de um lado para o outro. Parece bem altivo e impaciente ao fazer isso. O tecido de sua calça azul-marinho aperta e deixa suas pernas compridas e musculosas em evidência, enquanto o terno aberto revela a camisa branca e o balançar da gravata no pescoço. Seu pomo de Adão oscila à medida que ele engole a ar, como se fosse um carro andando em alguma estrada cheia de morros.

Quando ele para, senta-se e volta a fixar seus olhos negros em mim. A expressão é tensa.

— Senhorita Elisa... A minha proposta... — A sua voz sai arrastada, como se ele estivesse escolhendo cada palavra com cautela — Está dentro do aceitável e conveniente para tal situação.

— Eu não acredito que seja uma proposta decente — alerto. — Mas posso lhe dar cinco minutos do meu precioso tempo.

Seus olhos negros me fitam com furor. Ele não pisca em nenhum momento, enquanto respira rápido e cadenciado. Então, balança o pescoço, logo sua pose fraqueja e sua cabeça tomba para frente. Ele segura sua nuca.

— Eu quero oferecer a você um contrato, um acordo, como decidir chamar.

— Como?

— Um acordo de casamento.

Sinto todo o sangue do meu rosto ser drenado. Parece que há milhões de fogos de artifício explodindo dentro de mim, dos mais barulhentos aos mais coloridos. Como os usados na virada de Copacabana. Boom! Boom! Boom! Fazendo todo meu corpo ondular. Meus dentes rangem. E minha mente entra em colapso. Como se o Tico e o Teco tivessem começado uma guerra entre eles, sem ter previsão de acabar. Inspiro diversas vezes. Sentindo a necessidade de levar oxigênio ao meu cérebro para que ele volte a funcionar normalmente.

Fecho os olhos, sentindo todos os pelos do meu corpo eriçarem e minha cabeça latejar. Levo a mão ao meu peito. Meu coração está disparado, mas isso você é capaz de imaginar, o coitado não para de pulsar forte, como se eu estivesse prestes a ter um infarto.

— Você acha que as coisas são simples assim? — Exalto-me um pouco. — Você diz uma coisa, todos têm de fazer. Você deseja algo e, plim, está em suas mãos?

Ele respira fundo e passa os dedos longos pelo rosto, subindo em direção ao cabelo e, quando chegam ao destino, puxam os fios com força, dando-me a certeza de que o homem à minha frente não está acostumado às pessoas lhe dizendo *não* com frequência. Ainda mais certeza de que nenhuma mulher reluta contra a sua atenção, pelo contrário, elas lutam e morrem pelo mínimo dela.

Mas eu, não.

— Eu sei que nem tudo na vida é fácil, Elisa. A prova viva é que estou tendo de lutar contra muitos dos meus princípios por conta de um maldito testamento — ele dita com força. — Pare de achar que eu perderia meu tempo se eu pudesse evitar esse casamento. Acredite, fui até onde pude para anular esse testamento.

Fico ofendida com seu tom e suas palavras duras.

— Não estou nem um pouco feliz com isso também — digo no mesmo tom dele. — Acredite, não estava em nenhum dos meus piores pesadelos ser obrigada a casar com um estranho de cara e alma azedas.

Ferrer me encara, com a sua cara fechada e olhar cortante como a espada de um ninja. Então se coloca de pé.

— Também não estava em meus sonhos casar. — Ele ergue o maxilar. — Ainda mais com você.

— Estamos de acordo quanto a isso.

Levanto-me, decidida a sair, e dou graças a Deus que minhas pernas, mesmo bambas, me respondem, mas não chego a dar um passo porque ele entra na minha frente. Seu corpo é tão grande, que parece uma montanha. Eu pareço uma formiga ao lado dele, mas não me deixo abater, as formigas têm a capacidade de levantar até dez vezes mais o seu peso. Não que eu vá tentar tirá-lo da minha frente. Certamente teria mais êxito se eu usasse a sabedoria de Davi, que derrotou Golias apenas em um único ataque.

— Aonde pensa que vai?

— Eu acho que não temos mais o que conversar. Já decidimos tudo. Então, saia da minha frente para eu ir embora.

— Não. — Ele pega de repente em minha mão direita, firmemente.

Sinto um choque percorrer por todo o meu corpo, do dedo do pé até o último fio de cabelo em minha cabeça. Sinto as bochechas esquentarem e somente consigo pensar o quanto devo estar igual a um tomate neste momento.

— Você não pode me manter presa aqui sem o meu consentimento, isso é sequestro. — Tento puxar a minha mão das suas garras fortes, mas é inútil.

— Acho que você não compreendeu que eu não estou a fim de perder o negócio que meu pai lutou para erguer e tornar o que ele é hoje. Eu não vou jogar fora os anos de serviços dele, muito menos, a sua memória. Eu não posso nem quero perder essa oportunidade.

Engulo em seco, observando-o. O rosto agora pálido, coberto de suor e cheio de rugas. Seus olhos bem arregalados parecem mais escuros ainda, a boca em linha fina e respiração profunda como se não conseguisse puxar o ar direito. Seu peito sobe e desce, como se o coração estivesse praticando em um ensaio de escola de samba. Se eu conseguir focar mais um pouco, tenho certeza de que posso ouvir as suas batidas.

Os ombros dele caem para frente, fazendo que solte a minha mão. Olhando-o bem, agora ele parece um coelho assustado. Nada do homem selvagem e com porte de autoridade que me insulta desde que pisei neste prédio.

— Aceite a minha proposta.

Arfo e o encaro, assustada. Todo o ar que tinha em meus pulmões se esvai. Tento replicar, mas estou sem a mínima capacidade de fala.

— N-não posso — digo, negando com a cabeça. — Eu não quero casar com você, não é fácil assim. Eu não o conheço.

— Não precisamos nos conhecer. Não será um casamento verdadeiro.

Meu estômago se revira. A explosão de uma bomba sobre a minha cabeça com certeza não teria me afetado tanto como as suas palavras.

— Será apenas um acordo entre nós dois. Tudo será de aparências, não precisamos ter nenhum relacionamento ou envolvimento. E depois de termos conseguido cumprir o contrato, dentro de um ano, podemos nos separar e seguir as nossas vidas como se nunca tivéssemos nos conhecidos.

Então como fumaça se dissipando, some no ar tudo que já fantasiei e imaginei sobre almas gêmeas, amor verdadeiro e príncipes encantados. A vida real é muito mais cruel do que todas as bruxas más e vilões dos contos de fadas. O final não parece ser tão feliz e para sempre assim.

— Eu não posso aceitar isso. Não posso.

A minha voz é fraca.

— Escute-me... — Ferrer limpa a garganta. — Com o contrato, você terá muitos benefícios. Você ganhará muito dinheiro com a empresa. Dinheiro para pagar todas as suas despesas, renovar seu guarda-roupa. A cada mês desse disfarce, você ganhará uma mesada de dez mil reais, que poderá usar como quiser, sem se preocupar em usar do seu próprio dinheiro do lucro mensal de sócios. Quando tudo isso acabar, terá a sua pequena fortuna. Se aceitar esse casamento, estará feita na vida. Muito melhor do que ganhar na Mega-Sena.

— Eu não estou à venda, senhor Ferrer.

Ele trava seus olhos em mim.

— Todo mundo tem um preço.

— Eu não.

— Tenho certeza de que possui dívidas. Ou algum projeto, ou algum sonho que queira realizar. Tudo isso pode se resolver, em um segundo. Basta apenas você dizer sim para a minha oferta. Basta seguirmos o maldito testamento.

Rápido, sinto a humilhação percorrer meu corpo, tento em vão lutar contra, mas ela ganha espaço e me sufoca; como se fosse uma tonelada em minhas costas, como se eu estivesse sendo empurrada para um buraco. Sinto meu rosto esquentar e meus olhos arderem, tenho a sensação de que a qualquer momento posso irromper em lágrimas. Minhas emoções sendo jogadas novamente para uma montanha-russa, mas agora o carrinho está a cem quilometro por hora e o trilho à frente não tem continuidade.

— Eu sei que é muito a assimilar neste momento, senhorita Marinho, e por mais que o tempo que temos para casar esteja curto, vou te dar um tempo para pensar e decidir que esta é uma oferta irrecusável — ele fala tão eloquente, enquanto eu continuo parada, imóvel no lugar. — Eu vou te dar isso, nele tem a cópia do acordo, para que leia e veja que será benéfico para nós dois.

Ele me entrega um pequeno objeto preto.

— O que é isso?

— É um pen drive. Nele tem o contrato, que meu advogado e eu redigimos mais cedo. Você pode procurar um advogado de confiança e ter suas considerações. Posso ceder em algumas cláusulas.

Eu balanço a cabeça, a confusão e milhares de perguntas tomando a minha mente.

— Por que você acha que sequer tenho interesse em ler esse contrato? — Escolho uma delas.

Ele ergue uma sobrancelha.

— Você, assim como eu, está surpresa com tudo isso. Eu demorei a aceitar. Como disse, lutei para aceitar, fiquei em estado de negação, mas aqui estou eu. Lutando pela honra e memória do meu pai. Lutando pelo que mereço e correndo atrás do que sonho desde que me entendo por gente. — Ele pausa um momento, pensando em suas palavras. — Eu sempre amei fazer carros. Eu sempre amei todos os projetos automobilísticos e tudo o que os envolvem. Eu sempre defendi com unhas e dentes o quão os automóveis podem e devem ser um bem para os humanos, mas não uma arma para o planeta. E agora, eu posso fazer esse meu sonho ser uma realidade. — Seus olhos estão em mim. — E, olhando para você, me parece ser singela e pura. Não acredito que está em seu sangue administrar uma empresa. Certamente, eu seria a escolha adequada, como seu padrinho quer. Me tornando, assim, o maior detentor de ações e podendo assumir a presidência.

Não, eu não tenho um pingo de sangue na veia para os negócios.

O meu mundo são os livros.

Em consequência, o meu sonho é um casamento verdadeiro. Uma família feliz. Um amor para vida toda. Não isso...

— Um negócio perfeito para ambos...

Levanto a mão, impedindo-o de continuar.

— Pare, eu não quero mais escutar. Eu tenho de ir.

Ele solta um suspiro audível, mas, por fim, acena com a cabeça, dando-me liberdade de ir. As minhas pernas parecem geleias a me conduzirem passo a passo. Mas antes que eu consiga abrir a porta, ainda posso escutá-lo.

— Pense no dinheiro e no que ele poderia fazer por você. Pense como uma oportunidade. Lucrativa. Um ano de sua vida, e você não precisará se importar com nada. Ou, se preferir, pense nisso como um acordo com o diabo. — Ele sorri, como se fosse o próprio. O que eu não duvido nem um pouco. — Ao final do contrato, tem o número do meu telefone. Eu espero sua resposta.

Mas eu não viro para trás.

Preciso apenas fugir.

Fugir dele. Ou fugir desse pesadelo.

Uma semana se passou e eu ainda não consegui resolver a minha vida. Participei de mais duas entrevistas, mas só consegui *não* como resposta. Parece que o destino tirou todo o seu tempo para me castigar. E agora eu ainda tenho a Mãe Terra e o cosmo contra mim. Certamente, eles não foram com a minha cara. Talvez eu tenha errado na simpatia e esteja sendo triplamente punida.

É, minha vida nunca foi um mar de rosas. Agora, certamente parece o mar morto.

Um pouco aborrecida, vou até o banheiro, preciso de um bom banho para tirar toda essa fadiga de um dia tumultuado. Deixo meus sapatos perto do vaso sanitário e começo a tirar meu terninho aqui mesmo. Jogo minhas roupas no chão, depois volto para pegar. Tenho muito mais do que me preocupar, do que com um pouco de bagunça.

Dentro do boxe, permito que meu corpo relaxe e descanso minha cabeça na parede de azulejo em minha frente, enquanto os jatos de água caem sobre ela. Então, como flashes, minha mente é invadida pelas recentes cobranças. A clínica já deu três notificações de atraso, e eu sei que na quarta não terei mais escapatória. Tia Car será expulsa de lá, com impossibilidade de voltar a ser internada, a diretoria certamente não aceitará formalizar um contrato novamente com uma cliente cheia de débitos. E, com meu nome sujo, muito possivelmente eu não poderei buscar outra vaga em uma clínica do mesmo padrão.

Porra! Meus olhos ardem com as lágrimas que queimam como fogo, que nem mesmo a água que cai sobre mim é capaz de apagar. Com um engasgo, meu coração se aperta, então logo sinto as pernas fraquejarem, então eu deixo meu corpo escorregar até o chão. E me permito colocar tudo para fora. Chorando por tudo que já aconteceu em minha vida. Um choro que estava preso há tempos. Um choro pesado, alto, de soluçar, de escorrer secreção pelo nariz, de chacoalhar o corpo. Um choro de lavar a alma.

Você tem uma chance, parte de mim dita, sobressaindo-se aos meus gemidos.

Sim. Eu tenho um contrato que eu sei de cor cada linha, cada ponto e até mesmo cada letra.

A dor da mentira ali descrita me massacrando, como se fosse um grande corte em todo meu corpo.

Baixo a cabeça e fico estudando minhas alternativas; sim ou não. Bem, eu tenho princípios, valores, crenças e nunca me sentiria bem por me vender assim e me sujeitar a viver uma farsa por dinheiro. Eu sempre fui ensinada que a mentira tem perna curta e a verdade deve ser sempre seguida, mesmo que doa.

Eu não teria cara para sustentar essa farsa. Eu morreria lentamente por dentro a cada dia. Eu ficaria decepcionada comigo mesma. Mas, certamente, causaria a maior decepção para minha tia, ela nunca aceitaria que eu concordasse com esse casamento falso. Ela é como eu, acreditava no amor e na família. Então, ao dizer sim, também teria de mentir para ela, para não perder sua confiança, nem quebrar seu coração com o meu sacrifício.

Entre a cruz e a espada.

Entre cair logo em um precipício ou andar em uma corda bamba.

Mas, cacimbas!

É a única chance que eu tenho agora. Por mais que seja um mar escuro de falsidade, é a única luz no fim do meu túnel. É a única lanterna que está iluminando o fundo do meu poço. É a porra da chance de resolver meus problemas. Com meu *sim*, eu não precisaria mais passar a noite em claro, procurando uma saída como se fosse uma agulha em um palheiro. Com esse contrato, eu poderia manter tia Car na clínica, sem me importar com as mensalidades e custos extras do seu tratamento, ela continuaria bem-cuidada e, de quebra, ainda poderia lhe dar uma nova máquina de argila.

Tudo perfeito dentro de um pesadelo.

Quando sinto meus dedos começarem a enrugar, saio do banho, cubro-me com um roupão e sigo até a sala. Sento-me no sofá com o cabelo ensopado. Olhando para todas as fotos e vasos que fazem parte da pequena decoração. E aqui, sozinha, em uma noite chuvosa e triste, fito o teto sem ter a certeza do que fazer. A única coisa que eu tenho certeza é que dizendo sim ou não, eu vou sofrer.

Então, antes que minha cabeça exploda, pego sobre a mesinha o meu celular e olho par ele com o coração batendo rápido, sem respirar. Meus dedos digitam o número de Maurício Ferrer que, de fato, está no final do contrato, e abro a aba de SMS.

Escrevo as palavras com o coração na garganta, então pressiono a teclar de envio antes que eu desista.

E, como um mais um são dois, eu tenho certeza de que isso vai destroçar meu coração em pedaços pequenininhos.

Capítulo 10

Maurício

— Nada ainda. — Bufo, irritado.

Eu devia estar trabalhando, vendo alguns projetos ou simplesmente procurando novas opções de mercado para F&D, mas não. Estou a tarde toda aqui, um pouco agitado e de minuto a minuto olhando para o meu celular, e a cada verificação eu o descarto sobre a mesa, fazendo um barulho enorme. Que mesmo assim não consegue aplacar as ondas sonoras de exasperação que quebram dentro de mim, como um estampido de uma bala. Tudo porque eu ainda não tenho a resposta de Elisa Marinho.

Apenas uma semana se passou, para alguns podem ser um curto tempo, mas, para mim, é uma eternidade. Ainda mais quando o tempo que tenho está se esgotando.

Impaciente, pego novamente o celular em minhas mãos, mesmo que ele não tenha vibrado ou feito nenhum barulho de notificação sequer. Mas o meu *eu* precisa se certificar de que não há nenhuma mensagem.

E como podem prever... Nada!

Caramba!

Por que ela simplesmente não responde logo?

Porque você foi um hipócrita precipitado, ela havia acabado de ser atropelada ao saber do testamento e você foi lá e não a deixou respirar direito, oferecendo um acordo de casamento. Queria o quê?

Talvez, aqui, tenho de admitir que errei feio. Agi como um principiante. Um adolescente que se deixa ser levado pela emoção do momento. Eu deveria ter considerado me aproximar de outra forma. Ter conseguido sua confiança antes de enfiar minhas garras nela e fazer a proposta.

Quando foi que fui tão impulsivo assim?

Não precisa responder. Eu respondo: nunca!

Nunca dei um passo errado, nunca fui impetuoso, tudo o que já fiz na vida foi pensado e planejado antes.

E vocês já sabem. O meu plano não funcionou. Podem rir de mim.

Tudo bem, eu estava otimista demais. Um cínico, para falar a verdade, mas é a minha chance. Eu assumi o risco, como um bom administrador. Então, calculei uma situação em que somente haveria o preto e o branco.

Como se fosse uma transação de negócios, uma reunião de interesses, que me possibilitaria lhe oferecer casamento sem a necessidade de ser real, seguindo todo o meu plano de que se eu tinha que beijar o diabo para conseguir o que eu queria, pelo menos que fosse do meu jeito. Porém, tudo ainda está escuro, sem a sua resposta.

Elisa Marinho não agiu feito uma desesperada, como eu. Não caiu em minha lábia, apesar de, em alguns momentos, ela ter parecido vacilar com meu arrobo. E se demonstrou frágil e exposta com o tom de sua voz, mas em nenhum momento pareceu que ia ceder. Ela se manteve firme em sua negativa.

Como uma rocha, cheia de dinamites, prestes a explodir e desmoronar até a última partícula, mas de pé e imprevisível. Com uma determinação forte e cruelmente honesta. Usando toda a sua dignidade para se defender da minha proposta.

Mas tudo isso eu já tinha visto em seus olhos.

Imagens de seus olhos grandes e azuis da cor do mar invadem a minha mente, afogando-me neles e me prendendo no fundo. Não deixando que eu consiga pensar em outra coisa. Assim como a visão de seu corpo pequeno, que parecia delicado demais debaixo de suas roupas sociais. E não preciso dizer que a recordação de sua boca carnuda e de lábios rosados, é tão quente que me faz soltar um suspiro. A pele pálida e de toque suave, que pude comprovar quando toquei em sua mão e a segurei, fez um espasmo percorrer meu corpo e causar um arrepio em minha espinha. Um choque que esfriou e esquentou tudo dentro de mim, fazendo-me ter sensações que não sei dar significados, porque nunca as senti.

Sinto meu corpo tremular. As lembranças como ondas flamejantes causando uma reação que novamente não consigo conter, assim como o tecido da minha calça se expandir. Desconcertado, pulo da minha cadeira e recorro a uma respiração profunda.

Porra!

Sacudo a cabeça diversas vezes. Este não é o comportamento que espero diante da mulher que apenas preciso para um casamento arranjado, em que não terá nenhum tipo de contato físico ou sentimentos.

— Controle-se, caralho! Você tem apenas um foco nessa merda toda — vocifero comigo mesmo.

Um barulho me tira dos meus devaneios sofridos.

— Olá, Maurício Ferrer. — David entra em minha sala, sem nem ao menos bater ou ser anunciado.

— Em que posso ajudá-lo, David. — Finjo mexer em meu computador. — Estou um tanto ocupado agora, verificando alguns projetos do carro que estará em linha no mês que vem.

Ele nem sequer dá a mínima e se senta na cadeira em frente à minha mesa. Abre um botão do seu paletó, enquanto cruza as pernas compridas. Eu, por minha vez, ajeito minha postura, colocando o peito para frente e fixando em meu rosto uma carranca. Demonstrando toda a minha insatisfação, irritação e a uma gota do meu limite estourar. Que se eu fosse o panaca em minha frente, não ousaria chegar perto ou sequer olhar em minha direção. Quem sabe o melhor seria cavar um buraco e se esconder do furacão que estou prestes a virar.

Mas nem todo mundo é inteligente o suficiente ou aprendeu que não se deve brincar com fogo e esperar que saia ileso.

— O que tenho a falar levará apenas alguns minutos de seu precioso tempo.

De repente, um sorriso cínico surge em seus lábios.

Idiota. Esse infeliz só pode estar aqui para esfregar em minha cara alguma de suas conquistas. Eu posso até mesmo chutar que veio para me fazer engolir os números de sua parceria fechada com a Nem Car, que está rendendo em pouco tempo para F&D lucros jamais previstos. Para ficar claro para você e consiga entender o abalo e fascínio que estão tomando todo o conselho, vou dar um exemplo. Imagine você ter um real em sua conta e, de repente, você decide investir em alguma ação, bolsa ou o que decidir e, no dia seguinte, essa quantia ter se transformado em um milhão de reais.

— Seu tempo está correndo e, se eu fosse você, o aproveitaria bem — digo, mal-humorado, o que o faz piscar e transformar seu sorrisinho cínico em um maior ainda.

— Acredito que já esteja ciente de como anda a parceria com a Nem Car, de como o negócio está sendo rentável tanto em dinheiro quanto em status para F&D. E que recentemente saiu uma publicação em uma grande revista nacional, relatando sobre a parceria e a sua importância para o nosso país, da criação de novos empregos, mesmo diante da grande falência das demais indústrias automobilísticas locais. E que eu fiquei mais do que gratificado por ter representado a empresa nessa exposição, visto que foi devido a mim que a união entre a nossa empresa e a grande fábrica alemã foi selada.

— Foi para dizer tudo isso que saiu da sua sala e veio até aqui desperdiçar o meu tempo? Como se eu não tivesse recebido os relatórios do setor financeiro e não soubesse analisar os gráficos corretamente e que não tivesse visto a revista, a qual você certamente fez questão de espalhar por toda empresa?

Os meus olhos se apertam em sua direção, à medida que o sangue que pulsa em minhas veias parece tão quente como magma.

O que eu disse?

Algumas pessoas não têm nenhum cuidado em brincar com fogo. Mas, David é ignorante demais para cutucar um vulcão.

— Você sabe que não — dita com firmeza, mas continua com a babaquice. — Apenas queria saber se estava completamente ciente de todos os avanços da empresa. Visto que neste último mês pareceu um tanto que desatento com algumas informações da F&D. Nem sequer participou da reunião extraordinária desta semana. Está passando por alguma dificuldade? Algum problema pessoal?

— Acho que o que acontece e deixa de acontecer em minha vida pessoal, não é da sua conta.

A minha voz sai em um tom mais rude que o normal.

— Certamente não seria. Mas quando passa a afetar a sua vida profissional e consequentemente a empresa, passa a ser inerente a todo o conselho.

— Pois diga aos demais membros do conselho que em breve eles não precisarão se preocupar como estou agindo ou não. Tudo vai mudar — falo, sério, para o panaca que apenas me observa em sua cadeira.

Espero que ele esteja farejando o aroma da minha vitória.

Ele sacode a cabeça, sorrindo.

— Bem, sendo assim. Voltarei para minha sala, tenho de continuar a preparação da reunião do conselho do próximo mês. — Ele se levanta e abotoa o terno. Caminha com elegância e passos precisos até a porta, mas antes de passar por completo por ela, profere: — Falando em reunião, espero contar com seu apoio na votação de eleição para Gerente Interino que irei propor, visto que a empresa está há alguns meses sem ter alguém à frente. E sabemos que não há ninguém mais preparado que eu.

Então bate a porta.

— Só se eu fosse louco.

Eu bufo, respiro fundo e soco a mesa.

Merda!

Olho para o relógio e constato que é hora de ir embora. Pego as chaves do meu carro e apartamento, minha pasta com documentos que irei analisar em casa e o celular de cima da mesa. Com um pouco de pressa, saio da minha sala e tranco tudo. Maria ainda está aqui, com certeza me esperando para que ela também possa ir. Eu me despeço dela, que apenas acena.

O *pin* do elevador soa alto. As portas se abrem e eu entro; comemoro por estar vazio. Eu não estou com paciência para conversa fiada. Digito o andar da garagem e fico de olhos fechados até que chego ao meu destino. Com passos longos e pesados, caminho até meu carro, destravo o alarme e jogo minha pasta no banco de carona e entro no lado do motorista. Coloco as mãos no volante, apertando com força a borracha ali.

Eu sei, não devemos criar expectativas, mas não consigo evitar de pegar o celular que está em meu bolso. Com uma grande ilusão de que finalmente encontre ali a mensagem que espero há dias.

Tomo um banho de água fria quando apenas encontro mensagens da operadora e de Cintia, querendo marcar um encontro. Ignoro-a, como venho fazendo.

Nervoso, jogo todos os meus pertences em cima do sofá quando entro em meu apartamento. Mirando mais uma vez o celular, que parece debochar da minha cara. Assim como provavelmente você está neste momento.

Mas desta vez não cedo à tentação de me frustrar mais uma vez e o ignoro. Sigo até o meu quarto, mais precisamente ao meu banheiro e tomo uma ducha rápida, seco-me e me permito ficar olhando meu reflexo no espelho da pia. Meu cabelo um pouco grande demais, preciso cortar. A barba continua rala, da maneira que gosto.

De banho tomado e devidamente vestido, desço novamente as escadas até a cozinha. Indo direto até a bancada de mármore, já imaginando qual comida a minha governanta, Rosa, preparou. Ciente de que só pode ser alguma de suas comidas gostosas, pois ela certamente nasceu com o dom de cozinhar, a mulher parece ter mãos de fada, pois sua comida sempre me faz querer sair da dieta todas as vezes.

— Maurício — Rosa me saúda assim que sento em uma banqueta. — Quer seu jantar agora?

— Sim, Rosa. — Sorrio fraco. — Já estou salivando, imaginando o que preparou.

Ela sorri, colocando as mãos na cintura.

— Fiz lasanha à bolonhesa com salada de alface, tomates secos e um fio de azeite e castanhas fatiadas.

— O meu prato preferido. Isso é golpe baixo, Rosa.

— Considerando que o estou atacando pelo estômago. Realmente é um golpe baixo — ela fala, enquanto prepara meu prato.

O cheiro da lasanha adentra em meu nariz e eu me delicio com o espetáculo, assim como nem sequer pisco à medida que observo o queijo ser esticado, enquanto ela corta um grande pedaço para mim. E ainda adiciona uma generosa quantidade de salada.

— Quero ver quando meu estômago tiver quadriplicado de tamanho, como irá aplicar seus golpes.

— Eu encontrarei um jeito, sem dúvidas. — Ela sorri, mas então foca seus olhos verdes em mim. — Você parece cansado. Quer algo mais?

— Não. Estou bem. Apenas um pouco cansado do dia de trabalho — digo, incerto, talvez em meu rosto esteja estampada a decepção que me consome lentamente. — Agora, peça um táxi e vá para casa, sua família deve estar esperando por você.

— Tudo bem — ela aceita, provavelmente não querendo ultrapassar o limite de intimidade.

Ela ri e então se despede.

Eu praticamente devoro a comida em minutos, depois coloco o prato no lava-louças.

Precisando de um pouco de distração, com passos longos vou até o bar. Pego uma garrafa de uísque e um copo, então me sento em uma banqueta ali mesmo. Enfio os dedos em meu cabelo ainda úmido e engulo uma dose em um único gole. O líquido queima minha garganta, mesmo assim não me impede de me servir de mais uma dose.

Porque, por mais que tente, lute e chute meus pensamentos para longe, é como se eu estivesse jogando um bumerangue; eles voltam em minha direção, ainda mais fortes. Uma consequência de que cada parte de mim quer, na verdade, anseia uma resposta de Elisa e a cada minuto é tão óbvio que eu não vou ter. Uma parte minha considera quase impossível, tal qual chover ou nevar no deserto do Saara.

Deixo minha cabeça baixar, ficando amparada pelos meus braços que estão com os cotovelos fincados no balcão de mármore. Fecho os olhos e respiro fundo, sentindo-me mais cansado do que se esperaria de um dia de serviço. É como se algo estivesse deixando meu coração pesado. Não sei por que estou me sentindo assim.

Talvez, porque Elisa Marinho, a mulher que tem me dado uma dor de cabeça infernal, tem o meu futuro em suas mãos.

E eu odeio me sentir um fraco.

Da mesma forma que odeio essa dependência.

Sacudo a cabeça para tentar dissipar a minha mente enevoada. Então, de repente, assusto-me com o barulho do meu celular, notificando a chegada de uma mensagem. Com passos rápidos, eu me encaminho até o sofá, praticamente me jogando sobre ele. Sem respirar, pego-o, meus dedos tremendo para digitar a senha e abrir a mensagem:

Eu aceito.

Solto um suspiro audível.

Então eu releio cinco vezes para ter certeza de que a minha mente não está fantasiando nada.

Quando constato que realmente é verdade o que está escrito ali, eu não consigo me conter, não sei se é o efeito do álcool ou de outra coisa, mas eu balanço os braços no ar. Comemorando como uma criança que acabou de ganhar algo que tanto queria.

— Finalmente, porra! — urro a pleno pulmões.

Capítulo 11

Elisa

Certamente, qualquer pessoa que me veja agora possa facilmente me considerar uma doida desvairada que acabou de fugir de algum hospício. Não pelo que eu estou prestes a fazer, até porque ninguém, provavelmente, pode olhar para minha cara e descobrir que em questão de alguns minutos saltarei de um penhasco por livre e espontânea vontade das minhas necessidades. E, sim, por não ter uma pessoa no mundo que em sua sã consciência ficaria em pé, parecendo uma estátua no meio da rua, sem se importar de estar sendo castigada pelo sol do meio-dia.

Não, não precisa ligar para o hospício para que tragam a camisa de força ou uma injeção cheia de tranquilizantes para me capturar de volta. Eu juro que estou em meu juízo perfeito, os miolos ainda estão aqui, funcionando, mesmo que entre eles esteja acontecendo uma espécie de guerra.

Um implorando de joelhos: desista! Ainda há tempo, vá embora sem olhar para trás, se preferir vire uma toupeira e cave o mais profundo buraco e se esconda. Afinal, com o fundo do poço você já está acostumada e tem até mesmo a sua carteirinha de hóspede VIP, o que significará uns metros a mais de profundidade, quando você está para entrar em um vendaval em que não restará um pedaço de você para contar história? Porque esse homem vai virar sua vida de cabeça para baixo, depois para cima, e de um lado para o outro, como se estivesse em uma moto em um globo da morte. E você tem pavor de motos, assim como nunca foi muito fã de adrenalina.

Lembra quando foi a primeira vez em uma montanha-russa?

É, infelizmente, eu me lembro do trágico dia que fiz o milagre de fazer chover uma mistura fedorenta e gosmenta de batata frita e sorvete.

Enquanto o outro não parece nada abalado. Está em sua própria cadeira acolchoada, de pernas cruzadas, bebericando um pouco de chá, beliscando alguns biscoitos de manteiga e revirando os olhos para o show dramático do outro. À medida que fala em um tom rude, como se fosse um tapa em minha cara: você realmente precisa fazer isso, lembre-se dos motivos por trás.

É, como se fosse fácil esquecer os pesadelos que me assombram todas as noites.

Ignorando os dois, que continuam a trocar farpas entre si, olho para o restaurante à minha frente. É grande e nitidamente o mais caro que tem na Avenida Paulista. Um lugar que eu nunca entraria, mesmo que tivesse todo o dinheiro do mundo. Não consigo entender como apenas alguns grãos de arroz podem ser tão especiais por serem produzidos não sei onde, por não conter tal ingrediente maléfico e pode ter um cozimento diferenciado e custar o valor de um rim no mercado ilícito. Um mínimo pedaço de carne tem o preço de uma córnea. A sobremesa custa uma parte do fígado e a gratificação do garçom pode ser um de seus pulmões.

E o pior, que além de ficar sem metade dos seus órgãos vitais, ainda ficaria com fome, porque a quantidade de comida servida aqui é como se fosse para pequenos beija-flores.

Como se você estivesse aqui para negociar o preço de seu rim.

Algo estala dentro de mim.

Sinto o golpe de direita em minha barriga. O meu estômago se revira. Os meus nervos ficam à flor da pele e meu coração fica na garganta.

Porque, nitidamente, eu não estou aqui para negociar o meu rim, mas com certeza irei negociar a minha alma, a minha honra, a minha dignidade e respeito.

Um acordo com o diabo. Tudo por dinheiro.

Cansada de evitar o inevitável, respiro fundo, ajeito os ombros e me preparo mentalmente para a batalha e me dirijo, mesmo com as pernas bambas, para a entrada do restaurante.

Assim que entro, o cheiro de alho torrando na manteiga, de cebola caramelizada e ervas me atinge com total força, causando-me água na boca e fazendo o meu estômago protestar e se alegrar com a expectativa de se deliciar com a comida gostosa. Não que recentemente eu tenha entrado em um local tão chique assim, isso ficou na minha infância. E eu nunca podia comer algo na cafeteria, e os lugares que eu ia eram alguma pizzaria ou cantina simples do meu próprio bairro, onde o aroma predominante era de óleo de soja queimando, cebolas fritas, calabresa e queijo, que tinha mais amido de milho do que leite. Nada de sofisticado. Dou mais alguns passos, tendo a leve sensação de que estou sendo guiada pelo meu olfato, tal qual o Pica-Pau quando espiava o Leôncio fazendo algum churrasco.

Quando paro, olho mais uma vez, admirada. É um lugar espaçoso e iluminado por lustres grandes. O requinte está impregnado até mesmo no ar, nos móveis, nos objetos de decoração. Em tudo.

Uma loira bastante alta, estilo Barbie, vem até a mim. Ela usa um vestido vermelho-sangue apertado, que desenha muito bem sua cintura fina e o quadril largo. Ela parece deslizar sobre o piso de porcelanato brilhoso em seus saltos, se ela perder o emprego aqui, seria fichinha ela trabalhar como a mulher das pernas de pau em algum circo. Quando está a mínimos passos de distância, ela me olha dos pés à cabeça, então pisca os olhos e balança o pescoço. Se bem sei, deve estar tentando entender por que eu estou aqui, uma garota simples que, com certeza, não tem como sequer pagar um copo de água servido no restaurante. Ainda mais considerando que a minha calça jeans simples, minha camisa de seda vendida na rua 25 de Março e sapatilhas réplica da Carmen Stefan, destoa completamente das outras pessoas usando seus ternos de grifes importadas, vestidos de renda especiais e sapatos produzidos de couro de animal, que devem custar o que eu estava acostumada a ganhar como salário em um mês.

— Em que posso ajudá-la?

Ela olha novamente para mim de cima a baixo, torcendo sua boca e erguendo uma de suas sobrancelhas bem-feitas e falsas, assim como os pares de seios que sobressaem o decote de seu vestido.

— Eu tenho um almoço agendado com Maurício Ferrer.

A forma que sua boca abre em choque é quase cômica. Como se ela estivesse derretendo, mas bem sei, o único neurônio dela deve estar tentando entender como eu tenho um almoço com alguém tão importante.

Imagina se ela soubesse que estou aqui para discutir um contrato para ser a sua esposa por um ano?

Sem dúvida, todo o silicone de seu corpo viraria líquido.

— É-é... claro. — Ela arranha a garganta minutos depois, quebrando o silêncio que se formou. — Ele está esperando no bar. Venha por aqui.

Assinto e vou com ela. Andamos por um corredor praticamente sem fim, passamos por duas portas, até estar em um ambiente onde a luz é mais fraca que o restante do local. As janelas de vidro vão do chão até o teto, dando uma visão de toda a cidade de pedra à nossa frente. Algumas mesas pequenas e de madeira escura estão dispostas ali, onde algumas pessoas conversam e bebericam suas bebidas e comem alguns petiscos.

Não preciso procurar muito até encontrar Maurício Ferrer, que está inclinado sobre o balcão, bebendo uma taça de alguma bebida de cor branca. Ele está vestido com uma camisa branca de linho, calça cinza e gravata preta; o terno descansa ao seu lado. Tem o cabelo marrom bem-arrumado. Os traços bem-esculpidos e severos, ainda mais pelo seu maxilar duro e reto, coberto pela barba rala.

Ele domina o espaço com a sua simples presença.

Olhando-o assim, é possível imaginar que esse homem pode ter ao seu lado a mulher que quiser. No minuto que quiser e da forma que desejar. Sem um mínimo de esforço. Ou sem um contrato ou um casamento forçado. Tenho certeza de que basta ele estalar os dedos que milhões de mulheres, modelos, e até mesmo atrizes famosas surgiriam de qualquer lado, esgoto e bueiro e se jogariam aos seus pés, algumas ficariam até mesmo felizes por receber apenas um olhar seu. Quanto mais uma aliança no dedo, certamente matariam por isso.

Porque não tem como negar, ele é bonito. Malditamente bonito. Um homem feito. Muito bem-feito, como se tivesse burlado com os meros mortais e passado na fila da beleza algumas dezenas de vezes. Quando leva a taça até a sua boca, o líquido molhando ali seus lábios grossos, vermelhos e perfeitos é quase como um espetáculo o qual eu não consigo desviar o olhar. Seus ombros largos e o peitoral grande o deixam com uma graça ferina e selvagem. É como eu disse antes, sua beleza é brutal, indomável e quase inatingível.

Ora bolas! Pare, mente. Não estou aqui para admirar esse homem que vai comprar a minha dignidade e destruir todos os meus sonhos e fantasias. Ele pode ser muito atraente, mas tem uma personalidade terrível, um caráter questionável e um ego de bilionário imenso, que acha que tudo o que quer, realmente possa comprar.

Eu sacudo a cabeça com força. E num desses movimentos, eu o vejo vir em minha direção. Ele vem a passos rápidos e decididos. Quando ele está chegando mais perto, sinto algo frio consumindo todo meu corpo, como se fosse a Elsa e a Anna brincando com a neve em minha pele. Sinto até mesmo o Olaf correr pelas minhas costas.

— Olá, Elisa! Quanto tempo.

Ele me recebe com um sorriso neutro, que deve usar em alguma de suas reuniões importantes para fechar negócios com seus parceiros. O que acontecerá hoje, de certo modo.

— Olá, não muito.

Devolvo-lhe o sorriso. O meu mais tendencioso para o amarelo.

— Venha beber algo comigo, enquanto esperamos a nossa mesa ficar pronta. Tem uma adega excelente aqui — diz, inclinando a cabeça para um lado, onde eu vejo uma espécie de painel de madeira que chega até o teto com diversas garrafas de bebidas expostas.

Antes de eu conseguir responder à sua pergunta, ele pega meu cotovelo e me guia até o balcão alto onde estava antes.

— Já bebeu vinho? — Ele pega uma garrafa dentro do balde de gelo ao seu lado e derrama o líquido branco em uma taça.

— Não dessa marca. — Sou sincera.

Ele apoia os cotovelos na mesa e junta os dedos de ambas as mãos à altura da boca. Em seus olhos brilha uma incompreensível emoção. Incomodada, remexo-me diante de seu olhar escrutinador, com o coração pulsando rapidamente.

Senhor! O que está acontecendo comigo? Tenho que manter a calma. Então, dou um gole em minha taça, a bebida me causando um tremor estranho na língua e garganta.

— Está nervosa? — Ele parece perceber.

— Sim.

Ele se inclina para frente.

— Eu também — ele sussurra com cumplicidade, mantenho meus olhos nos seus.

Ele? Nervoso?

Tenho vontade de jogar em sua cara: um homem que propõe casamento para uma desconhecida sem sequer tremer a cara, certamente não se deixaria ser afligido por isso. Precisaria de umas cem bombas, uns dez ataques de extraterrestres, uns dois furacões e umas cinco tempestades para abalar um alter ego assim.

Então, não tenho tempo de falar, pois um rapaz que está usando um terno preto muito elegante e com um sorriso de mostrar todos os dentes se aproxima de nós.

— Senhor Ferrer, sua mesa ficou pronta. Poderia me acompanhar, por favor.

Nós o seguimos até estarmos em uma sala privada, com uma só mesa. É pequena, mas suntuosa. Propícia para negociação que está para começar. Sob um candelabro cintilante, a mesa está coberta por uma toalha completamente branca, há umas cinco taças de cristal, talheres de prata, uns cinco ao lado de três pratos sobre o outro.

E eu me pergunto quantas refeições iremos fazer.

Maurício Ferrer se senta em frente para mim. Como sempre, nada abalado, como se fosse capaz de dominar não somente suas emoções, mas também o mundo inteiro.

— Já pedi a comida. Espero que não se importe.

A verdade é que me parece um alívio. Com certeza não saberia o que escolher.

— Não, está tudo bem — respondo.

O garçom chega com o primeiro prato. Nós dois ficamos em silêncio, apenas nos encarando. Quando ele termina de servir, Maurício olha para mim e engulo o bolo que instantaneamente se forma em minha garganta. Necessitada, pego o vinho e dou um gole longo.

Minutos depois, o garçom deixa a sala.

Merda!

Agora estamos sozinhos.

O clima fica tenso.

— Eu vou direto ao ponto. — Sua voz ruge, ecoando no local silencioso. — Você aceitou a minha proposta, então acredito que possamos assinar o contrato hoje mesmo.

Boom! As suas palavras são como uma bomba dentro de mim. Por mais que eu sabia qual era o propósito desse almoço, nada poderia me preparar para quando finalmente ele chegasse a acontecer.

— Sim, eu aceitei — confirmo com pesar. — Mas tenho algumas condições, já que o seu contrato está cheio de exigências — acrescento rápido.

Posso ter entrado nessa por livre vontade, mas ele não dará todas as fichas do jogo nesse fingimento.

— Parece justo. Diga quais são as suas exigências. — Ele fixa seus olhos em mim. — Sou um homem bastante flexível. Dependendo de quais serão, poderei ceder ou não.

Ignorando seu tom, começo:

— Em seu contrato, você está exigindo uma Amélia, uma mulher robô, uma marionete muda, tudo em uma única pessoa. Acha isso justo?

Ele respira fundo.

— Quando for a minha esposa, você certamente será anfitriã em alguns eventos de negócios que farei. Portanto, é importante você saber como se comportar diante deles, assim como precisará ter um guarda-roupa adequado, você irá ao meu personal. Quanto a robô e muda, possivelmente faremos algumas aparições juntos, e quanto mais parecermos um casal verdadeiro, melhor. E se não demonstrar em uma de suas falas que somos uma farsa, ninguém nunca descobrirá que nosso casamento é arranjado. Eu não posso ser considerado um monstro, por querer que tudo saia como o planejado e preservar tanto a mim, quanto a você de um escândalo.

Minha boca abre e fecha, tamanho é meu choque. Meu estômago embrulhando apenas em pensar em todos esses eventos, aparições que, de alguma forma, eu teria de parecer feliz, enquanto por dentro eu queimaria pela infelicidade da mentira.

Remexo-me em minha cadeira e, ignorando a mágoa que parece tomar meu coração, continuo:

— Sendo assim, quero eu mesma escolher minhas roupas. Não sou uma atriz, mas posso prometer agir feito uma e encenar meu papel quando for necessário, assim como não envergonhá-lo com o meu jeito simples. Mas em troca de toda essa doação, quero ter a minha individualidade e independência, não serei uma esposa-troféu que fica em casa, quero continuar meus estudos e, quem sabe, ter meu próprio emprego.

O rosto dele é tomado por uma expressão estranha, assim como seus olhos. Então, ele pigarreia.

— Tudo bem. Algo mais?

— Em qual lugar vamos morar?

— Na minha casa — ele responde como se fosse o óbvio.

— Certo. Mas acho que podemos começar devagar. — Quero acrescentar "como em um namoro". — Para podermos nos conhecer melhor, com encontros, para que o nosso casamento possa parecer um pouco verdadeiro. Pelo menos, precisamos ter uma história boa para contar quando nos perguntarem por que nos casamos.

Minhas bochechas queimam. Ele estreita os olhos escuros.

— Não temos tempo para isso. O casamento precisa acontecer logo, no máximo em três semanas. — Sua voz é tensa. — Além do mais, isso é um acordo de negócios. Não vamos brincar de casinha.

Minha boca fica seca. Sentindo o golpe de suas palavras.

— E se, de alguma forma, alguém desconfiar de algo?

Ele dá de ombros.

— A gente dá um jeito. Simples assim. Algo mais?

Aperto meus olhos. Um nó na garganta parece me deixar sufocada.

— Sim. Como será o casamento? Algo grande? Na igreja? — Olho-o de relance. — Vou poder usar um vestido de noiva? Sempre sonhei e imaginei como seria meu casamento.

Ele nega com a cabeça.

— Eu estou pensando em uma coisa rápida. Quem sabe uma ida ao cartório ou uma cerimônia em que o juiz de paz nos entrega uma certidão de casamento e nada mais. — Ele umedece os lábios vermelhos. — Nosso casamento é por uma questão simples e puramente de negócios. Não é para satisfazer seus sonhos. O casamento que você quer, é um conto de fadas, no qual o príncipe encantando e a felicidade almejada não existem na vida real.

Sinto lentamente os meus olhos queimarem. A minha pele toda arrepia, como se todos os meus órgãos estivessem sendo congelados. O homem diante de mim é contra tudo o que sempre sonhei ou acreditei encontrar em um homem perfeito, aquele que roubaria meu coração e juntos iríamos a busca do nosso final feliz. E, infelizmente, eu tenho de ligar a minha vida a ele, e por um ano esquecer que tenho sentimentos, coração e sonhos.

— Pode acreditar, eu não creio que você possa ser um príncipe encantado ou que algum dia acredite no amor. Afinal, só damos aquilo que temos dentro de nós mesmos. E você parece frio, esnobe e fútil demais para carregar um sentimento tão grandioso e nobre quanto o amor. E não estou me iludindo com esse casamento ou com toda a situação em si. Então iremos até um cartório e nada mais especial.

Ele me analisa por alguns segundos. Parece impaciente.

— Ótimo que concordou. Algo mais? — ele pergunta com a voz grossa, os olhos crispados em mim.

— Eu tenho a exigência mais importante de todas.

— Qual? — Coloca um dedo embaixo de seu queixo, muito sério e com toda atenção em mim.

Olho para ele, sem saber como falar a minha última exigência. Certamente não é uma coisa que precisaria exigir, visto que ele é um homem que acredita que o casamento seja algo como negócio, que esnoba os sentimentos e acha fútil a felicidade a dois.

Por isso respiro fundo e digo:

— Não se apaixone por mim. Não quero complicações nessa farsa de um ano.

O silêncio domina toda a sala. Maurício Ferrer olha para mim como se os fios do meu cabelo tivessem se transformado em cobras e eu fosse a própria Medusa em sua frente, deixando-o paralisado em até mesmo sem a capacidade de fala.

— Você está falando sério?

Ergue uma de suas sobrancelhas para mim.

— Só me diga que aceita a condição para que possamos finalizar essa discussão.

Então Maurício Ferrer ri, não um simples riso, mas uma gargalhada que vem do mais profundo de seu interior, cheia de vitalidade e força, capaz de ecoar por toda a pequena sala. E até mesmo dentro de mim, sinto a humilhação correr em minhas veias, pois é nítido que ele está rindo de mim, zombando da minha exigência.

— Você só pode estar louca de exigir isso — fala, ainda entre o riso. — Você, sem dúvidas, não precisa se preocupar quanto a isso. — Ele aponta seu indicador para mim. — Eu não vou me apaixonar por você, assim como espero que não crie nenhuma expectativa quanto a essa farsa.

— Tenha certeza de que farei o meu melhor. — Minha voz é carregada de ironia.

— Então, estamos de acordo?

— Acho que não temos mais o que discutir — respondo.

Em um segundo, desliza sobre a mesa os contratos que eu nem sequer sabia que ele tinha as cópias ali.

— Tenho os contratos aqui comigo. Sei que tem algumas alterações a serem feitas depois de suas exigências, mas lhe dou a minha palavra de que as seguirei mesmo elas não estando descritas aqui. — Maurício se inclina um pouco sobre a mesa, até nossos rostos estarem um pouco próximos demais. Engulo em seco, seu belo rosto me afetando. — Podemos assinar?

Fuja! Vá para o Alasca, mas não assine isso. Eu falo sério, Elisa.

Ignoro as preces do meu juízo.

— Claro. De uma forma ou de outra, não tenho o que perder. Só a ganhar com ele — respondo casualmente. — Então, só preciso assinar para que tudo esteja firmado?

— Sim, é um acordo simples, o mesmo usado por empresas para fechar parceria de negócio. Sem registro em cartório, mas que sela a ciência dos integrantes.

Minha mente gira. Como se neste momento estivesse perdida em um labirinto, onde eu não encontro a saída e estou sendo seguida por um monstro, com dentes grandes e garras poderosas. E eu uma simples e pequena formiga, sem chances de escapar.

— Você tem uma caneta?

Ele me entrega uma caneta pesada e dourada. Com o coração na boca e as mãos tremendo, coloco minha assinatura no final de cada página nas duas cópias. Passo os contratos para ele, que faz o mesmo.

— Então, estamos noivos. — Sacode os papéis em sua mão.

— Sim. Os noivos mais apaixonados do mundo todo. Com um pedido de casamento para ficar na história. Épico — respondo com o sarcasmo. — Existe algo mais ou posso ir para casa?

— Por enquanto, é apenas isso. Amanhã poderemos resolver a questão de sua mudança para o meu apartamento. Quero começar o quanto antes esse disfarce. Talvez no próximo fim de semana tenhamos o nosso primeiro compromisso.

Sinto um arrepio. Meu Deus! Isso está mesmo acontecendo.

— Tudo bem. Tenha um ótimo dia, senhor Ferrer.

— Maurício. Esse é meu nome e vai ter de se acostumar a dizer. Não podemos ser noivos e nos tratarmos com tantas formalidades.

— Certamente, eu encontrarei nomes melhores para chamar você.

— Sendo carinhosos e que demonstrem todo o nosso amor, não serei contra.

Dou um sorriso torto e nego com a cabeça.

— Veremos... Pensarei em alguns.

Bem, nenhum nome carinhoso ou romântico é o que se passa em minha cabeça agora. Mas isso você é capaz de prever e até imaginar quais são todos eles.

— Até amanhã, Elisa.

Ele sorri, mostrando todos os seus dentes perfeitos. Um sorriso lindo, de galã de novela, que eu poderia ficar olhando o dia inteiro e tendo inveja da mocinha, mas eu sei bem que seu sorriso é apenas uma fachada, um disfarce. Certamente ainda verei muitos deles neste ano.

— Até amanhã, Maurício — digo com voz rouca, como se estivesse a ponto de chorar.

Caramba, eu não quero chorar.

Enquanto me afasto, sinto uma pressão no peito, começa a aflorar a sensação de angústia dentro de mim e sufoco um soluço. Mas é como tentar evitar que um furacão não derrube e destrua uma casa frágil. As lágrimas não demoram a rolarem por minhas bochechas, embora, a verdade é que não entendo por que choro. Eu não estou sendo enganada ou forçada a nada. Estou ciente do testamento. E Maurício Ferrer está sendo verdadeiro comigo. Ele explicou tudo. Ele foi claro todo o tempo. Ele me quer como sua esposa, em um casamento falso e puramente de negócio. Ele tem os seus motivos e eu os meus.

Ele não me prometeu amor, muito menos a felicidade.

E agora, infelizmente, eu não poderei mais voltar atrás, assinei o contrato. Agora me resta esperar pelo meu casamento dos sonhos, com o príncipe que está mais para vilão.

Capítulo 12

Maurício

Sabe aquele momento em que você deseja ter algum tipo de poder sobrenatural?

Você certamente já se viu em uma situação em que queria ter a capacidade de voar para fugir de algo ou simplesmente poder sentir a maravilhosa sensação de liberdade, de vento batendo em seu rosto e olhar o visual de toda a cidade de cima. Como um pássaro. Confesso que, quando criança, queria ser como os gaviões, voar tão alto, imponente e ser temido pelos demais.

Ou...

Já sentiu a vontade de ser invisível? Quem não queria um momento em que você não precisaria se importar com nada? Ficar em seu canto, sozinho, sem intromissão do mundo de fora. Você poderia ir e vir, sem nenhum problema. Provavelmente, algumas pessoas "curiosas" poderiam usar esse poder a seu favor para descobrir algo que queria muito. Mas eu, neste momento, só quero ter o poder de sumir.

Melhor. Quero ter a habilidade de soltar raios pelos olhos. De preferência, mortais, com alto poder de eliminar um a um em minha frente; sem deixar um pingo deles para contar história. Transformando-os em meras cinzas. Sei que pode parecer agressivo demais da minha parte. E talvez realmente seja, mas sem dúvida nenhuma você estaria com a mesma necessidade de que estou neste momento.

Imagine a cena:

Cinco elefantes furiosos têm os olhos bem abertos, sem ao menos piscar, os rostos retorcidos demonstrando toda sua agressividade, as patas grossas e pesadas da frente socando o chão em um ritmo cadenciando em uma amostra do quanto eles são fortes e podem destroçar sua vítima sem muito esforço em uma única patada. Suas presas de marfins estão afiadas e as orelhas abanando. Sim, a manada está a um passo de correr em direção a um pobre lêmure. E se engana muito, quem pensa que por ser o maior animal terrestre, ele não tem habilidade de se movimentar tão rápido como um leopardo. E quanto menos você espera, o elefante alcança a sua presa, com sua tromba o aperta tão forte a ponto de ela desmaiar. Depois a joga quase sem vida no chão e usando suas patadas de uma tonelada, mata-a com crueldade. A manada vitoriosa irá barrir e sem um pingo de suor, seguirá seu caminho em direção ao lago mais próximo para comemorar.

Seria uma bela cena do programa Animal Planet, mas sinto muito em dizer que não é. Para o meu total desprazer.

Eu me sinto exatamente assim: como um pobre lêmure, prestes a ser destruído, sem nenhuma piedade.

Contudo, eu não tenho vocação para ser nenhuma vítima, dar-me por vencido ou ser simplesmente derrotado sem lutar.

Não. Sou obstinado.

Por isso, com os punhos cerrados e a expressão impassível, sento-me na cadeira de frente ao idiota de David, que parece todo majestoso do outro lado.

— Boa tarde a todos — ele dita, ajeitando-se melhor no assento de couro. — Estamos aqui reunidos para resolvermos uma situação na qual nos encontramos por mais de seis meses. Uma empresa de grande porte como a F&D, não pode cometer o erro absurdo de continuar sem uma pessoa à sua frente, como se estivesse abandonada e deixada a Deus dará. Precisamos definir o quanto antes um Gerente Administrativo, para que o planejamento seja estratégico, as responsabilidades e decisões sejam tomadas com bases.

Outro elefante velho completa:

— Alguém focado em aumentar a produtividade e lucratividade da empresa, ou seja, que o empreendimento continue crescendo com as suas necessidades e metas.

O ataque da manada começou.

— Está sugerindo então que devemos escolher um gerente e que esse alguém seja competente, experiente e focado. E acha que a pessoa com todas essas competências seja exatamente você?

Fixo bem os olhos em David, encarando-o de forma desafiadora, vejo sua expressão se transformando de atrevido para furioso. Agora até seus fios de cabelo salpicados de brancos estão arrepiados, os olhos azuis estão escuros, devido à fúria que o consome, e a boca em linha fina parece que a qualquer momento irá soltar alguns palavrões.

Ah, como eu gostaria de vê-lo perder sua pose de controlado e seguro de si.

— Sem dúvida nenhuma. — Ele coloca os ombros para trás, puxando todo o ar que pode. — Nenhuma outra pessoa estará preparada para tamanha responsabilidade como eu. Tenho anos de estudos, conhecimentos e experiência. Sem falar que nenhum outro membro do conselho trouxe mais parcerias de sucesso para empresa do que eu. Basta olhar os gráficos financeiros atuais. Eu conheço e sou respeitado por todos os fornecedores. É como juntar um mais um. A resposta é simples e fácil.

Ele sorri para mim. Erguendo o seu queixo com o maxilar bem firme e girando uma caneta dourada de modo automático entre os dedos. Um gesto que eu sei bem identificar. Ele está tentando me provocar, como sempre faz nas reuniões. Ele queria que eu mordesse a isca e iniciasse uma discussão.

Mas há um ditado muito sábio: em rio que tem piranha, jacaré nada de costas.

Eu poderia estar desesperado agora, agir com impulso, esbravejar. Eu poderia acabar com toda essa babaquice. Chutar o balde e esfregar o testamento na cara deles. Que não adianta mais escolher um CEO, porque o cargo já tem um dono: eu. Mas preciso agir com cautela, mesmo que Elisa já tenha assinado o contrato, até o casamento acontecer de fato, nada está seguro para mim. Eu ainda não posso exigir o meu cargo.

Eu ainda tenho de esperar.

— Certamente não — concordo com um tom de voz calmo que até eu mesmo me surpreendo. — Você é, sem dúvidas, competente, tem ótimas ideias e uma visão de negócios que nem todos têm. Tem no sangue a determinação e força de vontade de fazer acontecer.

O silêncio domina todo o escritório por um momento. Os demais membros me olham sem entender. Parecem espantados. Surpresos. Como se eu tivesse feito um truque de mágica infalível e nunca visto antes. Dou de ombros e abaixo a cabeça para que eles não me vejam sorrir.

Não quero nem imaginar as reações deles quando descobrirem minha carta na manga.

Nem o Mister M será capaz de desvendar essa manobra fantasiosa.

Não quer dizer, artimanha? Eu posso ouvir você gritar daqui.

— Sendo assim, gostaria de saber se todos estão de acordo que David Alencar assuma a presidência da empresa? — um membro pergunta alto.

David mal se contém quando consegue o apoio de todos. Juro que posso ver em seus olhos uma emoção que posso jurar que são lágrimas. Ele discursa, o que certamente já havia preparado há dias, prometendo cumprir com esmero a confiança depositada nele e que levará a F&D a um patamar nunca visto antes. Quando termina, a comoção dá lugar a um imenso sorriso de glória.

E ele está mais do que certo em sorrir agora. Aproveitar os poucos dias de êxito.

E por mais incomodado que eu esteja com toda essa cena, tenho uma certeza: quem ri por último, ri melhor.

Sem mais delongas, retiro-me da sala de reuniões e me dirijo para o estacionamento. Ligo o motor do meu Audi e saio para o trânsito. Irei diretamente para casa, porque o dia de hoje foi exaustivo. Por mais que o expediente ainda não tenha terminado, eu não tenho mais cabeça para estar aqui. Continuar vendo o David sendo coroado, assumindo o trono e não poder impedir ainda, certamente só me causaria uma dor de cabeça estridente e aumentaria o meu mau humor.

Além do mais, esta noite Elisa e eu daremos mais um passo em nossa farsa, e eu quero estar preparado. Em nosso último encontro, ela não foi tão contida assim, como no primeiro. Nada tímida ou nervosa. Ela parecia mais intimidadora, ao querer fazer valer todas as suas exigências. Ela deu suas opiniões e demonstrou suas emoções sem pensar ou se preocupar. Os meus instintos logo alertaram que não será nada fácil lidar com ela. Um sino dentro de mim soa que ela é um perigo, que deixará minha vida em bagunça e em desordem, tudo o que eu não quero e não preciso com esse casamento.

Sacudo a cabeça e volto a me concentrar no tráfego. O que importa agora é que eu me casarei e finalmente assumirei o cargo de CEO na F&D.

Assim que chego ao meu apartamento, decidido, subo a escada que me leva até a parte superior, em minha suíte. Antes de começar a retirar as roupas para o banho, saco meu celular e mando uma mensagem de texto para o motorista que contratei para a mudança, informando que ele deve buscar Elisa em sua casa e trazê-la para cá.

Deixo o celular em cima da cama e sigo para o banheiro. Retiro meus sapatos e as meias, deixando-os de lado. Depois, descarto o meu terno, gravata e camisa. Em seguida tiro minha calça de brim e cueca boxer, então meu pau salta duro na minha frente. Faz um bom tempo que não fodo ninguém. Estou evitando Cintia e as demais mulheres dos meus contatos também. E, para piorar, a minha mente, a parte fraca e carnal, está debochando da parte racional e séria, ao divagar algumas vezes durante a manhã de hoje como a bunda de Elisa ficou maravilhosa naquela calça de ontem. Dois montes perfeitos. Uma bela vista. Uma obra de arte, para ser mais exato.

Certamente, eu não deveria estar permitindo que a minha mente viaje por esses caminhos, mas há algo em Elisa que me deixa irritado, fervendo, impaciente. Ela é incomum, muito excêntrica com seu jeito descuidado. E, ah, a sua inocência que é transparente em seus belos olhos me faz desejar quebrá-la e não tenho muito certeza do porquê.

Então imagine aí um homem que sempre foi ativo no sexo, que está acostumado a ter uma boceta molhada pelo menos uma vez na semana, que está no celibatário e fantasiando com uma bunda que não vai ter de qualquer forma, como está a situação do meu mastro neste momento. Para quem disse quase duro como pedra, quente e com veias grossas o rodeando, acertou. Sem conseguir apaziguar o meu ânimo e safadeza, permito-me alisar minha ereção. Tão igual a um adolescente, mas eu não me privo de sentir prazer. Ainda mais quando o meu membro pulsa descontrolado, aperto-o forte, impulsionando-o em minha mão.

Ele desliza fácil, pois o líquido transparente parece uma corrente saindo dele, lubrificando toda a minha palma. Imagino-me arremetendo entre os dois montes redondos. Meu pau deslizando devagar, aproveitando a pele macia de Elisa, que deve ser como seda. Repito o gesto e quase gozo. Um som sofrido sai de minha garganta, só de imaginá-la gemendo e pedindo por mais. As ondas de prazer correndo por meu corpo. Elisa se remexendo demais em mim, gritando o meu nome.

Aumento a velocidade e pressão dos meus dedos, expandindo ainda mais minha aflição. Meu corpo começa a ser tomado pelos espasmos do clímax. Circulo um dedo na ponta, repetidas vezes. E isso é o estopim para minha porra voar forte e longe, alçando o vidro do boxe, parecendo uma cachoeira branca escorrendo ali.

Merda!

Quando recupero a respiração e o controle, um estalo ecoa em minha mente. Eu não tenho a menor intenção de me envolver fisicamente com Elisa, sexo entre nós não acontecerá de forma alguma. Contudo, não estou nem um pouco propenso a ver minhas bolas virarem azuis por falta de fodas.

Isso nunca.

Eu sou um devasso. Gosto de sexo quente. Adoro bocetas molhadas e sensuais. Enlouqueço com uma mulher gritando e gozando em cima de mim, enquanto eu alcanço o meu próprio prazer. Não será este casamento um obstáculo para minha vida de libertino sedutor.

Não mesmo.

Entro debaixo da ducha de água quente, certo de que se este é um casamento de aparências, falso e sem sentimentos algum, a fidelidade não será uma coisa que poderá ser cobrada.

De banho tomado e devidamente vestido, desço as escadas até a cozinha. Normalmente, sempre uso o balcão para fazer as minhas refeições, mas hoje é uma noite diferente. Então vou direto até a mesa bem-posta com um farto jantar, obra de Rosa, que quase deixou seus olhos saltarem de sua caixa craniana quando pedi que hoje ela preparasse um jantar para dois. Mas o maior choque foi quando pedi que preparasse o mais rápido possível um quarto de hóspede para acomodar ninguém menos que minha noiva. Se quiser imaginar como foi a sua reação, considere que: em sua frente estejam duas almas penadas, três lobisomens, uma mula sem cabeça, um boneco assassino, uma Annabelle, uma bruxa e dois vampiros.

É, eu sei, é de assustar.

— O que será servido hoje, Rosa? — pergunto, tentando sentir no ar o cheiro da comida. — Quero poder escolher o vinho que combine com o jantar.

Ela me encara com olhos arregalados, de trás balcão. Se bem a conheço, ainda duvida que isso realmente esteja acontecendo. Mesmo assim, responde:

— De entrada teremos berinjelas defumadas e recheadas, de prato principal filé mignon assado com manjericão e arroz com nozes, e de sobremesa *crumble* de maçã.

Hum... Vinho tinto, então.

Encaminho-me até minha pequena adega, pego uma garrafa de *Château Latour* e volto para mesa de jantar. É somente o tempo de colocá-lo no balde de gelo e a campainha soa alto. Rosa sai de trás do balcão e vai até a porta. Eu acompanho de longe, sentindo meus pelos se eriçarem um a um, pois sei quem está ali. Uma menina de olhos azul-turquesa, cabelo preto selvagem e de uma boca de lábios rosados muito atraentes, que vem provocando em mim reações que não tenho controle.

Não estou errado. Com passadas incertas, parecendo tímida, muito inocente e com uma beleza sobrenatural, Elisa adentra a minha sala. Rosa parece pálida ao vê-la. Ignorando o estado da minha governanta, analiso novamente minha noiva. Ela está usando um vestido simples cor-de-rosa, que destaca seu tom pálido, deixando-a com um ar singelo e jovial. Nos pés uma sandália de tiras e nas mãos uma pequena bolsa. Seus olhos analisam todo o lugar, mas quando eles param em mim, ela adota uma expressão grave.

Esta noite vai ser longa e maçante para cacete.

— Boa noite, Elisa! Seja bem-vinda.

Caminho até ela, sorrindo, tentando quebrar o clima tenso.

— Boa noite, Maurício!

Mesmo assim, ainda há uma rigidez em sua voz. Uma formalidade que não se esperaria de uma mulher tão apaixonada por um homem que até mesmo aceitou seu pedido de casamento. Não deveria ser assim nossas interações, eu sei que precisamos mudar isso o quanto antes. O problema é que eu não faço a mínima ideia de como quebrar esse iceberg entre nós.

Se você sabe, por favor, me dê uma dica.

— Venha, vamos comer, espero que goste do que será servido hoje.

Estendo minha mão para ela, a qual ela não faz menção nenhuma de pegar.

— Não estou com fome.

Desvio o olhar de Elisa e avisto Rosa, assistindo, confusa, à nossa cena. Merda! Ela certamente deve estar criando algumas situações em sua cabeça. Levanto uma sobrancelha para ela, que rapidamente some por uma porta.

— Elisa, não temos tempo a perder. Vamos jantar e depois precisamos conversar sobre alguns fatos e concordar com eles, para que possamos continuar seguindo essa ideia de casamento.

Estendo-lhe novamente a mão. Ela me olha por alguns segundos até aceitar. Eu a conduzo até a mesa, fazendo questão de puxar a cadeira para ela sentar e colocar a sua bolsa de mão sobre o balcão, depois sirvo duas taças de vinho e deslizo uma para ela.

— Obrigada — ela fala, a boca retorcida. — Mas não quero comer. Como disse antes, estou sem fome.

Sem a menor vontade, beberica um pouco de vinho. Uma veia de tensão pulsa em minha testa. Quando olhei Elisa pela primeira vez, eu a vi como uma mulher submissa, acanhada, mas ela não é nada disso. Talvez eu tenha deixado os meus sentimentos de adolescente pela mulher morena de olhos azuis comprometerem o meu julgamento inicial. Porque ela é difícil, possui uma força de vontade sobrenatural e não se deixa ser convencida. Foi uma batalha e tanto para ela aceitar o acordo entre nós. Certamente, esta noite acontecerá mais um embate para aceitar o restante das coisas que preparei para ela.

Eu termino de comer em silêncio. Então me levanto, olhando para Elisa que não se serviu de nada, nem sequer terminou seu vinho. Sigo rapidamente até o meu escritório, pegando as coisas que preparei para hoje, minutos depois, sento-me novamente à mesa, colocando uma pasta diante de nós. Tiro um envelope e o entrego.

— Como eu disse antes, você ficará com uma via do contrato. Então aqui está a sua, está homologada no cartório. Guarde onde preferir, mas que seja em um lugar seguro, onde terceiros não tenham acesso, para que no final da validade dele, possamos destruí-lo.

— Ok. Estará mais protegido que a receita do hambúrguer de siri do senhor Siriguejo.

Sua voz é cheia de ironia. Novamente, o meu alerta de perigo soa dentro de mim. Ignoro todos os zunidos. Empurrando outro envelope menor em sua direção.

— Aqui está a primeira parcela da quantia prometida. Sua mesada.

Suas bochechas ficam vermelhas, seus olhos azuis ficam em um tom escuro. Raiva? Não sei dizer.

— Preciso assinar algum recibo? Um contracheque? Promissória?

Ela olha para mim com desdém.

— Já está tudo documentado. Ou se esqueceu de que todas as quantias estavam descritas no contrato? Então, de toda a forma, eu já tenho a sua assinatura. — Ela gesticula para o envelope em suas mãos. — Use para suas primeiras compras. Lembre-se de que você precisa renovar seu guarda-roupa. Roupas elegantes, nada apertado demais ou que possa causar distrações.

Elisa fecha sua expressão.

— Distrações? — Ela limpa a garganta.

Sim, com a sua bunda.

— Nada vulgar demais. Nas recepções, o que deve chamar atenção são as ideias de negócios que darei e não como minha esposa estará vestida.

Ela revira os olhos. Logo depois, começa a morder com força os lábios. Seu rosto está tão vermelho quanto uma chama. Tenho certeza de que ela está pegando fogo. É nítido que Elisa está irritada com tudo isso.

Ah, ela que espere para explodir depois, porque ainda tem mais.

Puxo do meu bolso uma caixa.

— Aqui está o seu novo celular. O seu me pareceu muito ultrapassado. Este é moderno e possui mais funções. Já tem um plano de ligações, mensagens e internet que poderá usar à vontade. Também já salvei o meu número.

Ela me olha, furiosa.

— O que foi agora? Não diga que não pode aceitar o celular? — solto, ficando impaciente com sua reação e seu comportamento.

— Como disse, está tudo no contrato. E se eu assinei antes, certamente sou obrigada a aceitar o celular também.

Ela pega com brutalidade a caixa da minha mão.

Respiro fundo e pego o último envelope.

— Aqui dentro tem seu cartão de débito, sem limites, que quero que use para comprar o que mais quiser, sem se importar com a sua quantia mensal. Assim como também a sua nova conta bancária.

Por um milagre divino, ela aceita, com mãos trêmulas, o cartão e sua conta, sem reclamar.

— Agora venha, quero te mostrar o seu novo quarto.

Sua cabeça gira em minha direção. Tão rápido que tenho dúvidas se ela não machucou o pescoço no processo.

— Meu quarto? — ela inquire, um tanto confusa.

Levanto e estendo a mão para ela.

— Sim, deixe que eu o mostre para você.

Guio-a até o andar de cima. Ela não diz uma palavra enquanto subimos as escadas ou percorremos pelo grande corredor. Por algum motivo, decido parar diante da minha suíte master, mostrando-a. Elisa fica de um pé para outro, olhando cada detalhe. Ela parece até mesmo prender a respiração enquanto olha a imensa cama. Seus olhos parecem perdidos e a boca selada quando lhe mostro o banheiro, a pia conjunta de mármore e a banheira que provavelmente caibam três pessoas dentro.

Quando saímos do lugar e lhe aponto a suíte que fica ao lado da minha, logo seus olhos voam para mim.

— E aqui está o seu quarto. É uma suíte, está decorado de forma simples e neutra. Apenas com o necessário, mas poderá mudar o que não gostar.

Elisa se vira e fica de frente para mim. Como é menor que eu, posso ver diretamente dentro de seu decote o vale profundo entre seus seios médios.

— Você não espera que eu durma com você?

— O quê?

Ela franze as sobrancelhas enquanto eu forço os olhos a desviarem do seu decote.

— Dividir o quarto, como marido e mulher fazem?

Elisa parece inquieta ao olhar rápido para mim. E, embora uma parte minha esteja adorando analisá-la ainda mais no momento, preciso arrancar qualquer merda que está mexendo com meus nervos pela raiz, eu preciso voltar para o foco que esse nosso envolvimento será: um negócio.

— Elisa, nosso casamento é um acordo comercial, no qual devemos parecer um casal de verdade quando estivermos em público, com todas as demonstrações e interações esperadas de fato. — Uso uma das mãos para mostrar o local todo. — Mas entre as paredes deste apartamento, não precisamos fingir. Aqui podemos ser verdadeiros. Você terá seu espaço, seu tempo, seu lugar. Assim como eu terei o meu. Não quero ser incomodado, como imagino que também não queira. — Não consigo evitar de abrir um sorriso presunçoso. — Então, não vamos dormir juntos. Não é algo que eu queira algum dia também.

Ela ergue a cabeça e me encara. Seus olhos estão brilhantes, acredito que se ela tivesse o poder de soltar raios por eles, levaria menos de cinco segundos para que eu virasse cinzas.

— Pode ter certeza de que também não é algo que eu queira algum dia. — Seus dentes estão cerrados. — Eu quero lembrar que foi *você* quem me ofereceu casamento e não o contrário.

Ela aponta o seu dedo indicador para mim. Seu corpo todo emana raiva à medida que ela bate um pé insistentemente no piso.

— Sim, eu te ofereci o acordo. Mas, você aceitou.

— Aceitei. Mas se estou fazendo isso é porque, assim como você, eu não tenho outra opção a não ser seguir o testamento. Eu tenho as minhas necessidades. Eu preciso dessa herança. Porque, se não fosse por isso, eu não estaria jogando a minha dignidade e honra na lama assim.

Porra!

Sinto o baque de suas palavras. Elas são duras, cruéis, na verdade, e até para um babaca como eu, causam certo incômodo dentro de mim.

— E sinto muito em dizer que toda essa farsa está fadada a afundar como o Titanic, se você continuar com seu ego alto e sua capacidade de ser um bilionário babaca que acha que tudo o que quer, pode ter.

Merda!

Sinto de novo o golpe, desta vez no estômago. Talvez não estivesse preparado para enfrentar essa personalidade de Elisa. De uma pequena, tímida e com um ar singelo e romântico, para uma onça pintada faminta, furiosa e pronta para aniquilar sua presa.

— Tudo bem. Vou tentar controlar minhas atitudes.

Ela revira os olhos.

— Não sei se conseguirá derrubar a montanha de caráter duvidoso que te protege, assim como não conseguirá se livrar de suas ignorâncias.

Uau! Onde ela escondia sua personalidade de fera?

— Algo mais? Já que estamos colocando tudo na mesa? — pergunto, enquanto ela parece controlar sua raiva.

— Não. Acho que foi tudo.

— Eu tenho mais uma questão a discutir.

Ergo o dedo, sabendo que será perigoso levantar esse assunto depois de toda essa explosão de raiva. Mas se é para sentir e conhecer todas as reações de Elisa, que seja de uma única vez.

— Qual questão?

Respiro fundo e solto a bomba:

— Sexo.

CAPÍTULO 13

ELISA

— Sexo?

Bum! Bum! A palavra é como um estrondo de uma bomba, destruindo tudo dentro de mim.

Bastam apenas alguns segundos para eu começar a sentir a tensão da explosão, tenho certeza de que os meus olhos estão esbugalhados, porque nem sequer consigo piscar. O meu coração neste exato momento é como as batidas de cem enormes caixas de som. Como as usadas em festas ou shows para um grande público. Sinto o estômago se revirar com o pânico que sobe por minha espinha dorsal, como se neste exato momento estivesse na garupa de um motociclista doido dentro de um globo da morte.

Tenho certeza de que, se eu abrir a boca novamente, vomitarei todo o vinho que acabei de beber. Como ondas raivosas do Mar Vermelho, e sem nenhum Moisés com seu cajado divino por perto para poder abri-lo em dois e me salvar, como fez pelo seu povo.

Perdida e prestes a enfrentar as dez pragas do Egito em um único dia.

Essas coisas realmente só podem acontecer comigo.

— Isso mesmo! Quero falar sobre sexo — Maurício fala cada palavra com uma pausa considerável.

Principalmente a última, que dita letra por letra como se estivesse caminhando por um campo minado. O que eu não duvido que esse assunto seja exatamente com um, que se precisa de delicadeza em cada passo, assim como um pouco de sorte para tudo não ir aos ares.

— Acho que tudo está esclarecido no contrato que assinamos. Uma das cláusulas é bem nítida nessa questão, de que não haverá envolvimento físico, apenas os beijos, que só poderemos trocar em ocasiões públicas. Fora isso, não teremos mais nada.

Ele cruza os braços sobre seu peitoral. No rosto dele uma expressão de impaciência.

Puta merda! Seria uma missão quase impossível morar com alguém tão irritado assim quanto Maurício, ele sempre parece estar pronto para soltar os cachorros.

— Não é exatamente essa questão que quero esclarecer — brada ele, passando as mãos pelo cabelo. — Como disse, ela está mais do que clara no contrato.

Estremeço com o tom de voz dele.

Engulo em seco, para conseguir perguntar:

— Então, qual é a questão sobre sexo?

Maurício começa a andar de um lado para o outro, suas passadas são ritmadas e até mesmo parecem ensaiadas. O que certamente todo rico chato e esnobe como ele tem como hábito de fazer. Mas se engana se acha que ele expressa algum abalo ou qualquer rompante emotivo. Ele parece controlado. Sem dúvidas, em seu dicionário não existe a palavra *impulsivo*. Cada passo e até mesmo cada hora de seu dia é planejado em uma planilha de Excel. Diferente de mim, que sou um pouco doida, impulsiva e, até em certos momentos, descontrolada, porque eu simplesmente não sou indiferente a nada, tudo me toca. Então somente consigo agir a partir de alguma emoção, no calor do momento, com a pele toda arrepiada e a voz sobressaltada. Planejar nunca foi o meu forte, além de ser algo muito matemático para quem gosta das letras e de como podem tocar com leveza o seu coração e alimentar a suas fantasias.

Quando ele para de andar, seus olhos escuros estão em mim. Como raios paralisantes, que nem sequer me deixam piscar. Isso faz o meu alerta vermelho de perigo apitar alto dentro da minha cabeça. Como uma ambulância em emergência.

Quem sabe a pessoa a ser socorrida neste momento não seja exatamente eu?

— Elisa, já que sexo entre nós não acontecerá de forma alguma. Não estou nem um pouco propenso a ver minhas bolas virarem azuis por falta de fodas.

Minha mente trabalha em uma velocidade rápida, tentando compreender o que ele está dizendo. Assim como não consigo entender como uma pessoa consegue resolver uma equação composta, não consigo assimilar o que tem a ver sexo com bolas azuis.

— O que está querendo dizer?

O canto de sua boca se curva em um sorriso, à medida que em seus olhos um brilho diferente é irradiado. Novamente a sirene dentro de mim soa, um som desesperado.

— Eu sempre fui um devasso. Sempre gostei de sexo quente. Adoro bocetas molhadas e sensuais. Sempre tive em minha cama uma mulher gritando e gozando em cima de mim, enquanto alcanço meu próprio prazer. E que não será este casamento falso que me impedirá de continuar com essa vida.

As palavras dele parecem dançar dentro do meu cérebro, como se fosse um jogo e eu tivesse de juntar todas elas para finalmente descobrir o significado. Maurício parece uma estátua, olhando para mim, como se esperasse a minha reação. Então como um raio, brilhoso e com direito a um grande e barulhento trovão, a sua fala começa a fazer sentido dentro de mim, deixando-me com um gosto amargo na boca, um frio na espinha e um calor na pele.

Meu corpo todo está sendo tomado por algo que não posso controlar.

— Você está dizendo que manterá casos extraconjugais? — Minha voz é carregada de irritação, raiva e incredulidade.

— Exatamente.

Meu queixo vai praticamente ao chão. Enquanto o ar parece escasso demais para que eu possa respirar corretamente. Parece que estou me afogando em um lago profundo e escuro. Indo e vindo na água fria sem ter chance de escapar. Ou melhor, em um prédio todo fechado, pegando fogo e a fumaça densa está tapando todo o meu nariz, deixando rapidamente o meu corpo mole e minhas pernas fracas.

Há algumas semanas, eu tinha feito uma simpatia, escrevi uma lista de pedidos ao cosmo e, de alguma forma, fui ouvida, eu tenho o dinheiro que resolverá os meus problemas. Mas certamente a Mãe Terra não teve conhecimento da minha outra lista. Ou teve? Ela seria tão cruel assim e negaria a mim o item mais importante de qualidades?

É claro que sim! Não entendeu ou eu preciso desenhar que o homem em sua frente está citando com todas as letras que durante o casamento terá amantes? Chacota uma parte de mim.

Ai, meu Deus!

Recorro a uma respiração profunda.

Como vou manter um casamento com um homem que não acredita em monogamia, respeito e honra?

— Elisa? Você está bem?

Quero gritar que não, mas com um gesto de mão apenas o impeço de continuar falando. Passo a andar de um lado para o outro. Eu já abri mão da minha moral e ética ao entrar em um casamento arranjado, com um homem que é alheio aos sentimentos, que considera o amor e felicidade a dois como uma coisa que não existe no mundo real. Mas será que conseguirei viver um ano inteiro sob o mesmo teto de um homem que terá outras mulheres na rua? Conseguirei passar 365 dias tendo a minha cabeça enfeitada de chifres como a rena do Papai Noel?

Eu mesma respondo: não.

Paro de andar e fito Maurício em minha frente, queimando de raiva, enquanto ele parece tão indiferente, com a expressão suave.

Desgraçado! Ao mesmo tempo consegue se manter sutil e perigoso, como um balão de São João. Bonito a quem vê de longe, prejudicial para quem chega perto.

Sinto uma imensa vontade de jogar tudo pelos ares e ir embora. Mas se eu fizer isso, perderei o dinheiro que proporcionará a estadia da tia Car em uma clínica boa.

A vida e seus obstáculos.

Plim!

Uma lâmpada acende dentro de mim.

— Acredito que você tenha uma reputação a zelar. Certamente não conseguiria manter discrição em sua vida devassa — digo simplesmente, buscando o ar com força para manter a calma, independente de por dentro estar como um furacão.

Agirei como Maurício e invocarei a personificação do equilíbrio e da serenidade internamente.

A risada dele é seca e sem emoção.

— Pode acreditar, eu consigo, sim. Dou a minha palavra de que me manterei discreto. Nenhum caso meu será exposto. Garanto a você que eu tenho muito mais a perde se isso, de alguma forma, for vazado.

Seu tom é simples e fluido. Como se ele acabasse de ditar uma receita de como se fazer miojo.

— Ah, sim. E quanto a mim? Eu tenho de ser a esposa perfeita durante essa farsa, precisarei agir como um robô para que, de certa forma, não possa envergonhá-lo. Além disso, preciso me manter casta e demonstrar felicidade por ganhar um par de chifres? — pergunto, enquanto cruzo os braços diante dos meus seios.

Maurício remexe os ombros e arranha a garganta.

— Elisa, eu sei que essa situação pode parecer injusta, e eu até entendo o que está dizendo. Mas tudo isso é diferente para os homens, especialmente para mim. Você não pode esperar que eu permaneça em celibato por esse tempo todo.

— Eu ficarei. O mínimo que posso esperar de você é o mesmo — desafio-o.

— Tenho certeza de que isso não será nenhuma novidade para você.

O tom de sua voz é irreverente, cheio de certeza. O sorriso estampando em sua boca é de provocação. Respiro fundo e conto mentalmente até mil, impedindo que minha língua ferina solte milhões de palavrões destinados ao devasso escroto à minha frente. Claro que para mim não será novidade alguma. O que será um ano, quando já se passaram vinte dois anos guardando a minha virgindade para o homem a quem eu me entregarei de corpo, alma e mente.

Nada!

Maurício Ferrer se acha todo poderoso? Sim!

Tem o ego mais alto que o Monte Everest? Sem dúvidas.

Sabe negociar? Certamente.

Mas uma coisa eu acho que ele não sabe, seguir as regras que ele mesmo criou. Com um sorriso frio no rosto, busco em minha mente as palavras exatas que estão descritas em seu contrato. E sem esforço físico algum, eu o jogo na cova que ele mesmo cavou.

— Acho que você realmente terá de se privar de sexo durante esse ano. — Paro e estudo sua reação, antes de dar o golpe final: — Porque se você considerar o contrato, ele será quebrado se o nosso casamento for questionado publicamente. O que seria o caso, se uma traição vier à tona. E você não pode garantir que nenhuma amante sua consiga ficar quieta e de boca fechada. Não creio que seja superficial e um tanto ingênuo de acreditar nisso. Nós mulheres somos emocionais demais e agimos por impulso. Imagine alguma delas se apaixonando por você, por mais difícil que possa parecer, nada é impossível. Essa mulher faria de tudo para conseguir ter você para ela. A bomba explodiria. E assim eu cobraria os meus direitos descritos no acordo, anulando o casamento e fazendo o que eu quisesse com as minhas ações. Bem, mas você decide assumir o risco ou não.

O silêncio toma conta do lugar. Maurício parece não respirar ou até mesmo piscar. Como se tivesse acabado de levar alguns socos e chutes em sua barriga.

De repente, sua expressão fica dura e rude. Os olhos escuros parecem que, a qualquer momento, soltarão raios mortais em minha direção. Com audácia, sustento seu olhar impiedoso. Aborrecido, ele dá um suspiro e então leva os dedos longos até os fios escuros, puxando-os com força.

— Você está tentando me intimidar? — ele pergunta com os dentes trincados.

— Longe disso, estou apenas lembrando que você não pode ser o babaca devasso durante um ano.

— Pare de me irritar com esse palavreado — reclama.

Seu cabelo agora está despenteado e completamente descontrolado, enquanto ele me encara com os braços cruzados sobre o peito musculoso.

— Não estou fazendo nada. — Sorrio.

Ele começa a resmungar, então a esfregar suas têmporas com o polegar.

— Tudo bem. — As palavras saem entredentes.

— Tudo bem o quê? — Faço-me de desentendida e arqueio uma sobrancelha.

Ele parece morder a língua. Então puxa ar com força e solta:

— Tudo bem, eu não vou foder ninguém durante esse ano. — Sua voz é forte e firme. — Será como no contrato. Estamos entendidos?

— Positivo e operante, capitão! — devolvo no mesmo tom seguro. — As regras foram criadas para serem seguidas.

— Pare com o sarcasmo.

— Para mim, é tão natural quanto respirar.

Ele me fita, como se quisesse continuar a reclamar, mas sacode a cabeça e muda de assunto.

— Já é tarde e amanhã você terá um dia longo. — Caminha até a porta. — É bom que possa descansar para a mudança. Quero você morando aqui a partir de amanhã.

Maurício sai pisando duro de raiva, resmungando baixinho ao bater a porta do quarto com um pouco de força, o lugar todo estremece e engulo em seco o nó que está apertando a minha garganta.

Caramba!

Esse homem sabe como me deixar nervosa, com certeza. Até agora eu não sei como conseguir sair vitoriosa dessa conversa.

Nem sei como aguentei suas grosserias e seu humor péssimo.

Se tudo isso aconteceu apenas em uma noite, o que esperar de um casamento por um ano?

Com certeza, o casamento dos sonhos de qualquer princesa da Disney que encontrou seu príncipe e juntou as escovas de dentes.

Morram de inveja Rapunzel, Cinderela, Branca de Neve, Ariel, Bela, Jasmine, Mulan, Tiana, Anna.

Riam de mim Moana, Mérida e Elsa, que estão ocupadas demais tendo que resolver suas questões para se envolverem em qualquer relação amorosa.

É, eu poderia estar agora mesmo em busca do coração de Te Fiti, para salvar a Humanidade das trevas e da fome. Ou, quem sabe, sendo valente e atirando várias flechas por aí, ou ter o dom de fazer gelo com as mãos e congelar o meu próprio coração.

Mas não, eu quis dar uma de Aurora e procurar o meu príncipe azul. Esquecendo que eu carrego comigo todas as maldições da bruxa má e acabei encontrando mesmo o meu príncipe, que de azul e encantado não tem nada.

Na manhã seguinte, a minha sala está lotada com algumas caixas para a minha mudança. Passei praticamente todo o dia trabalhando nisso. E agora a casa está vazia, apenas sobraram os móveis. Deixo meu corpo desabar no sofá, sentindo-me cansada e temerosa pelo novo rumo que a minha vida vai seguir.

Fico em silêncio, olhando para as paredes limpas e brancas, sem as fotos e quadros aos quais eu estava acostumada. Deixando as minhas emoções me dominarem, uma vontade de chorar absurda da saudade que já sinto por deixar o meu lar. Das lembranças do cheiro de bolo de goma que titia fazia nas manhãs de todos os domingos, do frango assado para o almoço, do cheiro de chocolate que ela preparava para assistirmos a novelas nas noites chuvosas. Da alegria que foi ao vermos meu nome na lista de aprovados da faculdade. Das partidas de dominó nas tardes tediosas, que sempre nos rendiam boas gargalhadas por eu sempre perder. Tudo o que passei neste lugar, do bom ao ruim, passa pela minha mente como um filme.

Então, de repente, escuto uma batida à porta. Pulo do sofá, limpo uma lágrima solitária que escorre pela minha bochecha, suspiro fundo para controlar as minhas emoções e a abro.

— Elisa, finalmente tive um tempo livre para te encontrar! — Samara deixa um grito escapar, enquanto se joga em meus braços. — Estava com saudade, amiga.

— Posso sentir a saudade nesse abraço. — Sorrio, enquanto devolvo o carinho. — Nem faz tanto tempo que nos vimos.

Sam revira os olhos, então me solta.

— Um mês é bastante tempo, Elisa — reclama. — Mas aquela vaca mor irá pagar a crueldade que fez com você. Pode anotar isso.

Samara dá um sorriso afetado e segura as minhas mãos para entramos.

— Meu Deus, de onde você consegue tirar tantos apelidos para a senhora Duarte assim?

— Por favor! — Sacode a cabeça. — Você sabe que ela mesmo facilita a criação deles. Aquela mulherzinha é... — Sua voz morre. Acompanho o seu olhar. — O que significa todas essas caixas? Você vai embora?

Ela olha para as caixas e para mim, repetidas vezes.

Puta merda!

Eu não sei exatamente como dizer a ela que minha vida passou por um vendaval durante este mês. Como explicar para ela que, do nada, eu, que sempre achei que não tinha mais parentes ou outros conhecidos, fui agraciada por um padrinho que nunca fez conta da minha existência?

Difícil.

Como contar que agora eu sou uma herdeira, possuo uma grande fortuna e não precisarei mais contar até mesmo as moedas para pagar as minhas dívidas?

Um pouco mais difícil.

Mas que para ter todo esse privilégio, eu preciso apenas casar.

Extremante difícil.

Contudo, eu não posso nem quero esconder nada de Samara. Ela é a minha melhor amiga, a quem eu confio e sei que posso contar para sempre. Desde que nos encontramos a primeira vez, sabia que tinha sido abençoada pela sua amizade. Ela me acolheu tão bem na cafeteria, foi gentil e paciente em explicar tudo, mesmo que não fosse sua função me treinar.

Ela me fez e me faz tão bem. Nossa amizade é algo raro. O que com certeza não vou ter com mais ninguém.

E então eu conto tudo, com todos os detalhes.

— Uau! — A surpresa está estampada no rosto da minha amiga. — Que surreal. Parece coisa de novela. Daquelas antigas, em que a mocinha precisa entrar no casamento arranjado por conta de negócios dos pais.

Concordo com a cabeça.

— Acredite, levei um bom tempo para acreditar também.

— É muita coisa para absorver de uma única vez. Não imagino como seria estar nessa situação. — Samara sacode seu cabelo curto cacheado. — Mas eu sei que você vai se sair bem neste casamento. Você é forte e sábia, saberá lidar com tudo.

Ela coloca ambas as mãos em meus ombros para que as suas palavras tenham ainda mais o sentido de apoio.

— Espero, pelo menos, sair inteira deste casamento. — Suspiro. — Um ano com Maurício Ferrer não vai ser nada fácil.

— Como ele é? — Samy pergunta, indo se sentar no sofá. — Ele é bonito, sexy, musculoso?

Ela me fita, curiosa.

Enquanto eu apenas balanço a cabeça, perplexa.

— Pelo amor de Deus, Samara. O que isso importa?

Ela ri, cruzando as pernas e as jogando em cima do estofado.

— Oras, o que isso importa, Elisa? — Ela adota um sorriso maroto. — Quem sabe este casamento não se salve nas longas e maravilhosas noites quentes de sexo? Então, ele é um homem daqueles de tirar o fôlego, capaz de nos fazer tirar a roupa e implorar para nos devorar?

Cubro a boca com as mãos, enquanto penso no que dizer para a minha amiga, para que ela tire isso da sua cabeça. Porém a minha mente, para zombar da minha cara, traz imagens bem vívidas de Maurício.

De como ele me deixou arrepiada a primeira vez que o vi. De como seu corpo pareceu muito musculoso quando esbarrei nele. De como a sua voz parecia ser capaz de vibrar por cada pedacinho da minha pele, apesar de eu não me sentir nem um pouco atraída por ele.

Não, de jeito nenhum.

É mais fácil eu ter repulsa por ele.

Não serão os seus olhos brilhantes e fascinantes que vão provar o contrário. Não será a sua boca carnuda e convidativa que me fará pensar de outra forma. De nenhuma forma, eu não quero sentir de novo o seu toque em minha pele, muito menos a corrente elétrica que vem com isso. Não quero saber como seriam seus dedos longos e grossos passeando em meu cabelo, como ele faz com seus fios sedosos e marrons.

Não quero imaginar como seria a sua voz gemendo. Não.

Não quero imaginar como é seu peitoral sem camisa. Jamais.

Não quero imaginar como ele é completamente nu.

Pare, mente! Parem, hormônios!

Daqui a pouco, prometo assistir a alguns episódios da série do Henry Cavill para vocês se acalmarem.

— E então, Elisa, como ele é? — Samy me tira dos pensamentos, balançando as sobrancelhas sugestivamente. — Ele é gostoso?

— Não vai acontecer sexo neste casamento.

— Como não?

— Como eu disse antes. É um casamento falso, cheio de regras descritas em um acordo, sem amor, por obrigação, em que os noivos mais parecem não se suportarem e com data para um fim. — Faço uma pausa. — Assim, quanto menos envolvimento, melhor. Preto no branco, para que eu não tenha de sofrer por um coração partido.

Samy assente com a cabeça, finalmente concordando.

Depois de algum tempo, eu me jogo ao seu lado, então começamos a falar de tudo e mais um pouco, desviando sempre do assunto casamento e do novo rumo que a minha vida terá a partir de agora.

Capítulo 14

Elisa

Eu estou acordada há mais ou menos quatro horas, observando como estranhamente é calmante o silêncio da madrugada e como as sombras que o luar produz nas paredes vazias da sala podem, de alguma maneira, fazer nossa mente relaxar e fantasiar ao tentar adivinhar o que significa aquela mancha escura. Ontem à noite acabei desabando no sofá. Eu estava frustrada, com insônia, e tão confusa que não consegui pensar direito, não consegui arrumar a bagunça de DVDs, juntar a pipoca que estava espalhada pelo chão ou comer algo de verdade. Para ser sincera, não conseguiria fazer nada de qualquer forma. Sequer ir até o meu quarto, dormir em minha cama.

Agora estou um caco. A última bolacha do pacote. A cinza da múmia de algum Faraó. Porque cada centímetro do meu corpo dói e quando falo cada centímetro, quero literalmente dizer cada centímetro mesmo; dos fios de cabelo até o dedão do pé. Eu não tinha ideia que passar toda uma tarde empacotando coisas dentro de caixas, pudesse deixar até os meus dedos dos pés doloridos. E juntando ao fato de que passei a noite toda embolada no sofá, tentando dormir depois de uma garrafa de vinho que tomei com Sammy, enquanto assistíamos a *Um Amor Para Recordar*, chorar feito bebê, não era para menos. Para falar a verdade, tenho sorte do meu corpo não se rebelar contra mim.

A fim de apaziguar um pouco a situação, levanto e alongo o meu pescoço, que estala imediatamente e uma queimação se prolonga por todo ele até o meio das minhas costas. É, a situação está pior do que eu pensei. Um banho com água morna deve relaxar os músculos melhor do que a minha tentativa fajuta de quiropraxia. Dentro do banheiro, encosto a cabeça nos ladrilhos frios, suspirando. Torcendo para que o barulho da água faça que a minha mente desacelere e possa ter um momento de paz e tranquilidade.

Mas não funciona.

Motivo: a minha vida que se transformou em uma combinação de montanha-russa com um parque de assombração criado especialmente para o Halloween. Onde eu estou bem no carrinho da ponta, com mais emoção e, consequentemente, o medo também, ainda mais considerando que o cinto que me prende firme no local, impossibilitando-me de sair, e fugir do monstro opulento que me espera quando eu cruzar a marca final, é nada menos que minha própria consciência.

E como qualquer praga é pouca, ainda terei de passar por mais um tormento hoje. Nunca fui fã de compras. E você, com certeza, deve estar me chamando de louca neste momento, ou mentirosa, porque é certo que todas as mulheres nasceram programadas para essa função. Há algumas que se pudessem, iriam passar toda a sua vida passeando de loja em loja, comprando tudo o que vissem à sua frente, carregando milhares de sacolas nos braços, enquanto estampam um enorme sorriso no rosto. Contudo, sou completamente diferente da grande maioria, além de não estar acostumada, acho tudo isso um desperdício que alimenta ainda mais a futilidade humana e o consumismo exagerado.

Mas agora, eu não posso mais ser a mulher simples, impulsiva, pirada e desajeitada que usa qualquer camisa, calça ou saia. Eu tenho de ser bem-vestida, de roupas e acessórios. Tudo que me transforme em uma mulher digna de ser a esposa de um milionário.

Aceitando o fato de que não posso mudar nada em relação a isso, saio do chuveiro e, em trinta minutos, estou vestida e esperando para que o motorista me leve até as lojas mais chiques de toda a cidade. Escolhi ir pela manhã, pois quanto mais rápido me livrar dessa tarefa, melhor. Além disso, também terá a boa parte do dia para me preparar para o que vem depois: minha mudança para o apartamento de Maurício.

O motorista estaciona em frente ao shopping mais chique da cidade, com suas lojas cheias de manequins com roupas de couro, vestidos e roupas de grife. Entramos e vamos para uma das lojas mais caras. Assim que chego ao local, tenho vontade de voltar para o carro e me esconder. O espaço requintado está cheio de peruas de nariz em pé. Todas começam a me olhar estranho, com as sobrancelhas bem-feitas curvadas e as bocas cheias de algum procedimento estético, retorcidas em desgosto. Sem dúvida, vão fazer reclamação com a gerência e vão dar com os burros n'água, pois, para o azar delas, eu não estou aqui para mendigar ou pegar um pouco de ar-condicionado para fugir do calor, sim, para gastar mais dinheiro que todas elas juntas em um único dia.

Respirando fundo, sustento o olhar esnobe delas, ergo o queixo e vou até o balcão, onde sou recepcionada por uma mulher alta e bonita. Ela me olha dos pés à cabeça, demoradamente. Então pisca os olhos e balança o pescoço. Se bem sei, que o único neurônio que sobrou em sua cabeça depois de tanta química — porque os seus fios loiros não são nada naturais, assim como o restante do seu corpo —, deve estar julgando que eu não ficarei bem em nenhuma das roupas da loja.

— Seja bem-vinda à nossa loja, eu me chamo Carol. Sou a *personal stylist* da Shoulder. — Ela arranha a garganta minutos depois, quebrando o silêncio que tinha se formado. — Será um prazer atendê-la e ajudá-la em suas compras.

Olho-a por um segundo, com uma vontade enorme de rebater que o prazer maior dela será a comissão gorda que receberá no final do mês em seu salário, mas me contenho.

— Obrigada. — Adoto minha cara de paisagem combinada com o meu sorriso amarelo. — Sem dúvida, tenho certeza de que serão ótimas compras.

— Venha, comigo. Temos as melhores opções de roupas de grife de toda São Paulo. De vestidos para festas, sapatos, acessórios, roupas causais, de banho, de atividades físicas e até mesmo as íntimas. — Ela me estende uma das mãos, mostrando o caminho, com um sorriso que mostra todos os seus dentes brancos; como se indicasse a direção ao paraíso.

Mas que de glória e esplendor não tem nada.

Para mim, é mais como se eu estivesse caminhando para a forca.

É, vamos para mais um sacrifício.

Nas próximas horas, provo tantas roupas que já não aguento mais nem ficar de pé. São centenas de saias, de muitas cores e cortes. Blusas de tamanhos diferentes, decotes quadrados, redondos e em V, calças jeans e sociais, peças de banhos, camisolas e até mesmo calcinhas novas e sutiãs que milagrosamente parecem sob medida para os meus seios.

A última seção em que passamos é a de roupas esportivas. Fico espantada por ter de comprar roupas de ginástica tão caras, mas Carol ignora o meu choque e diz que é sempre bom ter de tudo em um guarda-roupa. Que, de alguma forma, eu poderei começar a praticar alguma atividade física. Eu, uma sedentária nata? É mais provável que caia neve em todo o Brasil, do que eu subir por livre e espontânea vontade em uma esteira e até mesmo pisar em uma academia.

Ao meio-dia, mais cansada e dolorida do que antes, estou estirada no sofá, trajando uma nova roupa, porque eu não posso usar mais nada velho. Eu nem sei o que fizeram com as roupas e tênis que cheguei até aqui. Agora devem estar dentro de um saco de lixo qualquer, quando ainda poderiam ser usadas, eu poderia doá-las, como farei com as outras peças.

— Foi um prazer atendê-la, Elisa. — A voz de Carol demonstra cansaço. Talvez ela tenha se esforçado muito para retirar peças dos cabides e escolher as melhores e mais elegantes para que eu experimentasse. — Espero que tenha gostado de todas as roupas e que volte a nos fazer uma visita em breve.

Em breve? Quando comprei roupas que obviamente durarão a minha vida toda?

Certamente, não.

Os olhos da caixa da clínica Bem-viver parecem ter duplicado de tamanho. Assim como parece que ela virou um fantasma por ter o seu rosto tão pálido, quando lhe entrego o envelope com o dinheiro que não somente paga a minha dívida, mas dois meses a mais das mensalidades.

Talvez esteja pensando como eu consegui o dinheiro. Porque, depois de dois meses sendo cobrada e sem uma resposta minha de quando eu poderia arcar com as despesas perante a administração, eu não acharia essa quantia do nada. E a única com tendências fantasiosas aqui sou eu, então também não tinha como acreditar em pote de ouro no final do arco-íris, lâmpada e gênio mágico, padrinhos mágicos ou fada do dente. Mais fácil seria ela imaginar que eu assaltei qualquer banco, mas pelo jeito que ela olha demoradamente cada nota sob a luz e esfrega repetidamente seus dedos nelas, tenho certeza de que desconfia que aprendi a falsificar dinheiro.

Seguramente, ela cairia dura no chão se descobrisse que esse é o dinheiro que recebi por ter aceitado uma farsa.

Quando ela finalmente decide aceitar que o dinheiro é verdadeiro, dá-me um recibo e deixo o financeiro com um destino certo. Depois de andar por alguns corredores, adentro o local à meia-luz e me surpreendo ao encontrar tia Car sentada em sua mesa de argila, tomando uma xícara fumegante de café.

— Tia Carmen — chamo.

Ela se vira, deixando a xícara na mesa. Ainda consigo vislumbrar nela a mesma tensão da minha última visita e, principalmente, o sofrimento em seus olhos cor de chocolate.

— Oi, minha filha. Venha, tome um pouco de café comigo. — Ela aponta para a cadeira ao seu lado. — Tem alguns biscoitos, se preferir. E, claro, tem mel para adoçar, como você gosta.

— Então, não posso recusar.

— Mel para adoçar a vida.

Sorrindo de sua frase, vou até a cafeteira e me sirvo. Depois, sento-me ao lado de minha tia, que de repente fica pensativa em sua cadeira. Ela olha para o jardim que está à sua frente, mas sei que nem sequer está visualizando nenhuma borboleta que está neste momento sobrevoando as rosas dali. Não querendo tirá-la de seu momento reflexivo, fico quieta e começo a beber o líquido quente e doce.

— Como você está? — Ela prende seus olhos nos meus e me sinto como se estivesse em uma máquina da verdade.

— Estou bem. — Entre tormentos e pesadelos, mas ainda assim, bem.

Ela me olha por mais um tempo. Como se passasse um raio-X por todo o meu ser, e até mesmo a alma.

— Você parece diferente de quando veio aqui.

— São as roupas. Incrível como apenas isso muda nossa imagem.

— Não digo das roupas, eu falo do seu olhar. — Ela aponta para o meu rosto. — Ele está mais brilhante, aceso. Como se não fosse o mar tempestuoso de sempre. Como se finalmente você tivesse... — Então ela para. — Ele tem paz, tranquilidade, e um pouco de amor. Espera. Não me diga que finalmente encontrou o seu príncipe encantado?

Paro a xícara antes que ela toque minha boca, olhando para a sonhadora e romântica Carmen.

— Você encontrou o seu amor?

Engasgo com o ar. Minhas bochechas queimam.

— Ah, meu Deus! Olha só como estão essas bochechas. — Ela sorri. — Minha menina está amando.

Desvio o olhar, engolindo em seco e com o coração pesado, pois eu não quero envolver tia Car nesse mundo de farsas. Não seria nada justo destruir sua ilusão, como a minha foi destruída. Eu não deixarei de forma alguma que ela entre e se afogue comigo nesse lago de águas fundas e escuras para que ela não saia destruída no final. Porque eu já me imagino em um futuro de decepções e infelicidade, em um labirinto onde a única saída é o sofrimento.

Depois de tirar qualquer ilusão da cabeça da minha tia que encontrei o amor, decido finalmente terminar as tarefas difíceis do dia. O trânsito de São Paulo milagrosamente está calmo, mas ainda é cedo, não está na hora do pico do final de expediente dos trabalhadores. Se continuarmos tendo sorte com o caminho, certamente chegaremos bem rápido ao nosso destino. Uma hora ou duas, no máximo. E depois desse tempo, toda a minha vida mudará para sempre; mais do que já mudou.

Observo pela janela os prédios passando, algumas pessoas caminhando na rua e as poucas árvores, com uma sensação absurda de perda e tristeza tomando todo o meu ser. Tão igual a última viagem que fiz de carro, há treze anos , quando o meu porto seguro foi desmoronando dia a dia, mês a mês, ano a ano. E o homem que eu adorava e admirava mais que tudo nesta vida, meu único parente vivo, transformou-se em apenas uma dor a qual eu queria esquecer. Eu não quero nem posso aceitar que ele se esqueceu de mim ali, naquele internato, sozinha. O meu coração parece ficar apertado dentro do peito com as doloridas lembranças. Agarro com força o assento do carro, sentindo as palmas de minhas mãos suadas e os nervos agitados.

Fecho os olhos e sacudo a cabeça com força, tentando não ir além em emoções tão profundas que essas memórias me causam. Ou os pensamentos loucos dominarão a minha mente atrás de respostas e explicações que nunca vou ter.

Suspiro fundo, dentro de uma hora e meia o carro cruza a portaria do prédio enorme e elegante, até parar em uma vaga na garagem. O motorista abre a porta para mim e desço. Vejo o elevador e sigo até ele, digito no painel a senha de acesso até o apartamento de Maurício.

Cansada e sobrecarregada, cruzo a porta grande de madeira escura. Paro por um instante, ainda admirada com todo o lugar, como se fosse a primeira vez que entro aqui. Mas creio que demorarei a me acostumar à beleza do lugar. O piso de porcelanato escuro, os sofás tão brancos quanto nuvens, como se não fossem usados, e tão grandes que sentariam umas dez pessoas neles. As paredes pintadas de branco, parecem tão altas como uma montanha. Ainda mais considerando os quadros de paisagem que as decoram. A televisão, imensa, como a tela de um cinema, em cima de uma espécie de painel de madeira, onde há algumas fotos, que minha curiosidade se remói para ver cada uma delas, mas estou me controlando.

— Boa tarde, Elisa!

Assusto-me com a voz rouca de Maurício, que está de pé, encostado no balcão da cozinha. Ele está casual, sem o seu habitual terno sob medida que vi nele antes, agora está usando uma camiseta polo na cor azul e uma calça jeans clara. O cabelo está úmido, como se ele tivesse acabado de sair do banho. Simples, ainda assim perfeito e atraente para qualquer um que ouse olhar para ele agora.

Eu o encaro, olho para seu peitoral mais evidente na camisa, seus braços fortes. E me pergunto como seria ser abraçada por ele, encostar a cabeça ali no seu colo...

Espere.

Não me perguntei nada disso.

Nada mesmo.

— Boa tarde — respondo depois de um tempo. — Não esperava te encontrar aqui. Achei que estaria na empresa.

Ele arqueia uma sobrancelha.

— E não poder dar às boas-vindas para a minha amada noiva? Que tipo de noivo eu seria? — Ele sorri, apontando para mim.

— Verdade, você deve parecer o mais romântico de todos. — Cruzo os braços. — Imagino que deve estar sendo uma tarefa difícil agir como um cavalheiro romântico quando, na verdade, suas tendências são outras.

Ah, Elisa. Para que ser tão desaforada e sarcástica, quando ele parece estar tentando ser um pouco gentil. Não quer transformar esse momento mais difícil do que já é.

— Desculpe. Tive uma noite não tão boa e um dia para lá de cansativo. — Abro um sorriso e continuo de braços cruzados. — E minha primeira reação ao estresse é sempre ser debochada.

— Tudo certo. Minha primeira reação quando estou irritado é sempre ser arrogante. — Ele faz um gesto de desdém com as mãos. — Contanto que a gente se entenda e controle nossas reações primitivas quando necessário, é o que importa, querida.

Querida.

Um jeito simples de me irritar.

— Será mais fácil se não me chamar de querida.

— Qual o problema do termo carinhoso? — rebate ele. — Mulheres adoram serem chamadas assim.

— Primeiro, mulheres não gostam de serem chamadas assim. Segundo, é o termo mais falso que conheço. E falsidade não é o que queremos demonstrar aqui. — Descruzo os braços e reviro os olhos. — Terceiro, para um homem que se gaba de ter várias mulheres aos seus pés, satisfeitas, você não tem a menor ideia do que nós mulheres gostamos e desejamos.

Então se aproxima de mim a passadas precisas e longas, o som dos seus pés descalços ecoando pelo piso frio. Quando está distante de mim apenas uma respiração, seus olhos escuros se focam em mim, fazendo o meu estômago revirar. Sua barba rala perfeitamente rodeando sua boca de lábios macios e convidativos. Devagar, ele os umedece com a língua.

Sinto o rosto corar e me esforço ao máximo para desviar os olhos do seu gesto.

— E do que exatamente as mulheres gostam de serem chamadas? — Um sorriso brinca em sua boca. — Meu amor? Minha vida? Meu bem? Minha gata? Docinho? Paixão? Boneca? Qual desses termos você prefere, Elisa Marinho?

O meu nome em sua boca soa como o canto de uma sereia, o que me deixa tonta e confusa.

Caramba! Como eu odeio o fato de ele estar neste momento agindo feito um arrogante, babaca, confiante, mal-humorado e sexy, tudo junto e misturado.

Balanço a cabeça para afastar os meus pensamentos inconvenientes e pigarreio.

— Algo mais original e único. — Engulo rápido para não perder o foco. — Mulheres gostam de se sentirem especiais e únicas.

Ele me analisa de cima a baixo. Então morde os lábios, novamente me vejo mirando sua boca.

— Registrado. — Ele continua a me encarar. — Vou pensar em algo à altura. Mas, por enquanto, quer tomar uma bebida e beliscar algo, enquanto esperamos o jantar?

— Acho conveniente.

— Então me acompanhe.

Sacudo a cabeça, seguindo-o. Deixo minha bolsa em cima da mesa, antes de me sentar no banco alto ao seu lado, enquanto o vejo montar um prato com alguns amendoins, queijos e salgadinhos e abrir uma garrafa de vinho.

— Como foram as compras?

— Comprei praticamente a loja toda — falo com um sabor amargo na boca. — Tenho certeza de que muitas roupas serão desnecessárias.

— Não serão desnecessárias. Tudo faz parte de sua nova imagem, Elisa. Você terá muitos eventos para ir em breve. Não é adequado a minha esposa usar qualquer roupa e passar uma ideia de que não sou um bom marido, que a priva do luxo ou da riqueza. — Ele bebe um pouco do seu vinho. — Além do mais, isso está em nosso acordo. Eu disse que você precisaria de tudo novo.

Reviro os olhos.

— Bem, você conseguiu. Tenho tudo novo. Até mesmo as calcinhas. Satisfeito?

Para a minha surpresa, ele ri. Um riso alto, mas não de sarcasmo. É um riso verdadeiro, que ilumina seus olhos, corando seu rosto, fazendo-o parecer um homem mais jovem. Ou uma criança que acabou de ganhar o seu tão esperado presente de Natal.

— Você não imagina o quanto. — Ele joga um amendoim na boca e bebe o vinho da sua taça. — Quero propor algo para você.

— Mais uma proposta. Qual será agora?

Ele esfrega a nuca, encarando-me como se tentasse dissecar a minha mente. Então se acomoda melhor no seu assento, virando todo seu corpo para mim.

— Quero propor que possamos conversar para nos entendermos e nos conhecermos melhor. Afinal, precisamos em breve vender a nossa imagem de casal, devemos parecer unidos e loucamente apaixonados. Então, cada detalhe será importante.

Mastigo e engulo um salgadinho. Depois ergo o olhar para ele. Tentando entender aonde ele quer chegar com tudo isso.

— O que tem em mente para fazer isso acontecer?

— Então, estive pensando, acho que agora seria um bom momento para começarmos a criar essa intimidade e familiaridade. Eu acho que, de certo modo, possamos chegar à combinação perfeita de como vamos agir. Você estava certa em algumas coisas. Se quisermos que isso seja verdadeiro para toda a sociedade. Acho que devemos começar a trabalhar em como somos perfeitos juntos.

— O que está querendo dizer?

Junto minhas sobrancelhas, sentindo um nervosismo subir por minha espinha dorsal. Não estou gostando nada do rumo que essa conversa está tomando.

— Que temos de praticar nossa convivência. Precisamos mais do que fatos para termos sucesso em nossa farsa. Somos noivos, vamos ter de agir de maneira afetuosa um com o outro. É o que se espera de um casal apaixonado e prestes a se casar. E só consigo pensar em um jeito de começarmos essa aproximação íntima.

Começo a tossir. Desesperada, tomo um longo gole de vinho.

Ele não está insinuando que devemos... nos beijar, está?

Seus olhos estão mais escuros, enquanto percorre um dedo por toda a sua barba à medida que um sorriso malicioso se abre em seus lábios.

Ele está... Definitivamente ele está.

Meu Deus!

Capítulo 15

Maurício

Um silêncio muito abrangedor toma conta de toda a cozinha. Salvo pela tosse de Elisa, que parece ter se engasgado com a própria saliva. Os olhos azuis e provocadores estão perdidos e arregalados, como se ela tivesse acabado de ver um fantasma. Especialmente considerando sua pele ainda mais pálida que o normal. Ela pega a sua taça de vinho tinto e o toma todo em um único gole, parecendo ainda agitada, deixa a taça vazia sobre o balcão e enfia de forma intensa seus minúsculos dedos em seu cabelo comprido e escuro, que acaba caindo pela lateral de seu rosto até sua cintura fina.

Sem me conter, passo a apreciar o restante do pacote completo e belo que ela está neste momento, de como o vermelho de seu vestido novo destaca seu tom de pele e realça a cor de seus fios, o decote profundo destaca seu colo perfeito e proporcionam uma fantasia emocionante de como são seus seios. Seus lábios estão entreabertos numa expressão de surpresa e suas bochechas estão em um tom vermelho intenso. Sinto uma vontade incompressível de passar o meu polegar por eles e sentir a textura que aparentemente é macia como um damasco maduro.

Ela está diferente.

Sem um pingo de maquiagem no rosto.

Uma naturalidade impressionante, para ser mais exato.

Verdadeiramente, linda.

Puta que pariu! Elisa está de tirar o fôlego.

De repente, ela ergue uma sobrancelha enquanto uma parte do meu corpo levanta, sem que eu possa controlar.

Merda, pare. Dou um gemido por dentro, tentando acalmar os meus ânimos inconvenientes e desobedientes.

Parte de mim não entende por que Elisa me perturba tanto, de uma forma funda e visceral. Sacudo a cabeça e encho novamente minha taça de vinho, bebendo logo em seguida em um único gole.

Ela se vira em seu assento e me olha por um momento, depois balança a cabeça, perplexa. Caramba, como está tímida! Ela que, ultimamente, estava sendo uma fera, uma tigresa com toda as garras e dentes. Normalmente, o que eu podia esperar eram os seus acessos de fúria e petulância, com a sua língua afiada e inteligente. Carrasca e genuína, na verdade.

Bem, eu deveria estar agradecendo por isso, comemorando, para ser mais exato, pois tudo que sai de sua boca tem um alto teor de capacidade de me irritar e me atingir como um chicote. E ela atingiu todo o limite da minha paciência quando me fez repensar meus votos de castidade e celibato perante este casamento.

Cacete!

Ela me chamou de tolo em acreditar que, de alguma forma, pudesse evitar que algum escândalo surgisse. E eu não tive como revidar, porque claramente a minha cabeça de baixo é quem estava dominando todos meus pensamentos. Eu, uma carniça de ouro, que a mídia segue feito urubus, poderia evitar alguma coisa?

Não precisa responder.

É, eu sei que não. E eu casado, certamente terei a minha vida mais vigiada que antes, eles farão de tudo para descobrir como eu, o senhor-não-se-envolve-com-ninguém, finalmente, subiu ao altar. Assim como, sem dúvidas, as mulheres com quem me envolvesse tentariam, de alguma forma, também chegar ao meu coração. Eu podia até mesmo citar Cintia, acredito que ela não vai engolir essa novidade muito bem. Logo ela, que almejava há tempos essa posição.

Raios!

Elisa estava certa.

Eu odeio ter de concordar com ela.

Assim como odeio sermos verdadeiros. Porque, a qualquer momento, o nosso casamento poderá afundar. Como o Titanic, sem escapatória. Pior, ser questionado e perder a validade, e sei que o doutor Costa será como uma sombra em nosso encalço para pegar qualquer deslize e anular tudo.

Não, isso não.

Eu não cheguei tão longe para deixar isso acontecer. Eu não nadei tanto para morrer na praia.

Eu não chegarei até o topo para cair rapidamente.

Fique firme, Ferrer!

Estamos perto da vitória.

Então, eu passei o dia todo pensando em como quebrar essa geleira que nos rodeia. Em como alinhar nossa convivência e intimidade, para que quando se tornar pública a nossa história de amor, possamos parecer real e nenhum detalhe seja questionado.

Porra!

Teremos de ser o casal mais badalado e invejado.

Tudo tem de ser perfeito em nossa relação, que até mesmo serviremos de modelos de mocinhos de livros e filmes de romance água com açúcar.

— Temos de parecer confortáveis... Íntimos um com o outro. Unha e carne. Duas almas ligadas. — Estico a mão para tocar no seu braço, logo acima do seu cotovelo. Elisa parece tensa em sua cadeira, seu corpo se remexe, como se estivesse incomodada com a minha presença. — Contudo, nada disso dará certo se endurecer e parecer uma estátua toda vez em que eu chegar perto de você.

Ela inclina a cabeça e um olhar teimoso passa por sua expressão.

— Se você não fosse tão frio, talvez meu corpo não congelasse diante de sua presença. — E *voilà*. Novamente sua essência rebelde dando as caras. — Talvez devesse contratar como a sua esposa a Rose, de Titanic, ela sim conseguiu superar o mar congelante. Mas duvido muito que ela aceite passar um segundo ao seu lado. Você me parece mais perigoso e impiedoso que o iceberg que afundou o Titanic.

Jogo a cabeça para trás, depois olho para ela, não controlando a minha impaciência.

— Acredito que deva guardar sua língua afiada. — Bufo. — Elisa, estou tentando ser menos babaca, estou aqui propondo uma maneira de fazer toda nossa convivência não ser um inferno. Uma maneira de agirmos para que possamos disfarçar nossa repulsa natural e possamos parecer felizes, fascinados, doentes de amor.

Os olhos dela reviram com teimosia e desdém. Logo ela os prende em mim com determinação e, dando de ombros, diz:

— Para mim, será fácil. Não sou cheia de barreiras como você.

— De que barreiras você está falando?

— Esse muro de Berlim que criou em volta de você, do seu coração. Você não tem emoções, não faz questão de se conectar às pessoas. Faltam sentimentos em suas ações, porque faltam sentimentos dentro de você.

As palavras dela são um ataque pessoal gratuito.

Travo a minha mandíbula.

— Merda nenhuma. Eu tenho sentimentos, não os bobos que você acredita. Acreditar no real, não faz de mim um homem sem emoção ou uma alma obscura. — Encaro-a de volta e, firme, digo: — E não estamos aqui para discutir o que sou ou não.

Ela cerra os lábios.

— Tudo bem! Vamos continuar com o seu plano.

Respiro fundo para tentar acalmar a minha irritação. Está difícil. Elisa, e somente ela, tem a capacidade de me fazer ir aos dois extremos do ardente ao impetuoso. Exaltar de raiva, queimar de extasiado. Fogo, raiva, fogo, raiva.

— Durante esse ano terão momentos em que vou ter de tocá-la, dizer coisas ao seu ouvido, acariciar seu cabelo, sua bochecha e, em certos casos, até mesmo beijá-la. — Paro por um momento. — Como um homem perdidamente apaixonado pela minha noiva.

Elisa ri alto, como se não pudesse deixar de gargalhar da minha cara. Ela se ajeita em sua cadeira, cruzando uma perna em cima da outra.

— Pensei que tivesse dito que não acredita no amor.

— E não acredito. Amor faz com que as pessoas façam coisas banais demais. Ele as deixa mudas, fracas e complica tudo. Onde o amor está, as coisas não funcionam racionalmente. E eu não tenho o menor interesse em agir feito um tolo sem cérebro — rebato, inflamado. — Mas consigo fingir muito, quando quero e preciso. Agora, você acha que consegue agir normalmente quando eu a tocar ou beijar? Consegue lidar com os apelidos carinhosos e afetos, sem revidar com essa boca atrevida?

Ela ergue o queixo, caprichosa.

— Certamente que sim.

— Certo. Precisamos tentar uma coisa, então.

— Que coisa?

Ela empalidece, à medida que um tremor percorre sua mão e seus dedos batem agitados no mármore do balcão. Seus olhos azuis estão com as pupilas dilatadas, nem sequer piscam, duvido até mesmo que ela respire normalmente neste momento, como se esperasse algo de ruim acontecer.

— Bem, já que sexo entre nós está fora de cogitação...

Ela fica vermelha igual a um pimentão e olha para o chão.

— Totalmente fora — fala rápido, quase atropelando as palavras. — Carta fora do baralho. Carta no Universo. Em algum planeta perdido e desconhecido da Humanidade.

Ela faz um gesto agitado com as mãos. Quero me acabar de rir da sua reação.

Ah, menina, sexo entre nós nem existirá nessa realidade. Aquiesço, abafando a minha vontade de gargalhar.

— Então, venha comigo. — Estendo a mão para ela, que não faz menção de aceitar o convite. — Venha comigo, Elisa... Precisamos descobrir um jeito.

Devagar, muito devagar mesmo, como em câmera lenta, ela coloca a sua palma sobre a minha. Antes que ela tenha tempo de recuar, fecho os dedos ao redor de sua mão pequena. Sua pele está fria e macia. Sinto um calafrio subir por minha espinha, então aperto os dedos com firmeza nos seus, puxando-a para mais perto de mim.

— Veja, eu não vou te causar nada. Nem frio nem calor. — Levo minha outra mão livre até o seu rosto e, sentindo-me agitado, passo um dedo por sua bochecha. — Tente ficar confortável e agir normalmente quando eu fizer isso em público. Sorria como se estivesse feliz. — Aproximo-me mais, sua cabeça ficando abaixo do meu pescoço, abaixo-me um pouco. — Suspire quando eu sussurrar qualquer coisa ao seu ouvido. E depois, estique-se em suas pernas miúdas e me beije na bochecha, na boca, onde parecer mais afetuoso.

Tiro a minha mão que acariciava sua bochecha e a enfio em meu bolso. Pego o controle remoto da caixa de som e aperto o play, e imediatamente o tom alto da música da *Can't Help Falling In Love,* Haley Reinhart, muito melosa para o meu gosto, mas completamente perfeita para situação, ressoa.

— Dance comigo.

— Posso pisar em seus pés, não sou uma dançarina. — Ela aponta para suas pernas. — Isso, se eu não der um jeito de derrubar nós dois no chão. Sou um pouco desajeitada, mas isso não é novidade para você.

Não consigo resistir.

— Acho que meus braços são fortes o suficiente para evitar nossa queda.

Meu tom é divertido, na esperança de ela relaxar um pouco.

— Sendo assim, Hércules...

Ela ergue o olhar e abre um breve sorriso

Finalmente.

— A dança é uma forma de praticar e acostumar os nossos corpos a ficarem um perto do outro, como se não fossem opostos e se repelissem. Assim como ímãs, não podemos controlar o magnetismo que nos une, a paixão que nos incendeia. — Afundo os meus olhos nela. — O amor nos faz almas gêmeas.

O corpo de Elisa vacila ao me ouvir. Tanto que ela desvia o olhar do meu e engole em seco. A sua mão que está na minha parece ficar mais fria ainda. Enquanto eu continuo olhando para a mulher que em breve se tornará minha esposa.

Suspiro fundo, sentindo todos meus pelos do corpo se eriçarem. Elisa parece mortificada à minha frente, os olhos baixos, o rosto corado.

Caramba! Isso está mexendo comigo.

Então, com um movimento muito sutil, Elisa afirma com a cabeça. De forma muito esquisita, coloco um de meus braços em seu ombro e outro em sua cintura, puxando-a para mim, até os nossos corpos estarem tocando um no outro. Sua estatura pequena, novamente abaixo do meu pescoço, seu cabelo negro e cheiroso bem debaixo do meu nariz. Sem pensar, inspiro a essência que emana dali; canela, mel, chocolate. Não sei dizer, um aroma muito doce e que agrada o meu olfato.

Então começamos a nos mover. Não que eu seja um grande dançarino, eu sei o básico para não passar vergonha, mas me surpreendo muito em como os nossos movimentos parecem, de algum jeito, naturais. De certo modo, Elisa parece ser uma dançarina nata. Seu corpo é leve como uma pluma, graciosa e ao mesmo tempo frágil em meus braços, como se moldasse bem ao meu corpo. O que raramente acontecia quando eu dançava com outra mulher, eu nem sequer preciso fazer esforço para guiar nossos corpos pela sala.

De repente, ela está segurando os meus bíceps, olhando para mim. Seus olhos estão aflitos, mas continuam lindos, como o mar em um dia ensolarado. Eu com certeza me jogaria nessas águas cristalinas e nunca mais ia querer sair.

— Seus olhos são lindos. — Minha voz sai estranha. Então me dou conta de que saiu sem o meu controle. Tento disfarçar. — Vou te fazer muitos elogios em público. Carinhos também.

Uma de minhas mãos sai de sua cintura e meus dedos acariciam seu rosto. Sua pele é macia e quente. Assim como os seus lábios que, quando passo o polegar, me deixam sem ar. Seu corpo fica ainda mais colado no meu, e sentir seus seios e o calor que emana dela, é delirante. Deixa-me zonzo, como se o mundo girasse mais rápido. Fecho os olhos para controlar o meu eixo e me centralizar, mas tudo piora. E quando os abro, ela está olhando para mim, exatamente para a minha boca.

Milhões de merda.

Eu quero beijá-la. Só um pouco. Seus lábios estão entreabertos, preparados, molhados, prontos para mim. Quero sentir o toque macio e tão acolhedor que senti com o meu polegar.

Não. Não. Não. Não pense nisso, Maurício!

Não estrague tudo.

Isso me faz parar todo e qualquer movimento, distanciando os nossos corpos. Elisa abre os olhos, pisca e depois me olha se entender. Seu corpo ainda está trêmulo, assim como suas bochechas estão vermelhas, como se estivessem pegando fogo. O mesmo ardor que queima em minha pele e sangue, deixando-me em uma situação muito desagradável. Dou um passo para trás para fugir disso, soltando-a. Respiro com força, mas o ar que está à nossa volta é denso, confuso e diferente demais do que estou acostumado.

— Está vendo. Foi fácil. — Faço uma careta para fugir dos meus tormentos. — Certamente podemos praticar mais vezes, algumas interações, já que não morremos por tentar.

Um V se forma no meio de sua testa. Como se ela tentasse pensar no que vai falar.

— Sim, tão fácil como tirar doce de criança. E ainda melhor que estamos de pé. Sem ferimentos. Com a cabeça em cima do pescoço intacta e respirando perfeitamente. Acho que podemos nos suportar — ela sussurra com a voz ofegante.

Com a cabeça intacta? A minha obviamente não.

Respirando sem dificuldades? O meu pulmão também discorda.

Mas não quero que ela perceba, então sorrio, debochado.

— Tudo o que for preciso para essa farsa de casamento dar certo.

— Sim. Isso.

Pego o controle novamente do meu bolso, desligando o som.

— Sábado temos um evento, onde podemos colocar à prova nossa encenação como casal.

— Não me diga. Estava ansiosa para um evento — responde, revirando os olhos, mas então boceja, parecendo extremamente cansada. O que é normal, considerando o seu dia. — Existe algo mais para trabalharmos ou posso tomar um banho?

— Bem, tem mais uma coisa para incrementar e fortalecer a nossa imagem de noivos. — Controlo a respiração e estalo alguns dedos, pensando em como fazer acontecer uma situação em que jamais me imaginei nela.

— O quê?

Sem pensar muito, caminho até o aparador da sala. De uma gaveta tiro uma caixinha preta de veludo. Não é preciso eu dizer, pois sei que você já imagina do que se trata. Então volto até Elisa que está parada, imóvel no lugar.

— Quero que use isso de hoje em diante. É o seu anel de noivado.

Entrego-lhe a caixinha, a qual ela recebe com as mãos trêmulas. Ela não abre de imediato, então deixo os meus ombros caírem, frustrados.

— É melhor que não esteja esperando que eu me ajoelhe em sua frente e faça o pedido como os tolos de novelas ou os tontos de filmes, ou os abestalhados de calças apertadas e sem culhões que vocês mulheres chamam de príncipe encantado.

Levanto uma sobrancelha.

Ela sacode a cabeça, então revira os olhos.

— Nem em meus mais fantasiosos sonhos. — Aponta a caixinha para mim. — Eu não espero nada de você.

— Bom. Então o coloque. Faz parte da nossa imagem.

Ela torce os lábios, como se segurasse algumas palavras nada gentis para mim. Então abre a caixinha. Tirando dali um anel dourado, com um solitário diamante, que brilha quando a luz reflete nele. Ela pensa um pouco antes de colocá-lo no dedo anelar direito, que cabe perfeitamente, depois me encara.

— Eu vou cuidar bem dele. Quando tudo isso terminar, eu pretendo devolvê-lo a você, em perfeitas condições, mesmo que eu não possa prometer muito por ser desajeitada.

— Que seja! Faça o que achar necessário. Mas pouco me importa que você devolva no fim. — Faço um gesto de indiferença com as mãos. — Hoje já conversamos muito. O que certamente faremos muito durante esse ano, então é bom não exceder muito os limites. Vou trabalhar um pouco no escritório, não me espere para o jantar. — Dou um passo e me viro novamente. — Aliás, você fez um ótimo trabalho hoje.

— Obrigada — responde com desdém. — Você também não foi tão ruim.

Seus olhos brilham com desprezo. Então ela dá meia-volta e anda a passos largos até a escada que leva até parte superior do apartamento. Com um peso incômodo no estômago, observo-a se afastar, vendo se em algum momento ela vai olhar para trás, entretanto, ela não faz. Sobe os degraus como um foguete, deixando um rastro de seu perfume e uma lembrança muito bem vívida de seus olhos azuis fascinantes e de seu corpo envolvente.

Capítulo 16

Elisa

Estou deitada em uma cama enorme, alta e macia, entre lençóis de seda, obviamente muito chiques e caros, os travesseiros de plumas de ganso, que poderiam me fazer flutuar para os mais maravilhosos sonhos, ainda assim não consigo dormir. É a quinta noite seguida que a insônia está grudada em minha pele, ossos, mente, tudo de mim. E não importa o quanto eu tente burlá-la, há noites que eu nem sequer fechei os olhos. Como está acontecendo neste momento, faz mais de três horas que tento. E, olha, estou exausta tanto mental e fisicamente, mas nem isso me faz relaxar.

Nem mesmo a quietude noturna consegue silenciar a minha mente.

Então salto da cama, sentindo o piso gelado, e caminho até a porta. Quando giro a maçaneta, estremeço pelo barulho das dobradiças ecoando. Fora do quarto, tento ouvir qualquer barulho, mas não ouço nada. Claro, estamos na torre do dragão, alta e com paredes de concreto que imitam rochas, totalmente isolados do restante do mundo, que não podemos ouvir nem mesmo o som do trânsito, das buzinas dos carros, briga dos vizinhos ou alguma briga de gato no telhado.

Sentindo os dedos congelarem lentamente, devido ao frio da madrugada, volto a andar pelo corredor. Sem ter um motivo, paro na frente da porta do quarto que eu sei que é de Maurício. Está entreaberta e, por um impulso de coragem ou curiosidade — deixarei você decidir —, eu a abro mais um pouco e enfio minha cabeça pela pequena abertura.

Eu gostaria muito, muito mesmo de dizer que a primeira coisa que os meus olhos veem é a beleza da decoração do quarto, mas infelizmente não é. Contra qualquer uma das minhas vontades, eles ficam presos na figura que está dormindo, esparramado no meio de uma cama tão gigante, que o Pé Grande poderia dormir aqui sem nenhuma dificuldade. Assim como Maurício faz neste momento. Ele, sim, parece estar visitando o mundo dos sonhos, seguramente as mudanças em nossas vidas não o estão afetando tanto para tirar o seu sono.

Observo mais um pouco sua tranquilidade.

Faz alguns dias que não nos falamos. Sempre chegando tarde da empresa ou indo direto para o escritório assim que chega e, pela forma que ele agia, quando eu o via por milésimos de segundos, ficou claro que está fugindo de mim, como se eu tivesse uma doença contagiosa.

De repente, um barulho alto soa.

Apuro os ouvidos para ter certeza de que realmente escutei isso.

Então ouço de novo.

O ronco alto, como se naquela cama estivesse deitado um cantor de ópera que se engasgou. Ou um motor de um caminhão velho. Melhor, um leão descabelado, sem dentes e com resfriado.

Tenho vontade de rir, por achar um defeito seu.

Quantos mais ele tem?

Nenhum... Esqueceu como quase desmaiou quando dançaram? Uma vozinha irritante soa alto em minha cabeça.

Raios!

Tinha de ter logo agora a lembrança dessa bendita noite que quero apagar da minha mente?

Será que isso é algum tipo de carma?

Sim, só pode ser. Com meu jeito desastrado, devo ter quebrado algumas dezenas de espelhos de todas as versões já criada da Branca de Neve para ter essa maldição.

E aqueles braços? Novamente minha consciência resolve dar as caras.

Ela só pode estar querendo tirar uma onda com a minha cara. Não é mesmo?

Musculosos e fortes... Mais uma vez.

Incontrolavelmente, as minhas pernas ficam moles, os meus braços tensos, a palma de minha mão está suada e um frio percorre a minha espinha. Sinto que estou sendo atingida pelo mesmo choque de quando Maurício me convidou para dançar com ele, em como me segurou em seus braços e nos movimentamos como se fôssemos dançarinos que se conheciam há anos e estavam em um espetáculo grandioso e romântico. E quando tudo terminou, parecia que o ar tinha milhões de quilos a mais, eu não conseguia sequer puxar oxigênio suficiente para os meus pulmões. Eu fiquei tonta, ofegante e, pior, parecendo esperar por um toque mais íntimo.

Mas, cacete!

Era uma grande cena.

Tudo não passava de um grande plano para apresentação ainda maior. O vislumbre do homem diferente que me propôs de formal tão gentil uma simples dança, não passava de uma ótima representação de um ator, digno de um Oscar. O sorriso radiante em seus lábios, o brilho em seus olhos e até mesmo a sua prece, não passava de uma grande mentira.

Entretanto, uma coisa eu tenho de admitir. Não foi tão ruim dançar com ele. Considerando que sei o quanto de veneno sua boca pode produzir com palavras arrogantes e seus braços parecerem duas sucuris, quando apertou o meu corpo ao seu, o seu toque foi quente, macio e até mesmo aconchegante.

De repente, ele resmunga e se vira na cama. Puxando parcialmente o cobertor branco que cobre o seu corpo, deixando um pouco à mostra o seu peitoral. Engulo em seco e levemente sinto as bochechas esquentarem, porque me sinto culpada por estar observando-o e, visivelmente, infeliz por ter de admitir também que ele é um homem muito lindo; por fora.

Ele se remexe mais um pouco e seu cabelo escuro brilha sob os poucos raios da lua que surgem pelas janelas abertas. Seu rosto está relaxado, sem o olhar de ironia que lhe é tão natural. Olhando-o assim, ele parece mais jovem e menos prepotente. Coberto pela luz amarelada, Maurício parece um anjo, o que eu jamais poderia considerá-lo quando está acordado e especialmente se acordasse agora e me visse aqui, parada, espiando-o.

O mais certo seria esperar que eu agisse como um lobo raivoso que está prestes a duelar com outro pelo domínio da matilha. Sim, ele sem dúvidas agiria de forma selvagem, com direito a voz rude e palavras truculentas.

Ele chia alguma coisa incoerente e então eu recuo de costas. Antes que ele acorde de vez, saio de seu quarto, fecho a porta e praticamente corro para o meu. Suspiro quando chego até a minha cama e enterro o rosto em meu travesseiro.

No sábado, desperto me sentindo como se um caminhão carregado de outros cem tivesse passado por cima das minhas costas. É, estou com certeza toda acabada e horrível esta manhã. Mas também pudera, não consegui dormir direito. Eu estava presa em um pesadelo sem fim. Por mais que orasse e tentasse pensar em coisas boas, eu sempre me via envolta em um único sonho.

Acreditem ou não, toda hora eu estava no mesmo lugar, com uma música romântica soando alto, enquanto sentia o meu corpo se movimentando de um lado para o outro, como se eu fosse uma pena flutuando pelo ar. O meu corpo estava relaxado, sentindo a deliciosa sensação de alegria. O meu coração parecia bater de forma tranquila. Meu cabelo balançava ao vento. Eu parecia estar no paraíso, pulando de nuvem em nuvem.

E então, de supetão, eu estava caindo em um buraco fundo, como se fosse um precipício, por mais que gritasse por socorro, era como se minha voz não saísse. Desesperada, eu batia as pernas e os braços, tentando em vão não cair. Mas antes que eu chegasse ao chão, braços fortes me agarravam, passando-me uma sensação de segurança, afeto e um calor absurdo que fazia toda a minha pele se arrepiar, o meu sangue correr de forma agitada pelas minhas veias e o meu coração bater tal qual asas de um beija-flor.

Os olhos negros e profundos do homem me deixavam presa, enquanto uma de suas mãos era colocada em minha cintura e outra em meu ombro, puxando-me para si e colando os nossos corpos. Então, ele se abaixava e cobria os meus lábios, sua boca quente moldava perfeitamente com a minha. Os dentes dele mordiscavam sem piedade e, sua língua explorava, frenética, até encontrar a minha, fazendo-me desequilibrar em minhas pernas e o ar fugir dos meus pulmões. À medida que gemidos ressoavam dentro de mim, os meus seios esquentavam e ficavam eretos e, para a minha total surpresa e humilhação, senti uma coisa nunca experimentada antes, uma chama pulsando entre o meio de minhas coxas.

Sacudo a cabeça com força, para evitar que seja atingida novamente por esse pesadelo. Então levanto, sentindo meus músculos protestarem, os olhos inchados e a boca seca. Vou direto para o banheiro, faço minha higiene e me dirijo ao closet, que já está todo arrumado com as milhares de roupas que eu comprei.

Um truque de mágica?

Não! Trabalho duro de Rosa.

Olho para os vestidos, as saias, e tudo parece confuso demais para o meu gosto. Mesmo que a personal tenha me falado centenas de combinações, nenhuma me vem em mente. Então opto por uma calça reta de alfaiataria na cor preta e camisa social branca. Sempre vi nas novelas as ricaças usando essas cores. Devo ter acertado, não é? Nos pés, uma sapatilha de veludo preto e apliques dourados.

Chego à cozinha, ela está vazia. Então decido fazer o meu café da manhã. Omelete com queijo e uma xícara de café. Mas não estou familiarizada com nada aqui, por isso, começo a procurar os ingredientes. Abro a geladeira e procuro os ovos, esta está lotada de comida, frutas e tudo o que imaginar que uma geladeira de rico possa ter.

Enquanto deixo o café sendo preparado pela cafeteira, decido procurar uma frigideira para a omelete. Mas assim como os outros ingredientes, eu não faço a menor ideia de onde estão as panelas ou a louça. Então começo a procurar novamente. Abro os armários superiores, e nada. As gavetas, e apenas talheres, guardanapos, papel-toalha e demais utensílios domésticos. Por fim, curvo-me para procurar nas portas que ficam abaixo da pia, enquanto o cheiro de café preenche todo o lugar. E então eu vislumbro, lá no fundo de uma prateleira do armário de baixo, uma panela pequena que vai servir. Como os meus braços são pequenos, somente consigo pegá-la esticando-os.

E é exatamente nessa posição, com meu corpo curvado, meus braços esticados dentro do armário e minha bunda para o ar, que tomo um susto quando escuto uma voz atrás de mim.

— O que está fazendo, Elisa?

A voz grossa de Maurício soa alto, sobressalto-me e bato a cabeça na madeira da prateleira de cima.

— Ai, Jesus — mio, sentindo o meu couro cabeludo arder.

Tento ficar de pé, mas é em vão. Porque percebo que, de alguma forma, eu prendi o cabelo em algum lugar do armário. Então me remexo para tentar soltá-lo.

— Que merda é essa que você está fazendo?

Tomo uma respiração, imaginando o que ele deve estar vendo.

Ah, Jesus, que situação mais humilhante! Somente eu para ter a proeza de causar uma confusão assim, a essa hora da manhã.

— Eu fiquei presa.

— Você o quê?

Remexo mais um pouco e aponto para minha cabeça, para enfatizar a minha fala.

— Meu cabelo, deve estar preso em algum lugar. Você poderia me soltar?

Ele resmunga algo muito baixo, então vem para trás de mim. O que piora ainda mais a situação, de humilhante para totalmente vexatória, porque para ele olhar o meu cabelo, precisa se inclinar e se curvar bem contra a minha bunda.

Ah, Nossa Senhora dos vexames e humilhação, já pode me levar agora!

— Porra! Seu cabelo está mesmo preso. Justamente na dobradiça da porta do armário.

— Você consegue soltá-lo? — pergunto, agitada.

Ele respira fundo.

— Para de remexer essa bunda. Ficar se movimentando não está melhorando as coisas, só está deixando a situação ainda pior. — Ele coloca uma das mãos espalmada no meio das minhas costas. — Fique quieta.

Puta merda!

Fico o mais imóvel que consigo, prendo até mesmo a respiração. Mas não é uma tarefa fácil, considerando que meu corpo está ciente da proximidade dele, do calor que emana de sua pele e do maldito perfume que nem mesmo seu corpo lavado pelo suor é capaz de fazer desaparecer. Quase agradeço por levar apenas alguns minutos para que ele consiga me soltar.

Fico de pé, massageando o meu couro cabeludo.

— Obrigada.

— Como você conseguiu ficar com a bunda para o ar e presa pelo cabelo no armário?

— Eu estava procurando...

Viro-me para encará-lo, mas assim que meus olhos batem nele, começo a tossir. Talvez tenha me engasgado com o ar. Maurício está de pé, com os braços cruzados sobre o peito e uma toalha jogada sobre os ombros largos.

— Acho que me esqueci de avisar. Os fins de semana são os dias de folga da Rosa, mas ela costuma deixar sempre alguma comida preparada.

Ele se aproxima e fica na minha frente, o peito grande e forte brilhando de suor, coberto por uma simples camiseta regata, dessas que podem ser usadas para praticar exercícios físicos. Que deixam também tudo à mostra, para quem quiser ver que ele é musculoso.

Senhor, ele conseguiu tudo isso na academia?

Não está vendo, minha filha. Olhe direito para ele.

Não me controlo quando desço o olhar por sua barriga e imagino quantos gomos tem ali. Pela malha colada em sua pele, poderia chutar que tem mais que uma laranja grande.

Viu? Ele tem músculos firmes e fortes. Rígido como uma rocha, ombros largos como de um lutador. O que combina perfeitamente com seu porte alto, cabelo escuro e olhos negros, deixando-o um verdadeiro galã de novela.

Cacete, mente, pare de me sabotar. E vocês parem de babar.

— Mas se não tiver nada, podemos pedir em alguma padaria algo para nosso desjejum. — Ele bebe um pouco de água da garrafa que não tinha visto antes.

Lucidez, lucidez, Elisa!

— Não precisa. Eu posso cozinhar. Posso preparar todas as nossas refeições nos fins de semana.

Ele me observa, então sorri.

— Não sei se o meu estômago aguentaria algo preparado por você. Possivelmente, passaria o dia todo com ele retorcido.

Ignoro o seu tom sarcástico.

— Modéstia à parte, eu cozinho muito bem. Aposto que ficaria viciado em minha comida, tanto que imploraria por ela.

— Duvido muito. — Ele aponta para mim. — Mas por que você quer fazer isso, quando não precisa se preocupar com café da manhã, almoço ou jantar?

— Maurício... — Respiro fundo, preparando-me para explicar o óbvio para ele. — Não estou estudando ou trabalhando ainda, como eu deixei claro que faria, para ter a minha independência e momentos livres, então tenho muito tempo durante toda a semana, o que me deixará no tédio. Eu sempre fui muito ativa, desde que estava no internato e até antes de esbarrar com você, sempre trabalhei e não morrerei se fizer algumas coisas das quais sou acostumada a fazer.

Ele continua me olhando. Os olhos negros parecem maiores.

— E pode parecer natural para algumas pessoas — continuo. — Para nossa vida de casados, seria perfeito que todos vejam em mim a esposa que cuida da casa, esteja preocupada com a nossa alimentação e que, sobretudo, zele por você.

Sua expressão fica tensa. Enquanto ele une as sobrancelhas e morde de forma automática os lábios, como se pensasse em minhas palavras e fizesse em sua mente um julgamento.

— Certo. Cuide da casa durante o fim de semana.

— Obrigada.

Ele faz um gesto com a mão direita, como se dissesse que eu não preciso agradecer.

— Preparada para hoje à noite?

Putz!

Tinha esquecido completamente.

Meu ventre se revira.

— Não, sinto os nervos à flor da pele, como se o meu coração fosse parar de bater a qualquer momento — digo a verdade. — Ir à festa onde só tem gente que não conheço ou tenho qualquer intimidade, além de eu ter certeza de que todos têm nariz em pé, olhar julgador e boca de nojo, está me deixando atormentada. Já passou por minha cabeça todas as situações, mas aposto que vai acontecer o que nem sequer imaginei.

— Tente controlar seus sentimentos.

— Pedir isso é como pedir para que o deserto do Saara seja alagado. Impossível. — Deixo escapar um arquejo.

Maurício solta uma longa respiração.

— Uma coisa que eu posso dizer sobre você, Elisa, é que você é uma pessoa que tem uma coragem absurda escondida aí dentro. Uma força de vontade imensa de fazer com que as coisas funcionem. Então, eu sei que fará um bom trabalho hoje. Você vai ser agradável, gentil, vai sorrir como se estivesse feliz. Vai agir exatamente conforme eu preciso e foi acordado.

Balanço a cabeça.

— E se eu agir errado, e alguém desconfiar de algo?

Ele olha para mim, depois penteia o cabelo úmido de suor com os dedos, joga a toalha sobre o balcão e volta a olhar para mim. Quando começa a falar, sua voz sai baixa, fazendo a minha pele formigar.

— Confie em mim — ele pede. — Confie em seu potencial. Vai dar tudo certo. Está sendo perfeito até aqui e vai continuar sendo até tudo terminar.

— Farei o meu melhor.

Ele sacode a cabeça, concordando.

— Ótimo. — Ele continua me encarando, seus olhos escuros me queimando. Consigo perceber um pequeno sorriso pretensioso se abrir em seus lábios. — Sabe... Olhando para você agora, estou percebendo que está precisando ir a um lugar com urgência.

Ergo uma sobrancelha para ele.

— Que lugar?

— Fazer essas coisas que mulheres adoram. Cabelos, unhas, massagens, essas coisas para relaxar e descansar.

— Eu não preciso de nada disso — digo, firme.

Se eu odeio fazer comprar, imagina passar uma eternidade em algum salão?

Ele abre um sorriso. Não um gentil e verdadeiro, sim, daqueles que faz com que qualquer pessoa que esteja em sua frente se sinta surpreendentemente incomodada e levemente descontrolada.

— Precisa, sim. — Ele joga outro sorriso em minha direção. — Porque, talvez, somente lá eles consigam fazer algo para sumir com suas olheiras e essa aparência de sono, como se não dormisse há séculos. Fazer um milagre para transformá-la de zumbi para humana novamente.

E com essas palavras totalmente agradáveis, ele sai da cozinha, deixando-me ali, cerrando os dentes.

Ah, Deus...

Ele é tão arrogante, às vezes.

Capítulo 17

Maurício

O evento está a todo vapor. Uma banda enche o amplo salão com uma música lenta e tediosa, enquanto garçons percorrem todo o lugar segurando bandejas douradas com caviar e taças de champanhe. O ambiente extravagante repleto de lustres com contas de cristal emite uma iluminação dourada e suave, banhando os convidados bem-vestidos com um toque mais suntuoso ainda.

Brincando com meu relógio, caminho até a varanda para respirar um pouco, o céu está encoberto por nuvens carregadas e sendo cortado por raios brilhantes e azuis em um espetáculo que evidencia que um grande temporal cairá muito em breve, como é de costume nas noites de inverno em São Paulo. Gostaria de dizer que apenas o clima está nublado e agitado, mas infelizmente não é. A minha mente está tão turvada e impaciente quanto, ao imaginar na importância do evento esta noite.

Viro-me em direção ao salão, que está fervilhando ainda mais de convidados, mas me concentro apenas no grupo de executivo em questão: diretores e investidores da Alemanha que querem firmar uma parceria de carros elétricos e sustentáveis em terras brasileiras e querem, de alguma forma, já começar com a vantagem e serem líderes de fabricação e vendas. Fiquei sabendo que todos eles estão na cidade há um mês, buscando a melhor opção, como se fosse um programa de concorrência, abriram até um edital para verificarem qual empresa se adéqua melhor às suas necessidades.

Ou seja, o jantar de negócios desta noite pode ser um ponto a mais na virada da minha carreira, quando eu conseguir assumir a presidência. Pois eu sei que a sociedade concederia à F&D, não somente uma quantia exorbitante em nossos caixas, mas também um passaporte com capa de diamante e letras douradas, onde o destino único seria a minha glória, e eu terei a chance de impressionar todos aqueles que me consideram um inútil, um fracassado que pode ser passado para trás.

Preciso apenas impressionar Alexandre Webber, e terei abertura para as minhas ideias. E a peça final é Felix Muller, o famoso empresário conhecido no mundo dos negócios por sua garra, riqueza, inteligência e charme. Só preciso deixar os dois empolgados para ter aceitação e conquistar o projeto.

Respiro fundo, decidido que eu darei o meu melhor para conseguir convencer os investidores alemães a fecharem negócios com a F&D, que nenhuma outra empresa terá um CEO tão conhecedor e apaixonado por essa nova modalidade de carros inteligentes e ecológicos.

Com um sorriso presunçoso, caminho à procura da minha noiva, que ao chegar foi imediatamente para o banheiro. Tomo uma respiração profunda, tentando conter uma dor no fundo do peito, quando vejo Elisa atravessar o salão, caminhando em minha direção. Assim como fiz quando a vi descer mais cedo pela escada no meu apartamento, arrumada. Inferno! Eu não estava preparado para aquela visão.

Elisa está de tirar o fôlego sob as luzes douradas e suaves dos lustres. O vestido verde-menta é longo, mas possui um decote generoso, que envolve seus ombros e aperta seu corpo, o tecido de seda revelando suas curvas matadoras. Ela está com uma sandália prateada, que revela a cada passo um pouco de seus pés delicados. O cabelo está preso em um coque alto na cabeça. Seus lábios estão pintados de vermelho e quando ela pisca, a sombra rosada capta a luz e lhe dá um ar de meiga e doce.

Assim, ela me lembra uma bailarina com alma delicada em um corpo de uma dançarina do ventre. Inocente e sensual, na mesma medida. Uma combinação perfeita para chamar a atenção de todos os outros homens presentes no salão.

Uma raiva inesperada começa a borbulhar dentro de mim, quando percebo que de fato ela está sendo alvo de muitos olhares cobiçosos. Os malditos estão praticamente a comendo com os olhos. E sinto uma queimação na garganta quando alguns panacas tentam entrar em sua frente para se apresentarem. Mesmo que eu não tenha o direito de ter nenhuma reação tão descontrolada assim, pois eu não estou com ciúmes. Estou apenas querendo proteger nosso acordo.

— O banheiro está lotado. Achei que fosse passar a noite toda na fila — Elisa fala trocando sua bolsa prateada de uma das mãos para outra. — Perdi alguma coisa importante?

Ela prende seus olhos azuis em mim. Eu deveria simplesmente ter segurado seu olhar, mas meus olhos caem para seu decote antes que qualquer palavra saia de minha boca.

— Nada. — Balanço a cabeça para desviar minha atenção. — Está apenas no começo. O jantar ainda nem foi servido. E somente depois dele que terá a reunião com os investidores.

— Presumo que tenha algum plano em mente para essa reunião — ela comenta, observando lentamente a multidão.

No carro, enquanto víamos até aqui, expliquei por alto a importância desta noite para mim.

— Tenho um ou dois planos em mente. — Aponto para o grupo de executivos que está rodeado por outros empresários que conheço. —

Alexandre Webber e Felix Muller estão logo ali, eles são os dois diretores que tenho de impressionar hoje.

— Eles parecem durões. — Elisa franze o cenho enquanto os observa. — Quase como aço, inflexíveis.

Ela tem uma boa percepção.

Os dois homens têm mesmo essa fama no mundo dos negócios.

— Sim, eles são. — Sorrio. — Mas eu sou tão igual ou pior. Estou determinado a dobrar esses dois com as minhas ideias. Eu vou conseguir essa parceria. — Desvio o meu olhar dos homens e volto para Elisa. — Mas para isso, vou precisar de sua ajuda.

Um lampejo de confusão passa pelo rosto de Elisa.

— Minha ajuda?

— Eu vou conversar com Alexandre primeiro e você fica de olhos abertos quanto ao Felix. Puxe assuntos amenos, sobre clima ou qualquer outra banalidade.

Os olhos de Elisa agora parecem duas melancias de tão grandes e redondos.

— Você quer que eu fale com ele?

Dou de ombros com indiferença.

— Certamente. Seja simpática. — Estalo a língua. — E se descobrir algo interessante sobre ele, você me conta depois.

Agora Elisa também abre a boca em choque.

— Você está sugerindo que eu espione?

Abro um sorriso.

— Com toda certeza. — Limpo a garganta. — Afinal, o sucesso das minhas ideias, de alguma forma irá beneficiar você também. Então temos de estar juntos nisso, como parceiros de irmandade. — Estendo a mão para ela. — Vamos lá, parceira. Impressionar os gringos para trazermos sucesso e dinheiro para nossa empresa.

Depois do jantar, onde tive de aguentar mais um pouco de olhares admirados em direção à Elisa, finalmente me dirijo para a reunião com os investidores alemães. Assim que adentro a sala, olho no rosto de cada um deles. Em seus ternos caros e escuros, logo assumo minha postura de resoluto.

Começo apresentando a história da F&D, como foi criada pelo meu próprio pai, que tinha em mente não apenas criar carros, para suprir a necessidade humana de se locomover, mas um objeto onde todos poderiam dedicar amor e cuidado, como ele fazia com cada uma de suas criações. Logo depois, nossa visão, missão e valores. Para que eles entendam que somos um time sério e que temos um Norte a ser seguido. Depois, mostro nossos resultados e previsão para o ano e até mesmo daqui a dois anos. E, por fim, começo a dar minha opinião sobre as coisas em que acredito: que a ciência avança a cada dia mais, que a tecnologia ainda dominará o mundo. Em trabalhar duro para atingir os seus objetivos. Que saber controlar sua própria ira e encontrar sua própria razão em certos momentos é necessário. Idealizar e montar um modelo de carro. Carros que sejam esteticamente bonitos e de qualidade. Design agressivo e aerodinâmico, motores econômicos e eficientes. Um modelo sustentável, mas que possa suprir todas as necessidades humanas sem ser uma bomba de poluição e destruição do nosso planeta.

— O futuro já chegou há muito tempo e não podemos ficar presos ao passado. Do micro-ondas ao celular, do computador a todos os benefícios da internet, já circula pelas ruas do Brasil, são inúmeras as manifestações quase de ficção presentes em nossa rotina. E segundo pesquisas, daqui a dez anos a venda de automóveis elétricos chegará a 30%, incluindo modelos híbridos ou à bateria. O mercado automobilístico brasileiro precisa se adaptar a essa nova realidade em todos os aspectos. E nós da F&D, temos todo o potencial para essa mudança necessária.

— Como adequará sua fábrica para criar um carro elétrico em um país que é o pioneiro do petróleo e que ganha muito com a gasolina? — Alexandre rebate.

— Obviamente, nem todas as metrópoles brasileiras oferecem muitos locais para carregamento, mas isso é facilmente administrável quando a demanda existir. Por exemplo, São Paulo já conta com um posto de recarga rápida, instalado pela Universidade de São Paulo, USP. Em trinta minutos, o motorista carrega a bateria e anda o dia inteiro. Uma opção seria a adoção de híbridos, combinando motor elétrico e flex, ou uma espécie de célula com hidrogênio gerado pelo etanol, em vez de puramente a gasolina.

Os argumentos continuam sendo trocados, até que finalmente Felix e Alexandre decidem visitar a empresa para uma conversa definitiva. Respiro aliviado e aceito o aperto de mão dos investidores.

Com o sentimento de dever cumprido, vou atrás de Elisa, no caminho passo por um garçom, que circula todo o salão elegante com uma bandeja de champanhe, pego uma taça para mim. Paro para tomar minha bebida, então meus olhos procuram por minha noiva. Não preciso procurar muito até que eles focam nela, ela parece surpreendentemente calma e sob o controle enquanto socializa com um grupo de mulheres. Conheço algumas ali, e me surpreendo que Elisa não esteja neste momento vomitando todo o jantar, porque sei que elas são praticamente intragáveis, com seus falatórios fúteis sobre viagens, joias e o quanto custa uma bolsa de marca tal.

Cansado de observar a cena, tento desviar o olhar de Elisa, mas me vejo incapaz de realizar tal ato. Pareço vidrado. Como um cachorro faminto que aprecia um pedaço de carne ou uma grande porção de sua ração favorita.

Não seja ridículo e tonto, Maurício Ferrer. Controle-se!

Então desvio o olhar.

Mas me arrependo brutalmente, quando noto que em minha frente está Cintia, passando a mãos por seu cabelo curto e loiro em um gesto sensual, como se quisesse me provocar; sempre conseguia quando estávamos em um evento assim.

— Está parado aí há algum tempo. Olhando para o salão com uma expressão vazia. Se bem o conheço, diria que está com tédio, não é mesmo, querido?

Olho para ela com uma sobrancelha erguida.

— Acho que você não me conhece tão bem assim. — Sorvo um pouco da minha bebida em minha taça, desejando encerrar a conversa que eu nem mesmo queria ter começado.

— Tenho certeza de que neste momento está pensando no que poderia estar fazendo, como antigamente... — Seus olhos estão fixos nos meus.

— O que está querendo insinuar?

Ela se aproxima mais de mim.

— Que neste momento poderíamos estar aproveitando a noite de forma mais prazerosa, do que ter de ouvir uma banda com música melosa... Tenho certeza de que está com saudade do que fazemos, tanto como eu...

— Novamente, você está errada — enfatizo. — Entenda uma coisa, Cintia, se eu quisesse estar fodendo você neste instante, era o que eu estaria fazendo... No entanto... Prefiro estar aqui, martirizando meus ouvidos, escutando as músicas piegas.

Ela sorri de uma forma erótica, tomando de minha mão a bebida e a virando em um único gole.

— Isso é um jogo de resistência? Você sabe que nunca conseguiu resistir a mim por muito tempo... Ao meu corpo — sussurra com seu rosto a centímetros do meu. — As minhas mãos pelo seu peitoral, a minha boca em seu pau...

Lanço em direção à Cintia meu melhor e maior sorriso devasso, aproximando-me ainda mais dela, meus lábios colados em seu ouvido. Sua respiração acelera.

— É uma pena, mas eu não estou interessado em nada que você possa me oferecer — murmuro. — Agora, se me permite, vou procurar minha acompanhante.

Então caminho em outra direção, para o mais longe dela. Fugindo, para ser mais preciso. O que for, para evitar um escândalo.

Paro perto da banda que toca outra música maçante, então vejo de longe Felipe Alencar que está parado próximo à janela que dá para o jardim, bebendo champanhe com casualidade e refinamento. Mas quando percebo para onde seus olhos malditos estão focados, meu sangue congela. É uma reação primitiva. Ele foi um dos muitos homens que não fez questão de esconder seu encantamento por Elisa. Durante todo o jantar, ele agiu como se fosse um príncipe perdido em São Paulo. Quando eu sabia que o cavalheiro de armadura brilhante está mais para um idiota embrulhado em papel alumínio. Ainda mais agora, que ele parece um cuzão, com esse olhar, como se quisesse arrancar, com a força da mente, o vestido da minha noiva e a desnudar somente para si.

Cerro os punhos, com uma vontade estranha e muito incontrolável de arrancar seus olhos e fazê-lo engoli-los. Mas, respiro fundo e conto mentalmente até mil, na mesma velocidade que a minha mente elabora um plano de vingança para dar uma lição no estúpido. E ainda eu terei a oportunidade perfeita para transformar público meu relacionamento com Elisa.

É unir o útil ao agradável.

Matar dois coelhos com uma cajadada só.

Com isso em mente, caminho decidido e com passos firmes até onde Elisa está de costas.

As mulheres fúteis estão rindo de alguma coisa, balançando a cabeça, e minha noiva fala.

— Eu sei, ele pode parecer uma pedra de gelo, quando o conheci até mesmo pensei que fosse o clone do Monte Everest, parecia assustador. — Ela sorri. — Mas, acreditem, que logo eu vi que debaixo daquela geleira toda, está um homem muito carinhoso e afetuoso. Com um coração com uma grande capacidade de amar.

Quando chego próximo, colo meu corpo no dela e abraço a sua cintura, torço para que ela reaja de forma natural e respiro aliviado quando ela tremula levemente, mas aceita a minha aproximação.

— É porque eu precisava de você em minha vida. — Olho para o grupo de mulheres, deixando um sorriso amplo surgir em minha boca. — Somente você para derreter todo esse gelo que havia dentro de mim. Mas eu já te disse isso, minha vida, que você com esse sorriso e esse seu jeito delicado, me fez conhecer e acreditar no amor.

Um suspiro alto e coletivo é dado pelas mulheres. Com certeza falei a coisa certa, não foi?

— Ah, meu querido, você é tão romântico — Elisa se anima.

Martina, uma das mulheres, pisca para ela.

— Meu Deus, vocês são muitos doces e melosos. Parecem muito apaixonados.

Então me surpreendo quando Elisa se encosta ainda mais em mim, sua cabeça caindo para trás, em meu ombro. Ela olha para cima, com um sorriso delicado nos lábios. Nos olhos, posso jurar que milhões de estrelas brilham. Sinto um arrepio quando sua pequena mão passeia por minha mandíbula coberta pela rala barba. E quase não reconheço a sua voz baixa e rouca quando diz:

— É porque estamos perdidamente apaixonados.

Meu Deus!

Tragam o Oscar para essa mulher.

— Venha, minha vida, dance um pouco comigo.

Elisa imediatamente se vira, ficando de frente para mim e consequentemente à distância de um braço meu. Quando vislumbro seu rosto, está mais belo que antes, já que agora sua pele ostenta um rubor. Sorrio, pois me divirto quando ela fica constrangida. Ah, querida, prepare-se para o que vem a seguir.

Estendo minha mão para Elisa que, sorridente, a pega. Isso, linda, continue em seu papel.

Com calma, carrego-a até a pista de dança. No caminho, passamos por Felipe, que ostenta um olhar raivoso e invejoso, então eu aceno para ele e abro um sorriso zombeteiro. Como se dissesse para ele: segure aí sua baba, seu cavalheiro de quinta categoria, porque essa bela dama já tem quem a segure nos braços, e observe como a deixarei de pernas bambas e respiração ofegante.

Quando chegamos à pequena pista montada, uma música romântica é tocada. Perfeita para completar o meu grande espetáculo.

Com vontade, coloco uma das mãos na cintura de minha noiva, enquanto espalmo a outra no meio das suas costas desnudas, praticamente colando seu corpo ao meu. Como espero, Elisa se aninha em mim. Como está de salto, sua cabeça fica quase debaixo do meu queixo, e inclino um pouco meu pescoço para que ela descanse o rosto em meu ombro, deixando-a exatamente na posição que quero. Com sua movimentação, sinto o suave cheiro floral que vem de seu cabelo sedoso e como da primeira vez, sinto-me embriagado.

Começo a girar com Elisa pela pista. Sorrio. Os nossos passos são sincronizados e perfeitos, como se realmente tivéssemos nascidos para dançarmos juntos. Ciente disso, viro-a novamente, e ela abre um sorriso, o gesto iluminando seus esplêndidos olhos azuis. Afasto um pouco seu corpo do meu e a rodopio somente com uma das mãos. Então a puxo para mim novamente, dobrando-a em seus joelhos e fazendo seu corpo cair para trás.

— Hora da encenação, Elisa.

— O quê? — ela pergunta ainda ofegante pela recente dança.

Ela pisca para mim, toda trêmula, quando pego o seu rosto com as minhas mãos. E seus olhos duplicam de tamanho quando digo:

— Eu vou beijar você.

Capítulo 18

Maurício

— Beijar? — pergunta Elisa com a voz suave.

Olho fixamente para ela, minha voz tão melodiosa em sintonia com a canção romântica ao fundo.

— Exatamente. Eu vou beijar você, Elisa.

Ela desvia para o chão seu olhar vidrado. Abaixo-me um pouco, para obrigá-la a me encarar. Meus olhos pousando sobre seus lábios vermelhos e carnudos. Sentindo uma respiração presa na garganta, prendo mais seu rosto entre as mãos, com a maior ternura que consigo encenar. Com lentidão, encosto a minha testa na dela. Noto que Elisa também está ofegante. Os nossos hálitos misturados, quentes e agora tão próximos. A energia que flui silenciosamente entre nós dois é tão sufocante. Entretanto, não impede que eu chegue mais perto, meus braços descendo até as costas dela, puxando com força para o calor do meu corpo. E com o coração retumbando dentro do peito, abaixo-me para beijá-la finalmente.

Elisa ainda abre os lábios em protesto, mas logo sua reclamação se transforma em um gemido quando a minha boca cobre a dela. Nem meu corpo nem minha mente permitem um minuto a mais para que eu não enfie a minha língua, dando início com um ataque suave. Mergulhando em um mar de confusão erótico, que com suas ondas de prazer destroem minhas certezas e qualquer vestígio de autocontrole.

Ainda mais quando sinto a doçura de maçã nos lábios de Elisa, então tomo deles como se fossem o mais refinado dos champanhes. Eles são tudo o que eu imaginava: sedosos e intensamente ternos. Quando as mãos dela vão subindo dos meus braços até a minha nuca, deixando um rastro de fogo sobre a minha pele, causando um profundo e inevitável tremor em meu corpo, não consigo segurar um chiado baixo ao sentir seus seios redondos e perfeitos contra o meu peito. O perfume dela, doce e sensual, dominando todos os meus sentidos e seu corpo curvilíneo encaixado em mim me faz voar para um lugar, até então, desconhecido. Meus dedos afundam em seus fios sedosos à medida que o beijo se aprofunda, com a minha língua tomando toda a sua boca.

Eu a beijo como se já tivesse feito isso milhares de vezes.

Como se Elisa fosse minha.

Estou ávido por ela.

Sugando seus lábios, pincelando minha língua, as mãos deslizando e os dedos tentando explorar o máximo possível.

Ondas e mais ondas de calor percorrem o meu corpo como se nele tivesse gasolina. Meus sentidos sendo consumidos por seu cheiro, seu toque, seu sabor e por seus gloriosos gemidos.

Porra! Recomponha-se, Maurício.

Eu me forço a me afastar dela. Mantendo seu corpo a um braço de distância do meu alcance.

Elisa está ofegante, aérea e sua pele está vermelha e suada.

Assim como me sinto.

Porra! Quando foi a última vez que perdi o meu controle assim, apenas com um simples beijo?

Três executivos se aproximam de nós, lançando-nos olhares cúmplices. Fixo meu olhar novamente em Elisa e me apresso em dizer:

— Continue no papel de noiva apaixonada — murmuro. — Aliás, demos um belo show. Estamos de parabéns.

Ela parece atordoada ao responder:

— Hã... Sim...

Os três homens finalmente nos alcançam e começamos a conversar sobre o mercado desafiante para o ramo automobilístico.

Uma hora mais tarde, depois de ter conversado com mais alguns empresários e ter ido ao banheiro, volto ao salão, procurando Elisa para finalmente dar nossa noite por encerrada e irmos para casa sermos nós mesmos. Primeiro, eu a procuro no grupo de senhoras que vi com ela antes, mas nada dela. Giro mais um pouco, até finalmente achá-la. Lá está a minha noiva, segurando no braço de nada mesmo que Alexandre Webber e sorrindo de alguma babaquice dele, que usa a desculpa da música alta para se aproximar da orelha dela enquanto fala. Eu conheço a merda desse truque. É apenas uma desculpa fajuta para ficar mais perto e praticamente sugar a orelha dela.

Com o rosto neutro, passo a observá-los mais um pouco. Para ver até onde vai a audácia do galanteador e até onde vão os limites de Elisa. Mais sorrisos, mais sussurros ao pé do ouvido e mais toques discretos como se não fossem nada de mais.

Uma explosão acontece dentro de mim.

Uma parte minha quer continuar apenas observando até onde tudo vai. A outra quer ir até eles e acabar com a conversinha mole. Uma parte diz que é apenas para evitar que as más línguas fofoquem sobre Elisa e Alexandre, fazendo relação com o contrato que eu quero fechar com os executivos alemães.

Caminhando em passos duros, intercepto os dois.

Meus braços indo diretamente para a cintura de Elisa, puxando-a para mim. Pegando-a de surpresa, tanto que levam alguns minutos para ela conseguir formular algumas palavras.

— Meu bem, estava aqui conversando com Alexandre Webber. — Conversando? Ergo uma sobrancelha. — Sobre as belezas naturais que o Brasil possui. As que ele admira e gostaria de conhecer na sua estadia em nosso país.

Imagino quais belezas ele quer conhecer pessoalmente.

Avalio o homem sedutor à minha frente. Seus olhos verdes e o cabelo preto. Agora está sem o paletó que usava durante a reunião, está mais casual. Abro um sorriso nos lábios, e com um movimento pensando no bem dos negócios que poderemos ter no futuro, se o contrato for assinado, desacelero a raiva que queima dentro de mim.

— O Brasil tem tantas belezas a serem descobertas, que acredito que poderíamos passar um ano todo visitando cada lugar em especial e, mesmo assim, ainda não conheceríamos metade. — Meu tom é calmo, surpreendendo até a mim mesmo. — Espero tirar um ano com a *minha noiva* para viajar por todos esses lugares.

Não. A ênfase em minha noiva não tem nada a ver com testosterona, sim, com a minha reputação.

— Sim, estávamos em uma conversa muito agradável sobre as praias de águas quentes no Nordeste. — Imagino o quanto estava mesmo sendo agradável tocar nela. Meus dedos espalmam em sua cintura, acomodando-se na curva de sua barriga. — Semana passada, estive percorrendo as dunas dos Lençóis Maranhenses e simplesmente nunca tinha visto algo tão belo e divino.

— Um belo lugar. Com certeza estará incluso em nossa rota. — Inclino a cabeça e roço os meus lábios de leve na parte de trás da orelha de Elisa.

Alexandre observa o gesto com o nariz enrugado e a boca retorcida.

Sim, babaca, eu posso tocá-la e beijá-la onde eu quiser.

— Vocês não irão se arrepender. — Ele sorri fraco. — Muito bem, acho que o evento acabou para mim. Preciso descansar um pouco, tem sido dias e mais dias em reuniões para escolhermos a melhor empresa que representará nossa marca aqui no país. — Ele pega na mão de Elisa e planta um beijo em seu dorso. — Foi um prazer conhecê-la, Elisa. — O sotaque alemão parece acariciar o nome dela. — Vou dar um jantar para amigos próximos e alguns empresários locais em comemoração ao meu aniversário, na última sexta do mês. Ficarei honrado com a sua presença.

Noto que o convite é direcionado somente a ela.

— Estamos livres nessa data, meu bem? — Elisa se vira para mim.

Aproveito o gesto para, de forma nada sutil, passar o recado de vez para Alexandre tirar os olhos da minha futura esposa. Compartilho somente minhas ideias e empresa. Dando um passo para trás, passo ambos os braços pela cintura de minha noiva, abraçando-a por completo e puxando seu corpo para junto do meu. Sua bunda maravilhosa ficando pressionada contra a minha virilha. Repousando as minhas mãos logo abaixo de seus seios, digo:

— Com toda certeza iremos.

— Perfeito. Espero vocês lá. Às 20h — o panaca fala rápido, dando-me um cumprimento de cabeça e um sorriso para ela. — Tenham uma boa noite.

— É o que planejo para nós.

Ele trava a mandíbula e se vai. Alguns minutos depois, solto Elisa. Meu rosto perdendo a expressão de amante apaixonado para uma impessoal.

— Vamos embora.

Sem esperar a resposta dela, caminho a passos largos até a porta, despedindo-me de alguns empresários e anfitriões com quem esbarro. Elisa parece fazer o mesmo, à medida que me segue até o nosso carro.

Eu planejava uma viagem silenciosa até o apartamento, mas na metade do percurso, minha querida e gentil noiva parece pensar o contrário.

— Que evento mais longo. Achei que seria apenas um jantar. Mas olhe só a hora... Meia-noite! Estou exausta. Imagino que você esteja pior que eu.

Resmungo um sim, dando a entender que não estou a fim de muito papo, mas ela continua:

— Até agora estou surpresa, achei que seria um evento onde todos estariam com nariz em pé e a boca retorcida e que as mulheres só estariam lá para ver quem conseguia ser a mais deslumbrante, mas não, algumas delas foram muito simpáticas. Fui até convidada para um chá da tarde por uma delas. Dá para acreditar?

Solto uma risada seca. Pelo visto, ela está cheia dos convites.

— E como foi sua reunião de negócios? Deu tudo certo?

Reviro os olhos.

— Não tanto quanto você se deu bem.

Ela se remexe no banco e se vira para mim.

— O que está insinuando? — Sua voz tem um leve traço de raiva.

— Que você parece ter agradado mais do que eu, com as minhas ideias. — Paro em um sinal vermelho. — Eu, com muita luta, consegui mais uma reunião com os investidores. Você, dois convites. Um mais especial que o outro, pelo visto.

Ela cerra os punhos com força e seu rosto assume um tom vermelho. É, ela está com raiva.

— Além de babaca, você tem amnésia? Foi você que disse para eu ser gentil, socializar com as pessoas e agir com naturalidade.

— Sim, eu pedi exatamente isso. — Sigo com o carro. — Para ser gentil, ser você mesma e conversar com algumas pessoas, para me ajudar com os negócios. Contudo, não me lembro de ter pedido para ficar de conversa com um homem e deixá-lo com uma ereção que com certeza vai durar uma semana.

Entro com o carro na garagem do prédio, cantando pneus, e desligo o motor quando estou em minha vaga.

— Você está louco. Ele me tratou com educação e não passou dos limites quando disse que era sua noiva. Estávamos apenas conversando sobre o país, os pontos turísticos famosos e rindo que o Brasil é muito mais que um lugar onde os meninos jogam futebol desde a barriga da mãe e que as meninas não nascem com um salto alto gigantesco e um biquíni de pedraria e sambando. Não havia nada de teor sensual ou de duplo sentido, se é isso que está passando por sua fantasiosa cabecinha. — Ela aponta para mim. — Está perdendo seu tempo, procurando chifre em cabeça de cavalo, meu bem.

Ela sai do carro e vai pisando forte em direção aos elevadores.

Xingando, vou atrás dela.

— Sendo assim, não precisamos perder tempo indo até o jantar dele.

Ela entra no elevador e joga a cabeça para trás, rindo.

— Não decida as coisas por mim. Você não vai, mas eu vou.

— Como é?

— Eu vou, gostei dele, me fez sorrir muito. Tenho certeza de que o jantar poderá ser divertido também.

As portas da cabine de aço se abrem no saguão da minha cobertura. Novamente, Elisa bate seus saltos de forma dura no chão. Entrando com tudo no apartamento, deixando a porta aberta para mim, que bato com força enquanto marcho sala adentro, arrancando a gravata que está me sufocando, dizendo:

— Você é minha noiva. Estamos em um relacionamento público de agora em diante. Não vai cair bem, você ir para uma festa sem mim.

Ela se vira em minha direção, deixando sua bolsa de mão sobre o aparador da sala.

— Estou mais para parceira de negócios. Uma companheira falsa que segue as regras de um contrato, que me lembro bem, diz que cada um pode seguir a sua vida desde que não faça sexo com ninguém. Estou errada?

Dou cinco passos em sua direção, encarando-a.

— E por isso estou dizendo que não vamos. Estou cuidando da reputação de nosso relacionamento. Não quero que ninguém pense o contrário e o considere falso. Além do mais, tenho negócios a serem fechados com ele. O que pensariam se o contrato, como espero, for assinado com a F&D?

Elisa ergue o queixo em desafio.

— Eu vou seguir as regras do nosso acordo, mas eu vou sim ao jantar de Alexandre Webber. — Ela prende seus olhos em mim. — Como disse antes, ele é educado, carismático, engraçado e acolhedor. Apreciei passar um tempo em sua companhia.

Suas palavras explodem no espaço entre nós, ninguém diz nada, apenas continuamos a nos encarar. Elisa com os olhos azuis furiosos, o rosto angelical, tenso. Eu, com os olhos turvos, maxilar travado e lábios contraídos.

— Não iremos ao jantar, Elisa — digo depois de um tempo. — Está decidido, fim, sem mais discussão.

Seus lábios bonitos entreabrem e ela solta um suspiro.

— Vai se foder, Maurício Ferrer! — Abre um sorriso de deboche. — Eu vou a este jantar, você querendo ou não.

E, com isso, ela me dá as costas e sai, subindo as escadas.

Olho para escadaria vazia. Deixo os meus braços penderem, cansados, ao lado do meu corpo e vou até a cozinha e me sirvo de uma taça de vinho, depois volto até a sala, retiro meu paletó escuro, atirando-o em cima da mesa de centro e me jogo no sofá, ligo o sistema de som, deixando que as notas suaves da ópera me envolvam e acalmem meus nervos.

Então penso em como essa situação ridícula se formou, começo a analisar os acontecidos da noite e por que infernos meu sangue parecia ferver em minhas veias, deixando-me insano.

Mas assim como a nota mais aguda estala em meus ouvidos, uma onda indomável e grande quebra dentro da minha cabeça. Tento reprimir o palavrão, do mesmo jeito que tento impedir que as lembranças impetuosas dominem a minha mente. Contudo, é como tentar inibir um furacão em sua grande potência, é humanamente impossível.

E com agitação, recordo do momento que vi Elisa com Alexandre, de como um ódio lento e fumegante se espalhou dentro de mim, primeiro atingindo o estômago e peito e, por fim, formando uma faia quente em volta da minha cabeça.

As mãos dela pousadas nos braços dele, como se fossem íntimos, amigos de longa data e não duas pessoas que haviam acabado de se conhecer. Ela jogando a cabeça para trás e rindo ao ponto de deixar as suas bochechas coradas. Seus lábios brilhantes à medida que ele sussurrava algumas besteiras, transformou-o em divertido e interessante.

Mas o pior foi quando ela sorriu para ele.

Não um simples sorriso, sim, um enfeitiçante, deslumbrante e meigo. Que era como a merda de um prêmio para qualquer homem que recebia. Um sorriso capaz de provocar os sonhos mais sensuais e pervertidos.

E antes disso tudo acontecer, teve o beijo. Como a boca cálida e úmida de Elisa se abriu sob os meus lábios e seu doce sabor, como de sorvete de morango, ofuscando qualquer pensamento meu. E perdi o rumo de vez, quando o seu cheiro enlouquecedor de flores entrou por minhas narinas. Exigente, punitivo e ousado. Foi como um golpe certeiro no estômago e outro no queixo. Deixou-me caído na lona, sem chances de recobrar a consciência.

O circo estava montado. E o palhaço era eu, sem nariz vermelho, sem sapatos grandes, sem cara pintada, sem conseguir fazer piada ou com roupas coloridas e largas. Apenas com uma ereção colossal, a qual eu não consegui controlar.

Completamente fodido e não em um bom e prazeroso sentido.

Otário. Estúpido. Babaca.

Porque, até então, nenhum desejo ou qualquer mulher jamais me deixou desestruturado assim. Nunca me perdi em meus planos. Nenhuma vez eu fiquei confuso e sem saber como agir. Quando eu tinha um encontro com

Cintia ou qualquer outra amante, eu não tinha nenhum apego por elas. Minha meta era clara e necessária: ter uma boa noite de sexo, para aliviar o estresse do dia a dia. Tudo estava em meu controle. Mas nem mesmo o meu autoequilíbrio foi suficiente para conter o turbilhão que foi beijar Elisa.

Mesmo que eu já soubesse que ela tem uma capacidade mágica de embaralhar a minha mente, um dom de me fazer rir, mesmo quando sua personalidade rebelde dava as caras e, de alguma forma, eu me sentia tentado a confrontar a fera com vara curta. Agora foi diferente, com um simples beijo, de maneira livre e sem qualquer manipulação sutil, ela me tentou e me fez sentir coisas que nenhuma outra mulher que eu já tive a oportunidade de ter conhecido, conseguiu fazer.

Tudo o que eu não queria. Porra!

Eu não quero complicações.

Eu quero viver em harmonia por um ano, um casamento sem emoções ou envolvimentos e então ter um divórcio tranquilo, em que nós dois poderemos dizer adeus e partir sem olhar para trás.

Isso, preciso focar nisso.

Levanto do sofá e sigo para o meu quarto, forçando a minha mente a desfazer de qualquer pensamento louco e agir de forma lúcida e coerente.

No domingo pela manhã, acordo cedo, mas não mais que Elisa, que deixou um recado para mim, colocado na minha porta, dizendo que ia sair e não a esperasse para o café da manhã, então decido fazer um pouco de exercícios, mas não sigo até a minha própria academia, decido ir à que fica do outro lado da rua. Não necessariamente praticar musculação. Eu quero um ringue de boxe. Tenho necessidade de uma atividade mais pesada, que alongue meus músculos e me deixe cansado e com a mente ocupada.

Quando entro na academia de piso escuro, escuto o som dos socos e gritos dentro do ringue. Há alguns outros homens olhando o combate do round. Alguns com luvas, prontos para sua vez, outros apenas de moletom, suados e de rosto vermelhos e até mesmo com algum corte. De longe, aceno para Saulo, o dono do espaço e lutador aposentado que, acreditem, ainda aguenta uma boa luta, eu espero que hoje ele esteja pronto para trocar alguns socos comigo.

Vou até o vestiário e troco de roupa. Depois fico socando o saco de areia, apenas um aquecimento para o grande embate que acontecerá quando a academia estiver quase vazia. Em seguida, vou para a máquina de remo sentado para preparar meus bíceps e tríceps. Termino sacudindo uma grande corda até estar suado e estimulado.

— Uma luta leve ou uma pesada, com todos os golpes possíveis para te deixar na lona? — Saulo pergunta, já colocando suas luvas.

— Faça o seu melhor.

Depois da luta, volto para o meu apartamento e noto que Elisa ainda não retornou. Pergunto-me mentalmente aonde ela foi, mas, considerando que ela está fugindo de mim como o diabo da cruz, acredito que ela passará o dia fora.

Sentindo-me muito suado e cansado, subo para tomar um banho e trocar de roupa. Quando desço novamente, sinto-me inquieto. Sem vontade de almoçar ou até mesmo fazer qualquer coisa, pego meu celular e vejo mais ligações e mensagens de Cintia. Sem querer, abro uma, suas palavras são tensas e ameaçadoras, mas novamente a ignoro, eu não lhe darei mais munições para explodir. Sei que ela é capaz de um estrago grande, e não é isso que quero no momento.

Apago todas as notificações. Ao mesmo tempo em que uma do doutor Costa chega. Pela data que estamos, nem preciso abrir para saber do que se trata, mesmo assim, clico no e-mail. Então leio ali, que ele já preparou tudo o que precisa para seguir com o casamento: ele marcou com um juiz e escrevente.

Um nó se forma em minha garganta.

Dentro de duas semanas, eu estarei casado.

Dentro de duas semanas, eu terei uma algema nos dedos.

Mas dentro de duas semanas, eu poderei finalmente chegar até a presidência.

Um sacrifício para a grande vitória.

A campainha soa alto, tirando-me dos meus pensamentos.

Quem se atreve a me importunar?

Com um terrível mau humor, levanto do sofá, indo até a porta. Com um solavanco a abro.

E nem em todos os meus delírios, poderia imaginar que ali, parada em frente à minha porta, estaria Cintia. Depois de ontem, achei que estaria lambendo suas feridas da minha rejeição. Mas agora ela está aqui, não como uma deusa do sexo, que vinha me visitar durante à noite. Não, se eu pudesse lhe dar uma personagem agora, diria que ela está mais para uma deusa da morte, com os olhos cerrados e a boca que sempre evocava prazer, torcida com desgosto, prestes a decretar que a minha hora chegou.

— Olá, meu bem.

Ignoro o seu tom.

— Cintia, a que devo o prazer?

Coloco acidez suficiente na minha última palavra, para que ela veja que é completamente desagradável a sua visita. Mas ela não deixa que o meu tom de voz a abale. Erguendo uma sobrancelha, ela dita com confiança:

— Ora, sempre gostou das minhas visitas. Ou se esqueceu de como gritava de prazer quando eu vinha fazer uma surpresa?

Há um brilho em seus olhos quando ela sorri.

— Bem, isso foi antes. Agora não me parece nada interessante, assim como sua presença sem ser convidada em minha porta.

Cintia não entende que eu estou a mandando embora, ou ela não se importa, pois nem sequer faz menção de partir.

Então o sorriso dela aumenta. Tenho vontade de expulsá-la agora mesmo do prédio, levá-la até a portaria e gritar que ela nunca mais chegue a um raio de 500 metros do condomínio, mas agir assim me deixará em maus lençóis com os demais moradores e funcionários locais e não será nada bom, alguns deles poderiam ligar os pontos e desconfiar que as mulheres estão vindo até a minha porta para questionar o meu casamento.

— Não foi isso que disse em nosso último encontro. — Seu tom é sugestivo. — Se não me falha a memória, você fez questão de declarar mais de uma vez em como eu sou boa com a boca e com as mãos, de como sei te enlouquecer em um minuto e levar ao paraíso por horas.

Merda!

Cintia é como uma cobra naja, perigosa e venenosa. Além disso, muito traiçoeira e manipuladora. Mas é uma maldição e uma bênção que eu a conheça tão bem, porque eu posso prever seu próximo passo. Ela quer que eu caia em sua teia de sedução, quer testar ainda o seu poder sobre o meu desejo e o meu corpo. Mas o que quer que ela tenha planejado, preciso impedir.

— Eu te disse ontem, Cintia, não estou mais interessado. Eu ter parado de procurar você, responder às suas mensagens ou ligações, deveria ter sido uma pista de que não estou mais a fim de nenhum envolvimento com você.

Ela ri alto. Uma gargalhada que vem do fundo, mas completamente falsa. Então os seus olhos castanho-claros ficam profundos e tão escuros, que juro que eles se transformam em dois buracos negros.

— Eu não acredito que você se transformou nisso. Eu custo a acreditar que realmente o que saiu na mídia é verdade. — Para por um momento, tentando olhar para dentro do apartamento sobre os meus ombros. — Então eu tive que vir aqui para perguntar se o que eu vi ontem, realmente foi real? Se o que os jornais noticiaram sobre o seu noivado é verdade?

Parece que ela nem sequer respira quando pergunta.

— Não que seja da sua conta o que faço ou deixo de fazer em minha vida. — Eu a encaro, frio. — Mas se faz questão de saber... É verdade, dentro de poucos dias estarei casado.

Os olhos dela se acendem e eu sei exatamente por quê. Como eu disse antes, Cintia, de alguma maneira, almejava ser a mulher que um dia conseguiria me levar para o altar. E agora ouvir que eu estarei lá, mas com outra mulher, pode ser difícil de escutar. É, eu sei, sou o vilão que destrói o coração das mulheres, o qual você está com uma imensa vontade de xingar e até mesmo bater. Mas considere que estou sendo completamente honesto agora.

— E eu? — Sua voz sai tremida. — Como eu fico? Quando o nosso romance acabou? Eu pensei que... — Ela para. — Eu amo tanto você.

— O que você disse? — pergunto, querendo ter certeza do que ela falou.

— Que eu não posso mais esconder. — Desliza para o meu lado e coloca suas mãos em meu pescoço, colando os nossos corpos e me prendendo ali. — Eu tentei, tentei lutar contra esse sentimento, mas a cada encontro, você tomou um pedaço de mim e a cada dia eu me via sem saída, eu estou completamente apaixonada por você! Fantasiei situações e até mesmo imaginei que o sentimento fosse recíproco...

— Cintia, meu coração nunca esteve no jogo.

— Mas achei... Achei que eu fosse especial para você. — Aperta-me em seus braços. — Estamos juntos há dois anos.

— Mas nunca foi algo sério, real ou concreto. Era apenas diversão, um momento de prazer. Você sempre soube que nunca passaria disso. Eu nunca te prometi um relacionamento sério, você sempre esteve ciente de como seria e concordou em estar comigo nesses termos.

Ela se afasta de repente, como se minhas palavras fossem fortes demais para aguentar.

Porra!

Sinto que estou cavando a minha própria cova. Com a lápide em letras brilhantes: aqui jaz um canalha sem coração.

Cintia me olha de maneira assassina. Eu apenas continuo parado no meio da sala, com a boca em linha fina e postura firme.

— E agora, você vai se casar? De repente, achou o seu coração?

Mantenho-me calado.

De repente, o pin do elevador soa alto. Meus olhos nem sequer piscam observando Elisa passar pelas portas duplas de aço, a princípio de cabeça baixa, então quando ela a ergue, seus olhos vêm diretamente em minha direção, mas leva muito pouco tempo para ela notar a presença de Cintia também.

Assim, sua sobrancelha se ergue e um vinco se forma em sua testa. Confusão é sua expressão. É o tempo de uma respiração, um milésimo de segundo e sua fisionomia muda completamente.

Merda!

Ela certamente desconfia de algo.

Sem dúvidas, a forma que Cintia a olha, entrega tudo.

Milhões de porra.

O que eu faço agora?

Capítulo 19

Elisa

Eu custo a acreditar no que meus olhos veem.

Então, mal consigo desviar minha atenção da mulher mais bonita que eu já vi na vida. Vejam, só: as pernas delas são tão compridas e belas quanto as da Ana Hickmann e, mesmo assim, ela ainda está em um salto plataforma preto quase coberto por uma calça de seda vermelha que lhe cai muito bem. Ainda mais em sua cintura, onde um cinto fino adorna seus quadris estreitos, estilo de modelo. Na parte superior, uma blusa dourada, justa e de alcinha, que parece uma segunda pele e se molda com perfeição aos seus seios fartos, que o profundo decote em V deixa expostos. O cabelo curto e loiro a deixa com um ar sensual e tentador. E não há um fio fora do lugar, como se ela pudesse controlá-lo, o que é quase impossível para a maioria das mulheres. E para completar a perfeição, seus lábios carnudos e vermelhos vibrantes destacam as maçãs do rosto e ela parece irradiar elegância e despreocupação.

E seus olhos, de um espantoso castanho-claro, cercados por longos cílios e cobertos por sobrancelhas impecáveis, fixos em mim; como se tivessem garras. A mágoa explícita neles parece me açoitar, na verdade, eles estão com uma vontade insana de me fazer desaparecer, como se fossem capazes de me fazer queimar até a última partícula e não passar de um monte de cinza, que depois ela poderia jogar no lixo. Então, horrorizada, dou-me conta de que ela obviamente é uma ex de Maurício.

Que neste momento parece estar entalado, com os olhos arregalados, a testa toda suada e a boca em linha fina, como se ela tivesse sido colada ou costurada.

Como agir diante de uma mulher que está evidentemente me acusando de roubar o seu homem?

É, eu não sei, nunca tive de passar por uma situação dessas.

Sinto-me como se fosse uma participante do programa Casos de Família, em que o tema do dia é: a amante que vai casar. Posso até mesmo ver os olhos julgadores da Christina Rocha em minha direção, a plateia toda apontando o dedo em minha cara e destilando todo o seu ódio para mim. E uma lição de moral da psicóloga Anahí, que me deixaria no chão, por me transformar na errada.

Contudo, eu nunca fui a amante e não posso ser condenada. Assim, agarrando-me a esse fiapo para defender a minha dignidade, ergo uma sobrancelha, busco dentro do meu mais profundo ser alguma compostura, fito a deusa fugida do Egito e formalmente digo:

— Você não me avisou que teríamos visitas esta tarde, meu bem.

A Afrodite do século vinte e um se vira para Maurício, que continua calado, com um movimento gracioso e me faz quase vomitar ao perceber que até sua voz é primorosa e aveludada.

— Eu não sou uma simples visita...

Isso parece acordar Maurício, que a interrompe de forma rápida, com voz carregada em um tom firme. O olhar que ele dedica para ela é duro.

Nossa, que climão!

— Cintia, como eu falei antes, estou realmente ocupado. Se puder ir embora.

Um sorriso é desenhado nos lábios dela, então ela o estuda com um olhar venenoso e cruel. De Afrodite a Medusa, em apenas um piscar de olhos.

— Eu simplesmente tinha de conhecê-la. — Cintia aponta sua longa e benfeita unha para mim. — Eu precisava ver com os meus próprios olhos por quem você me trocou.

As palavras dela pinicam a minha pele e fazem arder como se eu tivesse acabado de ser atingida por um enxame de abelhas. Ainda mais que a expressão em seu rosto indica que ela não entende muito bem a decisão de escolha de Maurício. Novamente, respiro fundo e busco o meu equilíbrio. Eu não permitirei que ela monte em mim, coloque o cabresto e me trate como se eu fosse uma burra velha, sem serventia. Lembrando-me do contrato, no qual eu devo fingir ser uma mulher apaixonada pelo seu homem, engulo em seco e forço um sorriso calmo para a mulher à minha frente.

— Eu entendo sua reação, Cintia. Eu sinto muito que a notícia tenha pegado a todos de surpresa. Foi muito rápido para nós também. — Dou uma risada, aproximando-me do meu noivo e passando uma das mãos por sua cintura. — Mas o amor entre nós explodiu, como um vulcão, onde não existe força humana ou de outra natureza capaz de pará-lo. Então cedemos, deixando esse fogo incendiar nossos corações e virar nossas cabeças para baixo.

Em minha cara adoto a fisionomia apaixonada, então me aconchego mais ao corpo de Maurício. De sua camisa exala um cheiro intenso e másculo, que me deixa completamente confusa. De repente, pego-me inspirando forte e desejando sentir para sempre esse cheiro bom. Mas paro a respiração no meio do caminho, então afasto meu nariz traiçoeiro do seu peito largo, repetindo em minha mente que somente estou cumprindo com o acordo.

Maurício me olha, perplexo. Seu cenho está franzido, seus olhos escuros mostram sua tensão, mas logo arranha a garganta para concordar comigo.

— É verdade, meu bem — ele dita, a voz bruta ecoando por todo corredor. — Foi amor à primeira vista. Uma atração incontrolável que não podemos fugir. Uma força da natureza que não podemos lutar contra. O nosso destino é estarmos juntos.

Então sinto um beijo em minha testa, despertando uma sensação estranha que percorre todo o meu corpo. Os lábios grossos, molhados e quentes entram em contato com minha pele fria, causando-me um estremecimento na espinha e um calor diferente no estômago. Para disfarçar o meu choque, abraço novamente meu noivo como se eu gostasse de seu toque falso.

Encaro Cintia, que agora me dedica um olhar frio. O seu belo rosto está todo aflito. Certamente, ela está acreditando em nossas palavras. Obviamente, Maurício fechou com excelência nossa encenação, como todo esse afeto.

Por favor, estúdios de Hollywood, contratem esse homem imediatamente.

— Ainda assim, custo a acreditar no que estou vendo. — A sua voz parece contida, então ela continua: — Jamais imaginei você, frio como é, amando alguém. E nem em todas as hipóteses, que chegasse um dia a se casar. Não quando eu estive sempre...

Ela para, como se não pudesse mais continuar, como se algo estivesse em sua garganta e até mesmo não pudesse mais respirar. A tristeza em sua voz não é maior apenas do que o sofrimento em seus olhos.

O meu coração se afunda.

Meu Deus!

Ela não é uma mulher que está agindo no impulso por ter sido rejeitada, sim, a mulher que teve o seu coração destroçado pelo homem que ela realmente gosta, posso até considerar que ama.

— Cintia... — A voz de Maurício soa como se fosse um alerta. — Gostaria mesmo que você se retirasse. Não torne essa situação pior do que já é.

Ela leva seus olhos carregados para ele.

— Está certo. Eu vou embora. — Ela se vira, anda alguns passos até o elevador, então se volta para nós dois novamente. — Eu espero, sinceramente, que vocês dois tenham um casamento infeliz, que todos os dias sejam como um pesadelo, que todas as noites sejam um tormento.

Cintia não nos dá direito à resposta, pois com a graça e agilidade de uma cobra que acabou de atacar suas presas e vai deixá-las para morrer, entra rápido na cabine de aço.

E quando as portas se fecham, eu me afasto de Maurício em um salto, entrando no apartamento. Ele me segue. O silêncio desconfortável que toma toda a sala parece me massacrar. Ainda mais quando os meus pensamentos estão um turbilhão dentro da minha cabeça.

— Elisa, eu sinto muito. Jamais imaginei que permitiriam a entrada dela no prédio. Vou falar com a portaria, para que isso não aconteça mais.

A minha mente está rodando a mil quilômetros por hora. Vários pensamentos se chocando. Uma dúvida surge das profundezas do meu ser. Tento, a todo custo, querer saná-la, mas ela parece treinada para uma guerra rápida e agressiva, em que a minha vontade termina abatida e toda sangrenta no chão, fazendo as palavras saltarem da minha boca.

— Você tem sentimentos por ela?

A mulher tem a aparência perfeita, é rica e elegante. E, além de tudo isso, o ama.

— Isso não importa, Elisa? — Ele cruza os braços na frente do peito.

— É claro que importa — dito com determinação. — Se não importasse, ela não viria até aqui.

Ele dá um passo para trás, depois fecha os olhos com força. Porém, quando os abre, uma camada grossa de gelo parece estar sobre eles. Em minha frente está apenas um homem com a expressão fria e completamente sem emoção.

— Primeiro, eu nunca quis o que Cintia queria. Ela queria sossegar. Uma família. Bem mais do que eu estava disposto a dar.

Um estalo.

— E não ache que nunca disse para ela minhas intenções, sempre fui sincero. Cintia sempre esteve ciente de que o nosso envolvimento não era uma coisa séria, era apenas um momento em que nós dois poderíamos ter prazer e não se importar com o depois, com explicações. Do jeito que eu gosto, sem complicações. — Ele faz uma pausa. — Eu nunca acreditei no amor, talvez por isso eu tenha essa incapacidade de amar.

Um estrondo.

Ele já havia dito antes que não acredita em finais felizes, em casamentos, e em família. Mesmo assim, o fato de eu ouvir tudo isso novamente, não impede que o chão da sala gire debaixo dos meus pés.

— Você entendeu?

Olho-o, ciente de que não posso ir contra a sua crença que é como uma tatuagem em sua alma. Engolindo em seco, decido novamente fazer o papel de fria, o mesmo de ontem. Com todas as forças que tenho, empurro a mágoa para o fundo do meu estômago que revira em protesto, e abro um sorriso que me concederia sem dúvidas um prêmio de melhor atriz em qualquer votação.

— Certamente. Só quero deixar claro uma coisa: eu não vou permitir que pense que pode ir consolar suas ex, temos um acordo. E trato é trato.

Uma mistura de emoções passa pelo rosto de Maurício. Posso ver irritação e confusão. E posso jurar que vejo culpa em seus olhos, mas que ele faz questão rapidamente de esconder quando fica sério.

— Eu dei a minha palavra. Vou me manter fiel a este casamento, porque infelizmente eu preciso dele para chegar aonde quero.

A sala gira ao meu redor quando minha mente assimila o caráter inegável desta afirmação. Maurício podia ter seus acessos de paixão, que ele deixou transparecer naquele maldito beijo na noite de sábado, quando seu toque foi quente e sua língua ainda mais quente, mas com certeza o seu coração é feito de pedra. Ele não tem sentimentos por ninguém, não acredita em nada que não seja real ao seu julgamento.

Então, com muito sacrifício, tenho de admitir que Maurício Ferrer, de alguma maneira, pode partir o meu coração, se em alguma parte de mim houve a crença que eu poderia quebrar ou derrubar seus muros sombrios e escorregadios, como fantasiei depois do maldito beijo que não sai da minha cabeça; parece grudado com uma cola em minha mente, fazendo-me ter várias noites seguidas de insônia.

Eu preciso me proteger de alguma forma.

Eu preciso massacrar qualquer fantasia de contos de fadas durante todo esse ano.

Eu preciso ser fria e eficiente para proteger meu orgulho, mente, corpo e coração.

— Você está bem?

Ele analisa todo o meu rosto com os olhos apertados. Uma mistura de emoções brilha em suas íris e seu rosto adota uma expressão delicada e, por um instante mínimo, posso jurar que ele está arrependido de dizer tais palavras.

Mas deve ser somente impressão mesmo.

— Claro que estou bem. Eu só queria deixar clara a questão. — Então me viro. — Agora, preciso tomar um banho.

Sem esperar qualquer resposta dele, subo as escadas rapidamente, passando pelo corredor como um foguete. Quando chego ao quarto, jogo-me sobre a cama, enterrando-me entre as cobertas. Esquecendo completamente o banho, enfio o rosto em um travesseiro e abraço outro, desejando que o sono me alcance ou que eu seja transportada para um lugar onde não preciso sofrer, pensar ou sentir.

CAPÍTULO 20

MAURÍCIO

Meus pensamentos estão explodindo em minha mente, como se fossem fogos de artifício, conforme a água quente do chuveiro cai sobre a minha cabeça em jatos fortes e intensos. Nenhuma quantidade de sabonete ou xampu seria capaz de limpar o quanto na merda eu estou me sentindo.

E ela ainda fez uma macarronada do paraíso, fazendo eu me sentir mais um babaca ainda.

Que tipo de pessoa faz um jantar para alguém que acabou de colocá-la em uma situação nada agradável na presença de outra mulher, e depois dizer palavras tão duras?

Quem faz isso? Elisa Marinho.

Ela é esse tipo de pessoa que rebate a raiva com seus olhos brilhantes, seu jeito doce e espirituoso e sua maneira fantasiosa de ver o mundo como encantado.

E eu apenas tentei derrubar sua virtude melosa para garantir que porra nenhuma de seu brilho incandescente encostasse em mim.

Ouvi-la perguntar se eu tinha sentimentos, forçou-me a erguer os meus muros mais altos ainda. Porque a única resposta verdadeira, que eu queria gritar aos quatros ventos, exigiria muito de mim. Exigiria que eu me abrisse para ela, mostrar os meus pontos fracos, contar os meus segredos. E não, eu não quero nenhuma ligação, conexão ou sintonia. Eu preciso manter a minha guarda em alerta. Tem sido assim a minha vida inteira e tem dado certo até agora. Eu preciso manter desse jeito.

Com uma toalha em volta da cintura e o cabelo pingando, vou até o closet, visto minhas roupas do trabalho e calço os sapatos, eu ainda tenho duas horas para estar na empresa. Posso muito bem voltar a deitar, tentar descansar mais um pouco e acalmar a dor de cabeça que parece que vai detonar o meu cérebro para fora da minha caixa craniana a qualquer momento, devido à noite ruim que tive e aos exercícios físicos, nos quais exagerei mais cedo.

Quem sabe uma xícara de café, ou se eu comer alguma coisa resolva. Pelo menos, é a desculpa que dou a mim mesmo para seguir até a cozinha.

Mas tenho certeza de que você sabe que o real motivo por trás disso tudo tem nome e sobrenome. Porque, talvez, se eu me desculpar com ela por ter agido como um babaca, tudo voltará ao normal em nosso mundo confuso e assim poderemos seguir conforme o acordo.

Inspirando fundo, saio do quarto e desço as escadas. Meus olhos levam menos de um segundo para avistar Elisa sentada no balcão, mastigando o que parece ser uma panqueca e bebericando de vez em quando uma xícara fumegante de café. De repente, ela pega uma caneta e começa a escrever com força em uma folha de papel. Rio, imaginando que pela agressividade cada letra que ela escreve deve formar um palavrão e que o alvo dos xingamentos seja eu.

Eu sei que eu deveria me aproximar e cumprir o meu propósito de trégua, mas neste momento, meus pés parecem presos ao piso e meu corpo prefere ficar a observando de longe. Contemplo seu perfil delicado, seus gestos suaves, seu cabelo em um coque e seu corpo miúdo e torneado dentro de um pijama de calça e blusa de alcinha na cor verde. Todo o conjunto deixando-me mais do que admirado por sua beleza crua e natural.

Merda! Eu posso erguer milhões de muros e escudos diante dela, é fácil, mas mentir para mim mesmo é complicado, difícil, quase impossível, para ser sincero. Porque, mesmo eu não querendo admitir, há uma parte de mim que deseja e quer essa mulher mais do que já quis qualquer outra mulher. E isso é tudo o que quero evitar.

Caminho em sua direção e decido provocá-la.

— Bom dia, querida!

Uso o *querida* para ver qual será a sua reação, mas quando vira em minha direção ele nem sequer pisca ou deixa transparecer qualquer emoção.

Minha nossa.

— Quer café? — pergunta, apontando para cafeteira.

— Acho que vou querer uma xícara. — Aproximo-me lentamente, estudando-a — O que estava escrevendo?

Ela olha para a folha em cima do balcão.

— Ah, estou escolhendo as matérias que cursarei este semestre na faculdade.

Ela enche uma xícara de café e estende para mim.

— Você nunca me disse qual curso estuda. — Sento-me em uma das banquetas. — Posso me juntar a você?

— Não posso fazer nada contra. Infelizmente, a casa é sua e você pode ficar onde quiser.

Infelizmente. Elisa está usando a mesma palavra contra mim, diretamente na minha cara.

Eu sei, eu mereço isso.

Aproveito a oportunidade para engolir o meu orgulho e me redimir.

— Novamente me desculpe por todo o ocorrido ontem, já falei com a portaria do prédio. — Bebo um gole de café. — E desculpe também pelas coisas que joguei ao vento e ter usado a palavra infelizmente para me referir ao nosso casamento. Não será o que ambos almejamos, isso eu sei, mas aposto que, de alguma maneira, estamos fazendo isso por um propósito maior e que nos deixará felizes, de alguma forma. E me desculpe por ter perdido a cabeça na noite de sábado. Eu estava apenas preocupado com a nossa imagem de casal.

Ela fixa seus olhos profundos e azuis em mim.

— Não podemos mudar o passado. O que aconteceu, aconteceu e fim. Agora devemos nos preocupar com o presente e nosso futuro de um ano.

Seu rosto está vermelho. Ela está mesmo com raiva.

— Concordo. Vamos no preocupar com o que virá. — Coço a barba por fazer em meu queixo. — E então, qual curso, querida?

Ela abre a boca, talvez para me dar uma resposta atravessada. Ou talvez um comentário desaforado e sarcástico. Porém, em vez de fazer o que é de costume, ela revira os olhos e fala com amenidade:

— Estou cursando Literatura.

Ela passa os dedos de forma ritmada no granito escuro.

— Então você gosta de livros. — Nossos olhares se conectam. — Por que escolheu esse curso? Algum motivo especial?

Ela parece chocada com a minha pergunta.

— Não tenho certeza se quero te contar.

— Por que não?

— Não quero que use isso para zombar da minha cara por minhas crenças e fantasias — ela fala séria demais, dando a entender que realmente me acha um babaca insensível.

Merda!

É o que eu realmente sou.

— Prometo não fazer nada. — Levanto uma das mãos em sinal de paz.

Um lampejo de dúvida atravessa o rosto dela.

— Vamos, Elisa, me conte. — Ela olha para mim e inclina a cabeça. — Imagine que estamos brincando de "conheça o seu amigo".

— O quê?

— É brincar de trocar curiosidades, confissões de detalhes sobre o outro. É um jogo bastante conhecido no exterior como uma forma de quebrar o gelo, instaurar uma trégua.

Certo, isso é a merda de uma mentira. Eu acabei de inventar, mas é para relaxar Elisa e criar intimidade que se espera entre um casal. Como vamos vender nossa imagem de apaixonados se eu não sei, por exemplo, a cor e comida preferida?

— Eu não sei exatamente. Talvez porque, quando eu era criança, meus pais sempre leram histórias para mim. E eu adorava também quando lia para eles. Lembro quando eu tinha oito anos, durante o Natal ganhei vários presentes, dentre eles uma caixa cheia de livros, fiquei tão emocionada que nem liguei para os demais presentes. Eu abri, folheava e cheirava todos eles, acho que foi daí que começou uma linda história de amor.

Seus olhos brilham.

— E eu não acredito que existam pessoas que não gostam de ler, acredito que essas pessoas ainda não encontraram sua alma gêmea literária, o gênero favorito. Porque ler, ao contrário do que muitos pensam, não é enfadonho e antiquado, é saudável. Ler não nos torna uma idiota que vive fora da realidade, sim, nos ajuda a compreender melhor a vida, por meio de experiências fictícias. Aprendemos com os erros dos personagens, refletimos sobre eles. Isso tudo nos torna mais conscientes, nos ajuda a viver com mais leveza, sabedoria e felicidade.

Assobio baixinho.

Essa mulher é realmente diferente de qualquer pessoa que já conheci antes. Suas palavras tão certeiras e apaixonadas provam, de várias maneiras, que ela é muito sábia para a pouca idade que tem, e que luta com garra por aquilo que gosta.

— Você não para de me surpreender, Elisa Marinho. — Ela olha para mim e suas bochechas ficam coradas. — Você até mesmo conseguiu me convencer de ler um livro. Poderia me emprestar um?

Elisa solta sua xícara no balcão e me analisa de cima a baixo.

— Acho que no meu arsenal de livros não tem nenhum que fale do mundo dos negócios, como carros são criados ou um que fale sobre o passo a passo de como se tornar o maior arrogante e babaca do mundo. Acho que você deveria tentar na Amazon.

Seu comentário me faz soltar uma gargalhada alta.

— Vou seguir seu conselho, amiga. — Continuo sorrindo e aproveito para fazer mais uma pergunta: — Qual seu maior medo?

Ela faz uma longa pausa antes de ficar séria, depois olha em todas as direções e no instante que ela se vira para mim, meu peito se aperta em ver seus olhos azuis atormentados. E eu nem sei o porquê, mas ver o nível de tristeza em seu olhar quebra a porra do meu coração gelado.

— Ser abandonada.

Ela expira profundamente.

— Abandonada?

— Sim. — Ela olha para suas mãos entrelaçadas, antes de voltar a falar: — Eu fui abandonada quando tinha dez anos, em um internato, depois da morte da minha mãe. Meu pai me deixou lá por alguns meses, com a promessa de que voltaria logo, mas ele morreu e nunca mais o vi.

Meu corpo se enrijece. Isso é pesado em níveis astronômicos. É algo que não tenho resposta alguma. Não há palavras que possam mudar os fatos ou apagar isso da mente da pessoa.

— Eu sinto muito.

— Está tudo bem. — Ela fica reflexiva. — No começo, foi ruim, a pior tragédia. Chorei por dias, meses e anos seguidos. Mas eu fui acolhida no internato por pessoas incríveis. E depois compreendi que meu pai devia estar muito desesperado, triste com a morte da mamãe, mas ele garantiu que eu ficasse segura e feliz.

Novamente sua resposta me pega de surpresa. Não tenho certeza de que se isso acontecesse comigo, teria essa atitude.

Aparentemente, eu estou fazendo perguntas dramáticas e pessoais demais, então decido mudar o rumo:

— Me diga uma curiosidade sua.

Ela faz uma careta e resmunga:

— Nesse jogo somente você faz perguntas?

— Eu conheço o jogo, tenho de apresentá-lo a você, por isso estou fazendo as perguntas primeiro — rebato. — Logo chegará a sua vez.

Ela solta uma risadinha, balança a cabeça e, por fim, cruza os braços na frente dos seios.

— O que você quer saber?

Meus olhos observam os pequenos montes ficarem um pouco à mostra no decote de seu pijama verde. Quero saber como são os seus seios, eles têm os mamilos grandes, pequenos, são de que cor?

Merda!

O que é isso?

Passando os dedos por meu cabelo, controlo-me, ignoro a minha mente e faço uma pergunta decente, longe da depravada que queria sair por minha boca.

— Qual é o seu sabor de sorvete preferido?

Ela meneia a cabeça para mim, então responde:

— Morango. Também amo os sorvetes que têm algo para mastigar. — Então ela fixa os olhos azuis em mim. — Sensação, Sonho de Valsa, flocos, por aí vai.

— Gosto de chocolate. — Sorrio e olho para os seus lábios vermelhos. — Mas gosto muito do sabor morango, especialmente quando o sorvete traz o azedinho próprio da fruta.

Ela afasta os olhos rapidamente.

Um longo silêncio se faz presente, enquanto a observo se remexer inquieta; tento controlar a minha parte pervertida de vir à tona. Por mais que algo dentro de mim pareça explodir como uma bomba de ondas de prazer por ver Elisa vermelha, eu não quero pôr tudo a perder. Eu realmente quero a paz entre nós.

— Qual a sua cor preferida? — pergunto depois de um tempo.

— Rosa. — É, faz sentido. — Também saberei a sua?

Vai parecer uma cantada, mas não é. Só acreditem em mim.

— Azul. — Olho diretamente em seus olhos. — Qual seu molho favorito?

Um tempo depois, parecemos dois amigos conversando e revelando detalhes casuais sobre nós. Elisa já sabe um monte de coisas sobre mim, todos os fatos pertinentes que quero que ela saiba, nada muito íntimo e profundo: onde estudei, minhas atividades físicas e hobbies favoritos, gostos e desgostos. E estou bem mais do que surpreso que temos várias coisas em comum. Como, por exemplo, o gosto por futebol. O único fato nada agradável é que torcemos por times rivais. Ela é palmeirense, eu sou corinthiano.

Meu Deus, em dias de jogos entre os times, não quero ver a confusão que será.

— Acho que o próximo campeonato paulista vai ter uma dose de emoção a mais. Porque vou tripudiar em cima de você quando o meu time vencer.

Ela sorri, e imediatamente o meu peito se aperta de um jeito estranho. Que porra é essa?

— Vai sonhando. Tenho uma leve intuição de que este ano o Palmeiras ganhará o campeonato.

— Não quer dizer que sua intuição está dizendo que ele será vice?

Ela balança a cabeça.

— Não. Vai ganhar e a final será contra seu time. Pode anotar aí.

Desta vez sou eu que jogo a cabeça para trás, rindo. Elisa é mais divertida, delicada e complexa do que imaginei. Quanto mais eu descubro, mais eu quero saber.

— Espera. Já são sete e meia — ela chama a minha atenção para o relógio de parede. — Você não vai se atrasar?

Porra!

Eu não me importaria de passar mais algumas horas aqui, ouvindo-a, conhecendo um pouco mais dela. Eu poderia pensar em milhões de perguntas, mas se eu não sair agora mesmo, chegarei atrasado e não será um hábito bem-visto para o futuro presidente da empresa.

— Você tem razão. — Levanto. — Foi um ótimo café da manhã, espero que tenha gostado também.

— Eu gostei.

Começo a caminhar em direção ao quarto, para pegar a minha pasta e meu paletó. Assim que chego aos primeiros degraus da escada, lembro-me de um fato importante que acabei me esquecendo de mencionar a Elisa.

— O doutor Costa entrou em contato. — Ela estreita os olhos. — Está tudo pronto para nos casarmos daqui a duas semanas.

— Não falta muito tempo. — Ela parece nervosa.

— Eu estou nervoso também com tudo o que está acontecendo e vai acontecer — solto —, mas estamos nisso juntos, Elisa, vamos fazer dar certo. Eu estarei lá, esperando você no cartório, acho que você ficará bonita de branco. — Pisco.

— Você acha mesmo?

— Não tenho dúvidas.

— Obrigada, Maurício. Por tentar fazer essa situação o mais agradável possível — sussurra ela, tímida.

— Por nada, minha amiga.

Ela sorri de novo e, enquanto subo as escadas, me sinto privilegiado, um homem de sorte por ver seus lindos lábios curvados em um sorriso verdadeiro.

Capítulo 21

Elisa

Sabe aquele momento em que você não sabe quais emoções estão dominando seu corpo? Que você não sabe se está com medo, ansiedade ou nervosismo? Quando o que você não sabe se quer é gritar ou se esconder, ou roer todas as suas unhas das mãos e dos pés?

Já passou isso?

Não?

Nunca sentiu seus lábios ficarem ressecados, seu corpo todo tremer de maneira involuntária, assim como seus dentes começarem a bater sem controle, os olhos ficarem vidrados e você empalidecer rapidamente quando passa à noite diante de um cemitério e a qualquer momento uma alma que não fez a passagem e esteja com tédio decidiu brincar um pouco com você?

Ou... Teve a sensação do seu coração querer sair pela boca, seu estômago se revirar e seu sangue gelar à medida que fica diante de toda uma turma para apresentar um seminário, que vale como nota final do semestre na universidade e a professora esteja com os olhos bem abertos com toda a atenção em você, pronta para pegar qualquer gaguejar seu, falta de desenvoltura para falar em público ou até mesmo falta de conhecimento sobre o assunto em questão, para poder se aproveitar do momento e fazer milhões de perguntas, à medida que os outros alunos estão pronto para usar você como um tema para as mais diversas piadas?

Também não?

Ou então nunca passou pela situação mais constrangedora e angustiante da vida de estar longe de casa e, de repente, sua barriga decidir que faz parte de alguma banda de rock pesado ou *beatbox*, ao roncar e reproduzir todos os sons possíveis, enquanto todos os pelos, eu disse todos os pelos, de seu corpo se eriçam, quando um calafrio sai do centro do seu umbigo e percorre toda a sua espinha. E você precisa desesperadamente de um banheiro, um vaso, alguns rolos de papel higiênico para então se aliviar, antes que faça nas calças.

Nada ainda?

É, pois você é uma pessoa de sorte.

Diferente de mim, que neste exato momento estou tremendo feito uma vara verde que enfrenta um vendaval, com a sensação de que a minha barriga está mais gelada que o Polo Norte e com a impressão de que a qualquer momento, eu não segurarei as consequências desse frio no estômago e me cagarei nas calças.

Respiro fundo e estralo os dedos. Enquanto olho pela janela do carro os poucos edifícios de muitos andares e antigos com fachadas brilhantes e perfeitamente intactas, não são tão ostensivos quanto o pequeno prédio de pouco mais de cinco andares. Minha garganta trava, o ar entrando pelo meu nariz úmido e gélido aumenta os calafrios do meu corpo e alma.

Lá fora, a queda de um raio risca de dourado o céu cinzento. As gotas pesadas e potentes de chuva, o som dos trovões agudos e ventania que parece querer arrancar tudo à sua frente, dá a entender que o clima não está muito animado com o dia de hoje.

— Que propício — sussurro para mim mesma, ainda olhando a tempestade que se desenrola lá fora, que combina tão bem com a que está acontecendo dentro de mim.

Quando outro raio colore o céu, Maurício se vira para mim, em silêncio, os olhos negros me analisando, como foi durante toda a viagem.

— Pronta para o nosso casamento?

Ele me estende a mão.

Ele acha que ainda posso fugir?

Viro-me para ele e entrelaço os meus dedos nos deles.

— Acho que não tenho nada mais animado para fazer neste fim de tarde chuvoso.

Maurício joga a cabeça para trás e ri.

— Eu também não.

Então saímos os dois, debaixo dos pingos de chuva, para selar nosso curto futuro juntos.

Depois de alguns minutos diante do juiz de paz e de um escrevente, e de alguns protocolos jurídicos serem colocados em prática, estou diante de uma grande mesa, repleta de papéis, segurando a mão de Maurício, que está mais do que deslumbrante em seu terno cinza-escuro, com gravata azul-bebê e cabelo perfeitamente arrumado. Atrevo-me a olhar para ele, sua expressão inabalável como sempre. Como ele consegue se manter indiferente ao que o juiz fala e aos olhares dos doutores Costa e Fernandes, nossas testemunhas? Como ele faz para não sentir nada? Como ele consegue esconder qualquer emoção? Enquanto eu estou tremendo a cada segundo, lutando para manter as minhas emoções sob controle, ele está aqui, impassível, frio como uma pedra de gelo, austero como uma rocha.

E meus sentimentos ficam ainda mais em alvoroço quando ele desliza por meu dedo uma aliança dourada de aro grosso, a joia parecendo pesar um trilhão de tonelada. Tanto que tira todo o ar dos meus pulmões, fazendo-me respirar com força, quando deslizo em seu dedo anelar esquerdo um anel igual ao meu.

— Para a minha amada esposa — ele murmura, dando um beijo singelo em cima da minha aliança, não somente me impressionando, mas deixando ambos os presentes de boca aberta.

E então sou tomada por uma onda da mais crua e bruta realidade. Ele não está mais do que desempenhando perfeitamente seu papel de marido apaixonado, para que a veracidade de nosso casamento de maneira alguma seja questionada pelo advogado presente, que nem sequer pisca os olhos para não perder nenhum mínimo detalhe da cena que desenrola à sua frente. E, provavelmente, para terminar o espetáculo, Maurício me beijará quando finalmente o juiz nos declarar marido e mulher.

É a forma mais impecável para nos fazer parecer loucamente apaixonados. Ainda mais, considerando que decidimos incrementar votos matrimoniais à cerimônia curta; os quais nenhum de nós dois planeja cumprir de verdade, serão apenas palavras jogadas ao vento para dissimular nossas reais intenções.

Observo Maurício semicerrar os olhos para mim.

Ai, não.

Eu posso sentir o meu nariz começar a suar e uma coceira se expandir por minhas bochechas. Casualmente, quando estou em uma situação sob pressão e com alto grau de me deixar nervosa, minha pele começa a ficar irritada.

E isso não é nada bom.

Mas eu simplesmente não consigo parar de pensar no beijo iminente.

A pequena sala de repente fica muito quente, as palmas começam a suar e das minhas mãos a tremer. As minhas pernas ficam fracas e a minha pele toda parece irritada. A cada palavra que digo dos meus curtos e simples votos, sobre aceitar e prometer uma vida de felicidade e ternura ao meu marido, tenho certeza de que todas saem em um lânguido sussurro. E mal consigo assimilar a promessa de Maurício sobre proteção, cuidado e companheirismo.

— Pelos poderes a mim concedidos, eu vos declaro marido e mulher. O noivo pode beijar a noiva.

Maurício se vira para me espiar com um sorriso atrevido que me deixa tonta.

Ah, meu Deus!

Engulo em seco, sentindo que o meu corpo está prestes a desabar duro no chão, mas Maurício não. Ele é uma estátua de autocontrole, a própria definição de passividade. Sem demonstrar qualquer nervosismo, ele passa um braço ao redor da minha cintura e pousa seus olhos em mim. Seus olhos escuros brilham e seus lábios perfeitos ainda exibem o sorriso abusado.

Faço de tudo para não suspirar com o breve contato de seus dedos apertando a minha cintura. Mas mesmo com toda a luta, os meus sentidos parecem trens desgovernados quando sinto a sua colônia forte e masculina, que parece ter tomado domínio de todo o oxigênio presente. Minhas bochechas pinicam, aposto que em consequência do aumento da minha temperatura corporal. Sinto que a qualquer momento vou explodir em chamas. E quando Maurício passa os dedos lentamente por meus lábios — um ato muito perigoso, devastador, eufórico e tudo mais que faz o meu coração bater frenético em meu peito, como um pássaro preso em uma gaiola tentando fugir —, a presença dele aqui, em minha frente, manifesta em mim uma série de coisas que eu queria evitar a todo custo.

Sinto os meus lábios secos e passo a língua para molhá-los, e para disfarçar a minha agitação diante dos demais, forço-me a sorrir. Contudo, não consigo evitar o nó que sinto no estômago quando ele me puxa para si. Sua mão livre brincando agora com alguns fios do meu cabelo à medida que seu rosto vai ficando cada vez mais próximo do meu. Sinto sua respiração, seu hálito de menta e o calor de sua pele esquentando a minha.

E então, o tempo parece parar, quando os lábios de Maurício estão sobre os meus. Úmidos, macios, firmes e completamente viciantes e inebriantes. Uma eletricidade atravessa a minha mente e desce por todo o meu corpo quando ele suga de leve o meu lábio inferior. Fazendo o meu corpo relaxar em seus braços. Mesmo de salto alto, tenho de ficar nas pontas dos pés para encontrar a sua boca. Ele me aperta ainda mais contra si. Os meus seios estão ainda mais grudados em seu peito forte. Ofego e então ele aproveita para deslizar a língua de encontro à minha.

Alguém limpa a garganta, e então sinto Maurício se afastar de mim. Algo muito parecido com confusão brilha em seus olhos. Tanto que uma parte de mim se pergunta se ele, de alguma maneira, foi afetado com esse beijo como eu fui? Mas logo uma expressão nova toma conta de seu belo rosto, provando-me que é impossível um mero beijo quebrar e afundar um controle tão seguro e inflexível. Maurício, meu marido, não passa de um dissimulador, um jogador frio e calculista. Eu preciso sempre me lembrar disso.

— Muitas felicidades, senhor e senhora Ferrer. Agora assinem a ata, junto das testemunhas, logo terão a certidão de casamento e estarão livres para a lua de mel — o escrevente fala pela primeira vez, mostrando alguns papéis.

Tenho de assinar o meu nome e Maurício o seu, nossos nomes lado a lado na certidão oficial do cartório.

Simples e rápido. Eu, Elisa, agora sou uma mulher casada.

Uma hora depois, com o clima mais calmo, o motorista para em uma das vagas de Maurício na garagem do prédio. O caminho todo foi em silêncio, que persiste do elevador até chegarmos à imensa sala à meia-luz.

— Acho que a tradição diz que tenho de entrar em casa com você nos braços. — Ele fecha a porta atrás de si. — Acha que devemos entrar novamente?

Ele balança as sobrancelhas sugestivamente, enquanto pareço entalada com o ar. Desvio o meu olhar para qualquer coisa que não seja ele, mas ainda dá para sentir seu olhar em mim. E isso me deixa nervosa. Puxo a renda da barra da saia do meu vestido de noiva, branco.

— Acho que não precisa dessa formalidade. Ninguém está aqui para ver o quanto nosso casamento é verdadeiro.

Formalidade e silêncio pulsam entre nós dois, Enquanto Maurício se desfaz do paletó e da gravata, ele caminha até estar mais próximo de mim.

— Bem, quanto a isso, tenho ee concordar. — Ele dobra sua camisa branca de linho até os cotovelos. — Você sabe que estamos presos juntos aqui neste apartamento, pelo menos por dois dias. Pois usamos meu trabalho e sua faculdade como desculpas para não sair de lua de mel, não sabe?

Concordo com a cabeça. Ele não pode aparecer no trabalho ou as pessoas terão motivos para fofocar e criar milhões de situações porque viajamos.

Ele se vira em direção às escadas.

— Preciso de um banho. — Sobe o primeiro degrau. — Depois trabalharei um pouco em meu escritório, mas estarei aqui para o jantar.

Então some.

Olho para teto e suspiro alto.

Depois de algum tempo, eu vou para o meu quarto. Quando entro, sinto-me perdida, completamente alienada dos sentidos. Jogo-me em minha confortável cama, estudando as mudanças que aconteceriam de agora em diante.

Merda!

Eu queria que a minha vida fosse como antes, por isso quero mantê-la o mais normal possível. Maurício não é o meu marido de verdade, e é até provável que durante esse ano nós mal nos encontremos. Ele, certamente, com o novo cargo e mais cheio de responsabilidades, trabalhará até mais tarde e eu também focarei em retomar a faculdade, e tirando uma festa ou outro evento que deveremos aparecer como casal, levaremos uma vida separada.

Sem envolvimento. Sem complicação. Será fácil.

Com isso em mente, levanto-me e arranco o meu vestido e caminho para o banheiro. Decidida a tomar um banho relaxante de espuma na banheira luxuosa, prendo o cabelo em um coque e deixo o meu corpo afundar entre as bolhas de sabonete chique e a água morna. Durante uma hora deixo a minha cabeça descansar na borda da porcelana branca e a minha mente vagar por assuntos banais.

Quando saio, visto uma legging preta e uma blusa de moletom grande. Olho-me no espelho de corpo todo. Que traje apropriado para uma noite de núpcias!

Deito na cama para descansar um pouco antes do jantar, apoio minha cabeça entre dois travesseiros enormes e macios. Fico escutando as fracas gotas de chuva fazer um barulho relaxante, até elas escorrerem pelo vidro.

Sem perceber, adormeço.

Passa de 1h da manhã quando desperto, confusa e com a sensação de boca seca. Meu estômago ronca de fome e meu corpo suplica por uma dose mínima de algum líquido. Decido ir até a cozinha, sanar essa situação com copo de leite e alguma fruta.

Desço as escadas lentamente, para não cair feio, porque as luzes estão apagadas. A pouca claridade que tem na sala vem da janela enorme de vidro. Que por algum motivo está aberta. E como se o céu estivesse chamando por mim, caminho até lá e percebo que, na verdade, ali tem uma pequena varanda.

Caminho até a beirada do parapeito e espio as pequenas luzes no horizonte e as poucas estrelas que é possível ver ainda em um céu tão nublado. Deixo meus sentidos absorverem os sons da madrugada e a magia que as luzes das estrelas são capazes de fazer em meu corpo, quando um "olá" me sobressalta.

Viro-me de repente para a rouquidão, uma mecha do meu cabelo solta do coque devido à brisa, grudando em meus lábios, e dou de cara com Maurício sentado numa cadeira de madeira.

— Jesus! — exclamo alto, ainda assustada.

— Não, não sou Jesus — zomba ele, estalando a língua — Embora, em algumas situações mais íntimas, também já tenha escutado essa referência a mim.

Ele ri, bebendo um gole da sua garrafa de cerveja.

Sorrio e começo a dar meia-volta.

— Eu não tinha percebido que você estava aqui. Vou deixar que tenha sua privacidade. Só desci para comer algo e tomar água.

— De forma alguma. Você já me abandonou no jantar de nossa noite de núpcias. Se quer beber e comer, tenho cerveja e alguns amendoins. Fique.

Com uma leve apreensão, decido aceitar a sua oferta, sento-me em uma cadeira ao seu lado, enquanto ele me passa uma tigela de amendoins e uma cerveja.

— Quer ouvir alguma coisa? — ele pergunta apontando para uma pequena caixa de som que não tinha visto antes.

— Não, pode ouvir o que quiser.

Dou de ombros.

— Resposta errada. Deve ter alguma música ou banda que goste. Coloco para você, Elisa. É só dizer.

Minhas bochechas começam a esquentar.

Não que eu tenha vergonha dos meus gostos musicais, mas entendo que para muita gente pode parecer infantil ou ultrapassado. E eu, neste momento, não quero que Maurício saiba das minhas preferências. De que forma ele poderia me julgar?

— Vamos, Elisa, qual a sua música favorita?

Os olhos negros me encaram. Ele sorri, não um sorriso presunçoso e petulante, mas um verdadeiro e genuíno, que faz estrago em meu coração. Maurício Ferrer parece tão sinceramente decidido em saber minha música favorita, concentrado em me conhecer, que decido revelar.

Ah, que se dane o que ele pode pensar!

— Você promete não rir?

Ele ergue a mão até a testa.

— Prometo. Palavra de escoteiro.

Viro-me para olhar o céu e depois para ele novamente, que parece ansioso.

— RBD.

Sua testa franze.

— RBD?

— Sim, a melhor banda de todos os tempos. Originada de uma novela mexicana que dominou o mundo e quebrou recordes que ainda pertence a eles até hoje, mesmo depois do fim.

Seus lábios se curvam ligeiramente e ele aponta para mim.

— Você está falando daquele grupo da menina loira, com estrelinha na testa, da ruiva metida à durona e da morena com imagem de serena e com os meninos que mais pareciam seus dançarinos? Sério mesmo?

Encaro-o, séria.

— Você prometeu que não iria rir.

Ele ergue as mãos.

— Não estou rindo, sério. Só esperava que você gostasse de Shawn Mendes, Ariana Grande, Adele, Melim... Esses artistas que têm músicas de amor...Eessas coisas que você gosta.

Reviro os olhos.

— Sabe o que acontece quando você julga as pessoas sem conhecê-las?

— O quê?

— Elas te surpreendem.

Maurício não diz nada, ele pega um controle, começa a mexer em seu celular e então as batidas de *Nuestro Amor* começa a ecoar na caixa de som. E ouvimos em silêncio, apreciando a boa música. A melodia agradável e a letra delicada. Surpreendo-me quando ele começa a batucar no braço da cadeira quando *Salva-me* começa a tocar.

Bebemos mais cerveja, compartilhamos amendoins sob o céu nublado e de pouca estrela.

— Você gosta de olhar as estrelas? — observa Maurício depois de algum tempo. — Você não para de olhar para o céu.

— Para mim, o céu é um grande espetáculo do paraíso e as estrelas são as artistas principais dessa obra. — Respiro fundo enquanto olho para a imensidão escura com pequenos pontos brilhantes. — Também me trazem algumas recordações da minha infância. Da minha mãe, do meu pai.

Maurício suspira.

— Se não for pedir muito, eu adoraria ouvir essas recordações — ele afirma com uma voz baixa e cautelosa enquanto me encara.

Merda. Seus olhos me desarmam.

Sinto que, neste momento, posso confessar tudo para ele.

Por que eu confio nele? Não sei explicar.

Passo uma das mãos nos fios rebeldes do meu cabelo e leva um minuto para eu começar a falar.

— Bem, quando era pequena, eu achava que podia fazer mágica, podia fazer a tristeza desaparecer e colocar sorrisos em todo mundo. Em especial, em meu pai. Eu adorava quando ele me pegava no colo, me abraçava, cantava aos meus ouvidos a canção *Brilha, Brilha Estrelinha* e depois dizia que eu era a menina mais linda do mundo, enquanto gargalhávamos juntos. Todas as vezes que ele voltava do serviço, eu corria até a porta para recebê-lo com os meus beijos de luz; essa era a parte favorita do meu dia.

Faço uma pausa e sorrio das doces lembranças.

— E a minha mãe. Ah, eu adorava ficar perto dela! Adorava nossas tardes ouvindo músicas, dançando, lendo. Eu adorava tudo que ela fazia na cozinha. Mamãe tinha mãos de fada. Ela sempre foi com um anjo para mim. E, bem, o céu é o lugar que eu imágino que minha mãe esteja olhando por mim.

Meu peito aperta e seco uma lágrima que escorre pela minha bochecha.

— Elisa, eu... — Maurício parece apreensivo enquanto me olha. — Eu não tinha intenção de deixar você triste. Por favor, me desculpe.

Balanço a cabeça.

— São lágrimas boas, de recordações felizes. Sério, você não me deixou triste. Faz tempo que não falo deles, por isso a lágrima.

Com sombras, ainda de uma preocupação, estampadas nos olhos, Maurício se inclina para frente e estuda o meu rosto. Um sorriso mínimo surgindo em seus lábios.

— Se você diz que são lembranças boas, vou acreditar. — Ele parece hesitar por um momento. — Sei que parecemos diferentes em muitos quesitos, mas vou te confessar uma coisa que nego até para mim mesmo. Temos algo em comum, o medo do abandono. Acho que perder a família quando somos tão jovens, deixa marcas muito profundas em nossas almas e corações.

Olho para ele, para seu rosto sensual e perfeito, sendo dominado por uma tristeza. Por trás desse homem e de todas as suas densas e firmes camadas há outro que também já enfrentou a sua parcela de dor, a dor que eu conhecia tão bem.

— A morte causa estragos irreparáveis. Não a aceitamos. Apenas aprendemos a sobreviver sem aqueles que se foram.

Ele concorda com um acenar, bebendo mais um pouco de cerveja.

— Você parece estar com frio. — Ele aponta para mim, estou abraçando o meu próprio corpo. — Mas considerando que são três da madrugada e que vai cair outro temporal, é de se admirar que não tenha virado uma pedra de gelo ainda. Vem, vamos entrar.

Ele estende uma das mãos para mim, que impulsivamente aceito.

— O tempo passou tão rápido.

Juntos, subimos as escadas até estarmos diante de nossos quatros.

A voz de Maurício ecoa no corredor, em um tom grave.

— Elisa, embora nosso acordo seja baseado em negócios, quero que sejamos aliados, amigos. Eu quero isso, quero que seja feliz. Como foi agora, mesmo depois de um dia caótico e o casamento frio. A madrugada foi recompensadora. Eu me diverti muito com você, Elisa. Até mesmo escutando as músicas adolescentes — fala baixinho, concentrando seus olhos intensos nos meus.

O rosto dele está tão cheio de preocupação pelo nosso acordo. Tanta seriedade. Essa a sua habilidade é uma desgraça: o olhar gentil, a voz no tom atencioso, mas a alma fria. Maurício é o rei do faz de conta. Um homem que não se importa, usando rosto de quem se importa.

Solto a mão de Maurício, que por algum motivo desconhecido ainda segurava a minha, e muito devagar as cruzo diante do meu colo.

— Foi um dia e tanto, mas ainda faltam 364 dias e será melhor que sejamos amigos. — Observo-o deixar os braços caírem ao longo de seu corpo. — Foi uma ótima madrugada, me diverti muito. Obrigada, Maurício.

— Obrigado, Elisa.

Ele sorri, e não espero mais nada para me afastar depressa, entrando como se fosse um raio. Quando estou na segurança e privacidade do cômodo, mordo os lábios e me encosto na porta. Sinto um pânico dominar o meu corpo e mais uma vez fico sem fôlego. Se eu estivesse tão imune como queria, eu não estaria reagindo assim por um simples momento bobo, por um simples gesto de gentileza. Deslizo os dedos por meu rosto, tentando recobrar o juízo e evitar que meus sentimentos desejem mais do que eu poderia esperar.

Ah, por favor, mente e juízo, reprimam o meu tolo coração e meu inocente corpo.

Capítulo 22

Maurício

Na manhã seguinte, bebo um pouco de café, na esperança de que a cafeína afaste dos meus pensamentos tudo o que aconteceu ontem, mas a cada gole, a minha cabeça fica frenética, as memórias tão frescas atacando a minha mente em golpes duros e certeiros. Levanto rápido, deixando intocadas a omelete e a tapioca que Rosa preparou para mim. Caminho até as janelas da varanda, mas não me atrevo a abrir as portas de vidro, apenas olho o céu tomado por nuvens cinzentas e ameaçadoras, o clima carregado combina perfeitamente como o meu astral de hoje. Ainda mais quando sinto uma agitação sem controle crescendo dentro de mim, como um vendaval, que ameaça derrubar tudo que vê pela frente.

E meu autodomínio vai para o espaço quando meus pensamentos são envolvidos pelas doces lembranças do sorriso de Elisa, enquanto ouvia suas músicas favoritas, pelo aroma de seu perfume que a brisa teimava em carregar até o meu nariz, que atravessava os meus poros e me deixava quase intoxicado.

E... Merda! Os seus doces lábios que senti entre os meus, horas antes, em nosso casamento.

O beijo me deixou mais perturbado do que o anterior. Começou como uma encenação para o advogado daquele miserável, uma demonstração de afeto que ele não poderia colocar defeito ou questionar diante do testamento e suas cláusulas. Mas no meio do caminho, tudo se perdeu, eu não queria parar, eu queria continuar provando daquela doçura e maciez.

Pior, eu quis repetir a performance quando nos despedimos depois da nossa divertida madrugada de núpcias. Eu queria beijá-la. Queria saborear seus lábios. Chupá-los e até se possível devorá-los.

Droga!

Mas eu sei que eu não devo desejar a minha esposa.

Uma esposa arranjada. De conveniência. Fruto de um testamento. Uma esposa de um casamento falso.

E embora o meu corpo formigasse de desejo a cada encontro com Elisa, e meu pau concorde, a minha mente está em um emaranhado de emoções.

Escolhendo seguir pelo bom e velho juízo racional, decido ir para academia, queimar esse excesso de energia do meu lado carnal.

Com as roupas adequadas, antes de sair passo em meu escritório para avisar a minha assistente sobre a minha fuga para casar. Eu sei que não demorará muito para a notícia se espalhar, e internamente eu torço para que seja como pólvora e exploda a mente dos executivos.

Quando volto, vou até a geladeira pegar um pouco de água, mas nem sequer a abro. Porque vejo Elisa descendo as escadas. Imediatamente sinto uma força arrebatadora invadir meu corpo e algo se contorcer dentro de mim.

Porra!

Tanto esforço para tirá-la da minha mente. Para controlar as vontades do meu corpo. Mas parece ser uma tarefa inútil, pelo simples fato de olhar para ela, a minha respiração já fica ofegante.

Meus olhos não se concentram em nenhum ponto específico de Elisa, eles a examinam, bem devagar. O cabelo negro e liso caindo em sua cintura, que encaixou tão bem em minhas mãos nas oportunidades que tive de tê-la em meus braços. Seus seios, nada aparentes no decote de sua camisa de seda de botões, mas que eu já senti antes e tenho a impressão de que são perfeitos, quando a tive espremida em meu peitoral. E suas pernas estão à mostra devido à saia que completa o seu visual caseiro. Pernas longas e chamativas, que faz qualquer um querer ver o que tem além da barra.

Fecho os olhos com força, obrigando-me a pensar em outra coisa. Contudo, quando os abro de novo, meus olhos encontram os dela. E me demoro ainda mais analisando cada detalhe singelo de seus traços, na delicadeza de suas bochechas coradas, na beleza de seus olhos azuis, na sensualidade que são os seus lábios.

Porra! Pare de comer a menina com os olhos.

— Oi, bom dia — digo sorrindo, caminhando até a beirada do balcão. — Quer café?

Um sorriso tímido se espalha pelo rosto dela.

— Bom dia. — Ela desce os dois últimos degraus. — Você que preparou o café?

Sua voz rouca de quem acabou de acordar ecoa e fragmenta um pouco das minhas defesas. Tanto que esqueço que estou enchendo uma xícara de café, deixando o líquido quente derramar um pouco e quase queimar a minha mão.

A energia que ela causa no ambiente é tão palpável e avassaladora. Umedeço os lábios e a encaro por um instante.

— Quando o ato envolve apenas um ingrediente e uma máquina que possa fazer por mim, eu consigo me virar na cozinha. — Coloco a mão na nunca e pisco para ela. — Mas não posso levar os créditos pela omelete, tapioca e frutas perfeitamente cortadas. Você pode elogiar Rosa depois.

Ela se aproxima, suas pernas chamando a minha atenção novamente. Respiro fundo, endireito a coluna, tento desviar o olhar, mas o meu esforço não adianta. Os pelos da minha nuca arrepiam e meu fôlego é errante quando ela finalmente senta numa banqueta no balcão, seus olhos observando cada prato ali, tentando escolher o que irá comer, enquanto a sua língua passeia discretamente por seus lábios.

Porra! Ela é sexy e sedutora como o pecado.

— Não ter jantado ontem me deixou faminta.

Caralho. Fecho os olhos e forço os meus pensamentos maliciosos a saírem da minha mente cheia de lascívia.

— Sinta-se à vontade para devorar tudo. — Entrego a sua xícara de café e dou a volta no balcão, sentando-me ao seu lado.

— Obrigada.

Ela dá o primeiro gole no seu café. Seu corpo parece relaxar enquanto o líquido desce por sua garganta, tanto que ela solta um suspiro baixo. O som é tão provocante que a minha pele arde. Sem perceber o efeito que ela está causando em mim, Elisa ergue as pernas, apoiando os pés na haste de ferro da banqueta. O ato revela um pouco mais de suas coxas.

Instantaneamente, o meu corpo responde à altura. Meu sangue ferve e minha ereção atinge níveis dolorosos, que sou obrigado a mudar de posição para evitar que ela note meu total descontrole.

Irmão, tenha um pouco de dignidade, pelo amor de Deus.

— Você dormiu bem? — ela pergunta, estendendo a mão para pegar uma tapioca.

— Sim — minto, quando, na verdade, eu passei o restante da madrugada revirando na minha cama.

Tentei pegar no sono, mas o meu corpo tinha adrenalina demais, ele queria ação.

— Que sorte! Eu fiquei revirando na cama por algumas horas a mais. Estou nervosa e ansiosa com este casamento, mais do que imaginei que ficaria. Eu não sei nem como agirei daqui em diante.

Droga.

Eu poderia dizer que estou sentindo a mesma coisa.

Ansiedade, nervosismo, impaciência. Eu poderia citar vários sentimentos que toda essa situação causou e ainda causa em meus nervos. Mas ao fazer isso, darei certeza para todo mundo que eu não tenho controle sobre nada. E eu preciso administrar a minha vida com punho de ferro, inclusive, este casamento.

— Tenho certeza de que vai se acostumar a tudo. Até aqui nós temos feito um bom trabalho e assim continuará. Iremos tirar esse ano de letra. Vai passar que nem nos daremos conta. Você verá.

Ela mordisca a tapioca.

— Ontem, durante a madrugada, quando não conseguia dormir, estive pensando. Não ficou exatamente decidido em nosso acordo se eu trocaria o meu sobrenome ou não. Acho que prefiro deixá-lo como está. — Ela se inclina para frente e se serve de uma omelete.

— Se você tivesse se casado por amor, você assumiria o sobrenome de seu marido?

— Nosso casamento não foi por amor.

— Eu sei, mas e se tivesse casado por amor?

Ela olha a aliança em seu dedo, seus olhos parecem confusos.

— Se eu tivesse casado com o homem da minha vida, provavelmente eu mudasse.

Batuco os dedos no mármore.

— Ótimo. Adote o meu sobrenome, então. Não nos casamos por amor, mas nosso casamento deve parecer por amor. Não quero ninguém questionando nada. Quanto menos detalhes para nos preocuparmos, melhor.

Ela parece querer revidar alguma coisa, mas decide manter a boquinha bonita quieta. Penso em algumas situações em que essa boca poderia trabalhar e um sorriso sacana brota em meus lábios.

Inferno de pensamentos devassos.

Aposto que deve ser a minha abstinência gritando dentro de mim.

Eu preciso manter uma distância segura para não cair na tentação. Senão, tudo que planejei sobre não me envolver com a minha esposa será perdido.

Coloco-me de pé, praticamente em um salto.

Quem quer fugir tem pressa. E eu tenho pressa de ocupar a mente, tomar um banho frio e colocar a cabeça no lugar.

— Depois de um banho, vou trabalhar um pouco. Estarei no escritório se precisar de algo.

Enquanto dirijo para a empresa, penso nos projetos que criarei quando assumir de vez a presidência da F&D, quero criar novos estilos de carros, novas aerodinâmicas, novos modelos mais sustentáveis, elegante e a preço razoável. Assim como também colocar em prática a parceria que finalmente consegui com os investidores alemães. Felix e Alexandre ficaram tão impressionados com a nossa fábrica que não precisou de muito para eles decidirem com unanimidade fechar o contrato com a F&D.

Mas eu preciso esperar um pouco mais para colocar as minhas ideias em prática, e o novo contrato. Eu posso esperar. Já esperei quase uma vida toda. O que será um mês ou dois a mais. Meu casamento com Elisa durará somente um ano, mas os frutos dele serão para sempre.

Elisa.

Só de pensar em seu nome sinto um nó no estômago. E a minha pele esquenta.

Usei os dois dias para reconstruir a barreira em torno da minha libido e me enfiei no trabalho. Durante esses dias me tranquei em meu escritório para me preparar para a reunião com o grupo de investidores alemães. Agora, é a minha chance de fechar o contrato de fato. E Elisa passou todo o tempo em seu quarto lendo ou estudando, ela parece bem aplicada com a faculdade. E pensar em como pode ser desconfortável passar esse tempo todo em seu quarto, um lugar que não é apropriado para tal questão me deu uma ideia que logo a colocarei em prática.

Mas antes, eu tenho de resolver a questão da empresa. Fazer mais uma surpresa para os membros dos conselhos, que pareceram chocados com a notícia do meu casamento, que está se espalhando como fogo em um rastro de pólvora. Porque eu não tinha relacionamentos longos ou duradouros há um bom tempo. Todos estavam cientes de que as mulheres eram apenas um jogo para mim. Primeiro atraí-las, depois seduzi-las. Depois disso, a atração morria. A monogamia e eu éramos estranhos um para o outro.

E por mais que eu soubesse que os jornais, revistas e todas as outras mídias de entretenimentos fariam disso um grande show, e era realmente o que eu pretendia, eu não queria que isso causasse uma rádio-peão entre todos os funcionários da empresa. Pior, olhares de desconfiança da metade dos membros do conselho.

Assim que entro no elevador, tenho o desprazer de encontrar David, que não demora a entrar no assunto.

— Fiquei sabendo do seu casamento através de uma nota no jornal. — Ele ergue uma sobrancelha, questionador. — O que é um pouco constrangedor, contando o tempo que nos conhecemos, deveria ter sido uma notícia a ser dada pessoalmente. — Ajeita o nó de sua gravata. — Contudo, quero te desejar felicitações pelo enlace. Espero que você e sua esposa...

Tenho certeza de que espera que eu diga o nome da minha esposa, mas me limito apenas a agradecer.

— Obrigado!

E a minha sorte é que nenhum carniceiro midiático conseguiu o sobrenome de Elisa. E eu não serei tonto e burro o suficiente para revelar antes do momento certo.

Tudo acontecerá de acordo com que eu planejei.

Em um passe de mágica: o casamento.

Da minha cartola: uma procuração a qual tenho o direito às ações deixadas em testamento.

Usando um elevador cheio de feitiço, eu estarei no topo. Serei o CEO da F&D, como eu sempre desejei.

Depois que estou em minha sala, em menos de vinte minutos da minha chegada, o meu telefone toca. Espero que não seja mais nenhum membro do conselho com perguntas. Respiro fundo e atendo.

— Diga, Maria. — Sento-me novamente.

— Senhor Maurício, sei que deixou mais que claro que não quer ser incomodado... — Minha assistente soa baixo, provavelmente, não querendo ir contra o meu pedido de não ser perturbado. — Mas o senhor Costa está aqui, querendo entrar em sua sala.

O que ele quer aqui?

Só tem um jeito de descobrir.

— Vou atendê-lo, mande-o entrar — peço, desligando o telefone em seguida.

Não demora muito para que o elegante e ordinário advogado que jogou uma bomba em meu colo, meses atrás, e estava agindo feito um urubu há três dias, sem piscar um minuto enquanto me observava casar, adentrar a minha sala, caminhando de forma despreocupada até estar parado em frente à minha mesa.

— Senhor Ferrer — diz causalmente, estendendo a sua mão direita para um cumprimento. — É um prazer estar aqui de novo.

Aceito o aperto de sua mão, forçando-me a esboçar um sorriso simpático.

— Sente-se, doutor Costa. — Aponto para as cadeiras. — A que devo a honra de sua estimável visita?

Ele se acomoda em uma cadeira, depositando sobre a minha mesa sua pasta, depois abre os botões de seu paletó, passa uma de suas mãos pelo cabelo, como se estivesse se preparando para um julgamento. Mas quando noto um sorriso se formando em seus lábios, sei com toda certeza do mundo que o réu sou eu e ele é o advogado de acusação.

— Por acaso, estava passando por perto. — Ele para, passando um dedo comprido por sua barba branca. — Então, resolvi passar por aqui para lembrá-lo de que precisa seguir à risca o testamento para fazer valer os seus direitos de detentor das ações descritas em cláusulas.

O que foi que eu disse?

Eu sabia que o advogado do crápula do Dias estaria aqui em breve, para tripudiar depois de eu ter aceitado seguir com o capricho sórdido do seu cliente. Já que ele não tem como se regozijar de sua tumba.

Respiro fundo, tentando conter a crescente raiva dentro de mim, então olho com firmeza para o babão de terno e gravata.

— Eu estou ciente de cada condição — digo com os dentes trincados. — Como o seu cliente doente e louco planejou perfeitamente o cerco, eu não vou colocar tudo a perder, estou cumprindo as suas vontades. Eu estou preso em uma jaula com este casamento.

— Um homem de verdade precisa de estabilidade, de responsabilidades, senhor Ferrer. — Doutor Costa parece iniciar uma lição, ainda mais quando continua: — E não há jeito melhor de que adquirir tudo isso em um casamento. Há certos conhecimentos, comprometimentos e obrigações que só temos e criamos quando precisamos reger uma família.

Sorrio, incrédulo.

— Porque um casamento é praticamente igual a uma empresa. Administrar a F&D deve ser igual a administrar uma esposa.

— Acredite ou não, as dificuldades estão na mesma escala.

— Bem, deve ser por isso que Pedro Dias não soube administrar nem seu próprio casamento, quanto mais a F&D, tanto que ele fracassou nos dois. Perdeu a esposa para outro e agora perdeu...

— Não adianta mais alimentar o ódio pelo senhor Dias, senhor Ferrer — o advogado adverte, interrompendo-me. — Você já aceitou os fatos, de todo o modo.

— De todo o modo, não tive outra escolha.

— Para todo sacrifício, uma recompensa — o palerma fala com uma leve risada. — Você terá em suas mãos todo o controle da empresa. Finalmente chegará aonde sempre almejou. Valerá a pena, não é mesmo?

Forço os dentes a morderem os meus lábios para evitar que eu destine a esse ordinário milhões de palavrões. Tentando fazer com que o meu sangue — que corre feito lavas por minhas veias — não cause uma explosão dentro de mim. Porque a tensão que toma o meu corpo neste momento faz os meus músculos parecerem aço, com uma grande vontade de extravasar tudo isso, de alguma forma.

Mas respiro fundo. Controlando-me. Notando que o doutor Costa, que está em minha frente com uma expressão calma, sabe bem mais do que está disposto a falar. Já que ele era uma sombra de Pedro, certamente sabe o porquê de o próprio querer tanto este casamento, que até mesmo deixou em uma cláusula no testamento.

— Por que você não diz o que Pedro Dias pretendia com este casamento, doutor Costa? — Eu o encaro com os olhos semicerrados. — Diga qual era o plano de seu cliente por trás disso. Tudo dentro de mim grita que ele não queria me dar oportunidade nenhuma de assumir por totalidade a empresa, seria muito mais fácil ele ter vendido a sua parte para mim, de qualquer maneira. Este casamento é apena a ponta do iceberg.

— Você é um Ferrer, Maurício. — O advogado me dedica um sorriso que eu não lhe devolvo. — Tudo que Pedro queria é que você tivesse uma esposa ao seu lado. Que formasse uma boa família, que tivesse a chance de conhecer o amor, assim como seu pai encontrou com Alexandra, sua mãe, ter a oportunidade de ter um casamento próspero, diferente do que houve com seus pais.

Aperto com tanta força o meu punho, que sinto as minhas unhas enfiarem minimamente em minha palma. Mas o simples fato desse idiota ou do escrupuloso Dias querer usar o amor de meu pai e de minha mãe como um motivo de um jogo tão sujo, faz com que o meu ódio por Pedro aumente ainda mais, de uma forma considerável.

— Se era isso o que veio fazer aqui, doutor Costa, sinta-se com o dever cumprido. — Esforço-me para não gritar nem xingar. — Agora, gostaria que me desse licença, tenho uma reunião importante.

Ele aquiesce.

— Bem, não vim apenas por isso. Eu tenho uma coisa a mais para lhe entregar. Já que está casado e cumprindo o testamento — fala, pegando a pasta de couro sobre a mesa. Ele a abre e de lá tira um envelope médio e me entrega. — Pedro Dias deixou este documento para que lhe fosse entregue após cumprir a sua obrigação. Agora, se me der licença, tenho uma audiência de família.

Costa levanta e abotoa seu terno. Caminha até a porta, enquanto observo o envelope amarelo em minhas mãos.

— Espere! — peço. — O que é isso?

Mas o advogado não se vira, então sai sem me dar mais explicações.

Abro o envelope. Sinto todos os meus nervos tremularem e meu sangue esquentar.

O que mais esse maldito teria de dizer para mim?

"Querido Maurício, agora você deve estar se perguntando o porquê desse testamento. Imagino os milhares de xingamentos e maldições que está dedicando a mim, os quais certamente alguns eu mereça, de fato. Em minha vida tive algumas condutas questionáveis e determinadas ações insanas, mas de longe esse feito é o mais coerente e louvável da minha parte. Você é um homem de total caráter, destemido e sábio, nada menos o que desejo para minha querida Elisa.

Sinto-me em dívida com ela, por tê-la abandonado anos atrás, sem explicações, mas, bem, eu não tive outra escolha. Seus pais não me queriam perto da minha afilhada, já que eu era uma ameaça para seus negócios. Eu não pude lutar contra, sinto que não fiz questão de me envolver e sair queimado publicamente e me arrependi cruelmente tempos depois. Além de que, estarei também lhe concedendo a oportunidade que tanto almejou. Essa é a chance de realizar o seu sonho.

Eu sei que pensa que não fui uma boa escolha do seu pai, como sócio. Mas aqui, cabe dizer, que talvez tenha razão. Roberto sempre foi muito caridoso, de alma pura e mente espetacular. Eu também falhei com ele, não fui um bom amigo, mas estou esperando reparar minha falha, com esse testamento. Eu sei o quanto ele ficaria orgulhoso em vê-lo comandar a empresa, a qual ele criou com tanto esmero e garra. Ele sempre ansiou por isso, o dia que o seu menino de ouro finalmente brilharia mais que todos.

Pense também o quão feliz ele ficaria de vê-lo construir uma família digna, tendo uma esposa, um casamento feliz. Aposto que você tem as características de um bom líder e um excelente marido, desde pequeno é imperioso. Pense bem antes de recusar tal pedido. Esta será uma união planejada por mim por anos. Então, assim como a chuva cai do céu, o sol nasce todas as manhãs e a lua surge à noite, você deve se casar, pois o que foi predestinado não pode ser desfeito. Mas saiba, o casamento não é de todo mal, quando temos uma mulher boa ao nosso lado."

Capítulo 23

Maurício

— Sr. David Alencar, o conselho está muito satisfeito com os rendimentos deste trimestre; são números nunca vistos em todos os anos desta empresa. E para o próximo, o financeiro está prevendo um crescimento muito maior ainda da F&D, considerando as novas parcerias que o senhor adquiriu.

Passo os dedos de maneira ritmada pela superfície lustrosa da mesa de reuniões de mogno, enquanto escuto cada membro enaltecer David, que parece inchado e incapaz de esconder os dentes na boca.

— Obrigado a todos, mas o trabalho é de toda a equipe. A vitória é de todo o conjunto. — Sua voz parece um algodão-doce, melosa e enjoativa na mesma medida. — Agora, considerando o crescimento para o próximo trimestre. Já temos alguma novidade com os investidores da Kysman?

Dez pares de olhos se voltam para Anderson, que folheia algumas pastas, nervoso e agitado. Quando ele finalmente acha o papel que lhe interessa, solta um audível suspiro.

— Sim, David. Eles já aceitaram a proposta e devem estar prontos para assinarem o contrato no próximo mês. Já deixei uma cópia com a sua assistente, para que possa revisá-lo e assim enviar a nossa parceria.

— Obrigado, Anderson, pela prontidão em tomar essa parceria.

— Obrigado a você, por depositar tanta confiança em mim.

Olho para Anderson e depois David, tentando entender como os dois parecem agora tão aliados. Lembro bem, que Ferreira não era tão fanático assim pelo Alencar, assim como eu, sempre achou o agora presidente interino, muito burocrático e de mentalidade conservadora. Para agora estarem assim, como se fossem colegas de infância.

— Senhor Ferrer, você parece tão distante. Tem algo a falar? — David se vira para mim, sua expressão intricada e ilegível. — Além das boas novas sobre o seu casamento.

Olho-o de maneira impassível, minha mandíbula travando de uma forma quase imperceptível. Mas eu jamais lhe darei o gostosinho de saber o que realmente estou sentindo ou o que se passa por minha cabeça. Assim, como jamais elevarei seu ego já endeusado.

Esfrego uma das mãos na outra, para controlar a minha impulsividade. Eu já estou casado há duas semanas, poderia já ter acabado com essa merda de conselho, mas tomar decisões precipitadas não é mais meu estilo. Meu plano é minar a mente de cada membro, deixar David achar que está no topo, antes que eu o derrube de lá com um golpe certeiro, pois eu espero, estou torcendo de verdade, para que na próxima reunião, o doutor Costa já tenha tudo pronto, com procuração redigida e autenticada para eu finalmente assumir o meu lugar.

— Não tenho nada a acrescentar para a reunião do mês. — Sorrio com ironia para todos. — Mas obrigado a todos pelas felicitações ao meu casamento. Posso dizer que estou muito feliz com meu novo status.

Todos assentem, menos Anderson, que me olha atravessado. Bem, acho que está agindo assim em apoio à filha.

— Sendo assim, dou por encerrada a reunião deste mês. — David se levanta, ajeitando seu paletó e se virando para mim. — Senhor Ferrer, para próxima reunião espero que traga alguma novidade, suas ideias sempre serão bem-vindas.

Coloco-me de pé, ajeitando os papéis em minha pasta.

— Certamente terei uma novidade. — Meus olhos queimam de total divertimento. — Trabalharei para que seja uma das grandes, capaz de impressionar a todos.

Ele assente.

Ele que espere pela novidade que eu terei para o próximo mês.

Sem esperar mais, despeço-me de todos e vou até a minha sala, preciso apressar o doutor Costa, mas deixarei isso a cargo do meu advogado. Contudo, assim que entro em meu escritório, dou de cara com Rômulo, de pé, olhando para um quadro que decora a parede de frente para a minha mesa, enquanto masca um chiclete e faz uma bola enorme.

Sim, ele não tem merda de etiqueta nenhuma.

— O que está fazendo aqui?

Sem parecer nem um pouco ofendido com meu tom, ele se senta na cadeira em frente à minha mesa em sua posição preferida: botas em cima da mesa, braços apoiados no descanso da cadeira e um sorriso arrogante nos lábios.

— Vim desejar felicitações ao meu amigo. — Ele ri. — Que simplesmente casa e não tem a educação de avisar aos seus amigos, que precisam descobrir esse fato por acaso, em um jornal.

— De todo modo, ficou sabendo. — Recosto em minha cadeira e murmuro: — Mas se é tão importante que saiba, estou casado há duas semanas.

Interessado e intrometido, Rômulo esfrega as mãos uma na outra.

— E como está a vida de casado? — Ergue a sobrancelha sugestivamente. — Me conte tudo. Muito sexo? Banho e depois mais sexo? Ou jantar e sexo na mesa? Sexo de café da manhã? Sexo no meio da madrugada?

Olho-o com cara de poucos amigos

— Não exatamente — sibilo.

— Por que não? — Ele parece surpreso, uma situação inédita. — Você está louco? Não é essa a vantagem do casamento?

Cerro os dentes.

— Sim, eu sou o Rômulo Simão aqui, eu sou o insano.

— Sim, você meio que é.

Bufo.

— Você sabe muito bem que meu casamento é conveniente.

— Meu Deus! — Rômulo solta um uivo. — E que merda isso impede de ter muito sexo no casamento?

Ele só pode estar de sacanagem.

— Primeiro, envolver sexo neste casamento nunca foi do meu interesse, assim como nenhum tipo de envolvimento físico ou mental. Segundo, eu não quero ter dor de cabeça quando tudo isso acabar.

Rômulo revira os olhos e masca o chiclete.

— Você é tão metido e arrogante.

— Você é tão intrometido e azucrinante.

Uma expressão estranha passa pelo rosto do meu melhor amigo.

— Puta que pariu! — Ele sacode a cabeça. — Só agora me ocorreu um fato.

— Que fato? — inquiro com uma sobrancelha erguida.

— A sua situação desagradável que ficará durante esse ano. — Ele fica ereto na cadeira. — Você não vai transar com a sua esposa. Por motivos que já elencou. Um deles por seu casamento ser de fachada. — Ele estala novamente o chiclete irritante. — Mas seu casamento também deve parecer verdadeiro. Ou seja, não pode aparecer com amantes, e se não vai ter amantes, não vai ter sexo. Conclusão, você vai ficar insuportável durante todo esse tempo, caro amigo. Suas bolas irão explodir. Acho que você precisa pensar em uma alternativa.

— Você pode parar de falar por um minuto?

Esfrego as têmporas. Sua faladeira está começando a me dar uma leve dor de cabeça.

— Estou apenas traçando novas rotas para você — diz em um tom divertido. — Você deveria rever essa ideia de não se envolver com sua esposa.

Ah, isso não.

— Você pode ir embora do meu escritório agora.

Literalmente meu amigo perdeu a cabeça de vez.

Ele ergue a mão.

— Me escute por dois minutos.

— Você tem dois minutos.

Eu me remexo desconfortavelmente em minha cadeira. Tendo ciência de que vou me arrepender cruelmente de dar todo esse tempo para Rômulo, o insano, sem juízo e um pé no saco abrir sua boca exasperante.

— Escute. Você não precisa levar tudo sempre na ponta da regra. As regras foram feitas para serem quebradas. A vida fica mais leve e divertida assim.

Respiro fundo.

— Sério isso? Tirou essa sua fala de algum livro de autoajuda?

Ele me ignora.

— Se você parar de ser cabeça-dura e relaxar por um segundo, o que de pior pode acontecer? — ele pergunta, mas não me dá tempo para responder. — Você se divertir? Flertar? Ficar de pau duro? Depois aliviar o pau duro? Ter um ano de transa sensacional? Pelo amor de Deus, deixa de ser bundão uma vez na vida, irmão. Aproveite esse casamento da melhor maneira possível.

Com um sorriso largo e radiante, Rômulo parece satisfeito com a sua desenvoltura.

— Terminou?

— Terminei.

— Ótimo, agora dê o fora.

— Mas...

— Nada de "mas"... — Aponto para um monte de papel em minha mesa. — Eu preciso trabalhar e você está atrapalhando.

Quando Rômulo finalmente vai embora da minha sala e tem a boa educação de fechar a porta, minha mente, que precisa focar no trabalho, começa a fervilhar com a sua ideia.

Porra!

Não tem a mínima condição de eu trabalhar sob essas condições. Olho para o relógio, faltam apenas duas horas para o expediente acabar.

Ah, que se dane!

Quando entro no apartamento, ouço o barulho na cozinha. Deixando a minha pasta sobre o sofá, tirando o paletó e dobrando os punhos da minha camisa branca, caminho a passos rápidos para lá. Talvez sendo guiado pelo cheiro maravilhoso e sugestivo que se espalha pelo ar.

Quando dou um passo, vejo Elisa e Rosa conversando, animadas, reafirmando a intimidade que tiveram de cara. Então paro para observar a interação das duas, mas os meus olhos fixam em minha esposa. A sua pele branca está quase sem maquiagem e é bem-iluminada. Acho que ela só usa um pouco de batom, pois seus lábios estão mais cheios e vermelhos. Os olhos azuis cintilam vividamente quando ela solta mais um riso alto.

Uma gargalhada que me intriga.

Aproximo-me devagar, para tentar escutar o que estão cochichando. Vai que Rosa está confidenciando algum de meus segredos para ela. Contudo, eu só tento mesmo, pois antes de chegar perto o suficiente, esbarro num móvel que balança e faz um prato decorativo de alumínio cair, fazendo um barulho enorme. No mesmo instante, a duas viram a cabeça, assustadas.

Os olhos de Elisa vêm diretamente para mim, mas os meus não param quietos, passeando por todo o seu corpo. A calça justa que ela veste revela cada curva estonteante de seu corpo, desde a sua redonda e perfeita bunda até as suas longas e torneadas pernas. A blusa é de tecido fino, um tanto curta, que deixa uma pequena faixa da pele de sua barriga à mostra. Fazendo que eu deseje ver por completo, e pior ainda, percorrer com um dedo e sentir a maciez.

Merda!

Por que Elisa tem de complicar as coisas para mim?

— E o que vocês estão fazendo? — pergunto depressa e logo abro meu sorriso amarelo, para disfarçar minha atitude ruim, então me sento em uma banqueta.

— Torta de camarão — Rosa responde. Ela está parecendo um mestre-cuca. Toda vestida de dólmã e chapéu de chef. — Falta um pouco para terminar de assar. Mas já tem prontos salada e arroz fino para acompanhar.

— O cheiro está maravilhoso — digo e Rosa sorri.

— Mas o mérito não é todo meu. É de sua esposa, ela tem mãos de fada. — Ela pisca. — Acredito que em breve perderei o meu emprego.

Sorrio do drama de Rosa. Mas uma coisa eu tenho de admitir. Elisa cozinha perfeitamente. Tudo o que ela preparou no fim de semana, deixou-me maravilhado e com uma imensa vontade de devorar tudo. E foi o que eu fiz com os biscoitos amanteigados que ela preparou para o café da manhã. Com seu frango com legumes no jantar de ontem e sua sobremesa de frutas. Eu terei de correr atrás do prejuízo na academia esta semana.

— Com isso, eu tenho de concordar. Elisa cozinha perfeitamente. Acho que ela tem um plano secreto para me engordar — digo com um sorriso.

De repente, Elisa se vira, dando-me uma visão de sua expressão, que muda de constrangida para confusa. Logo a face dela fica rosada. Eu não posso negar, isso deixa o seu rosto ainda mais singelo, tímido e um tanto belo.

Ah, e lá vai eu de novo tentar apaziguar os ânimos descontrolados dentro de mim.

— Acho que essa é a minha deixa. — Rosa descarta o chapéu de chef e seu avental. — Volto amanhã, se ainda precisarem dos meus serviços

Fazendo valer a suas palavras, Rosa sai da cozinha, deixando Elisa e eu olhando um para o outro.

— Vou pegar um vinho para acompanhar o jantar.

Ele apenas assente. Na adega, pego uma garrafa de vinho tinto.

Quando volto até a cozinha, Elisa já pôs uma travessa sobre o balcão e está começando a posicionar os pratos e talheres. Abro o vinho e encho duas taças.

— Então você não vai cozinhar apenas nos fins de semana?

Elisa ergue uma sobrancelha para mim enquanto aceita uma taça de vinho.

— Por acaso, está reclamando?

Ergo uma das mãos em rendição e abro um sorriso.

— Longe disso. — Bebo um pouco de vinho. — Mas posso ficar mal-acostumado.

Ela agarra a travessa e começa encher o seu próprio parto.

— Então aviso logo: não se acostume. — Ela começa a servir meu prato. — Na semana que vem as minhas aulas começam, então não terei tanto tempo livre para alimentar seus gostos. Se me lembro bem, você duvidou dos meus dons para cozinha quando nos conhecemos.

Remexo-me na banqueta com a lembrança e dando a primeira garfada na torta de camarão.

E hummm... Está divina.

— Mas digamos que você provou o contrário. — Dou outra garfada. — Por exemplo, isso aqui está fantástico.

Ela ri e enfia uma garfada generosa em sua boca.

— Então eu conquistei seu estômago?

Pesco um camarão com o garfo e o enfio na boca.

— Completamente.

— Ah, quem diria que Maurício Iceberg Babaca Ferrer fosse conquistado tão fácil assim?

Estou preste a responder seu sarcasmo, mas paro de repente com a visão de Elisa bebendo o vinho com tanto prazer, que todos os músculos do meu corpo travam. O meu coração bombeia rápido e o sangue em minhas veias parece bolhas de fogo. As minhas regiões baixas entram em estado de alerta e perigo de incêndio. E tudo piora quando Elisa lambe delicadamente os lábios, como se estivesse experimentando a melhor bebida do mundo.

Internamente, um desejo atropela todo o meu lado racional e eu a imagino saboreando outra coisa que não o vinho. Os gemidos baixos que ela solta libertam dentro de mim o homem libertino que queria manter preso em dezenas de jaulas, mas não deixo de imaginá-la me envolvendo com a boca, o meu mastro aveludado, a sua língua deslizando lentamente e extraindo cada gota que ela seria capaz de tirar de mim, e quando terminasse e ela sugasse a última partícula salgada, eu ainda imploraria por mais.

— Sabe do que estava esquecendo?

Ela cerra os dentes quando bebe mais um gole, fechando os olhos.

Pergunto-me o que mais esses dentes são capazes de fazer e se ela fecha os olhos assim quando é penetrada nas suas mais quentes e úmidas profundezas.

Jesus. Quem consegue ser sexy bebendo uma taça de vinho?

Inferno. Pare!

— O quê? — Minha voz é baixa.

— Que o jantar de Alexander é domingo.

Solto um chiado nada educado com o banho de água fria que Elisa acabou de jogar. Murchando o meu lado devasso e dilatando o meu lado tempestuoso.

— Acho que não estarei livre para ir a esta festa. — Minha voz é áspera.

Elisa enfia um pedaço de alface em sua boca.

— Ah, tudo bem. Eu posso ir sozinha.

Minha expressão se fecha. Nem por cima do meu cadáver.

— Acho que consigo realocar meus compromissos. Eu vou com você.

Ela sacode a cabeça, concentrando-se em comer sua salada agora, enquanto eu bebo o vinho, tentando apagar o fogo que arde dentro de mim.

Assim, sem mais nenhuma troca de farpas ou brincadeiras, jantamos em silêncio. Mas não se engane. Não é de todo mal. Pelo contrário, é bom, confortante, considerando a menção à porra do jantar do cavalheiro de armadura de papel alumínio.

— Vou subir para o meu quarto — Elisa avisa, quando está colocando na lava-louças os pratos e taças que sujamos.

— Não está muito cedo para dormir?

Ela para e enxuga as mãos em um pano. Então olha para mim, como se tentasse me ler. Adoraria saber o que ela acha de mim, porque nem eu ultimamente estou me entendendo.

— Não vou dormir. Tenho de fazer algumas coisas antes, preciso planejar o meu dia, que vai ser muito cansativo. Ficarei a manhã toda na faculdade e depois passarei a tarde em outro compromisso.

— Qual compromisso?

Ela me olha, hesitante.

— É uma coisa pessoal.

Eu não sei se gosto do que estou ouvindo. Algo em sua expressão faz um alerta soar por todo o meu corpo. De todo o modo, eu tentarei descobrir isso mais tarde.

— Certo, mas podemos conversar um pouco, terminar de beber o vinho? Brincar de conheça o amigo. Ou melhor, assistirmos ao futebol, você gosta, não é mesmo? — pergunto, colocando-me de pé.

Respiro fundo, enchendo os pulmões de ar, um nó em minha garganta está martelando, fazendo-me perceber que eu estou prendendo a respiração enquanto espero sua resposta.

— Você quer que eu assista a um jogo de futebol com você? — ela indaga, franzindo as sobrancelhas.

— Quero.

— Interessante — diz, dando um passo em minha direção. — Quais times vão jogar?

Seus olhos brilham de curiosidade.

Oh-oh, eu tenho certeza de que estou indo para um campo minado sem nenhuma proteção.

Abro um sorriso lento e ardiloso.

— Corinthians contra São Paulo. — Estalo a língua. — Você não deveria perder a chance de ver um time de verdade jogar.

Elisa faz uma careta, então começa a sorrir. Gargalhar mesmo.

— Você só pode estar brincando. — Ela sacode a cabeça. — Eu não perco o meu tempo assistindo a um jogo de um time que precisa da ajuda do árbitro para vencer a partida.

— Pelo menos, meu time sabe o que é vitória. — Dou um sorriso convencido, erguendo a sobrancelha. — Agora, quanto ao seu time, quando foi a última vez que venceu o campeonato paulista? Há cem anos?

Ela me fita, incrédula. Tenho a impressão de que o vermelho que pinta seu rosto agora é irritação.

— Você não disse isso.

— Disse sim, querida.

Sua mandíbula está travada e seus olhos brilham de fúria.

Campo minado com bombas duplas.

É, o perigo é atraente.

— Eu prefiro assistir a um filme preto e branco, em que os atores são mudos. — Seu tom é de aborrecimento e sarcasmo ao mesmo tempo. — Bom jogo para você, fofinho.

— Fofinho é golpe baixo. É um ataque ao meu lado alfa. Não me chame assim.

— Eu também odeio ser chamada de querida. Que irônico, não é, fofinho.

Elisa começa a caminhar, mas seu pé bate na quina do balcão, fazendo com que ela tropece sobre mim. Que por puro reflexo a seguro em meus braços e evito que caia. Solto um leve grunhido ao sentir cada músculo do meu corpo reagir ao calor feminino queimando minha pele. Os seios dela pressionando o meu peitoral e suas mãos em volta do meu pescoço, segurando-se com firmeza, deixa-me enrascado nessa fogueira que irá me consumir vivo em questão de segundos.

Eu a puxo mais para mim. Colando ainda mais os nossos corpos. Estamos respirando o mesmo ar.

Elisa me encara, como se estivesse em transe.

Então eu sei que estou agindo de modo descontrolado, porque começo a acariciar suas bochechas, depois a tirar os fios de cabelo que estão em seu rosto e boca, resvalando em seus lábios que se entreabrem a cada toque. E se Elisa olhar para baixo, notará a minha ereção crescente.

Dado importante... Perco a porra da minha razão quando estou perto dela.

Uma voz em minha cabeça soa alto: saia. Vá embora. Mantenha distância.

E antes que eu jogue no lixo minha lógica e deixe que a onda de calor que se espalhou em minha barriga suba totalmente para a minha cabeça, decido ouvir o pouco de juízo que ainda me resta. Eu preciso colocar um limite em mim.

— Então irei assistir ao jogo em meu próprio quarto. — Certifico-me de que ela consegue ficar de pé em segurança e dou um passo para longe. — Boa noite, Elisa!

Subo as escadas de dois em dois degraus.

Quando chego ao meu quarto vazio, a falta do calor de Elisa pulsa dentro de mim. Enfio as mãos em meu cabelo e o puxo, mas a aflição ainda percorre o meu corpo como um trem desgovernado. Jogo-me em minha cama, ligo o sistema de som e coloco uma música qualquer para que as notas tentem acalmar os meus nervos.

Mas, para minha surpresa, uma música do RBD começa a ecoar.

Ah, isso é tudo que minha paz de espírito queria.

Que homem de sorte eu sou, não é mesmo?

CAPÍTULO 24

ELISA

— Adivinha quem está namorando? — titia Carmen pergunta enquanto se senta em sua nova máquina de argila, presente que lhe dei há duas semanas, para terminar um jarro novo, que está em processo de passar o verniz.

— Quem? — pergunto distraidamente.

Minha mente está em uma batalha, passei a noite toda tentando de mil e uma formas diferentes me fazer lembrar que eu não posso me deixar envolver por Maurício Ferrer.

Contorno os lábios com os dedos, ainda chocada por ter desejado que ele me beijasse ontem, quando me segurou em seus braços e evitou que eu caísse. Eu sei que o nosso casamento faz parte de um grande plano, ele tem propósitos nada emocionais, mas durante esse pouco tempo em que conheço o meu marido, houve momentos que eu tive vislumbre de um homem diferente, alguns sorrisos sinceros, um brilho em seu olhar e até mesmo palavras gentis.

Queria que ele sempre agisse assim, mas ele guarda seus sentimentos bons sob uma pedra de milhões de tonelada, inalcançável. Eu percebi que sempre que ele se comporta de maneira inesperada, surpreendendo-me, ele se distancia.

E esse seu comportamento contraditório instaura uma guerra em meu interior, de um lado a Elisa racional, que jamais faria algo que pudesse se arrepender, com seu bastão da verdade, batendo forte no chão, gritando para eu me manter na linha, firme e forte. Do outro lado, há a Elisa que desde sempre sonhou em ser amada, que arde em chamas e se sente trêmula e completamente inebriada pelas sensações vindas com a proximidade do corpo de Maurício.

Um lado o quer. O outro quer resistir.

Qual lado será o mais forte?

— Melinda e Javier — ela diz, deslizando o pincel sobre o vaso, a cerdas como se fossem varinhas mágicas, deixando brilhante e colorido o desenho de ramos de flores vermelhas e folhas verdes.

É lindo. É admirável o talento de titia Carmen com o artesanato.

Franzo o cenho.

— Quem?

— Lembra que eu falei para você da cozinheira e o jardineiro... — Ela está radiante. O sorriso é imenso, seus olhos estão iluminados. — Eles estão namorando. É bonito de ver que os dois não conseguem mais ficar distantes um do outro. A cozinha vive cheia de rosas, e o jardim parece um restaurante a céu aberto. E os sorrisinhos cúmplices que eles trocam... Ah, é melhor que assistir à novela.

Ela solta suspiros longos. Ah, a romântica incurável.

— Então o lance de cupido deu certo?

Sorrio, dentro de mim uma certeza de que ela se empenhou em dobro nessa missão. Pois se tem algo que ela aplica dedicação, são nas histórias de amor.

— Eu dei uma forcinha somente. — Balança o cabelo, dando os toques finais à sua obra de arte. — Eles já estavam predestinados, só ajudei o destino a se cumprir.

— Eu imagino que sim. — Aproximo-me de sua mesa. — O vaso ficou lindo. Cada dia suas técnicas melhoram. Se uma galeria descobrir o seu trabalho, uma fila de clientes não sairá da porta.

— Eu jamais trabalharia para uma galeria, Elisa. — Ela se levanta, deixando o vaso secar na mesa. Indo até a janela, seu olhar percorre todo o jardim, depois se voltam para mim. — A arte deve ser admirada pelos olhos daqueles que se deixam ser tocados. Não a preço que pague pelo amor, pela admiração, pela beleza... — Ela coloca a mão no peito e balança a cabeça, maravilhada. — E a minha maior felicidade em criar essas belezuras aqui, é saber que você admira e ama cada peça. Seu sorriso e seus olhos brilhando, é o maior pagamento que eu poderia ter em troca.

Minha boca se abre em surpresa, meu coração perde um compasso e não sei o que falar de imediato. Então corro até minha tia e a abraço.

— Obrigada, por tudo. — Aperto ainda mais os meus braços em sua volta. — Eu não sei como agradecer tudo que fez e faz por mim.

Ela se inclina para frente, tocando meu nariz e enxugando uma lágrima solitária que desce por minha bochecha.

— Ah, minha menina. Não precisa agradecer. — Ela abre o seu sorriso contagioso. — Como eu disse antes, o amor não tem preço. Mas se você quer tanto assim pagar, aceito como pagamento abraços e beijos. Um pouco de doce de leite também não cairia mal...

Ela pisca. Eu sorrio e seco minhas últimas lágrimas.

— Sempre tentando me fazer burlar as regras e trazer doce de leite para você.

— A regras foram feitas para serem quebradas — fala como se estivesse cantando. — E, quando se trata de doce de leite... As regras devem ser esquecidas.

Gargalho.

— Vou ver se consigo trazer um pouco para você.

— Essa é a minha garota — titia comemora dançando pelo quarto, então ela para e olha para mim. — Ah, diga que você irá trazer no dia do piquenique?

— Acho que é a única maneira de entrar com isso na clínica, sem ser barrado na recepção — lembro-a.

— Tão esperta você. — Ela aperta minha bochecha de leve. — Também estou preparando um presente para você para o piquenique. Não falte.

— Que presente?

Ela começa a embalar o vaso para mim, ignorando a minha pergunta.

— Aqui, mais um vaso para sua coleção. — Entrega o pacote em minhas mãos. — Vejo você no sábado. Use um vestido bonito, deixe seu cabelo solto, use seu perfume de rosas e nada de maquiagem. Você tem de estar linda...

Ergo uma sobrancelha.

— O que você está aprontando, titia?

— Nada de mais, filha. — Ela sorri e aponta para a porta, dispensando-me. — Agora tenho de ir falar com minha amiga Alice.

Com uma pulga atrás da orelha e agarrada ao pacote com o meu vaso, saio do quarto, indo diretamente para o apartamento.

Quando abro a porta, tomo um susto com Maurício me esperando na sala, de pé, os braços cruzados sobre o peito e uma expressão nada simpática no rosto.

— Onde você estava? Esqueceu o nosso compromisso?

Seu tom é ácido.

Respiro fundo, para não levar para o lado pessoal.

— Boa tarde, são apenas 14h e nosso compromisso é às 16h. Acho que eu tenho muito tempo.

Ele ignora o meu cumprimento. E, se possível, fecha ainda mais a expressão.

— Onde está o seu celular? Eu liguei, mandei mensagens, avisando que a reunião foi adiantada para às 15h. Como não consegui entrar em contato, tive de vir até aqui buscar você, mas Rosa disse que saiu depois do café da manhã.

Seus olhos estão me analisando, como um gavião analisa suas presas.

— Meu celular está desligado e tive de sair. Tinha de fazer uma visita inadiável.

Ele faz um tom de deboche.

— Sim, em seu compromisso secreto e pessoal. — Seus olhos param no pacote em minhas mãos. — O que é isso?

— É um presente.

Seu rosto fica vermelho, ele parece muito irritado, por que cargas d'água, eu não sei. Não estou atrasada e se a reunião que eu sei ser tão importante para ele foi adiantada, não deveríamos estar perdendo tempo, deveríamos partir o quanto antes para a empresa.

— Um presente. — Ele sorri, seus olhos ficando mais escuros. — Espera, onde está sua aliança?

Merda!

Eu a tirei antes de ir para clínica.

Eu não quero que titia saiba do casamento.

— Está no meu quarto, esqueci quando lavei as mãos. Vou colocá-la antes de ir para a empresa.

Sua mandíbula parece cerrada, a boca em linha fina não sustenta mais o sorriso de antes. Sua expressão é fria e arrogante.

— Não se esqueça mais de usar a sua aliança. Não quero que alguém a veja sem ela e crie suposições. Não se esqueça de que agora é uma mulher pública, que todos esperam qualquer deslize para virar notícia em todos os jornais e revistas de fofoca. — Ele se afasta, dando-me as costas. — Você tem trinta minutos para se arrumar. Estarei em meu quarto, esperando por você para irmos para a empresa.

Então desaparece escada acima.

A viagem até a F&D é sufocante. Maurício liga o sistema de som do carro e não pronuncia uma palavra sequer durante todo o caminho. De vez em quando, ele olha em minha direção, mas logo desvia o olhar. Seus braços parecem tensos, já que por inúmeras vezes o vejo apertar o volante com força. Isso me fez pensar que ele quer me dizer alguma coisa, então expira fundo e se concentra novamente na estrada.

Quando ele para na garagem da empresa, vem até o meu lado e me ajuda a descer. As minhas pernas bambas querem vacilar, o meu coração parece uma bateria de escola de samba e o meu fôlego é curto. Tudo dentro de mim parece frio e abalado, nervoso e aflito. Mas por fora, eu transpareço ser uma mulher forte, poderosa e pronta para enfrentar um grupo de executivos indigestos. A saia lápis é de um comprimento aceitável, com uma fenda decente na parte de trás. A blusa de mangas compridas é de um tom verde-claro que destaca os meus olhos. E o blazer acinturado arremata perfeitamente a minha pose.

Quando entramos na recepção da empresa, pois Maurício fez questão disso, todas as mulheres num raio de vinte metros olham para ele, algumas nem piscam e outras parecem incapazes de fechar também a boca. Tudo porque ele está deslumbrante em seu terno preto e de camisa branca imaculada. No pescoço uma gravata prata que deixa seus olhos pretos vívidos. O maxilar quadrado rodeado pela barba por fazer, parece ainda mais angular. O cabelo arrumado, completando a sua pose de elegante e soberano.

Sim, eu tenho de concordar com as mulheres. Ele é belo, de se comer com os olhos.

Maurício aperta a minha mão assim que passo diante da recepção. Um choque de eletricidade e familiaridade formiga em minha palma.

— Sua mão está suando.

— Estou nervosa com o que vai acontecer.

Ele solta a minha mão e coloca a dele em volta da minha cintura, puxando-me para si.

— Não tem com o que se preocupar. Vai dar tudo certo. — Ele aperta minha pele. — Você não precisa falar se não quiser, deixe tudo comigo. Eu sei lidar com essas reuniões. Tudo bem?

Assinto.

— Ótimo, porque vamos direto para o ninho das cobras.

Ele me conduz até o elevador, fecho os olhos e tento controlar a agitação que abala a minha alma. Afastando os pensamentos que tentam pipocar dentro da minha cabeça, ergo o queixo e aperto a mandíbula. Estufo o peito e endireito a coluna, preparando-me para a batalha. Não importa o que fizemos chegar a essa situação, nem o que está acontecendo entre mim e Maurício. Não quero me lembrar das minhas emoções que guerrilham dentro de mim. O importante é o agora. Seu sonho de assumir seu lugar de direito, de honrar a memória do seu pai, de fazer aquilo que ele diz amar. E tudo depende que todos os presentes acreditem que o nosso casamento é de verdade. Eu farei o que estiver ao meu alcance. Seguro a sua mão com força quando ele abre a porta de vidro que dá acesso à enorme sala de reuniões com vista para a selva de pedra sem fim através dos janelões.

Mas no momento que começamos a seguir para a grande mesa de madeira escura, damos de cara com um senhor sentado na cadeira da ponta, ele usa um terno todo escuro e seu cabelo grisalho está bem-arrumado. Seus olhos estão fixo em nós, sua boca em linha fina e uma expressão tensa toma todo o seu rosto. Uma névoa de desconfiança e agonia paira no ar. Um alerta sendo soado dentro de mim, eu soube imediatamente que ele representaria um problema para mim e Maurício em nosso falso casamento.

— Vejo que são os primeiros a chegar para a reunião extraordinária. — Sua voz ecoa dentro da sala. — Mas não é de se admirar, considerando os motivos.

Maurício solta um grunhido ao meu lado.

— Elisa, querida, este é David Alencar, ele faz parte do conselho de investidores e atualmente está como Gerente Interino da F&D.

Ele me olha com desdém, enquanto assinto educadamente em sua direção.

— Que prazer finalmente conhecer a digníssima e secreta esposa. — O comentário malicioso atinge o alvo, Maurício fecha os punhos e trava a mandíbula.

Quanto a mim, consigo me segurar, então olho para ele com uma expressão vazia, sem permitir que perceba qualquer indício do que eu estou sentindo. Aperto ainda mais a mão do meu marido, falando com um tom de desprezo:

— Não tão secreta assim, já que os jornais descobriram sobre o nosso casamento e o deixou público no mesmo dia.

Ele pigarreia. Abre a boca para falar, mas é impedido pelas outras pessoas que começam a entrar na sala. Maurício me leva até uma cadeira na outra extremidade da mesa. E logo as outras são ocupadas pelos homens de terno. Um deles, que está a três cadeiras da minha, não desvia seus olhos. Seu desprezo e antipatia por mim são palpáveis.

Todos estão sentados. Maurício é o único que não sentou. Em vez disso, ele fica em pé, o corpo ereto e o peito estufado, olhando a todos com um ar de superioridade e veemência.

— Senhores, eu convoquei esta reunião hoje para trazer à tona uma revelação emocionante. Como todos sabem, Pedro Dias faleceu há algum tempo, deixando 40% de suas ações sem um herdeiro.

Murmúrios e falatórios começam a soar por toda a sala.

— Silencio, por favor! — Maurício eleva o tom de voz e a conversa para. — Mas o que ninguém sabia era que ele deixou em testamento suas vontades e o direcionamento de sua parte na empresa. E a minha maior surpresa, não foi ele ter deixado um testamento, sim, esse testamento estar ligado a mim diretamente. Deixando 35% de sua parte para mim, tornando-me assim o maior detentor de ações.

Novamente vários comentários sussurrados reverberam pelo local.

Desta vez, para silenciar a sala, Maurício solta um poderoso rugido:

— Chega!

As expressões de todos à mesa estão descontentes e alguns deixam também transparecer seu desgosto através dos olhos e bocas torcidas. David Alencar vai além e levanta a mão, pedindo a palavra.

Maurício olha duro para ele.

— David, algum comentário?

Ele se levanta, fechando o botão de seu terno. Parece ser a imagem perfeita da razão.

— Como parte da equipe F&D, como acionista e Gerente Interino, sinto-me na obrigação de dizer que você não pode esperar que todos os membros do conselho aqui presentes aceitem a sua palavra como uma verdade absoluta sem questionar a veracidade delas. São bilhões em jogo, são vidas que mudarão com isso, são sócios e parcerias que precisarão de uma explicação sobre isso. Como você pode provar tudo o que está falando?

Olho para Maurício e o observo apertar os dedos, enterrando-os no encosto da cadeira de couro com força suficiente para rasgá-la.

— A minha palavra e minha honra como um dos acionistas desta empresa e filho do criador deveriam ser suficientes, não é, senhor Alencar? — ele o desafia diante de todos.

Tanto que os olhos de David brilham de fúria, como chamas de um incêndio sem controle. E o sorriso diabólico nos lábios só reafirma o que eu já tinha imaginado quando o vi assim que cheguei. Ele fará o possível e o impossível para não ceder. Uma onda de choque e medo atravessa o meu corpo. Como Maurício o despistará para que ele não descubra toda a verdade? Que ele está escondendo o fato de o testamento exigir que, para chegar aonde queria, precisava casar comigo?

Maurício inclina a cabeça, sorri e olha para o homem ainda em pé.

— Mas se quer provas, você terá.

Ele vai até a porta, abrindo e acenando. Então por ela passam o doutor Fernandes e o doutor Costa. Os dois advogados com suas expressões de profissionais e em roupas elegantes. O advogado de Pedro Dias abre sua pasta e entrega para Maurício uma folha de papel.

Sem perder o ritmo dominante, ele fala:

— Você quer prova? Aqui está a procuração autenticada em cartório, provando que tenho direito às ações de Pedro Dias.

Maurício estende o papel para o homem.

— Qualquer um pode falsificar uma procuração, senhor Ferrer. — David balança a folha de papel sem sequer verificar.

— É verdade, mas tem mais. — Ele faz um gesto para o doutor Costa se pronunciar.

— Membros do conselho, meu nome é Juliano Costa e eu sou o advogado do falecido Pedro Dias. O senhor Dias me contratou há cinco anos, para ser jurisconsulto e redigir o seu testamento — fala calmo, igual como fez quando leu o tal testamento para mim. — E mesmo o testamento em questão sendo particular, devendo ser lido e provido para os nomeados em texto, o senhor Ferrer e a outra parte herdeira concordam em abrir para esse conselho em razão da natureza extrema de direito e do valor monetário em jogo nesta empresa. Aqui está o documento.

Retira de sua pasta o temido documento.

— Este é o testamento juridicamente validado no 1º cartório da vara de família da cidade de São Paulo, um documento incontestável em qualquer tribunal e prova de que agora o senhor Maurício Ferrer é detentor de 35% das ações deixadas pelo senhor Dias.

A sala fica em um silêncio absoluto. Absolutamente nada pode ser ouvido. Nem mesmo o som de uma respiração. David Alencar parece ter engolido uma alavanca, seu corpo todo está tenso. Ele enfia as unhas na palma de sua mão, tenho a impressão de que irá perder o controle a qualquer momento, mas não, como um iceberg enorme ele parece insensível, uma máscara de gelo domina o seu rosto e sem dizer uma palavra sequer, ele deixa a sala; sendo seguido pelos demais. Até mesmo os dois advogados.

Maurício respira fundo. Como se uma tonelada estivesse saindo de suas costas. Seu peito sobe e desce. Então, lentamente um sorriso satisfeito começa a desapontar em seu rosto, conforme ele caminha até mim.

Quando para em minha frente, eu me levanto.

— Foi uma reunião e tanto. — Solto uma respiração. — Mas você se saiu muito bem. Na verdade, foi espetacular.

Ele assente, parece mais relaxado do que antes.

— Estive esperando por este momento por anos. Então eu meio que ensaiei cada detalhe disso por milhares de vezes seguidos. — Ele olha para mim, depois atrás de mim. Seus olhos brilhantes se tornam intensos. — Encontrar alguém que nos completa é algo absolutamente incrível e raro. Amar é maravilhoso, é saber que tem uma pessoa com quem se pode contar e compartilhar cada momento da vida. Você encontra no outro aquilo que te faltava, quando você ama é uma relação de carinho, confiança e reciprocidade. Desde quando te conheci, minha vida mudou completamente, pois você é uma pessoa incrível. Em você, encontrei a força que me faltava, a vontade de viver e recomeçar a vida

Ele envolve os seus braços em minha cintura.

— O que está fazendo?

Capítulo 25

Maurício

Uma sombra tenta se esconder atrás da porta de entrada da sala de reunião, mas eu ainda posso ver a silhueta fina, o bico do scarpin preto, o tremular do vestido vermelho e um pouco dos fios loiros.

E se tem alguém capaz de se prestar a esse papel tão tosco, só poderia ser Cintia.

A mulher com o orgulho ferido.

Ela tenta ouvir o que eu e minha esposa estamos conversando.

Interessante.

Bem, ela quer espiar, vou lhe apresentar um espetáculo digno de suspiros profundos, olhos arregalados e boca em surpresa. Algo que vai demorar a sair de sua mente.

Puxo Elisa para os meus braços, minhas mãos apertando com posse sua cintura, trazendo-a para o meu peito. Como um homem apaixonado que não pode ficar um segundo sequer longe de sua mulher.

— Elisa, querida, acho que mereço um de seus beijos deliciosos. Ande, mulher, dê parabéns ao seu homem pela conquista de hoje — grito com um sorriso estampado nos lábios.

— Maurício?

Elisa parece assustada, confusa.

Tiro uma de minhas mãos de sua cintura e acaricio o seu rosto, depois seu cabelo macio. Abraçando-a, giro-a no ar, como os casais de filme quando estão felizes, acho que pelo movimento inesperado ela ri, e antes que possa dizer mais alguma coisa, seguro seu rosto com ambas as mãos e grudo a minha boca na dela.

Um calor preenche todo o meu corpo e uma sensação estranha domina o meu peito. Um barulho que não consigo identificar de onde vem sai de mim. E faz apenas cinco segundos que Elisa tem os lábios nos meus, mas é como se todo o oxigênio do meu corpo estivesse sendo sugado para o dela. Porque a cada milésimo de segundo eu fico cada vez mais ofegante, conforme eu me rendo à urgência que tenho de beijá-la. Meus dedos somem dentro de seu cabelo preto, puxando, como se a minha vida dependesse disso. E neste momento eu não duvido, o sabor de Elisa é doce e intoxicante, como um vinho que eu quero beber até a última gota.

Quando ela envolve o meu pescoço com as suas mãos, deslizo a minha língua, tocando e envolvendo a sua, e o prazer que esse ato me causa é difícil demais de aguentar. Pois eu não consigo evitar um gemido, sentindo algo queimar em minha virilha.

Quando nos separamos, ambos estamos ofegantes.

Meus braços ainda estão ao seu redor, deixando-nos tão próximos, fitamo-nos por segundos a fio. Sinto uma eletricidade e uma estranha conexão que ataca o meu sistema nervoso de forma esmagadora, não me permitindo nenhum pensamento ou movimento de sequer soltá-la. Tudo em mim protestando pela distância de nossos lábios, como se eu estivesse privando o meu corpo das necessidades humanas mais básicas.

Solto-a, colocando-me a uma distância segura dela, em um esforço gigante para me impedir de cometer algum erro, que eu certamente repetirei.

Elisa olha para mim, seu peito arfando. Os lábios dela estão molhados e inchados do recente beijo. Seus olhos azuis e límpidos parecem duas piscinas rasas. E por um minuto tenho vontade de me esquecer de tudo e beijá-la novamente. Sentir seu maldito calor. Inspirar mil vezes seu perfume. Saborear sem pressa seus lábios e me perder para sempre em sua língua.

Lutando novamente contra tudo dentro de mim, desvio o meu olhar para porta, buscando algum vestígio de Cintia, mas não encontro nenhum.

— Estávamos sendo observados — explico, minha voz saindo em um murmúrio baixo do qual eu não tenho controle.

— Eu imaginei que tudo isso não passava de uma cena — ela sussurra. — A sua fala, seu gesto carinhoso me indicaram isso. Foi por isso que o beijei, não tinha razão para me beijar sem motivos. O nosso acordo é bem claro quanto a isso — Olho-a de relance, ela está olhando para a vista da janela. O céu alaranjado indicando que em breve vai anoitecer. Elisa se vira para mim. — Quem estava nos espionando?

Seus olhos estão fixos em mim.

Exalo profundamente.

— Cintia.

Noto a mandíbula dela se apertar, seus ombros ficarem tensionados e seus olhos focarem severamente em mim, sinto que preciso me preparar para uma argumentação.

Mas Elisa apenas contrai os lábios e suspira.

— Ela tem algum motivo especial para estar aqui?

Eu posso sentir o peso de seu olhar em mim. Minha gravata de repente fica apertada, parecendo que está me enforcando. Eu a afrouxo um pouco.

O que eu posso dizer para Elisa?

Eu posso simplesmente dizer que ela faz parte do conselho e que eventualmente faz parte das reuniões. Mas a verdade é que eu sei que Cintia não estava aqui por este motivo. Ela estava aqui para tentar me seduzir, ser deitada em minha mesa, no sofá da minha sala ou simplesmente onde conseguimos chegar antes de nos atacarmos, como tinha acontecido tantas vezes antes.

— Ela faz parte do conselho, assim como seu pai. Anderson Ferreira. Acredito que tenha se atrasado para a reunião. — Olho de lado para Elisa. — De todo modo, a presença dela não era tão importante. Ela participa de algumas reuniões causalmente.

Elisa me analisa por um instante.

Espero para ver qual será sua resposta. Se seu olhar inquisitivo, de alguma forma, descobriu que estou omitindo as informações verdadeiras. De certo modo, eu estou curioso com o que sairá de sua boca.

Contudo, Elisa continua em silêncio, contornando com um dedo a superfície de madeira tão ritmadamente, nunca me atentei o quão irritante e incômodo é esse gesto para quem está olhando. Então eu não aguento mais esperar suas palavras.

— Elisa, está tudo bem?

Ela ergue o rosto, jogando o cabelo no ato, com um olhar de desprezo e queixo erguido com teimosia.

— Claro, estou ótima. — Ela trinca os dentes e em seguida exibe um sorriso tão radiante que poderia chamar a atenção de qualquer pessoa a um raio de cem metros de distância. — Aliás, foi uma ideia brilhante o seu beijo.

Inalo profundamente.

— Obrigado.

— Mas na próxima encenação, não fique frio e duro como uma pedra. Finja que eu sou alguma de suas ex-amantes, e tente ter uma reação mais apaixonada.

Pisco. Sério que ela está dizendo isso? Reação mais apaixonada?

— Eu jamais poderia comparar você a elas.

Ela dá de ombros.

— Não tenho dúvidas quanto a isso. Estou longe de ser linda e perfeita como Cintia, e até entendo que há uma química absurda entre vocês dois, pude comprovar isso naquela noite. Mas, se quer que nosso casamento pareça real, quando for me beijar, não pareça irritado ou entediado.

Solto o ar.

Entediado e irritado?

Porra!

Ela não é capaz de sentir minha ereção em cada beijo?

— Você entendeu errado. Não posso comparar as duas, pois são situações diferentes. — Suspiro alto. — E não vamos discutir isso aqui, podemos estar sendo espionados novamente. E se eu pareço frio e duro e meu beijo não tem uma reação tão apaixonada para quem estiver vendo, creio que precisaremos demonstrar afetos mais ardentes e excitantes, para que possamos parecer mais terrivelmente loucos e doentes de amor. Esta mesa aqui mesmo, acredito que ela aguente o peso de nossos corpos e alguma movimentação mais entusiasmada.

Suas bochechas adotam um tom vermelho, mas ela não desvia seu olhar.

— Continue com suas palavras doces e sensuais. — Ela aperta os lábios. — Talvez eu não consiga me segurar perto de você e me atire em seus braços. — Revira os olhos. — Acho que vou embora antes que o ataque. Não quero causar má impressão na minha primeira visita à empresa.

Sorrio e lhe estendo a mão.

— Venha, te levo até o elevador. Ficarei mais algumas horas resolvendo questões da mudança de presidência.

Com cuidado, ela coloca sua palma na minha, então a puxo para mim, abraçando-a. Ela arfa em choque quando bate em meu peito. Ainda mais quando pressiono os meus lábios em seu ouvido.

— Que tal essa reação? Pareço frio e duro? — Mordisco sua orelha. — E assim? Pareço apaixonado, ardente e arrebatado? Não brinque com fogo, você pode se queimar, querida esposa.

Solto-a, a conduzindo para fora da sala de reunião até o elevador, sorrindo enquanto ela parece estremecida.

Quando chego ao apartamento, já passam das 22h. Não imaginava que toda a mudança demoraria tanto, mas eu fui um estúpido em acreditar que David facilitaria, não, ele esteve observando cada detalhe e atrasando o máximo possível a retirada de seus objetos da sala da presidência.

Entro na sala e fecho a porta atrás de mim. Tudo está silencioso e parcialmente escuro, a não ser pelas luminárias que iluminam o balcão da cozinha. Depois de jogar a minha pasta sobre o aparador, faminto e sedento, caminho até a geladeira para preparar um sanduíche e suco para mim. Mas quando me aproximo ainda mais, noto sobre a pedra de mármore um prato coberto com outro sobre ele.

Assim que o abro, sou tomado de surpresa. Um pouco de purê de batata roxa, com peito de frango grelhado e uma variedade de vegetais cozidos. Ainda está quente e o cheiro é divino.

Imediatamente, sei que essa gentileza é de Elisa.

Devoro tudo em questão de segundos.

Eu digo para mim mesmo quando subo as escadas que preciso de um banho rápido e uma cama para descansar do dia cansativo. Mas meus pés parecem querer outra coisa, quando param diante da porta do quarto de Elisa.

Só um minuto a mais não vai fazer mal, não é mesmo?

Encosto na madeira, tentando ouvir algum movimento ou barulho que denuncie que ela ainda está acordada.

E se ela estiver, qual desculpa darei para estar espionando atrás da porta?

Direi que queria lhe avisar que cheguei, desejo-lhe boa-noite e sigo para o meu quarto.

Simples, não é?

Não mesmo.

Porque sinto um vapor emanando por debaixo da porta, enquanto fico parado do lado de fora, praticamente colado à madeira. Imaginando como Elisa está dormindo, como é sua camisola. Se seu cabelo preto e longo está espalhado sobre o travesseiro formando uma nuvem delicada e tranquila, enquanto alguns fios deslizam para o decote de seu pijama de seda, entre o vale perfeito de seus seios.

Um arrepio transcorre por todo o meu corpo, pois quanto mais tempo eu fico colado à porta, tendo visões perturbadoras, mais eu fico tentado a entrar no quarto e tirar as minhas próprias conclusões de como Elisa está.

Rio alto com o pensamento.

O que Elisa pensaria de mim se eu invadisse seu quarto?

Provavelmente, ela teria um ataque do coração. Ou me expulsaria. Reação que no meu mais profundo ser eu não quero nem espero.

Mas antes de ser considerado um tarado ou um *voyeur*, afasto-me da porta e entro no meu próprio quarto.

Na manhã seguinte, depois de me exercitar na academia, desço para tomar meu café. Mas assim que chego à cozinha, paro de repente, vendo Elisa ali em cima de uma cadeira, com os braços erguidos enquanto revira tudo dentro do armário de cima.

O que diabos ela está procurando ali?

Ela tem noção do perigo que está correndo?

A fim de ajudar, caminho mais rápido, meus tênis estalando no piso. Talvez seja esse barulho que a faz virar a cabeça para ver quem está se aproximando e isso deve tê-la desequilibrado. Seu corpo balança um pouco e ela acaba caindo para trás, em câmera lenta, uma queda que certamente é bem dolorida, ainda mais quando ela solta um gemido.

Merda!

Corro até ela.

— Jesus! Você está bem?

Ela coloca a mão no peito e arfa.

— Como posso estar bem? Eu acabei de machucar a minha bunda por sua culpa.

— Minha culpa?

Arqueio uma sobrancelha.

— Você me assustou. Essa não é a primeira vez que faz isso, exatamente nesta cozinha.

— Elisa, você que estava em cima de uma cadeira, enquanto procurava algo no armário de cima. Você deveria saber que cadeiras não foram projetadas e criadas para serem escadas, você poderia ter caído de qualquer forma — explico. — Contudo, você acha que está muito machucada? Consegue se levantar?

Estendo a mão para ela, que a segura e dá um puxão com mais força do que o necessário para se levantar.

— Acho que vou sobreviver. Nunca ouvi dizer que alguém morreu por ter a bunda machucada.

Ao ficar de pé, ela limpa uma sujeira imaginária de suas mãos e roupas. Então é aí que percebo que ela está usando um vestido delicado, de seda, azul e cheio de flores, com um decote simples, mas com recorte que deixa todas suas marcantes curvas à mostra.

Aonde ela vai?

— Você pretende sair?

Ela expira longamente.

— Ah, sim. Tenho um compromisso durante todo o dia — ela começa. — Sei que nosso combinado era que aos fins de semana eu cozinharia, mas hoje deixarei você na mão com o almoço, mas farei de tudo para voltar e fazer o jantar.

— E eu posso saber do que se trata esse compromisso tão longo?

Ela me encara, então desvia o olhar.

— Sim, marquei com uma amiga de sairmos, fazermos compras, conversar um pouco. Como faz tempo que não nos encontramos, vai demorar até colocarmos a conversa em dia — Ela olha para o relógio em seu pulso. — Aliás, eu tenho de ir, já estou atrasada.

Ela sorri, pegando a sua bolsa em cima da banqueta, que não tinha notado antes, começa a caminhar olhando o seu celular e guardando as suas chaves, ela acena dando tchau da porta, então percebo que ela está sem sua aliança, mas antes que eu tenha tempo de falar alguma coisa a respeito, ela sai porta afora.

Uma onda de adrenalina corre por minhas veias. O ar parece parar ao meu redor. Tudo fica quieto num instante. Apenas um alerta estalando dentro de mim com batidas fortes. É como se um monstro que não pode ser mais domado estivesse golpeando sem piedade o meu corpo: o monstro da desconfiança.

Sinto uma repentina dor de cabeça, levo as mãos até meus fios de cabelo. Analiso os fatos por um segundo, então decido fazer algo que jamais me imaginei fazer.

Eu vou seguir Elisa.

Capítulo 26

Maurício

Sem uma justificativa real para as minhas ações e sentindo tudo esquentar dentro de mim — deve estar saindo fumaça pelo meu nariz e ouvidos —, eu vou atrás dela.

Novamente minha ligação para celular de Elisa é interrompida. Ela não tem motivo para recusar minhas ligações, é óbvio que está me evitando deliberadamente e eu não sei como lidar com essa situação de incerteza.

Contudo, não consigo articular uma razão por estar agindo feito um idiota, um idiota desconfiado, seguindo um carro de aplicativo, porque eu nem mesmo entendo a minha ira e minhas suspeitas. Como um homem das cavernas, respirando com dificuldade e como se estivesse tomado pelo ciúme.

Eu estou novamente descontrolado. Sendo dominado pela raiva e algum sentimento desvairado e sem limite.

Sair com uma amiga o caralho!

Eu sei que ela está mentindo.

E, sim, eu poderia esperar que chegasse a nossa casa para comprovar os fatos, agir com racionalidade e conversar. Mas, ao invés disso, eu escolhi um caminho diferente. Um que me levará direto para um estado permanente de incoerência, com certeza. Contudo, eu não posso esperar que meus miolos sejam consumidos pela dúvida.

O sentimento de fúria fica imensuravelmente maior quando percebo que passamos pela área do shopping e comprovo que seu compromisso secreto não é mesmo fazer compras e encontrar uma amiga. Ela inventou uma desculpa qualquer que achou que eu aceitaria. Eu não sei o que é pior: o fato de ela estar me enganando ou o de ela me considerar um bobo por achar que eu acreditaria em uma mentira tão perceptível assim.

Ah, querida, eu vou descobrir aonde você vai.

O carro de aplicativo para de repente. Com um estridente cantar de pneus, quando piso no freio no meio do trânsito caótico de São Paulo, quase atingindo alguns ciclistas, motociclistas e pedestres que estão por perto, eu estaciono ilegalmente na frente de uma floricultura, mas decido correr o risco.

As leis de trânsito que se danem.

Eu espero que Elisa desça do carro, por incontáveis segundos, enquanto fico estático no meu lugar, no meio da rua, batucando os dedos de forma agressiva no volante. E ainda solto a porra de um suspiro quando vejo suas pernas longas, delicadas e chamativas saltarem para a calçada. Porque é uma droga de assistir e impossível de não notar como está especialmente mais linda neste momento. De como seu cabelo está solto e esvoaçante à leve brisa. De como seu vestido que não é curto e nem tão longo abraça sua pele e marca cada curva voluptuosa. E seu rosto, parece tão sereno e resplandecente que me deixa incrédulo ao perceber que seu compromisso a deixa alegre.

Tão feliz e ansiosa para encontrar quem quer que a esteja esperando, que ela praticamente corre para dentro do prédio e some da minha vista.

Soco o volante do carro, sentindo-me patético, babaca, enganado. Elisa não seria capaz de ter um amante, seria? Fora que ela implicou com a infidelidade em nosso casamento, defendeu com unhas e dentes o seu ponto de vista e me fez aceitar e renunciar ao sexo por um ano.

Porra, eu aceitei ser um celibatário!

No entanto, seu comportamento questionável e suas mentiras podem explicar o fato de ela sempre manter segredos quanto aos seus compromissos aos fins de semana e o feito de sair sem sua aliança.

Novamente me encontro entre dois caminhos: voltar para casa e cobrar explicações depois de expor suas mentiras, ou encontrar as respostas neste exato momento.

Contudo, dentro de mim só tenho uma certeza, eu nunca desisto das coisas, independente do grau de dificuldade. E ir embora está fora de cogitação, não empreguei tanto esforço perseguindo um carro para nada. Se eu já estou aqui, terminarei meu serviço com todas as honras, graças e imprudências que eu mereço.

O que é uma gota de sanidade, quando eu já estou coberto por mares de loucuras?

Desligo o motor do carro, salto para fora e chuto para longe qualquer pedido que minha razão esteja implorando para eu ouvir.

Quando entro no prédio de pouco andares e rodeado de árvores, passo por um guarda que sorri para mim agradavelmente, deseja-me bom-dia e me indica que o piquenique está acontecendo no jardim dos fundos. Sem esperar muito, caminho até lá, sempre passando por outras pessoas que demonstram a mesma gentileza e sorriso no rosto.

Quando chego ao jardim, há um aglomerado de pessoas espalhadas por todo o local. Algumas sentadas sobre toalhas quadriculadas no chão, cheias das mais diversas comidas, como num piquenique de fato, outras em rodinhas de conversas alegres e outras sentadas nos bancos, admirando as flores e a paisagem pura, aproveitando os raios fracos e benefícios do sol da manhã. O clima de felicidade também pode ser encontrado e sentido aqui.

Eu não faço ideia de onde estou, mas aqui parece ser algum parque perdido da Disney, onde todos vivem em uma fantasia do "felizes para sempre".

Meus olhos, impacientes e ferozes, buscam por Elisa, mas não a encontro imediatamente, e logo uma voz profunda e melodiosa me tira da minha caça.

— Bom dia — a mulher vestida com um uniforme branco me saúda com um sorriso estampado no rosto, encarando-me, certamente não me reconhecendo. — Seja bem-vindo à clínica Bem-viver. Em que posso ajudá-lo?

Uma clínica?

O que Elisa faz aqui?

— Bom dia — respondo. — Estou procurando por minha esposa, acabei de chegar de viagem e ela não está atendendo ao telefone. Essa manhã ela me disse para encontrá-la aqui para o piquenique. — Limpo a garganta para continuar com a mentira. — Mas agora não a encontro. Por acaso, você poderia me dizer se ela já chegou?

— Você poderia dizer o nome de sua esposa?

Neste momento, eu me sinto como se estivesse dando um tiro no escuro. Nunca em meus sonhos mais absurdos pensaria em acordar em um sábado pela manhã, seguir um carro, invadir uma clínica e inventar uma história para uma pessoa que nem sequer conheço, tudo para encontrar a minha esposa de mentirinha.

— Elisa. Elisa Marinho.

A mulher ergue uma sobrancelha.

— Desculpe... Você disse Elisa?

— Sim.

Seus olhos estão confusos.

— Eu não sabia que ela havia se casado. Ela nem sequer contou que tinha um noivo.

Dou de ombros.

— Nosso casamento é recente. Acredito que ela não deva ter tido a oportunidade de falar para todas as pessoas que conheça. — Olho novamente por todo o local. — E então, minha esposa já chegou?

Ela volta a abrir seu sorriso.

— Sim, ela está no quarto com a tia, que teve uma leve indisposição ontem à noite. Mas acredito que logo, logo estará aqui para aproveitar o nosso encontro mensal de família.

Tento continuar ouvindo o que ela está dizendo, mas minha mente ainda está na palavra tia. Ela não disse que tinha crescido em um internato?

— Mas se não quiser esperar aqui, pode ir até o quarto. Fica no andar de cima, na ala verde, número 300. Você pode ir por aquela porta.

Sem esperar mais nenhuma palavra da mulher, sigo na direção indicada. Quando entro no prédio, noto que a estrutura é toda moderna, bem-arquitetada e projetada para transmitir conforto e aconchego com suas cores neutras e plantas espalhadas por todos os lugares. Um lugar que demonstra luxo e requinte na mesma medida.

Passo por corredores e mais corredores onde as paredes são decoradas com quadros de paisagens campestres e de flores coloridas. Dando um ar de suavidade, leveza e bom humor à tinta branca. Quando chego à ala verde, antes mesmo que eu possa me aproximar do quarto, escuto vozes, uma que reconheço muito bem, e estaco no lugar, na quina de uma parede, então vejo Elisa.

Com um homem.

Sorrindo e conversando animadamente. Os dois parecem alheios a qualquer coisa que aconteça ao redor, tanto que nem notam a minha presença. O homem que a acompanha diz alguma banalidade que faz Elisa gargalhar de colocar a mão sobre a barriga e dobrar seu corpo para frente, o movimento fazendo seu cabelo ser jogados para frente, alguns fios grudarem em seu rosto. Que o panaca cortês se apressa em tirar com seus dedos atenciosos e demorados demais para o meu gosto.

Inspiro fundo.

Meu humor que já não está dos melhores há algumas horas, e ver a forma que Elisa e o homem parecem à vontade um com o outro, tão íntimos, tão felizes, piora tudo em uma escala terrivelmente perigosa. Que se fosse colocada na Escala Richter, extrapolaria os limites logarítmicos arbitrários que seria preciso ser criada uma forma de medição de magnitude de perigo. A escala Ferrer de tremor e abalo. Porque os dois não param de sorrir, conversar e trocar pequenos toques entre si.

Alguns minutos depois, duas senhoras saem do quarto 300, aproximando-se do casal que eu insisto em observar. Uma delas é uma mulher pequena, gorda, com o cabelo todo branco e rugas definindo suas bochechas redondas. A outra é mais nova, de cabelo médio e grisalho, pele branca e rosto em formato de coração. Essa vai até Elisa, dizendo algo que não consigo escutar, mas fazendo menção ao homem em sua frente, que a julgar pelo sorriso estampado em sua boca, travou a mandíbula para sempre nesse ângulo.

A senhora baixinha aponta para o jardim. E todos sacodem a cabeça. E num movimento lento e atraente, Elisa começa a caminhar. Em cada passada suas curvas bem-esculpidas ficam mais evidentes em seu vestido. Traçando perfeitamente seu quadril. Tenho certeza de que o homem que acompanha Elisa também admira essa visão, fato é que seus olhos estão fixos ali e em um gesto deliberado ele deixa sua mão descer até a sua cintura, na parte de trás de suas costas, no final da sua coluna, ali esparramada, como se a tivesse conduzindo, mas eu sei que está aproveitando para tocá-la ali.

Exasperado, penso em acabar imediatamente os toques sutis e a alegria do infeliz.

Todavia, tenho meu ímpeto impedido quando eles caminham até o jardim. Eu os sigo de perto, arfando como um leão que não come há dias;

sem piscar, louco para ter minhas mãos ao redor de um pescoço de certo palerma, tirando-lhe o ar.

De volta ao jardim, escondo-me atrás de uma árvore.

Observo-o estender uma toalha na grama, ao lado de uma roseira, começando a organizar as comidas sobre o tecido. Claro, eles vão desfrutar um momento em família. Eles se sentam e começam a se deliciar com a comida. Elisa começa por um morango, mordendo-o com vontade. Meu humor passa de irritado, para puto da vida quando o panaca não tira os olhos dela e em um ato afobado limpa com a ponta do dedo o que parece ser vestígio da fruta.

Tudo em mim congela, em uma reação tosca e rude do meu corpo.

Tire suas malditas garras dela.

Tudo dentro de mim grita.

Cerro os punhos, agora há outro monstro urrando dentro de mim, alucinado para tomar o controle. Mas fico um pouco mais calmo quando vejo que ela se afasta, pega um lenço de papel e termina de limpar seus lábios.

As duas mulheres conversam em cochichos, admirando os dois. Talvez os imaginando casados e com muitos filhos, dado a química e intimidade que os dois deixam transbordar. Novamente, o homem não consegue manter suas patas imundas longe da minha esposa. Ele a segura por um momento, olhando em seus olhos, aproxima-se de sua orelha e sussurra algo, ela lhe dá um sorriso simples, e depois ele passa um dos braços por cima de seus ombros. Uma atitude casual, mas para quem vê de longe, é como se fosse seu grito de macho alfa fazendo seus direitos sobre a mulher, marcando seu território.

Uma raiva borbulha dentro de mim.

Fazendo-me ter uma vontade insana de ir até eles e tirar suas mãos dali. Verdade seja dita, o meu desejo é de arrancar seus braços para que ele não a toque mais.

Porque Elisa é minha e eu odeio dividir.

E de repente as duas senhoras se levantam, indo até um grupo que está montando uma mesa quadrada de quatro cadeiras, deixando os dois sozinhos. Isso é interessante. Saio de trás da árvore, decidido a testar e confrontar a minha esposa, além de ensinar ao estúpido como se comportar diante de uma dama.

É hora do show.

Caminho despreocupadamente até eles, como um leão que espreita sua presa por horas a fio e escolhe o momento certo para o ataque.

Acho que Elisa sente o perigo se aproximando, pois nossos olhares se encontram. Ela praticamente salta para ficar de pé, fazendo o bobo segui-la. Percebo que ela fica pálida — como se estivesse vendo um fantasma —, seus olhos azuis parecem atordoados e ela tenta colocar, em vão, com dedos inquietos, algumas mechas de seu cabelo atrás da orelha. Um sinal de que está nervosa, chocada, eu acho.

— Oi, querida. — Minha voz é em um tom calmo, diferente do meu estado de espírito.

— Maurício? — Sua voz é tensa e estridente. — Oi. O que faz aqui?

Ela me olha com o cenho franzido, aparentando confusão. Puxo-a para meus braços e dou um beijo demorado e barulhento em sua bochecha. Sinto seu perfume incrível, que sempre me faz ansiar por mais intimidade. Contudo, não deixo de notar que seu corpo fica rígido quando meus lábios tocam a sua pele.

Ah, não, querida, achei que já tivéssemos passado dessa fase de inquietação quanto a nossa proximidade.

— Estava passando por perto e decidi ver se você está precisando de algo, mas acho que está se saindo muito bem. Vai me apresentar ao seu... — Olho para o homem vestido com roupas caras e não consigo controlar o meu sarcasmo. — Amigo?

A expressão de Elisa é lívida.

— Ah, este é Paulo Ribeiro, ele está aqui visitando a sua avó, Alice. Paulo, este é Maurício. — Ela me olha de uma maneira estranha que não consigo decifrar, então continua: — Acabei de conhecer Paulo, estávamos conversando como a clínica faz um ótimo trabalho com seus internos... — Ela está balbuciando, dando uma longa explicação desnecessária.

Ele me lança um olhar sombrio quando nos cumprimentamos. É um aviso. Está dizendo para eu me afastar. Ah, otário. Veja só o que posso fazer. Coloco uma de minhas mãos na cintura dela, apertando forte, espalhando meus dedos ali, mostrando-lhe que ele deve recuar para o mais longe e o mais depressa possível.

— Senhor Ribeiro — meu tom é ríspido —, gostando do piquenique?

Eu o olho com desafio e ele percebe.

— Senhor Ferrer. — Ele me estende a mão em um aperto sem firmeza. Fracote. — O piquenique este mês está maravilhoso.

Ele faz questão de olhar para Elisa. Depois me olha com uma expressão de reprovação mal disfarçada por eu ainda a estar segurando.

Sorrio.

Ah, babaca, sofra com mais isso.

Seguro o queixo de Elisa e aproximo minha boca de sua orelha.

— Elisa, posso falar com você por um instante?

— Claro — responde ela, surpresa.

Encaro Paulo.

— Foi bom te conhecer, caso não esteja aqui quando voltarmos — digo, fazendo um breve, mas educado cumprimento de cabeça.

Com isso, conduzo Elisa até uma área menos movimentada, perto de um banco de praça; ela parece nervosa. Meu couro cabeludo coça, diversas perguntas estourando em minha cabeça. Escolho uma.

— Que tipo de jogo você está fazendo comigo, Elisa? — Travo meus olhos nela.

Ela franze o cenho.

— Como assim?

— Você disse que sairia com uma amiga. Por que mentiu? — Cerro meus dentes. — Qual motivo de esconder que viria para esta clínica? O que esconde aqui, além de ter uma tia? Qual seu segredo, Elisa?

— Achei que não pegaríamos um no pé do outro depois de casados.

— Sim, mas achei que tínhamos um acordo. Um que você defendeu com unhas e dentes. Você me fez prometer fidelidade, me fez aceitar passar esse ano como um celibatário. Quando você parece não querer cumprir as regras.

Seu rosto fica em um tom de vermelho muito escuro.

— Você não sabe nada do que está falando. — Ela coloca as mãos na cintura. — Você está novamente fazendo julgamentos sobre sua visão distorcida.

— Se estou imaginando coisas, me diga você, onde está a sua aliança?

— Eu não a uso aqui, não quero que minha tia saiba que estou em um casamento falso.

Limpo a garganta, sentindo-me de repente desconfortável.

— Por quê?

Minutos se passam enquanto nos encaramos. Elisa de braços cruzados, eu de mandíbula trincada. Mas antes mesmo que algum de nós possa falar de novo, a mulher de cabelo marrom se aproxima de nós.

— Elisa... Minha menina, estava te procurando.

Elisa caminha até a senhora.

— Estou aqui, titia. Está precisando de algo?

A mulher estica as mãos e aperta suas bochechas com carinho.

— Vai começar a partida de dominó. Você é a minha parceira. — A senhora ergue o queixo para mim. — Você parece ocupada, conversando com... — Ela pausa, olhando para Elisa. — Acho que você ainda não me apresentou a ele.

Elisa sorri, nervosa, então balança a cabeça e olha para mim.

— Este é Maurício Ferrer, amigo do trabalho.

A senhora estende a mão para mim.

— Prazer, sou Carmen. Nunca tinha conhecido alguém do trabalho da minha menina. Mas, pelo visto, Elisa deve gostar de você, é a primeira vez que ela traz alguém aqui. — O aperto dela é forte. — Sendo assim, gostaria de jogar uma partida de dominó conosco?

Eu não faço ideia de que jogo é este. Entretanto, pego-me aceitando o convite.

— Eu não perderia isso por nada.

Elisa parece ainda mais chocada quando aceito. Certamente, ela me quer longe daqui.

— Ótimo. Vou preparar a sua outra dupla. — A senhora começa a andar para onde os demais estão, mas ela para e ergue uma sobrancelha para nós. — Não demorem.

— Estaremos em poucos minutos lá — digo.

Quando ela está longe o suficiente para não ouvir nada, Elisa se vira para mim, seus longos cílios se agitando sobre seus olhos e sua expressão contrariada.

— Você tem de me prometer que não vai dizer nada a ela. — Suas palavras são ditas com autoridade e seriedade. — Que vai segurar sua língua. Que vai se comportar e que não vai insinuar nada. Você promete?

Os olhos azuis dela me fitam com firmeza.

— Eu posso prometer falar que não somos casados — digo numa falsa ponderação, vendo uma oportunidade que eu agarrarei com ambas as mãos.— Mas com duas condições.

— Que condições? — inquire com uma sobrancelha arqueada.

Sorrio.

Aproveite a oportunidade, Ferrer.

— Quero que me conte a história de ter uma tia. Já que pensei que não tivesse mais família nenhuma. — Faço uma pausa. — E não quero que ela pense que sou seu amigo, se não pode dizer que sou seu marido, diga que sou seu noivo, namorado... O que preferir. O que me diz, querida?

CAPÍTULO 27

ELISA

Mordisco um morango, sentindo uma brisa no rosto que balança meu cabelo levemente. Tenho tudo para estar me sentindo calma, tranquila e sossegada, contemplando o dia de sol, a paisagem e boas companhias. Todavia, sinto-me sobressaltada. Remexo-me no banco de madeira, sentindo-me desconfortável e quase engasgando ao observar Maurício se sentar à mesa de quatro cadeiras para o jogo de dominó, enquanto ouve atentamente algumas explicações e regras de como funciona. Ele fará dupla com titia Car, e terão como oponentes nada menos nada mais que Alice e seu neto, Paulo.

Maurício me olha de uma maneira intensa, seus lábios se abrindo em um sorriso irônico, como se quisesse me mostrar que ele está no controle, que ele venceu de alguma maneira. E ele realmente conseguiu me fazer aceitar suas condições, mesmo sendo um babaca. Um babaca lindo e arrogante com todas as letras, que está muito atraente e esplêndido à luz do sol, vestido de maneira casual, com uma camisa polo azul-marinho, que fica justa em seus ombros largos, e uma calça preta, que é como um desafio impossível de meus olhos ignorar a curva de seu traseiro; o homem tem uma bunda sensacional. Seu cabelo está despenteado, jogado para todas as direções, com olhos alegres e distribuindo sorrisos sinceros para todos.

Merda!

Ainda consigo me lembrar de como foi impossível não ficar estremecida com as suas condições de não revelar que somos casados. Pior, eu ainda não consigo entender como pude aceitar suas exigências, uma simples demais, outra nem tanto, totalmente descabida: contar que ele é meu namorado para minha tia. Como aceitei esse absurdo?

Não existe resposta certa, nem atitude certa... Apenas escolhas e consequências. Tomar uma decisão difícil é como pular de paraquedas, não dá para evitar o medo e os gritos. O que me resta é esperar e torcer para que no final, tudo dê certo.

Bem, isso é o que eu espero. Mas, considerando os olhares de raiva e piadinhas que Maurício dedica a Paulo, que constantemente continua a flertar de forma deliberada comigo... É, pelo visto, essa partida de dominó não será tão simples quanto as que sempre acompanhei.

Não será uma disputa amistosa entre velhinhos e amigos. Tudo se transformou em uma competição de egos, de quem mija mais longe. Pois a cada minuto a mais que se passa, Maurício parece mais chateado com os elogios e charme que Paulo me dedica, seu rosto corado, sua boca em linha fina perdendo completamente o sorriso fácil que tinha antes. Sua reação a tudo é estranha.

Está irritado? Está com ciúme? Eu não faço ideia, pois seu humor sempre é tão variável.

— Eu jogo muito bem, devo admitir. — Paulo dá de ombros, depois segura a mão da avó. — O jogo está ganho, vovó.

Seus olhos fitam Maurício de forma desafiadora, que abre um sorriso pretensioso. Seus olhos parecem adagas. Ele estufa o peito, ergue o queixo, uma máscara de frieza cobre e esconde qualquer expressão em seu rosto. E ali está o homem de gelo, imbatível, como uma montanha, firme, dura, sem emoção e sentimento, inalcançável.

Ele sorri.

— Bem, você pode até se considerar um jogador experiente, mas o erro do jogador prepotente é cantar a vitória sem ter conquistado coisa alguma, só porque conhece suas enormes chances de ganhar. As vitórias têm de ser vividas, não apenas presumidas.

Paulo lança um olhar irritado para Maurício, ele está com os dentes travados e os ombros tensos; completamente ofendido pela afirmação.

Acho que titia Carmen parece sentir que os ânimos estão aflorados e intervém.

— Podemos começar o jogo?

Todos assentem, então titia começa a embaralhar as pedras de marfim, o choque com a mesa de madeira fazendo barulho. Quando ela acha que as peças estão misturadas o suficiente, começa a distribuir entre os jogadores. Cada um ficando com seis delas na mão.

— Vamos jogar apostando comida? — Maurício pergunta, incrédulo.

— Claro! — Dona Alice esconde suas pedras em seu colo. — É contra as regras da clínica que qualquer jogo envolva dinheiro entre os pacientes. Então, nós a seguimos quanto a não envolver dinheiro, mas é muito tedioso jogar por jogar, tudo na vida tem mais emoção quando lutamos por aquilo que gostamos. Sendo assim, nada mais animado do que escolhermos comer por um dia aquilo que não está em nossa dieta rígida. — Ela dá uma piscadinha para ele. — Eu vou adorar receber chocolates, ainda mais se vierem acompanhados de um belo buquê de rosas, gracinha.

As bochechas de Maurício são tomadas por um leve rubor.

— Prometo que, de qualquer forma, você receberá uma caixa de chocolates e um enorme buquê de rosas esta semana — diz ele, lançando para ela um de seus sorrisos arrebatadores.

Um daqueles capazes de deixar qualquer mulher sem ar, de fazer o coração ir parar na garganta, da pele arrepiar, de admirar uma noite inteira sem cansar.

Ah, e mesmo eu não querendo admitir, eu sou uma delas, a primeira da fila.

Sacudo a cabeça, tentando conter as emoções que ameaçam transbordar de meu corpo, pegando outro morango e o mordendo. E passo a observar o jogo. Internamente, eu tenho uma torcida, vocês devem imaginar por qual das duplas, mas quero deixar claro, antes de qualquer julgamento, que minha torcida é única e exclusivamente por conta de titia Car, que a essa altura do campeonato parece estar completamente encantada por Maurício, dedicando-lhe sorrisinhos, contando histórias de quando eu era criança. Parece que ela o conhece há anos. Eles se deram de cara.

Qual a chance de isso acontecer? Quase zero. Eu não quero imaginar como titia reagirá quando eu contar que ele não é um simples amigo, sim, meu namorado. Já a imagino com seus olhos de mel brilhando, felizes, por achar que eu finalmente encontrei meu amor, meu príncipe encantado e meu final feliz, porque ela é uma sonhadora e uma romântica nata e incurável, que sempre vai querer a minha felicidade e o meu bem. Mas o que ela não sabe é que a história por trás disso tudo não tem flores nem coração, pelo contrário, tem um testamento, dinheiro e muita mentira.

Cacimbas.

Era essa situação que eu queria evitar.

No entanto, agora eu tenho de inventar uma história de amor e fazê-la acreditar.

Cinco partidas depois, o jogo está empatado. A última rodada para saber qual será a dupla campeã está na metade. Os adversários se estudam mutuamente. Maurício está sério, pensativo, oscilando o olhar das duas pedras em suas mãos para as de cima da mesa e para as dos oponentes, certamente contando o jogo, para ter a certeza de que a decisão que ele tomar ao jogar sua pedra agora, deixará o jogo em suas mãos. Como se fosse um jogador nato, experiente de dominó.

— Com medo de perder a competição? — pigarreia Paulo, olhando para Maurício com desdém. — Há quem diga que a sorte só escolhe um: ou jogo ou o amor. Mas acho que hoje estou com a sorte do meu lado. Vou ganhar o jogo e meus olhos e coração foram fisgados por uma linda mulher. — Quando termina, pisca em minha direção.

Maurício tamborila os dedos no tampo de madeira. De repente ele para, os nós dos dedos ficam brancos, tamanha a força que ele cerra o punho. Chegando com o corpo para frente, inclina a cabeça e sorri.

— Eu guardo meu medo para poucas coisas nesta vida, sua prepotência não é uma delas. — Ele lentamente escolhe uma peça, colocando-a na mesa. — E o que sua boa sorte me diz dessa escolha?

Seu tom frio, provavelmente, congela tudo ao redor. Porque Paulo fica sem fala, dona Alice, titia Carmen e os demais espectadores parecem ter virado pedra de sal, ninguém fala nada, ninguém se mexe. Apenas abrem a boca, impressionados. Assim como eu, que observo consternada como Maurício fez uma jogada rara, quase impossível de acontecer, conseguiu fazer o jogo apenas para ele, as duas pontas, somente ele tem a pedra que pode fechar o jogo. E sua pedra é apenas um incrível camburão de sena, sucedendo o dobro de pontos. Fazendo titia e ele ganharem.

— Bati, de camburão fechado. O que significa que minha dupla e eu ganhamos. — Seu tom é de escárnio. — Não acredito em sorte ou azar, mas... Levando sua lógica de que está com boa sorte em consideração, posso afirmar que hoje sou o homem mais sortudo do planeta. Tenho sorte no jogo e mais sorte ainda no amor. Sou comprometido com uma linda mulher.

Ele prende seus olhos em mim. Engulo em seco enquanto fito os olhos pretos dele, que não piscam, constato um tremendo descontrole assumir minhas emoções, fazendo-me ter uma imensa vontade de sair correndo até ele, pular em seus braços, comemorar e abraçá-lo tão forte que ele terá dificuldade de respirar. Quero segurar seu rosto, beijá-lo até os meus lábios ficarem dormentes e meus pulmões protestarem por ar. Quero sentir seu peitoral pressionado no meu, seu perfume gostoso e sensual me envolvendo e me deixando nas nuvens...

Mas não posso.

E essa constatação é como um tapa em minha cara.

Então afasto qualquer impulso louco de correr em direção ao Maurício e ganhar um abraço, igual ao dos filmes, em que ele gira sua paixão no ar e depois arremata com um beijo, porque a realidade não é essa.

Recuperando o fôlego, acalmo meu coração e caminho até onde ele está com a minha tia, comemorando a vitória. Paro ao lado deles. Analiso o perfil de Maurício. Deus! Será que existe algo mais encantador do que um homem lindo com um sorriso genuíno abraçando com carinho sua tia, que está dando vários pulinhos no mesmo lugar, fazendo-o repetir seus movimentos?

Porra! Qual é o meu problema?

Foco, Elisa.

Respiro fundo e firmo a minha voz.

— Parabéns pela vitória. — Os dois continuam sorrindo, encaro Maurício. — Você foi muito bem, parecia um profissional.

Maurício sorri e pisca para mim e meu autocontrole dá uma leve tremida. Mas, é derrubado totalmente quando, sem aviso, ele segura minha mão e me puxa para ele. Bato contra seu peito, e seu cheiro me envolve, causando leves suspiros ansiosos para inalar a maior quantidade possível de seu perfume. Ele me aperta em um abraço firme, sinto sua respiração quente sobre minha cabeça e então ele se inclina e sussurra algo ao meu ouvido.

A voz suave, calma e máscula.

— Acho que tenho um amuleto da sorte. — Ele se afasta um pouco, apenas o suficiente para fixar seus olhos em mim. — Obrigado.

Ignorando os protestos do meu corpo, coração e hormônios bobos, que ficam sem juízo e cegos com a proximidade de Maurício, dou um passo para trás, colocando-me numa distância segura de qualquer descontrole físico.

Quando meu olhar encontra a intensidade de seus olhos pretos, posso ver uma sombra de irritação passar por eles, ou pelo menos é o que acho que vejo.

Pigarreio, virando-me para titia Carmen, que nos observa com uma sobrancelha arqueada.

— Acho que levando em consideração sua vitória no jogo e que certamente escolheu como prêmio um pote de doce de leite, não vou lhe dar o que trouxe hoje para não passar dos limites permitidos.

— Nada disso. — Ela balança a cabeça. — Promessa é dívida.

— Você sabe que não pode comer muito doce, não é?

Ela sorri para mim, seu sorriso de covinhas.

— Ah, minha menina, a vida tem regras demais, burocracia e limitações para lá da conta. Às vezes, cruzar um pouco além dessas linhas faz bem — dita, apertando meu nariz —, mas para o bem de todos, prometo me controlar e não comer tudo de uma vez. — Ela se vira para Maurício. — Bem, vou ali cobrar os prêmios da dupla perdedora, o que você vai querer?

— Um pote de doce de leite.

Viro-me rápido para ele, olhando-o em choque. Mas parece que em meu rosto, tem um nariz de palhaço, porque tanto ele quanto minha tia continuam rindo da minha cara de surpresa.

— É esperto. Tem uma tranquilidade no olhar. É carinhoso como minha menina e tem bom gosto para doce. — Ela lhe estende a mão como despedida. — Espero que possamos nos encontrar mais vezes.

Maurício se inclina, como se fosse um cavalheiro e ela uma dama, beijando as costas de sua mão.

— Foi um prazer conhecê-la, Carmen. Se permitir, com certeza virei mais vezes.

Ela assente, depois se despede de mim com um beijo na bochecha. Deixando Maurício e eu sozinhos novamente. Ele me encara com uma expressão menos divertida desta vez. Sem dúvida, esperando que eu cumpra uma das condições agora e o apresente como namorado. Talvez, sua reação mais amistosa e carinhosa de antes, tenha sido em razão desse pensamento.

Ah, ele terá de esperar.

— Acho que podemos ir embora.

Cruzo os braços embaixo dos meus seios, encarando-o tão sisuda quanto ele.

— Acho que sim.

A voz dele sai estranha, e quando observo a direção de seus olhos, percebo por quê. Eles estão presos no decote do meu vestido, que por conta dos meus braços, deixa meus seios mais evidentes e cheios. Perceber isso faz a minha respiração ficar ofegante como estava minutos antes, quando os meus hormônios queriam dominar o meu juízo. Mas antes que eu perca o ar de vez e seja controlada por minhas partes de baixo, eu escolho uma saída.

— Só preciso ir ao banheiro.

Antes que ele possa dizer alguma coisa, sigo a passos rápidos para o banheiro mais próximo e quando entro, encosto-me na porta, sugando todo o ar que consigo. Depois de alguns minutos, balanço a cabeça em frustração. Eu sou uma piada.

Quem diz que vai ser forte, fria e controlada e, em um minuto, com um simples olhar, já está mais derretida que as geleiras da Antártica? Ninguém, só eu mesmo, reconheço enquanto massageio as têmporas.

— Elisa? — Escuto Paulo me chamar do outro lado da porta.

Abro a porta e o encontro com um sorriso enorme.

Ah, merda!.

— Não queria ir embora sem me despedir de você. — Seu sorriso duplica de tamanho, se possível. — Pensei em trocar os números de celulares, para continuarmos conversando, trocando informações sobre a clínica, informações sobre sua tia e minha avó, já que elas são amigas.

Merda dupla.

Escuto passos no piso de porcelanato.

Caminhando em minha direção está Maurício, que nos alcança rapidamente em passadas longas e barulhentas.

Um infinito de merda.

— O que estão fazendo aqui? — Seu tom é rude, enquanto ele alterna o olhar entre mim e Paulo.

— Hum... — Olho de relance para Maurício e vejo uma veia pulsando em seu pescoço. — Paulo sendo gentil e se despedindo de mim.

Alheio à carranca de Maurício, Paulo tira do bolso traseiro de sua calça sua carteira. Ele pega um cartão de visitas e estende para mim, com o mesmo sorriso radiante no rosto.

— Tem o número do meu celular nesse cartão. Podemos continuar conversando, combinar nossas visitas à clínica ou, quem sabe, marcar algo fora também.

Recebo o cartão.

Lentamente, sinto os braços de Maurício em minha cintura. Sua mão apertando um lugar bem acima do meu quadril. Nossos corpos colados.

— Melhor se manter afastado de Elisa — Maurício diz com a voz fria, na verdade, rosna; seria mais apropriado.

— Quem você pensa que é para dizer isso? — Paulo estufa o peito na tentativa de parecer inabalável com a grosseria de Maurício, mesmo assim, ele parece ser menor.

Maurício sorri, apertando ainda mais a mão em minha cintura.

— Bem, eu disse que era o homem mais sortudo do planeta. Que além de ganhar o jogo, eu estava comprometido com uma linda mulher. E a linda mulher é esta aqui, que tenho em meus braços, Elisa.

Novamente pega de surpresa por sua reação, sinto os lábios dele em minha boca, um beijo forte, barulhento e rápido. Porém, tão marcante, encantador e com poder de me deixar ofegante, como se ele sugasse os meus lábios por horas, fazendo-me sentir nas nuvens, como se ele tivesse tirado meus pés do chão.

Quando recobro os sentidos, Paulo já está indo embora e Maurício segurando minhas mãos, conduzindo-me até o carro. Ele parece agitado a cada passo. Vai até o lado do passageiro e abre a porta para mim e, quando entro, ele não fecha normalmente. Bate a porta com muita força. O clima estranho e desconfortável cresce como uma bola de neve, tão perigosa quanto, à medida que ele dirige pelo trânsito. Uma onda de raiva e frustração cai sobre mim, pela forma que Maurício usou para marcar seu território, como se eu fosse um objeto. Pior, como se eu fosse um poste e ele o cachorro mais valentão da rua, que urinou em mim e nenhum outro pudesse invadir sua área.

Quando ele estaciona na garagem do prédio, não o espero abrir a porta para mim e salto do carro, decidida a ir até o elevador. Ele me segue e entra comigo, o rápido percurso até o apartamento é silencioso. Quando chegamos à sala de estar, tudo que quero é ir para o meu quarto, mas Maurício segura meu braço, impedindo-me de dar qualquer passo.

— Não me toque. Não estamos mais em público.

Ele franze as sobrancelhas ao escutar o tom frio da minha voz.

— Posso saber o motivo de sua irritação?

Seus olhos examinam cada detalhe do meu rosto.

— Digamos que ser perseguida como uma criminosa, ser colocada contra a parede e ser tratada como um poste aflorou meus nervos.

— Poste?

Sorrio.

— Sua forma de demonstrar como eu era seu território para Paulo. Faltou somente você baixar as calças e urinar em mim.

Ele cerra os punhos, encarando-me com intensidade. A raiva ficando evidente em seus olhos.

— Ele parecia um polvo, suas mãos estavam tocando em todos os lugares que ele conseguia alcançar. — Maurício trinca os dentes. — Você parecia conhecê-lo há tempos, era somente sorrisos e, por fim, ainda aceitou o cartão dele.

— Eu estava sendo educada.

— Há uma diferença gritante entre ser educada e flertar. — Ergue a mão esquerda. — E, caso tenha esquecido, somos casados. E prometemos fidelidade.

Arregalo os olhos. É isso que ele pensa de mim?

— Flertar? Você se escuta neste momento? Você está louco? — Viro-me para ele. — E não, não tem como me esquecer do nosso casamento e nosso acordo, pois está gravado sempre em minha mente. Eu apenas estava sendo gentil com o neto de uma grande amiga de titia Carmen, trocando experiências porque as duas têm a mesma doença. E já que você quer tanto saber a minha história de ter uma tia, tanto que usou como uma condição para me subornar, Carmen não é minha tia de verdade, simplesmente a chamo assim por questão de carinho e respeito. Já lhe contei antes, que meu pai me abandonou em um internato quando eu era criança.

Faço uma pausa, lembrando o fatídico dia, pois mesmo depois de anos, ainda sinto a mesma dor, respiro fundo para continuar:

— Ela era a diretora do internato e durante todo o tempo que fiquei lá, foi tudo para mim, foi minha família. Era sempre ela que estava comigo em meus aniversários, nos Natais, nas datas importantes. Quando era adolescente, foi ela que me ensinou todas as coisas importantes que uma mulher precisa saber. E quando completei dezenove anos e não podia mais ficar no internato, ela me acolheu em sua casa, do contrário, não sei dizer onde estaria agora. Foi ela que me ajudou a estudar para passar no vestibular e fazer o curso dos meus sonhos, foi ela todo o apoio que tive para não desmoronar a cada lembrança ruim ou saudade dos meus pais. Há alguns meses, Carmen ficou doente, eu a levei ao médico e foi diagnosticada com osteoporose em estado avançado. Apesar de ser uma doença silenciosa, há sinais de que titia prontamente escondeu de mim, para não me preocupar. Como sempre, ela me colocando em primeiro lugar. Em conversa com o especialista, descobri que a doença não tem cura, apenas tratamento para impedir o avanço e exercício para aliviar as dores dos pacientes e tentar dar a eles uma qualidade de vida melhor.

Os lábios de Maurício se curvam em desgosto próprio enquanto seus olhos brilham de aflição e culpa. Ele parece sem palavras.

— Elisa... Eu...

Levanto a mão, interrompendo-o.

— Então eu soube que ela precisaria de cuidados constantes. Ela foi encaminhada para uma clínica onde os procedimentos eram duvidosos, os cuidadores alheios à saúde dos pacientes e estava lotada. Não era esse lugar que ela precisava, ela precisava de cuidados adequados, um lugar feliz, um lugar onde pudesse continuar praticando sua arte, um lugar que ela poderia olhar todos os dias o jardim e a beleza das borboletas. Mas sua aposentadoria não podia arcar com as despesas de remédios e cobertura de saúde. Então eu soube que estava na hora de fazer os sacrifícios. Deixei os estudos e fui procurar um emprego. Achei um no *Coffee Majestic*, o salário era perfeito, entretanto, a chefia era difícil, mesmo assim, aguentei. Para ter mais dinheiro, por ela. Mas tudo mudou depois de uma trama, fui acusada de roubo indevidamente pela dona e acabei perdendo o emprego. Eu fiquei louca, porque sem o dinheiro, minha tia perderia sua vaga na clínica e voltaria para onde era negligenciada. Então surgiu o doutor Costa e você com esse testamento. E apesar de ser contra tudo que sempre sonhei para a minha vida, ser contra tudo o que honro e respeito, eu aceitei. Porque o dinheiro que ganharei com este casamento, permite que eu continue cuidando de titia Carmen como de fato ela merece, como tenho certeza de que ela faria se a situação fosse comigo.

Ele pisca para mim, parece atordoado.

— Eu jamais poderia imaginar isso tudo.

Sorrio.

— Claro que não. Você não permite conhecer ninguém, sempre tão fechado em seu mundo. O que não impede de fazer julgamentos errados e levantar injúrias das pessoas. — Aponto para ele. — Por que você sempre pensa o pior em cada situação, de cada pessoa?

Ele vai de aflito e desolado para tenso e fechado após uma simples pergunta.

— Não sei. Talvez eu seja realista demais.

Já que Maurício não tem para onde fugir, eu insisto.

— Isso é muito vago. Tenho certeza de que tem um motivo mais específico.

Ele caminha até a janela, olhando para o horizonte que está começando a ganhar tons de laranja e roxo do pôr do sol. Tentando escapar de uma resposta, com certeza. Mantenho os olhos nele, deixando claro que estou esperando por sua resposta. Contudo, ele parece que não vai ceder. Então cai sobre mim um fato de que Maurício conhece tudo a meu respeito, eu já me desnudei completamente, cada detalhe sobre o meu passado, da minha vida. Enquanto ele somente revelou fatos simples, como comida, cor, time e trabalho, nada relevante, nada pessoal. Nada que um amigo de verdade falaria para o outro.

Neste momento, onde está o papo dele de conheça seu amigo?

— Por que você não me conta sobre seu passado? Sua infância?

— Elisa... — Maurício me lança seu tom de alerta. — Não falo sobre meu passado.

— Não me venha com essa de não falo do meu passado. Nós temos o jogo conheça seu amigo, lembra? É isso que amigos fazem. Conversam, compartilham.

— Você sabe muitas coisas sobre mim, mais do que qualquer outra pessoa. Pode ter certeza.

Suspiro audivelmente.

— Você sabe o que acontece quando as pessoas continuam presas no passado, remoendo os acontecimentos vividos?

Maurício não responde, então eu continuo:

— Se deseja continuar vivendo, o primeiro passo é fazer a faxina da mente, da alma, do corpo e do coração. — Abro uma das mãos sobre o peito. — Como disse Machado de Assis: "Esquecer é uma necessidade. A vida é uma lousa, em que o destino, para escrever um novo caso, precisa apagar o caso escrito".

Maurício me encara por um longo tempo, então abruptamente passa as mãos pelo cabelo.

— Vou subir. Trabalhar um pouco. Voltarei para o jantar.

Capítulo 28

Maurício

Eu simplesmente fugi de Elisa, deixando-a sozinha no meio da sala, mesmo depois de ela ter me deixado aflito, irritado e muito admirado com sua história, de como sua alma gentil, mesmo depois de ter perdido os pais, se importa e ama a Carmen o suficiente para ajudá-la, mudando toda sua vida, indo contra seus valores e princípios. Suportando toda minha arrogância e entrando em um casamento falso; e ela fez tudo isso com um sorriso no rosto. Porque ela simplesmente é maravilhosa e não está mais vivendo no passado, que certamente foi uma época difícil. Ela está vivendo o seu presente, deixando o passado onde deve ficar e construindo seu futuro.

É, eu fui um babaca com ela, e isso está me consumindo por dentro. Eu não tenho problema nenhum em admitir que, mais uma vez, fodi com tudo, cometi um erro. Dos grandes.

Se eu fosse um homem fraco e aberto, desejaria voltar no tempo e agiria de outra maneira. Primeiro faria questão de enaltecer sua alma delicada, exaltar sua força e sua coragem. Depois, se ela permitisse, eu a abraçaria e prometeria, mesmo que já tenha feito antes, que farei o meu máximo para que esse ano não seja de todo ruim e, por fim, contaria a minha história, que ela quer tanto saber. Contudo, desprezo agir com tal fraqueza e intimidade, a barreira que eu mesmo envolvi a minha alma e coração é sólida e alta demais.

Então só me resta uma coisa que posso fazer para aquietar a culpa que está me destroçando e acalmar a irritação e a raiva borbulhante de Elisa: pedir desculpas. O que parece ter se tornado uma rotina em nosso relacionamento, eu agindo de forma ríspida — no momento por ela ter contato com outro homem —, ela ficando chateada, depois eu me arrependo e pedindo desculpas. E fica tudo bem de novo entre nós. Voltamos a ser amigos e agimos como se nada tivesse acontecido.

Mas agora Elisa está me deixando louco.

Desde o jantar de ontem, está me tratando com cordialidade neutra. Evitou me olhar e até mesmo falar, apenas abriu a boca para comer. Depois disso, foi para o seu quarto e não saiu de lá. Nem essa manhã, quando bati e pude ouvi-la se mover pelo cômodo, ela não fez questão de abrir a porta. E mesmo sabendo que estava sendo ignorado deliberadamente, mandei uma mensagem, que foi visualizada, lida e rejeitada, porque não recebi a porra de uma resposta de volta. Ao meio-dia, mais uma tentativa, queria saber se ela se juntaria a mim para almoçar.

Qual foi a minha surpresa? Ela não estava se sentindo bem, ficou no quarto para descansar um pouco até passar sua dor de cabeça. Tomei um banho, respondi alguns e-mails, e depois disso, busquei na maleta de primeiros-socorros um analgésico e levei até Elisa, bati à sua porta e depois de alguns minutos de minha insistência, ela abriu, recebeu o remédio, sem dar um oi, e simplesmente bateu, literalmente, a porta na minha cara.

Uma irritação cresceu dentro de mim.

Apesar de estar tendo tudo o que desejo desde o início — uma esposa apenas de nome, uma companheira de negócios que cuida da sua própria vida e me deixa em paz, tudo preto no branco, sem complicações e sentimentalismo que as mulheres buscam nos homens—, estou odiando cada minuto que Elisa me menospreza.

Tudo o que eu quero é que ela demonstre alguma de suas emoções. Ficar admirado com seu sorriso e atraído com sua presença. Eu não quero analisar a solidão que me corrói por dentro, a saudade que sinto da sua voz e do seu perfume ou simplesmente a falta que eu sinto de ficar preso no azul de seus olhos enfeitiçantes.

Ah, e como eu quero agarrá-la pelos braços, empurrá-la contra uma parede e mostrar a ela o que me faz sentir. Por todas as porras do mundo, eu só quero fazê-la minha.

Contudo, agora eu estou aqui, esperando na sala, andando de um lado para o outro, impaciente, irritado para cacete, tanto que não consigo colocar a minha gravata. Essa droga parece estar jogando com a minha cara e me fazendo de bobo, porque não fica reta de nenhuma maneira, como se os meus dedos estivessem nervosos e não conseguissem fazer o nó corretamente.

Mas eu tenho um excelente motivo para estar descontrolado.

O jantar especial de aniversário de Alexandre Webber.

Meu sangue pulsa quente pelas minhas veias, aumentando a temperatura do meu corpo. É como se neste momento eu fosse um vulcão adormecido, que está ameaçando entrar em atividade, sua erupção destruindo tudo o que encontrar pela frente, causando estragos e mais outras tragédias naturais. Eu sei que será difícil me controlar, focar nos negócios que estão a todo vapor entre as empresas, porque eu ficarei tentado a enfiar um soco na carinha bonita de Alexandre, caso ele fique todo galante para cima de Elisa novamente.

Arranco a gravata, decidido que irei sem, assim como também preciso de uma bebida. No caminho para o bar, entretanto, paraliso. Meus pés parecem criar raiz no chão, meu coração indo parar na garganta, minha respiração fica presa e meus olhos, que nem sequer piscam, presos na mulher que desce as escadas.

UAU!

Olhar para Elisa é como se o tempo parasse. É como se o chão tivesse se tornado um buraco negro e eu estivesse fora dos eixos, fazendo meu corpo ter reações inesperadas. Ela está usando um vestido de festa vermelho que abraça sua cintura e fica mais solto até um pouco acima de seu joelho. A parte de cima é composta por um decote profundo, todo rendado, que deixa, além de seu pescoço fino, o vale de seus seios à mostra. Seu cabelo está preso para trás, descendo de um lado em uma cascata de fios sedosos, envolvendo seu ombro até descansar na volta de seu quadril. O tom de seu vestido destacando a sua cor e lhe dando um ar de mulher quente e sensual.

Inferno, ela está quente para caramba.

Antes que eu literalmente entre em chamas, desvio os olhos para baixo, focando em seus pés, na verdade, seus sapatos de salto, que são perfeitos. Ergo uma sobrancelha, estou acostumado a, por ser pequena, ela se encaixar sublimemente debaixo do meu queixo, na altura do meu peito, entre meus braços.

Aproximo-me dela quando alcança o último degrau e lhe estendo a mão, que ela prontamente nega.

— Você está bem o suficiente para sair? — Examino detalhadamente seu rosto à procura de algum mal-estar. — Sua dor de cabeça passou?

Ela me encara com as narinas infladas.

— Não faça isso.

Franzo o cenho.

— Não fazer o quê?

Ela arruma a saia de seu vestido e me lança um olhar irritado.

— Agir como se isso importasse. — Seu tom é frio. — Quando, na verdade, tanto eu quanto você, sabemos que dentro de você não há emoção alguma, nenhuma gota de sangue que se deixa ser afetada por qualquer sentimento.

Puta merda! Suas palavras são como um chicote com pontas de espinhos de ferro. Dói na alma.

— Elisa...

Ela ergue uma das mãos.

— Não venha com essa de Elisa, sabemos que é a verdade dura e crua.

— Você não sabe o que eu ia falar.

Ela vira os olhos com uma bufada de impaciência.

— Certamente, qualquer desculpa para não ter de me contar sobre a sua infância.

Balanço a cabeça.

— É apenas uma história normal de uma família, Elisa. Por que é tão relevante para você ouvir?

— Sinto que é importante.

Baixo a cabeça e enfio os dedos em meu cabelo, soltando suspiros profundos. Por fim, seguro a minha nunca com as duas mãos, decidindo explicar para Elisa os meus motivos para que ela tente entender a minha recusa em desenterrar esse elefante branco.

— Bem... — Dou um passo em sua direção. — Eu nunca estive preparado para mostrar o que tem debaixo dessa minha capa. Para ficar completamente nu diante de alguém. — Paro. — Esse não é um assunto fácil para mim. Não é algo que quero trazer à tona. O melhor é que ele continue escondido, às escuras. Pode acreditar.

Ela solta um suspiro audível e foca seus olhos em mim, agora de uma forma mais tranquila, sem a sombra de ira.

— Nunca é fácil falar daquilo que nos machuca. É sempre doloroso tocar na ferida aberta. Mas para que o ferimento seja curado e não cresça, tomando lentamente todo o seu ser, o importante é ele ser cuidado, tratado e não alimentado.

Novamente suas palavras causam estrago.

— Eu tive um passado difícil, alguns não conseguiriam suportar as dores que passei tão nova, mas eu escolhi não me afundar nas mágoas e sofrimentos, eu escolhi enxergar tudo isso como uma lição. Tudo o que passei me tornou mais forte. Se me acredito capaz, é porque consigo! Se me acredito feliz, é assim que vou me sentir! Se acredito em meu amor, me torno muito mais capaz de me fazer amar! Por isso, tenho sempre pensamentos positivos, pois assim sou muito mais capaz de superar meus limites.

Ela termina sua fala e sai do apartamento.

Perplexo, só consigo a seguir depois de alguns segundos. No elevador, ambos mantemos nossos olhos distantes e bocas fechadas. Um clima tenso e estranho nos envolvendo, que persiste na viagem de carro até a mansão de Webber, assim como o silêncio frio que começou na tarde anterior.

A casa de Alexandre Webber é grandiosa, com um jardim imenso e uma escadaria enorme na entrada principal. Uma mansão estilosa, de muitas décadas, mas bem conservada. Alguns paparazzi e carros estão parados ali, quando descemos e somos encaminhados para o local do jantar. O deque de trás está muito bem-arrumado com uma mesa extravagante com vinte cadeiras, com tules e uma quantidade absurda de luzinhas decorando a área, flores e velas cintilando na brisa leve. Como se fosse um luau mais sofisticado ao redor de uma piscina.

Nosso anfitrião, como eu imaginava, está à nossa espera assim que damos o primeiro passo sobre o piso de madeira. Quando seus olhos enxergam Elisa, ele não consegue esconder o sorriso, pior, não consegue se conter e a puxa para um abraço forte e muito demorado. Definitivamente, ele tem uma necessidade sobre-humana de demonstrar afeto e carinho com as mãos. Quando ele a solta, novamente a examina do último fio de cabelo até o dedinho do pé. Adoto uma carranca.

— Você está espetacular — ele fala, admirado.

Disfarço minha expressão e dou um passo até ficar colado nas costas de Elisa, sentindo seu corpo tremular levemente. Passo os braços por sua cintura e a puxo ainda mais para mim, em um abraço carinhoso. Demonstrando ainda mais afeto, cheiro seu cabelo.

— Eu disse isso a ela. — Enterro meu rosto em seu pescoço. Seu odor sedutor, feminino e superpoderoso dominando meu pulmão. — Elisa é simples e naturalmente linda, exuberante e encantadora de toda e qualquer maneira.

Alexandre balança a cabeça concordando.

— Você é um homem de sorte.

Sorrio.

— Você não imagina o quanto.

Elisa sorri um pouco, segurando minha mão que está em sua cintura e enfiando as unhas na minha pele como forma de repreensão. É óbvio que ela está detestando o marido apaixonado que não consegue ficar sem tocá-la.

E é verdade, desde que a vi hoje, minhas mãos não querem parar de tocá-la, nem que seja um simples e breve toque.

— Você sempre tão carinhoso, meu bem.

Ergo minha cabeça, ignorando suas garras enfiadas na minha pele.

— E você pode me culpar? É bom poder demonstrar meu carinho.

Alexandre arranha a garganta.

— E então, como anda a implantação de nossas políticas e procedimentos na F&D? Quando poderemos ter o primeiro protótipo?

Elisa balança a cabeça.

— Sério que vão conversar sobre negócios esta noite? Não é uma noite para diversão?

— Você tem razão, Elisa. — Ele olha à nossa esquerda. — Acabei de avistar a minha acompanhante da noite. Vou me juntar a ela para recebermos os outros convidados. Aproveitam a festa.

Observo surpreso e um tanto aliviado quando ele se aproxima de uma mulher elegante e alta, dá um beijo leve em seus lábios e segura sua mão. Pelo visto, ele achou outra beleza natural para ficar encantado. De repente, Elisa praticamente salta do meu abraço.

— Vou procurar um banheiro.

Com isso, ela sai, novamente me deixando sozinho, com absoluta certeza querendo distância de mim. Sua forma de manter em pé e firme o muro frio que ela ergueu entre nós.

O jantar é extravagante, com muito champanhe e menu requintado, algumas dezenas de garçom servindo os convidados com pratos enormes e talheres dourados, que eu posso jurar ser de ouro. Os olhos de Elisa ficam imensos quando ela nota a quantidade de taças e talheres sobre a mesa. Seguro sua mão sobre o meu colo, para tranquilizá-la. Pela primeira vez, durante toda essa guerra, ela me dedica um sorriso tímido e verdadeiro.

Solto um leve suspiro e tomo um pouco de vinho branco, Elisa seguindo os meus movimentos. E assim, o jantar prossegue. Com ela imitando tudo o que eu faço. A única diferença é que ela ingere mais quantidade de álcool do que eu, misturando às vezes, e apesar de não achar isso uma atitude certa, não a censuro. Ela obviamente tem motivos para isso. E a razão está bem ao seu lado, precisa de álcool para suportar a minha presença. E talvez seu estado meio ébrio esteja sendo o motivo para ela não se importar e aceitar os meus carinhos.

É bom, porque eu não consigo evitar manter os meus braços envoltos nela, passar meus dedos por sua pele exposta. Beijar suavemente seu ombro ou pescoço e fazer alguns comentários ridículos, que a fazem rir.

Alexandre ergue uma taça e bate nela com um garfo para chamar a atenção de todos à mesa.

— Quero agradecer a presença de todos aqui. Este é um dia especial para mim. Poucos sabem, mas hoje é como se eu comemorasse dois aniversários. Um pela minha data de nascimento, outro pela data de ter sobrevivido a um acidente quase fatal de carro. Então vamos festejar com tudo que temos direito.

Ele faz uma pausa. Os murmúrios ecoando.

— E quero aproveitar, enquanto estou sóbrio o suficiente, para convidar a todos para uma nova comemoração, esta em razão da parceria com a empresa F&D. — Ele aponta para mim. — Graças às ideias brilhantes de Maurício Ferrer, presidente da empresa, finalmente nossos carros ecológicos poderão ser comercializados no Brasil, como venho sonhando desde as minhas visitas a este país que tanto amo. Será um fim de semana todo de festa, em um dos meus lugares favoritos.

A mesa fica em êxtase.

— Uma casa de praia para todos nós. Um mar de águas verdes e quentes à nossa disposição e uma paisagem natural espetacular. Angra dos Reis nos espera.

Os olhos de Elisa brilham com interesse. Ela saca o seu celular e abre no calendário. A luz de seus olhos diminuindo lentamente.

— O que foi?

— Eu gosto tanto do mar, mas vai cair dia 10 de setembro. Não posso ir. É aniversário da titia Carmen, sempre passamos juntas. Eu detestaria não estar com ela, não levar suas flores, não comermos seu bolo de chocolate...

O fato de Elisa querer tanto ir para ilha, e ficar triste por não poder — com isso apagando o brilho de seus lindos olhos e me incitando a fazer algo para me redimir com ela —, leva-me a falar:

— Podemos levá-la.

— O quê?

Ela parece chocada.

— Você quer ir. É aniversário dela. A viagem vai ser como um presente. Tenho certeza de que Carmen vai adorar estar com você neste dia e passeando entre a paisagem encantadora de Angra. O lugar é simplesmente uma obra-prima divina.

— Você sabe que ela está na clínica porque precisa de cuidados? — enfatiza Elisa.

— Acho que podemos conseguir uma permissão para sua saída. — Cutuco com cautela suas costelas. — Uma dose de ar livre e brisa salgada, tenho certeza de que é um ótimo revigorante. Tenho certeza de que qualquer médico recomendaria isso para um de seus pacientes.

Ela se inclina mais para perto e sussurra:

— Quando falo de cuidado, me refiro a uma pessoa. Titia não pode ficar sozinha por muito tempo, ela necessita de cuidados específicos para sua doença não se agravar. Ela faz exercícios pontuais todos os dias para seus ossos...

— Podemos contratar uma enfermeira — sussurro de volta. — Se permita a isso. Deixe que possamos fazer este dia mais especial ainda para sua tia. — Olho fixo em seus olhos. — Tenho certeza de que ela vai adorar.

Ela me dá um leve beijo no rosto.

— Às vezes, você até pode ser gentil. Obrigada!

Viro-me e beijo sua boca.

— Tudo sua culpa.

Recosto-me em minha cadeira com um suspiro. Sinceramente feliz por poder fazer algo por Elisa, sobretudo por ter colocado em seus lábios um sorriso imenso e em seus olhos uma luz ainda mais cintilante.

É, às vezes, eu acerto em alguma coisa.

Carrego o corpo inerte de Elisa até o elevador. Ela dormiu ainda no carro. Se existir uma pessoa mais fraca para bebida do mundo, perderia para Elisa. Ela tomou três doses a mais de vinho do que normalmente toma em nossos jantares e uns dois drinks. Mas eu sei que ela está exausta do dia anterior, de todos os acontecimentos. Abro a porta do apartamento com o pé e a carrego escada acima. Ela é pequena em meus braços, sua cabeça está apoiada em meu ombro, totalmente relaxada em seu sono.

Assim que a deito em sua cama, ela desperta. Elisa resmunga algo incompreensível, então abre os olhos de vez quando começo a tirar suas sandálias.

— Alguém já te disse que você é muito gatoooooo? Muito *seksy*. Tipo, *seksy* para caramba. Tanto que não há mulher neste planeta que não olharia para você e quisesse te tocar para saber se você é real.

As palavras saem da boca de Elisa com tanta facilidade, que eu sei que se ela estivesse sóbria, jamais falaria isso. Bem provável que ficaria com raiva de si mesma.

Mas isso não significa que eu não posso me divertir com a Elisa bêbada.

— Ah, você me acha atraente?

Ela faz um biquinho e bufa.

— A Elisa bêbada acha. — Dou risada. — A Elisa bêbada gosta de você e te acha gentil. A outra Elisa te acha um babaca de primeira. Um arrogante insuportável. Um bundão.

— Acho que preciso fazer a Elisa sóbria gostar de mim, então.

Ela boceja alto.

— Ah, isso é moleza. — Outro bocejo. — É só você parar de ser idiota e se abrir para ela. Ela vai adorar te ouvir. Assim como vai adorar te ver sem camisa. Observar finalmente seu peitoral sem nenhum tecido o cobrindo.

E então ela cai novamente no sono.

Faço menção de sair, mas paro no caminho, preocupado que o vestido a incomode.

Porra! Espero que, quando ela acordar, me entenda, não tire conclusões precipitadas. Porque eu jamais a usaria neste estado, se um dia eu a tiver, quero que esteja completamente consciente de tudo que irei fazer com ela.

Estudo como vou abrir o zíper traseiro de seu vestido, mas parece que ela ouve meu dilema e se vira de lado, dando-me acesso às suas costas. Eu desço o zíper de uma só vez e quando ele está folgado o suficiente, retiro seus braços pelas finas alças e depois o puxo até tirá-lo pelos pés.

Ela murmura novamente algo que não entendo e nem se eu estivesse prestando atenção no que ela está falando, conseguiria compreender, não quando a visão que estou tendo agora se apodera tão rápido e facilmente de minha mente.

Elisa está esparramada na cama. Toda relaxada. Dando-me visão de todo o seu corpo. Então, sou incapaz de impedir que pensamentos impuros me possuam, assim que vejo a pequena, delicada e rendada lingerie vermelha que parece deixar sua pele ainda mais branca. O sutiã deixa metade dos seus belos seios de fora, que sempre imaginei perfeitos, agora me fazem ter a certeza de que eles cabem perfeitamente na palma da minha mão. Desgovernados, meus olhos descem e param em sua barriga plana, suas curvas delirantes que sempre me deixaram encantado mesmo cobertas, agora me deixam ainda mais fascinado. Mas perco o ar de vez quando observo o triângulo pequeno que cobre seu sexo intocado.

Não vou mentir, não sou um desses homens que é capaz de negar. Meus dedos coçam querendo tocar sua pele ali, sentir sua maciez, sentir o seu calor. Eu sei que não é correto tocá-la sem seu consentimento ou conhecimento, mas sem conseguir me conter, com cuidado, traço um dedo por sua clavícula, desço por seu colo e cruzo lentamente pelo seu abdômen. Sua pele é como cetim sob o meu toque. Ela estremece dormindo, curva-se para o lado e sibila fraco. Flexiona os joelhos e une os pés, assim como as duas mãos abaixo de sua bochecha direita. Encontrando sua posição.

Coloco alguns fios de seu cabelo para trás e analiso seu rosto. O rosto que eu sempre achei puro e carregado uma inocência imaculada. É tudo, menos isso, suas maçãs do rosto são muito proeminentes e rosadas. Um tom de vermelho sedutor, que me faz neste momento imaginar qual tom elas podem atingir quando estiver sendo penetrada em sua mais profunda e úmida intimidade.

Balanço a cabeça com os pensamentos estranhos, meu corpo estremece com a sacudida e uma onda fresca de vergonha me atinge. Eu não posso estar observando-a dormir, eu não posso desejá-la, independente do quanto ela esteja provocante seminua. É errado. E antes que eu perca o meu controle, rapidamente puxo o edredom até seu pescoço, apago a luz e deixo o seu quarto, indo praticamente correndo para o meu. No qual eu tenho certeza de que terei um sono agitado. Porque sei que Elisa não desistirá de saber a minha história.

Agora eu estou dividido, ela me fez repensar com suas palavras tão sinceras mais cedo. Eu não sei se continuo escondendo, e me preparo para mais um distanciamento dela, porque é óbvio que ela vai continuar erguendo mais e mais o muro em nossa volta. Ou se conto, e espero sua pena, porque, sentimental como é, será inevitável que ela não seja tocada por tudo que guardo dentro de mim.

Após um banho, olho-me no espelho. O reflexo de sempre. A mesma máscara que cobre a pessoa vazia e perdida, que eu mantenho escondida, ignorada por muitos anos e, agora, Elisa quer trazê-la à tona.

Estremeço, jogando a toalha no chão e me deito em minha cama. Uma ansiedade incômoda toma conta dos meus pensamentos. Porque eu tenho pavor do meu passado.

Capítulo 29

Elisa

Por que está tão frio?

Por que sinto minha boca seca?

Por que tenho a sensação de que um caminhão passou por cima de mim?

Os calafrios e tremores me acordam. Grunhido, tento abrir os olhos devagar, mas a luz do sol que entra pela janela aberta golpeia a minha visão com toda força, obrigando-me a estreitar os olhos. Sinto um novo arrepio na minha pele. Por que está tão frio? Não me lembro de ter ligado o ar-condicionado.

Pisco os olhos, tentando me acostumar à claridade. Nunca, em toda a minha vida, eu me senti tanto como uma vampira. Uma vampira inexperiente e que está tentando entender e recordar tudo que aconteceu na noite passada. Não consigo lembrar em que momento vim para em meu quarto e em minha cama. Forço um pouco minha mente, mas minha cabeça lateja, como se estivesse prestes a explodir.

— Ai!

Ponho a mão na testa, na vã tentativa de aliviar o tormento. Tirando forças não sei de onde, sento-me me apoiando com os cotovelos. Agora pareço um zumbi, completamente morta. Gemo quando meu estômago ronca, embrulhado e se revirando.

Ai merda! Lembrei. Consequência de um pouco de vinho e alguns drinks.

Ah, Jesus, a noite de ontem...

Uma vaga lembrança de alguns acontecimentos ronda a minha cabeça. Maurício falando algumas palavras bonitas e doces ao meu ouvido, troca de alguns toques carinhosos, sua oferta gentil e acolhedora de levarmos tia Carmen para Angra, mais carinhos e entre tudo isso, uma dezena de beijos.

E então, quando chegamos ao apartamento...

Putz! Dessa parte me lembro completamente de tudo.

Apavorada, fecho os olhos e um guincho abafado sai de minha boca, enquanto repasso palavra por palavra que soltei ontem, à medida que Maurício me carregava para meu quarto. Principalmente, quando praticamente gritei que ele era um gato, sexy para caramba. Que todas as mulheres do mundo devem ter uma queda por ele. E ainda a parte da camisa... Ah, eu passei dos limites.

Merda! Merda!

Quando eu encontrar com ele, com certeza ficarei vermelha feito um morango, de tanta vergonha.

Coloco a mão sobre meu coração, desolada.

Espera!

Cadê o vestido que ontem estava aqui?

Instintivamente dou uma conferida em mim mesma e vejo que estou apenas de lingerie.

Merda! Merda! Merda! Merda!

Não, não estou cogitando que aconteceu alguma coisa entre mim e Maurício, porque, para ser sincera, duvido que ele tenha tentado algo comigo no estado em que estava. Apesar de tudo, eu sei que ele é um homem de caráter.

Mesmo assim, Maurício me viu sem roupa. O que, para mim, é constrangedor.

Agora tenho mais do que certeza de que quando ficar cara a cara com ele, eu não saberei onde enfiar a cara. Torço para que um buraco surja no chão e me sugue.

Ou uma nave espacial me abduza. Quem sabe, se eu enfiar a cabeça no vaso sanitário e vomitar até mesmo coisas de anos atrás, para fazer que tudo o que estou sentindo — a dor de cabeça, o incômodo nas costas e estômago, minha pele quente e coração agitado no peito, devido às lembranças — suma pelo ralo sem ter a chance de voltar.

Uma parte de mim zomba da minha cara: como se pudesse.

É, eu sou uma piada.

Trimmmm-trimmmm...

Escuto o meu celular zunir em cima da mesa de cabeceira. Atrapalhada, pego o telefone, desbloqueando-o. Várias notificações chegam e eu verifico uma por uma: uma mensagem da minha operadora; outra da clínica informando como foi a noite de titia Carmen, um tanto agitada, pelo visto, já que ela estava reclamando de um incômodo no joelho esquerdo. Outra de Maurício, que ignoro, porque sinto um golpe certeiro no pé da barriga, com as lembranças ainda vivas dentro de mim. Eu não estou pronta ainda para enfrentá-lo. E, por fim, algumas ligações e cinco mensagens seguidas de Samara. Isso não é nada bom.

Inspiro fundo quando abro as mensagens.

Você foi atacada?

Está em um hospital?

Porque essas são as únicas desculpas aceitáveis para me fazer esperar por mais de uma hora por você para nosso almoço e descobrir que tinha levado um bolo.

Olho para o relógio e, quando vejo a hora, me espanto. Eu dormi até o meio-dia?

Um novo ruído de mensagem no meu celular. É de Sam.

Se você não estiver morta, tenha certeza de que eu mesma vou te matar. Você sabe como eu fico quando não como.

Respirando fundo, digito seu número e ligo para ela, que atende no segundo toque.

— Desculpe. Eu não tinha intenção de furar nosso almoço. Acontece que fui a um evento ontem, bebi um pouco mais do que o costume e perdi a hora. Se quiser, podemos marcar uma nova data.

Ela suspira do outro lado.

— Está em todos os jornais a foto de você com o seu marido no jantar do empresário alemão. Amiga, você estava deslumbrante, mas tenho de confessar que os meus olhos quase saltaram para fora ao olhar para Maurício Ferrer e... Caraca! Desculpe pelo palavreado, ele é um puta de um homão. Quente feito pimenta. Se ele fosse um golpe, eu não cairia, eu me atiraria nele.

Sorrio.

— Ele é bonito, mas às vezes também é um babaca.

Ela chia.

— Eu não me importaria de ele ser um babaca comigo, de preferência com a língua e seus dedos, que aparentemente são enormes. Ele deve levar as mulheres à loucura apenas com eles... E então, ele já te fez ver estrelinhas e gritar tão alto que os vizinhos estão querendo se mudar?

— Você é louca? Você sabe que nosso casamento é falso e que isso não está envolvido.

— Vocês parecem bastante convincentes. Parecem mais felizes que pinto no lixo.

— Você está vendo coisas.

Ela solta uma gargalhada alta.

— Estou mesmo. Vendo um puta de um sorriso reluzente que faria inveja para toda cidade de Nova Iorque. Uma puta necessidade dele de estar com os braços em volta da sua cintura enquanto você admira seu perfil, praticamente babando. E sem falar no puta tesão reprimido que está nítido no olhar de vocês.

— Novamente, tenho de dizer que está ficando louca.

A linha fica muda por um instante.

— Hum... Talvez esteja te faltando um pouco de loucura. Porque vai contra qualquer regra de sanidade não querer ficar com um pedaço de mau caminho, lindo de morrer e seu maridoooooooo... Se joga nesse peitoral, amiga, aproveite esse ano para tirar o atraso. Eu daria tudo para voltar no tempo e entregar minha virgindade para um cara feito o seu. — Ela ri. — Agora tenho de ir, meu turno começa em vinte minutos e estou atrasada. Marcamos novamente. Eu te amo, sua virgem sortuda do caralho.

Balanço a cabeça.

— Eu te amo, sua louca de pedra que precisa urgentemente de uma consulta com um oftalmologista e um psiquiatra.

Quando desligo com Samara, abro finalmente a conversa de Maurício.

E a mensagem seguinte faz o meu sangue gelar, meu pulmão parar de funcionar.

Elisa, como acordou esta manhã?

Espero que bem, mas caso sinta algo, me deixe informado.

Pedi que Rosa caprichasse no café da manhã e almoço para repor suas energias.

Vejo você no jantar.

PS: Gostei da noite de ontem, especialmente de você confidenciando algumas coisas e, sobretudo, de ver como o vermelho cai bem em você.

Maurício Ferrer

CEO, empresário da F&D, gatoooooo e *seksy* para caramba.

Foi uma brincadeira, não foi?

Eu não acredito que ele fez isso.

Deixo meu corpo cair na cama, pego um travesseiro e cubro o rosto.

Ah, Elisa, você e sua boca grande!

Esta tarde eu não terei aulas na universidade, então decidi fazer uma visita para minha titia. Quando chego à clínica, tenho a sensação de estar sendo observada. Mas ao olhar em todas as direções, eu não vejo ninguém, apenas alguns carros, que imagino pertencerem aos familiares dos outros pacientes. Então, tiro essa paranoia da cabeça e sigo até o quarto da minha tia. Esperando encontrá-la à sua mesa, fazendo sua arte enquanto bebe sua xícara de café, perguntarei como está o seu joelho e o que posso fazer por ela. Quem sabe, posso lhe contar rapidamente do meu "namoro" com Maurício. No entanto, sou completamente pega de surpresa, quando o que encontro é uma Carmen sisuda, com os braços cruzados sobre os seios e aquele olhar que já mencionei antes, o olhar maternal que é capaz de enxergar até o mais profundo de nossas almas. E o mais difícil é responder todo o seu interrogatório.

Eu nunca tinha ficado nervosa assim perto de Carmen antes. Ela é a mulher para a qual eu confidenciei todos os meus sonhos e desejos. Ela sabe tudo da minha vida. Ela sabe quando foi a minha primeira menstruação, meu primeiro amor infantil e até mesmo quando foi o meu primeiro beijo. Entretanto, as minhas palmas suam tanto, que estão escorregadias e eu tenho que lutar bravamente para não as secar na saia do meu vestido. À medida que eu vou lhe contando toda uma história previamente criada para dizer que Maurício não é um simples amigo como eu falei antes, sim, um namorado. Um esbarrão, uma troca de olhar, uma eletricidade no ar e... Bum! O amor à primeira vista. Ela acredita facilmente, como a romântica que é, o enredo é perfeito.

Mas para a minha surpresa, ela diz que já desconfiava que meu envolvimento com Maurício não estivesse no simples campo da amizade, porque a energia que nos rodeia é quase palpável. A nossa conexão é mágica. Nossos olhares, cúmplices. E Maurício estava morrendo de ciúme de Paulo.

Ah, se ela soubesse a verdade!

Agora um silêncio quase massacrante toma conta do lugar, acho que se nos esforçarmos um pouco, conseguiremos escutar as borboletas batendo as asas sobre as rosas.

Titia finalmente decide falar:

— Sempre pensei que, quando você achasse sua alma gêmea, o amor poderia finalmente apagar essa angústia que tem em seus olhos. Contudo, você me parece temerosa ainda mais com esse namoro. O que está a preocupando, minha menina?

Está vendo, ela tem a capacidade de ver no fundo da minha alma.

Respiro fundo e expiro audivelmente. Então, começo a inventar uma desculpa.

— Tudo aconteceu rápido demais entre mim e Maurício. Não sei se estou fantasiando demais as coisas, imaginando que temos uma ligação profunda. — A mentira amarga em minha boca. — Tenho medo de estar me entregando demais e, no fim, perceber que foi em vão.

Carmen me encara.

— Uma curiosidade sobre a sabedoria: o dedo mindinho representa o coração, a ele está conectada a artéria ulnar que o liga ao órgão. Ou seja, o dedo mindinho é uma extensão de seu coração. Em algumas culturas, cruzar os dedos mindinhos é um sinal de reconciliação ou uma promessa também.

Olho-a, confusa.

— O que o dedo mindinho tem a ver com as minhas reservas?

Ela sorri.

— Existe uma lenda japonesa que conta que um garoto caminhava em direção à sua casa, quando um velho, o deus Xia Lao Yue, o abordou, porém o menino não deu muita importância quando o velho disse que ele precisava encontrar sua jovem esposa, dizendo que nunca iria se casar. Ouvindo isso, o deus revelou ao garoto que ele se casaria com a jovem a qual ele estava amarrado pelo dedo mindinho, por um fio vermelho invisível, foi então que o menino conseguiu ver o fio até onde estava uma menina, sentada à porta de sua casa. Indignado, o menino não aceitou o fato e atirou uma pedra no rosto da menina, machucando-a. Anos depois, o menino virou um homem, mas não conseguia se apaixonar por nenhuma mulher. Todos achavam que ele nunca encontraria seu verdadeiro amor. Uma noite, ele caminhava pela rua escura quando notou a silhueta de uma mulher e, no mesmo instante, se apaixonou por aquela visão. Essa mulher era conhecida por ser uma das mais belas da aldeia, mas que raramente saía de casa, pois tinha vergonha de seu rosto, mesmo assim, o homem se casou com a moça sem nunca tê-la visto. Quando a cerimônia de casamento acabou, e eles estavam sozinhos, o homem perguntou à esposa por que ela nunca mostrava o rosto. Ela respondeu que quando era pequena, um rapaz havia atirado nela uma pedra, deixando uma cicatriz na sobrancelha. Naquele momento, o homem se lembrou do deus Xia Lao Yue e seu fio vermelho invisível.

Ela se levanta de onde estava sentada em sua cama, aproximando-se de mim e pegando a minha mão esquerda.

— "Um fio invisível conecta os que estão destinados a se conhecerem... Independentemente do tempo, lugar ou circunstâncias... O fio pode esticar ou se emaranhar, mas nunca irá partir. Não importa o tempo nem a distância, tampouco as situações que possam acontecer no meio do caminho. No final, as extremidades vão se encontrar e viver a felicidade plena que o destino reservou."

Minha boca está aberta em O quando ela termina. Mesmo assim, consigo dizer:

— Que história linda.

Titia concorda com a cabeça.

— Não tenha medo do que o destino lhe apresentar, minha filha. — Ela aperta minha bochecha. — Ninguém entra em nossas vidas por acaso. Há quem venha, nos faça aprender algo e nos deixe. Há quem passe, traga infelicidade e nos torne mais fortes devido ao sofrimento. Mas há aqueles que estarão ao nosso lado, um confidente, um grande amor... Aquela pessoa que nos fará sorrir do nada e nos dar uma vontade desconhecida de viver intensamente. Viver "aquela tal felicidade". A vida é curta. Tenha o coração aberto. Pense positivo. Não desperdice a chance de ser feliz por medo.

Três horas depois, eu estou de volta ao apartamento. Depois de conversar mais um pouco com titia, passei um tempo conversando com o fisioterapeuta sobre qual medida será adotada em relação às dores no joelho de Carmen. Primeiro ele disse que ela precisará evitar por um tempo uma sobrecarga de qualquer força, ficar muito tempo em pé, ou seja, ela está momentaneamente proibida de fazer sua arte. Depois, segundo uma nova técnica, o procedimento fisioterapêutico mais indicado para o tratamento da nova patologia será a hidroterapia, sendo que a termoterapia e a eletroterapia podem colaborar na analgesia, e os exercícios realizados em solo com carga podem beneficiar na osteoporose, criando a massa óssea e o aumento da resistência, mas caso não funcione, ela será encaminhada para um cirurgião ortopédico para uma possível cirurgia para recuperar a vitalidade do lugar e não chegar ao ponto de fraturar.

Durante todo o caminho eu orei e pedi a Deus para não chegar a esse ponto. O tratamento dará certo, eu preciso acreditar nisso.

Com esse pensamento positivo, deixo minha bolsa sobre um aparador na sala e sigo para a cozinha, mas é neste momento que meus olhos encontram um par de olhos escuros, o motivo de meus tormentos, ansiedade e respiração acelerada, descendo as escadas.

Sim, Maurício Ferrer... Sem camisa.

Meu coração quase para. Enquanto ele desce completamente a escada e se aproxima de mim, o som de seus tênis estalando no chão é quase igual ao ruído do meu orgulho e determinação se quebrando debaixo do meu próprio nariz. Deixo os meus olhos varrerem seus músculos abdominais bem-definidos, gomos bem vigorosos que vão dos ombros até os quadris. Abaixo de seu umbigo um V profundo desaparece, assim como um quase imperceptível caminho de pelos sob o cós de seu calção de academia, um único pensamento ocupa a minha mente: onde exatamente termina esse caminho?

Volto minha atenção para o peitoral de Maurício. Ele não é um homem robusto como aquelas montanhas de carne que se acham o máximo. Não, ele está mais para um corpo de um corredor — alongado e esbelto — com músculos na quantidade certa para fazer qualquer mulher do mundo querer correr o dedo ou língua por cada dobrinha. E a pele branca banhada de suor, faz que eu morda a lateral da minha boca sem perceber, a ponto de sangrar.

Um calor sobe por minhas costas até se instalar em minhas bochechas, conforme sinto uma tensão nas pernas, um redemoinho agitado de desejo se alastrando pelo meu corpo inteiro. Engulo, nervosa, tentando fazer uma umidade mínima retornar à minha boca seca.

Seja forte, Elisa, desvie o olhar! Brigo comigo mesma para ter o mínimo de compostura.

Mas é em vão, porque tenho plena consciência de que ele é sexy, proibido, perigoso e muito gostoso.

— Você tem um tempo livre? — ele pergunta, olhando para mim. — Gostaria de te mostrar uma coisa.

— Nossa! Como eu quero ver — sussurro enquanto meus olhos percorrem seu corpo, hipnotizados. Sacudo a cabeça para tentar sair do transe que olhar para ele está me causando e tento manter o calor da minha pele em um nível aceitável. — Hum... O quê?

— Se você tem um ou dois minutos para mim? — ele fala lentamente. — Estou em dúvida sobre a nova decoração para meu escritório e gostaria de sua opinião.

Ah... Uma decoração.

Ele queria me mostrar um simples artigo de decoração.

O que eu estava imaginando?

— Hum... Não sou tão experiente com decoração. — Balanço a cabeça. — Para ser sincera, nunca tive de decorar nada.

Ele ri, meneando a cabeça de lado.

— Tenho certeza de que tem bom gosto. — Pisca para mim. — Só quero opinião sobre algumas cores. Não será nenhum bicho de sete cabeças.

— Se quer tanto assim a minha ajuda. Verei o que posso fazer por você.

Um sorriso malicioso brilha em seus lábios.

— Posso pensar em uma situação pontual que precisaria de uma mãozinha sua. — Ele coloca uma de suas mãos sobre a testa, depois passa os dedos pelo cabelo e desce devagar pelo seu peitoral. — Mas ficarei honrado em ter sua ajuda nessa. Apenas tomarei um banho, peguei pesado nos exercícios, e te encontro em cinco minutos à porta do meu escritório.

Isso, Maurício, pode me fazer imaginar você dando duro na academia.

Com isso, ele passa por mim, roçando o braço no meu, e não preciso dizer que me derreti toda, né? Para ser literalmente verdadeira, eu pareço uma pedra de gelo sendo colocada diretamente no fogo. Porque sempre que esse homem chega perto de mim, meu corpo tem reações incontroláveis e malditamente intensas. Eu só torço para que ele nunca perceba.

Depois de também tomar um banho, estou esperando por Maurício à porta de seu escritório, quando o vejo se movimentar, ou desfilar, pelo corredor. Como antes, eu não consigo desviar o olhar. Porque com roupas ou sem um pouco delas, ele sempre é espetacular, tenho de admitir. Ele parece ainda mais bonito, sexy e elegante com roupas simples. O rosto retraído, as sobrancelhas franzidas e a boca que hora ou outra tem seus lábios agraciados com um passar de língua.

O corpo vigoroso parece imponente ali, dominando tudo, até os meus pensamentos. Minha pele queima como se estivesse perto de uma fogueira. Para ser mais exata, meu corpo parece ser a própria brasa da fogueira. Meus pelos estão eriçados.

Droga! Controla-se, mulher.

Ele para diante de mim, apontando para uma porta de madeira branca.

— Estou pensando em mudar o meu escritório para este cômodo que é maior. Por isso, a nova decoração. Entre, para ver o que podemos mudar.

Concordando com a cabeça, abro a porta. Então arfo quando vejo o espaço aconchegante e branco, bastante iluminado, com estantes e mais estantes de livros. Uma mesa com uma cadeira, várias almofadas e pufes em um canto.

— O que é isso? — pergunto, minha voz trêmula devido ao meu frio na barriga.

— Não dá para imaginar? É uma biblioteca. Sua biblioteca — ele diz ao meu lado.

— Por que você fez isso? — A minha voz ainda treme; olho para tudo, admirada.

Senhor, aqui deve ter mais livros que a biblioteca central de São Paulo.

— Porque você merecia um lugar tranquilo para estudar — ele explica. — Pensei que seria bom ter um lugar só seu, para fazer o que mais gosta. Esquecer o mundo e ler o tanto de livros que você conseguir...

— Isso é um exagero. — Balanço a cabeça sem acreditar. — Olha o tanto de livros que tem aqui.

— Você merece. — Ele indica as estantes para mim. — Alguns livros são seus, achei em caixas em seu quarto. E usei como base para comprar os novos. Tem tudo o que você gosta, romance nacional, de época, comédia, drama... — Faz uma pausa. — Eróticos.

Instantaneamente meu rosto adota um tom vermelho.

Graças a Deus, Maurício caminha até um móvel e tira de lá um embrulho e volta para me entregar.

— Eu tenho alguns outros presentes também. — Ele me entrega uma caixa coberta com um papel de presente vermelho, de forma horrível. — Bem, embrulhar não é minha especialidade, mas garanto que o conteúdo é bom. Abra — ele me incentiva.

Desconfiada, olho para o presente e começo a rasgar o papel. Quando finalmente consigo abrir a caixa, meus olhos dobram de tamanho, minha boca fica aberta em choque e meu peito perde uma batida. Ali dentro, olhando para mim estão algumas faixas, álbuns, camisetas, DVDs, CDs, tudo do RBD; todos originais e tudo mais o que um fã de carteirinha possa querer ter de sua banda favorita.

— Como você conseguiu? — pergunto, observando cada item, um por um, e sorrindo quando encontro até mesmo uma cartela cheia de estrelinhas.

Ele dá de ombros.

— Foi fácil. Tenho meus contatos. Uma ou duas ligações e tudo estava em...

Calo sua boca me jogando em seu colo, meus braços em volta dele em um abraço de gratidão.

— Obrigada, Maurício! Você não sabe quão precioso isso é para um fã. Deve ter sido difícil para você conseguir tudo isso, ainda mais quando a banda não existe mais.

— Já disse, Elisa, você merece. E, para ser sincero, tive algumas dificuldades. Mas agora estou vendo que valeu a pena cada esforço, porque é lindo ver esse sorriso em seus lábios. — Ele me abraça, forte. — Espero que goste do último presente.

— Ainda tem mais? — Afasto-me dele para olhar em seus olhos. — Acho que você já fez o bastante.

Maurício me puxa até a janela de vidro.

— Isso não chega nem perto do bastante, Elisa, mas espero que este último presente possa te surpreender — ele diz, então me encara com o olhar travesso. — Agora, feche os olhos.

Olho-o, desconfiada.

— Confie em mim, Elisa. Prometo não fazer nada sacana.

Faço o que ele pede, escuto o som de uma porta abrindo e ele me guia em poucos passos até um local. Logo sinto a brisa balançar meu cabelo.

— Abra os olhos, Elisa.

Quando obedeço sou recompensada com o horizonte alaranjado de São Paulo, algumas estrelas que começam a pintar no céu. As pequenas luzinhas brilhando lá embaixo e o vento chicoteando meu cabelo.

— O que significa isso?

— Bem, percebi que você gostou da varanda da sala. Então por que não ter sua própria varanda? — Ele sorri. — E sei que você gosta de olhar para as estrelas e todo o significado que elas trazem para você. Então, aqui será o lugar perfeito e seguro para você ver sua mãe.

Lágrimas brotam em meus olhos, enquanto observo todo o lugar. Um guarda-corpo de vidro escuro. Duas poltronas confortáveis que eu simplesmente poderia passar o dia todo nelas, de tão macias que aparentam. Uma mesinha de centro com um vaso de rosas brancas. Minha própria varanda. O meu porto seguro para eu deixar as minhas fantasias e emoções terem vazão.

— Gostou?

Maurício acaricia minhas costas com o polegar. Eu jamais poderia imaginar que pudesse ser carinhoso e gentil, ele tem se mostrado ser uma geleira fria e sem sentimentos, todos esses seus gestos estão sendo uma surpresa e tanto para minha pobre mente e encantando meu coração. E mesmo que uma parte minha grite que tudo isso não muda o fato de que nosso relacionamento é falso, eu sinto que preciso agradecer.

— Você se superou, ultrapassou todos os limites com esse presente. — Viro-me para encará-lo. — Tanto que eu nem sei como agradecer.

Maurício morde o lábio inferior e ergue as sobrancelhas sugestivamente.

— Tenho uma sugestão: você pode repetir o abraço. — Ele dá de ombros. — Quem sabe, você possa incrementar com um beijo. Eu não vou reclamar. Vou gostar para cacete, tenha certeza.

Fico boquiaberta, então sorrio de seu atrevimento.

— Você é um babaca presunçoso.

— Você é linda.

O quê?

Meu mundo para, meus olhos voam para os lábios dele para me certificar de que eu não ouvi coisas e Maurício está mesmo dizendo essas palavras. Meu coração acelera, não me movo, não respiro e eu não consigo mais raciocinar.

O que ele disse? Ele falou isso para mim? Mas ao me perder no infinito de seus olhos, eu tenho certeza de que ele disse isso mesmo.

Meu Deus!

— Você tem razão — sussurra. — Eu sou um babaca. Eu sou um escroto que julga as pessoas sem conhecer. Eu me escondo atrás de uma barreira forte e dura, que para quem está do outro lado possa considerar que sou um arrogante, frio e cruel, mas, para mim, é como uma proteção, é um escudo contra um lugar, para um passado que eu não quero mais lembrar, porque tenho pavor...

Meu mundo para de novo.

— Maurício... — Seu nome em minha boca soa estranho.

Ele abaixa a cabeça por alguns minutos, quando a levanta e vejo seus olhos, eles estão perdidos, desolados.

— Quando eu era criança...

Capítulo 30

Maurício

Minha respiração está estremecida e meu coração, descompassado.

Sinto-me tenso e agitado. Caminho até o parapeito da varanda, olhando para o horizonte, o céu praticamente todo escuro e algumas luzes dos prédios que nos rodeiam e até mesmo algumas pessoas que passeiam pelo parque próximo, pequenas e distantes.

Como eu queria que as lembranças do meu passado permanecessem distantes!

Então, surgiu Elisa.

Ela é diferente de tudo que eu tinha imaginado ou julgado. Ela é boa, gentil, engraçada e o completo oposto de outras mulheres que já passaram por minha vida.

E admitir isso foi uma tarefa difícil.

Ainda mais pelo fato do testamento e do casamento arranjado. Quando te forçam a aceitar uma obrigação e fazer aquilo que você sempre se negou e odiou a vida toda, é uma lição, um tapa na cara de sua arrogância, é perceber que você perdeu tanta energia sendo um babaca e tratando mal alguém que também foi pressionada a fazer o mesmo.

Que irônico, não é?

Nesses quase dois meses de casamento, descobri alguns fatos sobre minha esposa. Elisa é um tanto estranha, corajosa, despedaçada e, ao mesmo tempo, inteira. Eu nunca conheci alguém que já sofreu tanto no passado e, ainda assim, consegue tirar de todo sofrimento uma lição e se manter inteira e feliz.

Olha eu aqui, um exemplo vivo de como guardar ressentimentos e viver como se o mundo todo tivesse uma parcela de culpa por tudo o que aconteceu e acontece em minha vida. Enquanto Elisa está trilhando um caminho de autodescoberta, com as lições de seu passado, vivendo o seu presente com vontade e esperando por um futuro promissor, eu trilho um caminho contrário. Estou preso em meu passado de merda, vivendo um presente com ódio e desejando que o futuro aconteça logo.

Elisa de fato é uma pessoa especial.

E, para ser sincero, eu confio nela.

E isso é estranho e ainda mais difícil de admitir; eu confiar em uma pessoa. E eu não sei explicar o motivo ou quando isso começou. Porque, se aprendi uma coisa bem cedo sobre esse sentimento de segurança, é que ele não existe, assim como o amor.

E, talvez, seja a descoberta dessa nova emoção e sensação, de tranquilidade e acolhimento que ela me faz sentir, ou talvez seja a energia que esse momento me causa ou, quem sabe, não seja o brilho e a intensidade dos olhos azuis que estão sempre em meus pensamentos que me deram coragem para me desnudar para Elisa.

Viro-me para ela e a encaro com intensidade.

— Quando eu era criança, tinha uns oito anos de idade, eu tinha a certeza de que a minha família era a melhor do mundo. Um pai bondoso, forte e carinhoso, o meu herói, o exemplo que eu queria seguir. Que sempre fazia questão de estar em meus aniversários, Natais, apresentações de escola, quando aprendi a nadar, a soltar pipa, a andar de bicicleta. Assim como esteve quando perdi o meu primeiro dente, quebrei o braço jogando futebol e fiquei internado quando contraí pneumonia. Ele sempre soube como me fazer feliz, como arrancar um sorriso meu, como conversar comigo, como brigar e depois me fazer entender que era para o meu próprio bem. Uma mãe linda, de abraços quentes, de sorriso doce. Ela sempre me contava uma história antes de dormir, fazia bolos de chocolate quando era meu aniversário, me pedia ajuda para decorar a árvore de Natal e me ajudava a ensaiar para as apresentações na escola. Além de sempre me trazer presentes supermaneiros quando viajava. A imagem da família perfeita. Sempre estávamos estampados nas capas de revistas e jornais como um exemplo a ser seguido. Nunca tínhamos problemas, sempre fomos ricos e viajamos o mundo inteiro, espalhando nossa felicidade.

Solto uma risada de escárnio e logo depois um chiado profundo e dolorido.

— Maurício, tudo bem se não quiser continuar.

Ela me olha com os olhos mais francos do mundo.

— Eu quero continuar. Eu preciso colocar tudo para fora agora.

Respiro fundo e sinto o braço dela tocar o meu de leve, mas não digo nada. Passa-se um longo período de silêncio enquanto permanecemos apenas nos observando. Até que eu reúno coragem de novo para continuar falando.

— Dois anos depois, tudo mudou. O sonho começou a se tornar uma dura realidade. Os sorrisos morreram, os jantares em família nunca mais aconteciam, até mesmo no domingo cada um ficava na sua. Os Natais passaram a ser esquecidos e tratados como um dia normal. A casa que era quente, acolhedora e iluminada, se transformou em uma fria, estranha e vazia. Já que papai estava colocando muito esforço no crescimento de seu negócio, praticamente passou a morar na empresa, e mamãe passou a viajar mais. E mesmo quando eles estavam em casa, eu sempre me sentia sozinho. Ele no escritório e em reuniões até tarde, e ela sempre cansada ou de mal-estar para tudo. Então, lentamente a família perfeita não existia mais. A felicidade desapareceu. E eu descobri que tudo que vivia antes, não passava de uma mentira.

— Como descobriu que era uma mentira?

Engulo em seco. Essas recordações são como uma ferida não cicatrizada. E eu não gosto de tocar no assunto, porque sempre as abria completamente. Apesar de ter se acontecido vinte anos antes, parece que tinha sido ontem que o meu mundo começou a desmoronar. Mas, de novo, por ela eu colocaria tudo para fora.

— Eles começaram a brigar. Começou com brigas simples e pequenas, que logo se transformaram em longas e pesadas. Não havia mais abraços ou beijos quando eles estavam juntos. Apenas brigas e mais brigas. Eles foram se distanciando lentamente. O casamento feliz e terno como de filmes se tornou triste e amargo. — Coço a barba e respiro fundo. — E para incrementar a tragédia, minha mãe que era jovem ainda, começou a frequentar festas e mais festas, voltar para casa sempre bêbada ou em certas noites, nem sequer voltava. Certo dia, quando meu pai estava em um cruzeiro com os sócios, e era meu aniversário e eu iria pedir que mamãe fizesse um bolo para mim, eu a procurei pela casa toda, até que fui ao seu quarto e lá estava ela, bem feliz... Nos lençóis, seu corpo suado e nu em movimento...

Elisa suspira fundo.

— Sim, ela estava na cama com outro homem, que eu nunca tinha visto.

— Nossa... — ela murmura. — Imagino que deve ter sido horrível presenciar isso.

— Acredite, isso não foi o pior. — Eu pigarreio e desvio o meu olhar. — O pior foi presenciar como ficou meu pai ao descobrir a traição de minha mãe. Lembro-me da sua expressão de derrota. De como ele cedeu tão rapidamente, sempre o via chorar escondido em seu escritório por noites a fio. Perdeu sua felicidade e estava sempre deprimido. Ele tinha uma risada sonora, sabe. Daquelas contagiantes que faziam você rir junto dele. Depois de muitas explicações, choros e pedidos de desculpas e promessas de mudanças, ele perdoou a esposa. Passou-se um tempo e lá estava de novo, ela sendo infiel. Acho que depois de tantas traições, ele percebeu que o casamento nunca mais voltaria a ser o mesmo, que ela nunca mais voltaria a ser somente dele. Que ela não servia para o casamento. E isso foi muito difícil para o meu pai, pois ela era o amor de sua vida e uma das suas razões para viver. Para mim também. Então, foi aí que aprendi uma coisa: não é porque você ama alguém, que você também é amor para essa pessoa.

Encontro seu olhar.

Elisa está mordendo a parte interna de sua bochecha. Acho que isso a impede de falar, então eu continuo:

— Vendo a imagem do seu lar radiante, de sua família perfeita, sumindo diante de seus olhos, aquele homem tão forte, um herói e bondoso, se tornou cada dia mais frágil e ferido, praticamente desistindo de tudo com o coração partido. Querendo que tudo voltasse a ser como antes e na inocência de ser um garoto, eu implorei para minha mãe para que ela parasse de sair, beber, de se encontrar com outros homens. Eu chorei em seus braços, implorando para ter a minha família novamente... Com abraços, sorrisos, beijos... — Pauso por um tempo. Virando-me novamente para olhar o horizonte. Um nó se formando em minha garganta. — Mas sabe o que ela me disse?

— O quê?

Expiro fundo.

— Para eu deixar de ser um garoto bobo e sentimental demais. Que ela nunca me amou. Que eu era um fardo que atrapalhei sua vida e o casamento dela com meu pai. Que ela nunca me quis. Que me teve porque meu pai a forçou, porque ela queria abortar — revelo com meu coração acelerado. — Que estava cansada de fingir ser a mãe perfeita, que sempre foi forçada a gostar do filho e a brincar de casinha para agradar o marido, quando o que ela mais queria era que eu fosse para um colégio interno, de preferência em outro continente, distante o suficiente para que ela nem lembrasse que tinha um filho.

Elisa praticamente se engasga com o choro, baixando sua cabeça por um instante. Quando ela a ergue, suas bochechas estão banhadas por lágrimas, seus olhos arregalados; ela aperta tão forte os lábios que estão quase brancos.

— Maurício, meu Deus, isso não deveria ter acontecido — ela diz, sua voz quebrada. Seus olhos azuis cheios de aflição. — Não posso nem imaginar o quanto deve ser ruim ouvir isso. Nossa mãe é nossa primeira fonte de amor, nascemos completamente dependentes dela. O amor maternal é a maior força da natureza, extremamente grandioso, que deveria durar a vida toda.

Sinto uma dor no peito, algumas de minhas lembranças mais nítidas de infância eram do meu pai sempre cobrando que minha mãe agisse como uma dona de casa, se não fosse por ele, que fosse por seu filho. Mas ela era como uma bomba ativada, explodindo seu ódio por mim. Eu nunca conversava sobre isso, pois é difícil reviver cada briga, cada grito e ter de enfrentar a culpa de novo por tudo ter dado errado no casamento deles.

— Sabe, depois disso, eu me tornei um garoto introvertido, que sempre preferia ficar sozinho e sem nenhuma pessoa por perto. No início da adolescência, estava sempre em confusão... Não parava em escola nenhuma, não tinha amigos, até Rômulo aparecer... Minha vida virou um caos. Assim como a do meu pai também, afinal, um filho problemático é dever dos pais resolver — sussurro. — Então, havia noites que alguns pensamentos sempre se infiltravam lentamente em minha cabeça: que talvez, se eu não tivesse nascido, a vida do meu pai teria sido diferente, se eu não tivesse nascido, os dois poderiam ter sido felizes...

Elisa balança a cabeça de forma agitada.

— Não, Maurício, a culpa não é sua. Pare agora de se culpar pelas escolhas dos outros. Não se cobre tanto, você fez o que podia. Uma coisa que aprendi é que não adianta se penalizar por situações que não dependem apenas de você. Quem errou foi ela. Quem pecou foi ela. Quem quis isso foi ela. Tentar encontrar respostas lógicas pela decisão alheia te deixará louco e preso ao passado que não lhe trará futuro. Você não merece perder seu tempo com isso, sério.

Ela une suas sobrancelhas, encarando-me, não derramando mais lágrimas. E seus olhos agora têm uma luz. Quero muito me apegar em suas palavras, como se elas fossem um bote salva-vidas. Seguro minha nuca conforme a dor no meu peito ameaça me sufocar. Afasto-me do parapeito e fico andando pela varanda, meu estômago dando nós.

— Diga alguma coisa para mudar de assunto. — Baixo a cabeça e fecho os olhos, que estão ardendo. Não me permitindo chorar. — Faça qualquer coisa para fazer parar esse turbilhão que está em meu coração, mente e alma — imploro.

Elisa me olha, sobressaltada, mas logo se recompõe, pigarreia e começa a contar várias piadas ruins:

— O que o pato disse para a pata? Vem *Quá*! Qual é a cidade brasileira que não tem táxi? Uberlândia. O que o tijolo falou para o outro? Há um *ciumento* entre nós.

Mesmo assim, quando ela termina, eu dou risada. Porque eu preciso disso. Preciso apenas dela ao meu lado para me tirar um pouco da escuridão.

— Você é uma péssima comediante. Ainda bem que é mais chegada nos livros — falo, soltando o ar e relaxando os ombros.

— Jurei ter visto um ou dois sorrisos seus. — Ela balança a cabeça. — Mas novamente, sinto muito pela sua infância e pela mãe ruim que teve.

— Ela é o principal motivo de eu ser assim, tão fechado. Por causa dela, aprendi desde cedo a me proteger de todos. Por isso eu sempre acabo afastando todos que tentam se aproximar demais. Aliás, ela também é a razão de eu não acreditar ser capaz de amar ou de crer que o amor exista de fato.

Elisa franze a testa e... Porra! Escuto o meu coração se partir ao meio.

— Você realmente não acredita no amor?

— Não. Eu vi com os meus próprios olhos o que esse amor pode fazer com uma pessoa quando ele entra em sua vida. Pior, quando ele some do nada, como se nunca tivesse existido. Porque, mesmo depois da morte da minha mãe, quando eu tinha quinze anos, quando ela voltava de uma festa com um amante e sofreu um acidente fatal, eu vi o meu pai sofrer a perda dela, eu o vi sem conseguir levantar da cama por meses. Depois procurar consolo na bebida, para se sentir melhor, porém nem sempre funcionava, ele ficava pior, pedindo a volta da minha mãe. A cada bebedeira dele, ele ficava mais destruído, até que beber não funcionou mais e ele acabou indo para as drogas. E o final... Uma overdose.

— Ah, Maurício... — Ela baixa a voz e novamente sinto um aperto no peito. — Vê-lo assim, perdido, magoado, me faz sofrer tanto. Queria poder apagar isso de você.

Olho para ela, querendo dizer que está fazendo isso, mas balanço a cabeça.

— Bem, essa é a minha história, Elisa. Você queria saber, eu disse que não era bonita.

Ela se aproxima de mim, então me pega de surpresa ao passar seus braços por volta do meu pescoço em um abraço quente, confortável e para lá de carinhoso.

— Maurício, eu sei que devido a tudo que passou, é mais fácil para você desacreditar no amor, mas, por favor, entenda que não é porque alguém o machucou que todo o resto do mundo vai machucar também. Não esvazie a sua profundidade, não guarde a sua intensidade, arrisque-se, tente outra vez, permita conhecer outras pessoas que podem não ser o amor da sua vida, mas, talvez, consigam transformar seu mundo em algo melhor.

Suas palavras me deixam paralisado, ainda mais quando ela se ergue na ponta dos pés e deixa um beijo em minha bochecha.

Depois disso, não dizemos mais nada, apenas ficamos abraçados, olhando para a noite que finalmente chegou e admirando as estrelas por um bom tempo. Elisa pode não saber ou perceber, mas neste momento eu me sinto muito feliz por ela ter ficado ao meu lado. Porque eu não suportaria que sentisse pena de mim. E para falar a verdade, eu estava desesperado por alguém que ficasse comigo e não me abandonasse quando as coisas ficassem ruins.

Sinto pequenas mãos em meu peito, sacudindo-me.

— Maurício, acorda! Acorda!

— Elisa, o que está fazendo aqui? — pergunto, sentando-me na cama, nervoso e apavorado, preocupado que tenha acontecido algo com ela ou com sua tia Carmen.

— Você estava tendo um pesadelo. — Ela se senta ao meu lado. — Você estava gritando muito, esperei por um tempo para ver se parava, mas a cada minuto seus gritos aumentavam, então decidi vir aqui e vi que se remexia na cama, agitado.

— Ah...

Suspiro, passando os dedos por meu cabelo e percebendo que está molhado de suor.

— Anda, chega para lá.

— Por quê?

— Quando eu fui deixada pelo meu pai no internato, comecei a ter pesadelos. Então titia Carmen dormia comigo nessas noites, e quando ela estava comigo, os sonhos eram sempre bons. Ela me abraçava e cantava até eu pegar no sono novamente. Ela era como um *espanta pesadelo*.

Afasto-me, dando espaço para Elisa, que passa os seus braços pelo meu corpo, mas eu sou muito maior que ela, que fica aninhada a mim, não o contrário. Mas acho que ela não se importa, pois começa a cantar com a voz suave a música *Dançando*.

— *Você acredita no depois, prefiro o agora. Se no fim formos só nós dois, que seja lá fora. O mundo acaba hoje e eu estarei dançando...*

Pela segunda vez na mesma noite, Elisa está espantando a escuridão da minha alma com um gesto tão simples. E eu fico aqui, apreciando sua empatia e sua bela voz. Mas como era esperado, eu não pego no sono. O motivo: a própria Elisa.

Seus dedos que acariciam lentamente a minha costela, sua respiração quente em meu peito, seu perfume entrando em minhas narinas e roubando todo o ar do meu pulmão. E... Porra! Todo o seu corpo minúsculo encaixado no meu.

Resultado: pau duro na hora.

Balanço a cabeça e tento controlar a minha ereção que parece determinada a aumentar a cada segundo. Abrindo um meio-sorriso para ela, esforçando-me muito para não pensar em como eu quero explorar seu corpo e apresentá-la à rigidez dentro das minhas calças de dormir, falo:

— Sua voz é linda, não entenda mal, mas não está funcionando.

Sou sincero, ou quase.

Ela morde o lábio inferior e... Merda! Quero mordê-los também. Merda, eu quero tanto beijá-la, que chega a doer.

— Então quer conversar? Contar sobre o que era o pesadelo? — Ela tira sua mão da minha cintura. — Colocar para fora pode ajudar.

Ah, sim, quero mesmo colocar tudo para fora e depois para dentro. Bem fundo...

Pare. Ela está sendo gentil.

— É sempre o mesmo... Eu criança, pedindo à minha mãe que ela seja como antes e ela me dizendo as coisas terríveis que contei para você.

Elisa coloca a mão no meu peito e ergue a cabeça, seu olhar encontrando o meu.

Será que ela sente o meu coração batendo feito doido?

— Eu sinto muito...

Eu a interrompo:

— Podemos mudar de assunto? Fazer outra coisa? Tudo que não volte a esse assunto de merda?

Ela meneia a cabeça.

— E o que você sugere?

Uns amassos.

— Nosso jogo: *conheça seu amigo*. Curiosidades, confissões, tudo está valendo. Desta vez você começa.

Ela estreita os olhos.

— Milagre você não querer começar. — Ela solta uma risadinha. — Qual seu filme favorito?

— Essa é fácil, achei que fosse pegar pesado. — Sorrio. — Meu filme preferido é 300. E o seu?

— Titanic.

— Jura. Nem podia imaginar. Pensei que fosse mais estilo Matrix.

— Eu odeio filmes de ficção científica, ação.

— Claro, porque a ação que gosta em filmes e livros é do mocinho beijando a mocinha.

Elisa olha para mim e suas bochechas ficam coradas.

E lá vai o meu peito acelerar e minha calça ficar apertada.

— Com quantos anos deu seu primeiro beijo?

— Com doze.

Elisa arregala os olhos.

— Meu Deus, com essa idade eu nem sonhava com beijos. Eu brincava de bonecas e fazer poções mágicas no internato.

Dou de ombros.

— Meninos são mais precoces — explico. — E você, quando foi seu primeiro beijo?

E lá está de novo o tom avermelhado tingindo suas faces.

É muito para eu me controlar.

— Eu tinha dezoito.

— Tudo isso?

— O internato era específico para mulheres. Eu não saía muito quando estava lá. Então, no meu primeiro show, estava com algumas outras colegas de escola, todas elas experientes, me encorajaram a perder minha boca virgem. Querendo impressionar, aceitei. Mas o beijo não foi tudo o que elas disseram que seria. Foi um tanto sem graça.

Não sei por quê, mas ouvir isso me agrada, agrada e muito. Deixa-me feliz também.

— Eu sei que está na sua vez de fazer a pergunta — solto. — Mas primeiro eu tenho de perguntar uma coisa. — Eu a encaro. — Você é bruxa?

Ela franze a testa.

— Bruxa?

— Você falou de poções mágicas e tal.

Ela ergue uma sobrancelha.

— Por quê? Está com medo de que eu faça um feitiço em você? Ou que eu te transforme em sapo?

— Não. Quer dizer... Talvez. Sim. Você pode fazer isso?

Ela gargalha. Alto. Bem alto mesmo.

— Você é louco.

— Você acha?

Sem parar de rir, ela assente.

— Então posso fazer uma confissão, já que, ao que consta, sou louco?

Meus olhos descem para boca de Elisa e ficam ali.

Eu sei que concordamos em demonstrar afeto apenas quando estivermos em público, que nosso casamento será sem envolvimento, apenas de aparência. Mas, estar perto dela, passar um tempo com ela, trocar intimidades e confidências é tão natural, fácil e divertido.

No começo, achava mesmo que deveríamos deixar tudo como no contrato. Mas, agora... Agora, para mim, isso não faz mais sentido.

Elisa me inspira a querer ser melhor de formas que eu nunca imaginei que alguém fosse capaz. Ela me faz pensar em minhas atitudes. Ela me desafia, ensina-me, encoraja-me.

E agora ela está tão perto.

Muito mais perto do que minutos atrás. Não sei se eu a puxei em minha direção, nem como minhas mãos foram parar em suas costas.

— Vou confessar que estou com uma vontade insana de beijar você.

Arfo, sabendo que a rejeição é uma possibilidade, mas me sinto leve, feliz e corajoso o suficiente para não me importar.

Ela arfa. Seu olhar descendo até os meus lábios e depois subindo para os meus olhos.

— Maurício... Eu...

— Elisa, nunca quis beijar alguém como eu quero beijar você. Eu simplesmente quero te beijar até o sol nascer. — Passo um dedo por sua bochecha. — Mas se você não quiser, eu vou entender...

Ela me interrompe, erguendo-se um pouco e colando a boca na minha. Sim, ela começa o beijo, mas eu logo tomo o controle da situação. Minhas mãos envolvendo seu corpo pequeno, puxando-a para mais perto, enquanto coloco mais força e vontade em meus lábios, beijando-a duro, com tesão, desejo e ânsia. Afasto seus lábios com minha língua e a mergulho dentro de sua boca, provando cada centímetro, torcendo para que este momento não seja um dos meus sonhos e que ela realmente esteja aqui, porque preciso que ela seja minha realidade.

Puxo seus lábios e mordo a carne macia. Ela geme, e eu ofego sem fôlego. Assim, desço meu rosto para seu pescoço, lambendo toda a pele ali, sentindo-a adocicada. Elisa só pode ser feita de mel. O mais puro, saboroso e viciante mel.

Os beijos dela são sempre doces, fazendo meu peito ser tomado pela ternura. Ela me puxa para mais perto. Deixando o nosso beijo mais intenso. Nossos corpos pressionados um contra o outro, tenho certeza de que ela pode sentir meu pau duro apertando suas coxas, mas Elisa não se afasta e eu não tento esconder minha rigidez. Porque eu quero deixar claro meu desejo, o poder que ela tem sobre mim, o que ela faz comigo. Como o meu corpo reage às suas carícias, sua proximidade.

Ela se afasta, deitando a cabeça no travesseiro. E eu faço o mesmo, ainda com os braços em volta de sua cintura. Nós dois estamos ofegantes. Suas pupilas dilatam e seu olhar parece agitado de repente, mas ela não desvia os olhos.

— Mais?

Capítulo 31

Elisa

Tudo acontece em câmera lenta.

Maurício coloca suas mãos em meu rosto e os seus dedos compridos apertam as minhas bochechas, segurando firme minha cabeça, deixando-me imóvel e completamente à sua mercê. Observo-o inclinar a cabeça e aproximar sua formosa boca na minha. Então sinto seu polegar passear por meus lábios. Uma carícia prazerosa. Um toque que queima.

Ele cobre meus lábios com os seus, de forma branda e paciente. Molda devagar e intimamente a minha boca. Sua barba fazendo carícias em minha pele. Causando-me uma sensação ainda mais forte que das outras vezes em que ele me beijou. Sinto-me perdida em um prazer denso e quase palpável. Então perco de vez a sanidade e até mesmo a capacidade de pensar, quando seu ritmo muda. E ele com avidez passa a subjugar minha boca com a sua. Nossos dentes batem, devido à pressa e a fome que ele se apossa de mim. Em um segundo, os mesmos dentes puxam meus lábios de um jeito forte e duro, de forma autoritária e controladora. É como se quisesse consumir cada pedaço da minha boca e língua. De tudo em mim, na verdade.

Ofego. Ele suspira.

O ar foge dos meus pulmões. Minhas pernas falham quando sinto sua língua correr pela minha, e um choque toma conta do meu corpo quando ele a suga. Maurício faz isso com vontade e sem pudor algum, diria que joga toda sua virilidade e energia, transformando um beijo em uma demonstração puramente sexual.

Abatida, seguro-me em seus braços, sentindo a rigidez de seus músculos, a veemência de sua pele.

Tremo na base. Ao tocá-lo, percebo um deleite sensual.

Talvez seja por isso que sua mão que está em minha cintura, segura-me firme. Ele desce a boca para meu pescoço, eu solto um gemido enquanto tento desesperadamente respirar. Mas mal tenho tempo de recuperar o fôlego, pois ele volta a pousar seus lábios em mim, agora com mais calma e carinho, num beijo diferente do depravado anterior. Suas mãos agora me explorando e alisando. Seu corpo tão colado que sinto algo...

Noto sua ereção resvalar nas minhas pernas. Incapaz, gemo; inebriada e abatida. Ele aproveita e afunda ainda mais sua língua. Rodando por toda minha boca, fazendo tudo em mim se revirar. Uma sensação diferente sobe por meu corpo, chegando até o topo da minha espinha, fazendo um calor me percorrer por inteiro e, por fim, incendiar o centro das minhas coxas e sentir um calor líquido pulsar ali, como se fosse o magma de um vulcão em erupção, escorrendo...

Senhor!

Que calor! Sinto que estou derretendo.

Maurício se afasta, respirando com dificuldade.

— Que beijo quente, parece que estou pegando fogo.

Tento respirar fundo para conter os ânimos. Inspiro diversas vezes, sentindo a necessidade de levar oxigênio ao meu cérebro para que ele volte a funcionar normalmente. Maurício levanta uma de suas mãos e toca meu ombro. Droga! Minha pele volta a se arrepiar, sinto minhas pernas bambas e começo a tremer.

O que está acontecendo comigo?

Será que perdi a cabeça?

— Sim — respondo depois de um tempo.

Ele sorri.

Maurício ainda respira rápido, quando seu olhar desce pelo meu corpo, ficando paralisado em minhas coxas, desfrutando da minha imagem de pijama.

Olho para a mesma direção, contorcendo-me por dentro ao pensar como estou tão exposta com o meu conjunto de shortinho curto e camisa de alcinha com a estampa da Minnie. Levanto a cabeça para explicar que foi um presente da minha tia, mas acho que ele não se importa com o desenho infantil. Olhos grandes e escuros vagueiam lentamente por cada centímetro do meu corpo, à medida que ele passa a língua longa e rosada pelos lábios carnudos, vejo seu olhar se embebedar com a curva do meu quadril e o vale entre os meus seios.

Maurício levanta a mão e passa os dedos por meu cabelo liso.

— Gosto do seu cabelo solto. — Sua voz é rouca. — Verdade seja dita, gosto do seu cabelo de qualquer forma. Ele é lindo, comprido, macio, e tem um cheiro...

Levo minhas mãos automaticamente para meus fios, na intenção de arrumar uma mecha atrás da orelha, mas minha palma cai sobre as mãos dele. Tento recuar, mas seus dedos capturam os meus, e ele os abaixa junto com os seus para a lateral de nossos corpos. Pensei que ele os soltaria, mas não, ele os mantém juntos ainda, acariciando minha mão com o seu polegar, fazendo todos os meus pelos arrepiarem.

Ele gentilmente tira alguns fios de cabelo que estão em meus ombros e percorre com o indicador toda a pele exposta, em movimentos mágicos, porque parece que há milhões de fogos de artifício explodindo dentro de mim. Fazendo todo meu corpo ondular. O ardor que percebo em minha intimidade é maior do que eu podia imaginar. Um desejo desconhecido se alastra pelo meu corpo, como se fosse um veneno letal.

Meus olhos se fecham e meus mamilos enrijecem, roçando de maneira dolorosa o tecido de algodão.

— Maurício, o que você está fazendo? — Minha voz é baixa.

Sinto seu hálito quente em meu rosto.

— Não sei direito, mas não quero parar — ele diz com um rugido gutural, descendo suas mãos novamente para minha cintura. — Mais?

Eu sei ao que ele está se referindo, mas eu não consigo verbalizar uma resposta.

Maurício leva seu nariz até meu pescoço, minhas costas se arqueiam como reação, rendendo-se a seus movimentos ousados. Ainda mais quando ele lambe minha pele sensível.

— Eu preciso da sua permissão, Elisa. — Ele está completamente perdido.

Ele dá um sorriso sensual, tocando as pontas dos dedos em meus braços e parando sobre meu quadril, pegando no tecido fino da minha blusinha.

— Essa espera está me deixando louco.

Olho para o teto e suspiro fundo.

Ah, Nossa Senhora das virgens em apuros... O que faço?

Sinto as mãos dele descendo até o fim das minhas costas, retorcendo-me por dentro. Fecho os olhos com a sensação de seu toque. É bom demais. Não tem o que discutir ou negar. E... Porra! Nesse momento não há nenhum debate interno. Ah, a quem eu quero enganar. Eu quero.

— Sim.

Maurício suspira forte e alto, de alívio, voltando a envolver minha cintura em um abraço de urso, sua mão espalhada sobre a minha barriga, massageando-a sobre o tecido fino da minha blusinha, enquanto dá pequenos beijos bem abaixo da minha orelha. Isso, bem no meu ponto fraco. Dedos cuidadosos se fixam em meu quadril e me colo ainda mais a ele, se possível, bem em sua virilha, seu membro cutucando em resposta à minha proximidade.

E então seus lábios encontram seu lugar junto aos meus. A princípio, com movimentos suaves, apenas deslizando pela minha boca, contornando-os de forma delicada. Como se estivesse me testando, provocando-me. E eu pego a isca, atrás do meu *peixão*. Enfio as minhas mãos em seu cabelo, puxando-o para cair junto comigo no mar de emoções e sensações que rodeiam nossos corpos. Sua reação é imediata, sua língua prova dos meus lábios por raros segundos, antes de avançar por ele, para o fundo em movimentos frenéticos e ardentes.

Deixando-me aérea. Sem pensamento algum. Completamente perdida.

Neste momento, eu sei que as coisas vão mudar categoricamente dentro de mim, eu estou a milhões de passos do que sou e jamais voltarei a ser. Meus sentimentos e meu próprio eu não duelam mais para saber quem está certo, agora os dois entraram em concordância. Meu corpo deseja o que Maurício está me oferecendo e meu coração não quer resistir.

Maurício me gira em seus braços, sem separar nossas bocas, empurra-me para trás até que minhas costas batam na cama, deitando-me sobre seus lençóis que parecem nuvens de tão macios, o corpo dele se acomoda sobre o meu. Ele praticamente passa a devorar meus lábios e correspondo seu entusiasmo com tudo o que tenho.

Minhas mãos voam para a pele exposta de suas costas, enfiando as unhas ali. Ele geme em minha boca, o murmúrio excitante vibrando entre nossas línguas. Ele acaricia a minha cintura, mas enquanto desce, seu contato se intensifica. Dedos ágeis e experientes apertam a minha coxa fortemente e ele para o beijo.

O olhar de Maurício desce pelo meu corpo e sinto sua mão brincando com a barra do meu short, devagarinho um dedo se infiltra por debaixo do tecido. Interrompo-o de imediato, e ele fica paralisado, olhando para mim.

— Maurício, eu... não — sussurro e desvio os olhos, constrangida. — Isso é loucura.

Ele suspira e, depois de sair de cima de mim, leva as mãos ao seu cabelo em um gesto que já identifiquei como um sinal de agitação.

— Loucura é como eu te quero, aqui e agora. — Ele deixa suas costas baterem na cabeceira da cama. Fecha os olhos por míseros segundos e quando os abre, parece alvoroçado. — Elisa, eu me contive por tempo suficiente. Tentei esconder, negar, mas não dá mais. Eu te quero, eu te desejo muito. Como nunca desejei nenhuma outra mulher antes.

O quê?!

— Maurício, isso não é uma boa ideia. Assinamos, dois meses atrás, um acordo, e transar não faz parte do plano — lembro-o debilmente.

As palavras que saem da minha boca fazem sentido em minha cabeça, não em meu coração.

— Podemos mudar os planos, Elisa — fala numa voz baixa. — Podemos fazer um novo acordo.

Minha pele esfria.

— Você está sugerindo um caso de um ano?

Eu conseguiria fazer isso?

Maurício passa o dedo pelo meu queixo e logo em seguida no meu lábio inferior.

— Estou sugerindo que possamos deixar nossas vontades serem extravasadas, pois é nítida a atração que nos cerca. Você sente a minha presença quando eu não estou com você, Elisa? Porque sinto a sua mesmo que eu esteja a quilômetros de distância. Sonho com você desde que pus meus olhos pela primeira vez em você... Diga que não sente o mesmo.

Tento sacudir a cabeça, numa tentativa inútil e incoerente de arrumar meus pensamentos, mas os dedos de Maurício passeiam por minha nuca, orelha, ombros, deixando a tarefa ainda mais difícil.

— Maurício...

— Eu não devia estar te pressionando, desculpe — ele pede, olhando no fundo dos meus olhos.

— Você não me pressionou. É que... É que eu... não tenho muita experiência e eu-u...

Seus olhos arregalam.

— Porra! Você é virgem?

Sento-me na cama e abraço minhas pernas. Seus olhos chocados não deixam os meus enquanto coloco uma mecha de cabelo atrás da orelha.

— Sim, eu sou. Mas não é como se você não soubesse. Lembro bem quando discutimos a questão, você dizer que eu não sentiria falta de sexo, por não ser uma novidade para mim.

Enrubesço de constrangimento, passando lentamente um dedo pela dobra do meu joelho.

— Eu imaginava que você não tivesse muita experiência. Não que fosse virgem. — Ele aponta para mim.

Estreito os olhos para ele.

— Você e seus julgamentos. Bem, agora você sabe que não posso oferecer tudo o que você quer.

— Você fala de sexo?

Apenas assinto. Ele respira fundo.

— Ouça, Elisa. Eu sei que não sou a melhor opção de homem do mundo, mas eu quero uma oportunidade com você. Não sou nada romântico e esta é a primeira vez que declaro meus sentimentos e desejos assim por uma mulher. E você pode até imaginar o porquê, já que conhece todas as partes ruins da minha personalidade. Também não sou nenhum príncipe encantado ou o cara certo. Bem sabe que sou o oposto disso, mas eu quero você e sei que também me quer.

Pisco, aturdida, algumas vezes. Não consigo dizer nenhuma palavra.

— E o fato de você ser virgem, apenas a torna mais interessante, fascinante — sussurra, seus dedos afagando a minha bochecha. — E não pense que isso é parte de algum fetiche sórdido. — Ele ri maliciosamente. — Eu me comprometo a esperar para quando estiver pronta para ser minha.

Meu coração acelera. Quando ele baixa seus olhos até os meus lábios e se aproxima, o inegável poder de atração que sinto por esse homem novamente dificulta meu raciocínio.

— Eu vou pensar na sua proposta — respondo, por fim.

Dizer "não" é impossível e dizer "sim" é imprudente.

Um sorriso pinta os lábios vermelhos dele.

— Tudo bem. — Ele segura meu queixo entre o polegar e o indicador, enquanto sua voz adota um tom calmo e confiante. — Eu posso esperar para ter você no momento em que estiver se contorcendo de desejo, suplicando que eu te coma. Porque quando você se entregar para mim, vai estar tão molhada que não vai conseguir se segurar.

— Suplicar? Quando eu me entregar? — pergunto, arqueando uma sobrancelha.

— Sim, quando você se entregar para mim, vai implorar por muito mais... — responde com confiança.

Fico boquiaberta.

— Você não está sendo muito presunçoso? Eu posso negar.

Ele dá de ombros, colando uma de suas mãos sobre o meu joelho.

— Ah, Elisa, como eu sei que um mais um são dois, eu sei que isso vai acontecer. Não adianta negar, nós dois sabemos que é verdade. E saiba que eu contarei os dias até poder entrar em você e te fazer gozar... muitas vezes. — Passa a língua pelos seus lábios, deixando-os com uma umidade brilhante. — Contarei os minutos, na verdade.

Enrubesço, meu coração na garganta e meu sangue sendo bombeado em uma velocidade sobre-humana. Afasto-me dele, antes que o meu desejo vença a lógica. Mas Maurício me puxa de volta para perto dele. Seu toque fazendo a minha pele arrepiar. Ele nota a minha reação traiçoeira.

— Droga, Elisa! Quero nós dois juntos. — Sua voz é grave. — Tocar, sentir, provar cada pedacinho seu.

Uma segunda onda de arrepio domina todo meu corpo. E tirando forças não sei de onde, eu me remexo de novo em seus braços e abro um espaço entre nós antes que as coisas cheguem longe demais.

— Maurício... Você prometeu esperar.

Com um resmungo de frustração, ele mantém a distância segura de nossos corpos.

— Tudo bem, eu vou parar e esperar. Mas não me peça para esconder o fato que eu te desejo muito, Elisa. Desejo pra caralho. Assim como não espere que eu não jogue sujo. Porque eu vou fazer de tudo para te seduzir.

Agora é minha vez de soltar um resmungo, pegando um travesseiro e colocando entre nós dois. Maurício ri, gargalha alto, observando o meu gesto inútil.

Ah, como se um simples travesseiro fosse pará-lo...

Que inocência, Elisa!

— Preciso de muita distração neste momento, Elisa. Porque estou prestes a pular em cima de você e não sei se pararia apenas nos beijos.

Meu Deus.

Pense, Elisa.

Faça alguma coisa, Elisa.

— Eu tenho uma sugestão, se você quiser.

— Qual?

— Podemos assistir Titanic.

Maurício ri de jogar a cabeça para trás. E eu me junto a ele, incapaz de resistir.

Depois ele se estica e pega sobre a mesa de cabeceira o controle de sua televisão, conecta na internet e procura pelo filme e, quando começa, ele levanta o braço esquerdo e coloca em volta dos meus ombros.

— Seu eu não posso estar dentro de você agora, acho mais do que apropriado assistir a um iceberg afundar um navio.

A luz do sol que se derrama pela janela aberta me acorda de uma das melhores noites de sono que já tive em toda a minha vida. Durante o filme, acabei pegando no sono, e quando acordei de madrugada, tentei ir para meu quarto, mas Maurício não permitiu, segurando meus braços. E voltar a deitar na cama foi uma das sensações mais intensas que já experimentei. Sim, eu posso admitir que dormir de conchinha com ele é muito bom. E uma surpresa também, pois jamais imaginei que ele seria de atos carinhosos assim, mas foi um choque quando ele continuou me puxando para o seu peito e envolvendo minha cintura com seus braços fortes, que nem se eu quisesse teria conseguido me afastar.

Espreguiçando-me demoradamente, puxo as cobertas amassadas até meu nariz. Se antes achava que a cama dele era uma nuvem de felicidade, agora eu tenho certeza de que ela também tem o cheiro do paraíso. Depois de inalar o suficiente para guardar durante um bom tempo o perfume em minha mente, sento-me e encosto-me na cabeceira, meus olhos percorrendo o amplo quarto à procura do dono do cheiro amadeirado. Então, escuto o barulho do chuveiro.

Olho para o lado, vendo o relógio marcando 7h30. Maurício deve estar se preparando para ir à empresa, eu também deveria estar me aprontando para ir à faculdade.

Então, um estalo soa em minha cabeça.

Normalmente, não costumo me preocupar com a minha aparência quando acordo. Entretanto, agora é diferente. Eu sei que o meu cabelo deve estar parecendo um ninho de passarinho depois de um vendaval. Eu sinto a minha boca seca e meus olhos pregando, cheios de remela.

Jesus!

Maurício não pode me ver nesse estado deprimente.

Jogo as cobertas, na expectativa de fugir para o meu quarto e somente aparecer diante dele quando estiver, no mínimo, penteada. Porém, minha fuga é interrompida, quando pelo canto do olho vejo um movimento.

E, Nossa Senhora! Nem depois de um treinamento intensivo de autocontrole, nada poderia me preparar para visão que tenho à minha frente, quando fixo os meus olhos em Maurício.

Veja se não é muito para o meu pobre coração... Maurício enrolado em uma toalha branca de algodão, todo molhado. Engulo em seco, apertando as cobertas com os dedos e voltando a me encostar na cabeceira. Correndo as mãos pelo cabelo úmido, Maurício me dedica um sorriso radiante, enquanto os músculos de seu abdômen ondulam pelo movimento de seus braços erguidos.

Retribuo o sorriso timidamente e continuo a secá-lo descaradamente. Porque, convenhamos, ele é muito maravilhoso. Tanto que não consigo controlar meus olhos de se embebedarem de cada detalhe dele. O queixo anguloso e forte que complementa tão bem as maçãs do rosto proeminentes e a barba rente por fazer só acentua ainda mais sua masculinidade, fazendo a minha respiração acelerar.

E bendito seja o caminho de pelos que nascem abaixo de seu umbigo fundo e que quero saber onde termina.

Ah, como eu quero.

E você pode! Minha parte irracional grita com seu alto-falante.

Não seja precipitada e safada, deixe que ela pense, fala minha parte de juízo, enquanto ergue seus olhos da revista que está lendo.

Maurício se aproxima da cama, sentando-se ao meu lado.

Ah, Jesus, vê-lo com um pouco de distância é uma coisa, tê-lo ao meu lado, praticamente nu, são outros quinhentos.

Pior ainda é ele me tocando, quando prende uma mecha de meu cabelo atrás da orelha.

— Hum... Eu sabia que você acordava bonita.

Ele ficou cego durante a madrugada?

— Você está brincando, não está? Tenho certeza de que neste momento estou parecendo uma múmia descabelada.

Ele nega com um balançar de cabeça, sua expressão séria enquanto olha para mim.

— Você está linda. Você é linda sempre — ele sussurra, pegando o meu rosto com toda gentileza e levando para perto do dele.

Roça seus lábios nos meus de maneira suave, carinhosa e terna. Meus dedos mergulham em seu cabelo ainda úmido, puxando com força suficiente para fazê-lo gemer. Ficamos assim, beijando-nos como dois adolescentes que estão começando a namorar, ambos satisfeitos com o beijo e nada mais.

Depois de passar alguns minutos me deleitando com a boca quente e viciante dele e o sabor mentolado de seus lábios e língua, é que me afasto de repente.

Minhas bochechas esquentam.

Minha Nossa Senhora!

Quero que o chão me engula neste momento.

— O que foi? — ele pergunta com um sorriso maroto erguendo um canto da boca.

— Eu... É... Preciso escovar os dentes.

Ele gargalha, sem se afastar de mim e do meu bafo matinal de dragão e, para meu choque total, me dá outro beijo.

— Para mim, você está deliciosa. — Ele se levanta. — Mas, se faz tanta questão assim, vá escovar seus dentes. Nós nos encontramos no café da manhã. — Ele começa a caminhar em direção ao que imagino ser seu closet, mas se vira. — E então eu vou devorar sua boca.

Estremecida, apenas o sigo com os olhos até ele sumir por uma porta. Respiro fundo, tentando domar os meus sentidos acalorados e me ponho de pé, seguindo para o meu quarto, onde me entrego a uma chuveirada quente e relaxante. E embora o meu corpo comece a se entregar para a calmaria, a minha mente está longe disso. Meus pensamentos estão na proposta de Maurício.

Sei que logo, logo terei de dar uma resposta. E mesmo que eu pense no lado negativo de aceitar, não consigo evitar a sensação de que, de alguma forma, eu sei que o circo com lonas de desejo está para pegar fogo, queimando-nos juntos. Saio do chuveiro, pego uma toalha e tento afastar isso da minha cabeça. Pensarei nisso depois. Afinal, ele disse que vai esperar.

Uma vez vestida, desço até a cozinha e encontro Maurício sentado ao balcão, em sua postura poderosa e dominante. Ele se vira completamente para mim assim que desço o primeiro degrau, deixando-me vê-lo por completo em seus trajes formais de trabalho, terno escuro e perfeitamente talhado para modelar seu corpo esculpido. Ele parece um rei em seu trono.

Um rei que pode ser meu por um momento.

Sentindo-me atraída como uma mariposa pela luz, atravesso a sala até me juntar a ele, que me recebe com um sorriso contagiante no rosto.

— Tentando escapar? — ele inquire apontando para o banco ao seu lado.

— Do quê? — pergunto ao me sentar e olhar a opção de café que Rosa preparou, optando por três pães de queijo e me servindo de café.

— Do fato de eu devorar sua boca. — Ele faz uma careta. — Usando esse tanto de gloss.

Arqueio uma sobrancelha.

— Não gosta do meu gloss?

— Não é que não goste. É porque se eu devorar seus lábios como eu quero, vai causar uma bagunça total. — Aponta para sua própria boca. — E digamos que não estou acostumado a aparecer na empresa, cheio de batom. Além do mais, não pegaria bem. — Ele suspira fundo e pesado. — Acho que vou ter de deixar os beijos mais calorosos para mais tarde. Agora terei de me contentar com beijos ternos. — Ele pisca, pegando ao seu lado uma caixa grande amarrada com um laço vermelho, que não notei antes. — Isso é para você.

Com a testa franzida, olho para ele com desconfiança.

— O que é isso?

— Ah, não é meu. Rosa disse que chegou ontem pelos Correios. Você comprou algo na internet?

— Não.

Ainda mais desconfiada, começo a abrir o embrulho.

No segundo que vejo o que tem dentro da caixa, pisco repetidas vezes, sentindo todo meu corpo doer e minha cabeça latejar. Levo a mão ao peito. Meu coração está disparado, como se eu estivesse prestes a ter um infarto. Tudo está escuro na minha frente. Sinto um bolo quente subir da minha barriga até a minha garganta. Minha língua queima. Minha pele arrepia. Eu arroto, engolindo um gemido, sem respirar ou até mesmo piscar.

Não posso acreditar que estou mesmo vendo isso.

Sinto o meu corpo cambalear minha visão fica embaçada.

Eu vou vomitar.

Não.

Eu vou desmaiar.

Capítulo 32

Elisa

— Elisa. — Ouço meu nome. A voz rouca de Maurício está preocupada, mas eu não reajo.

Estou travada e congelada no lugar. Incapaz de me mexer. Incapaz de responder. Incapaz de fazer qualquer coisa que não seja continuar lendo as manchetes de jornais antigos sobre meu pai, minha mãe, sobre a minha família.

— Ei, Elisa, o que foi? — Maurício coloca suas mãos em meus ombros, remexendo um pouco o meu corpo. — O que tem dentro dessa porra de caixa?

Olho para seu rosto, os olhos negros aflitos e angustiados. Eu tento, mas não consigo parar de fazer as lágrimas caírem, escorrendo devagar pelo meu rosto.

— M-meu pai... — sussurro piscando algumas vezes para que minha visão embaçada pelo choro entre em foco. — E-era um co... corrupto.

Não consigo parar de gaguejar. Tento virar a caixa, para que cada recorte de jornal caia sobre o balcão, mas não consigo, e quando olho para ver o que me impede, vejo que Maurício a segura.

— Solte — ordeno. — Eu preciso continuar lendo.

— Não precisa, não.

— Ele era ladrão, ladrão... Meu pai não...

— Merda! Me dê isso, Elisa. — Maurício tira a caixa da minha mão, suas sobrancelhas franzindo a cada recorte de jornal que ele lê.

Um dos títulos sensacionalistas dos jornais vem em minha mente como uma flechada certeira:

Operação Boca de Lobo desvenda Operação de Corrupção envolvendo o empresário Paulo Marinho e políticos.

Acusado de corrupção, Paulo Marinho será julgado em setembro.

O empresário Paulo Marinho recebeu mais de cinco milhões de propina do Governador de São Paulo.

E então, o pior de todos.

A Polícia investiga o acidente de Laura Marinho como acerto de contas.

Minha visão apaga de vez e tudo fica escuro. Eu não consigo mais falar. Meu corpo está todo coberto pelo suor, tento recobrar minha sanidade, mas, ao piscar, vejo a imagem do homem que admirava por ser um grande empresário quando eu era criança se tornando cinza. Cada vez que tento respirar parece que os pedaços do meu coração cortam minha alma. Tudo dentro de mim dói de um jeito que eu nunca achei ser possível. É como se meu corpo estivesse em chamas e condenado a queimar eternamente.

Eu não quero acreditar que meu pai era um homem sem caráter.

Eu não quero acreditar que minha mãe foi assassinada.

Pior, eu não quero acreditar que minha mãe tenha morrido por conta do meu pai.

— Olhe para mim, Elisa — sussurra Maurício. — Não acredite em tudo que lê, se tem uma coisa que aprendi durante minha vida toda, é que nem sempre devemos acreditar no que sai na mídia. — Ele pega minha mão e aperta de leve com a dele. — Você está fria e tremendo. Vem comigo, eu vou cuidar de você.

Se há alguém no mundo que pode me prometer cuidado, proteção e realmente cumprir, é Maurício.

Por isso, quando ele passa seus braços pela minha cintura e me pega no colo, deixo minha cabeça cair em seu ombro, sentindo-me segura e protegida em seus braços de ferro. Um refúgio caloroso, onde me sinto livre para colocar tudo para fora, com pequenos soluços baixos, deixando minha raiva e indignação serem extravasadas no processo.

Com um pouco de dificuldade, Maurício me carrega escada acima até seu quarto. Quando passa pela porta, ele a chuta com o pé para fechar. Com passos longos, está diante da sua cama, colocando-me sentada ali. Fica em pé diante de mim, mas eu não consigo erguer minha cabeça para o olhar nos olhos.

— Quer conversar? — pergunta ele, com a voz mais suave do mundo, quase um sussurro.

— Não! — berro, enquanto lágrimas escorrem pelo meu rosto e meu coração bate descontrolado.

Ele respira fundo, mas não diz nada. Então se senta ao meu lado e me puxa para um abraço. Novamente afundo a minha cabeça em seu peito, sentindo o seu cheiro amadeirado e sua pele quente. Ele me aperta forte, novamente sendo meu apoio, minha rocha e meu porto seguro. Choro, choro forte, deixando minhas lágrimas molharem seu terno caro, meus soluços morrem em seu peitoral duro, pensando em todos os momentos que passei com os meus pais, em todas as lembranças boas que tive com minha mãe, em todos os anos de dor que senti pela sua perda e pelo abandono de meu pai. Quando meu corpo balança, tremendo, Maurício acaricia minhas costas, provocando uma terna sensação de conforto.

— Por favor, pare, Elisa — pede um pouco tenso, sua voz profunda. — Eu não aguento mais ver você chorar. Diga o que posso fazer por você.

Observa meu rosto à medida que minhas lágrimas vão parando de descer e minha respiração ficando mais calma. Lentamente, Maurício passa um polegar em meu rosto, acariciando minha bochecha direita, limpando qualquer vestígio do meu choro. Depois, faz o mesmo com a esquerda.

— Só continue me abraçando, Maurício.

— Sem problemas — concorda, apertando ainda mais meu pequeno corpo junto o seu. — Posso segurar você assim o dia inteiro, se você deixar, Elisa.

Sua declaração me acalma ainda mais.

Sinto meu coração amansar e bater em um ritmo menos acelerado. E minhas emoções começam a sossegar. Talvez seja seu toque. Talvez seja sua proteção que me causa tranquilidade e calmaria. Que resgata minha alma do poço sóbrio onde estou me afogando, como se fosse meu bote salva-vidas.

— Quer um pouco de água? — pergunta, sereno.

— Sim, por favor.

Enquanto ele caminha até sair do quarto, eu respiro fundo, olhando para algumas fotografias em quadros enormes distribuídas pelas paredes do quarto. Algumas são de paisagens, outras do pôr do sol. Tudo tão incrível como se tivessem sido capturadas no momento perfeito. Quando Maurício volta, entrega a garrafinha de água, seus olhos são atenciosos para mim. Aposto que ele quer estar pronto para me segurar, caso eu desmorone novamente. Mas não tem nenhuma chance de eu cair agora.

Não junto dele. Não depois de seu consolo. Ele foi tão amável. Delicado. Carinhoso. Na verdade, nenhuma palavra existente pode retratar seu jeito quando ele me segurou, quando ele me levantou e me deixou chorar.

— Obrigada — falo quase em um sussurro, quando termino de beber a água.

— Não tem de agradecer. — Ele se senta ao meu lado.

— Não. Tenho, sim. Eu estou te atrapalhando. Você deveria estar na empresa neste momento.

— Hoje ficarei em casa.

— Maurício. Não precisa ficar por minha causa. Eu estou bem.

— Não está, não.

Remexo-me, inquieta, na cama.

— Você deve estar cheio de reuniões. Eu sei que a empresa está em um momento importante com a parceria com os investidores alemães. Não vou permitir que você falte ao trabalho por minha causa.

— Elisa, escute uma coisa. E espero que você não discuta mais comigo sobre minha decisão de ficar. — Ele para, então coloca uma mecha do meu cabelo atrás da minha orelha. — Você não está bem, está abalada e não é para menos. Qualquer pessoa no mundo ficaria descontrolada recebendo isso. Agora você precisa descansar um pouco, acalmar sua mente e seu coração desse turbilhão. E eu vou estar aqui, ao seu lado, se precisar de algo. Eu vou estar aqui pronto para cuidar de você. E não tem escolha. Não se trata de permissão sua ou não, sim, de eu proteger o que é meu. — Sua voz não deixa motivo para discussão. — Entendeu?

— Sim — cedo, soltando um suspiro.

Com um beijo quente em minha testa, ele se aproxima mais de mim na cama, envolvendo-me de novo em seus braços; aquecendo-me, mantendo-me acalentada. Seus dedos percorrendo meu cabelo, rosto, sempre com carinho e suavidade. Ficamos assim, em silêncio, por um bom tempo.

— Você é bom nisso.

— Em quê? — Seu hálito quente bate em minha orelha.

— Em me segurar.

Ele ri.

— Sempre às ordens, querida.

Eu rio, simplesmente rio, eu já tinha percebido que não me irrito há um bom tempo quando ele me chama assim. As bochechas dormentes devido ao choro doem um pouco, mesmo assim, não deixo de exibir um sorriso fraco.

— Que bom ouvir isso — murmura ele. — Sua risada é o meu som favorito.

Sinto um frio na barriga, parece que tem toda a Antártica em meu estômago.

Eu me viro em seus braços, fitando seus olhos gentis. Então foco em seus lábios. Lábios pelos quais saem curtas respirações em intervalos de segundos. Lábios carnudos, vermelhos e que têm um arco do cupido perfeito. Lábios macios e deliciosos. O centro do meu corpo se enche de excitação, derretendo todo o iceberg que tinha em minha barriga.

— Maurício — sussurro. — Posso pedir que você faça uma loucura?

— Sempre às ordens, querida — repete. — Peça o mundo e farei o possível para colocá-lo aos seus pés.

De um modo totalmente gentil, ele beija minha testa, meu nariz e minhas bochechas.

— Faço tudo o que você quiser — reafirma.

— Será que você pode me beijar agora?

Fico vermelha quando as palavras saem pela minha boca, mas espero que isso não seja motivo para ele achar que estou incerta disso. Pois, pela primeira vez na vida, eu sei o que estou fazendo. Pela primeira vez, também sei que é isso o que eu quero.

Maurício posiciona sua cabeça para me olhar. Seus olhos petróleos focam nos meus, como se quisesse ver alguma hesitação em meu pedido. Mas em meus olhos, eu tenho certeza de que ele só poderá ver a resolução, com uma pequena sombra de desejo e atração.

— Me beije... — peço novamente.

Então ele pisca e começa a baixar sua cabeça em minha direção. E quando a sua boca quente alcança a minha, em um beijo delicado e carinhoso, tenho a sensação de que estou flutuando, passeando e pulando de nuvem em nuvem.

Mas tudo muda quando nossas línguas se encontram e começam a duelar. No mesmo ritmo, os seus lábios passam a tomar os meus com pressa, fome e muita vontade. Eu vibro, gemo, e um choque frio sobe por minha espinha. Inquieta, retribuo o beijo, querendo sentir todo o seu sabor, roubar cada pedacinho dele para mim.

Ele rosna, pegando em punho meu cabelo solto e o puxando para deixar os movimentos de minha cabeça à sua mercê, enfiando fundo sua língua em minha boca.

— Ah, Elisa, beijar você sempre me deixa com o coração acelerado... — ele começa a dizer com a voz ofegante, quase suspirando. Ao encostar sua testa na minha, posso sentir sua respiração acariciar meus lábios. — Você sente isso, não é? Diz que também sente esses pequenos choques.

Fecho os olhos, apreciando o toque.

— Sim, eu sinto. Sempre que estou perto de você. É tão bom...

— Sendo assim... — Suas mãos sobem pelas minhas costas até ambas estarem segurando minhas bochechas, erguendo minha cabeça para que eu olhe para seus olhos tão determinados. — Nós vamos ficar abraçadinhos aqui o dia todo.

Então ficamos abraçados na cama. Estamos tão colados que a cada vez que ele respira, eu sinto as batidas do seu coração.

Depois que Maurício ligou para sua assistente avisando que não iria à empresa, voltamos para nossas roupas de dormir e realmente passamos toda a manhã na cama, deitados, abraçados, assistindo a filmes, vídeos, conversando banalidades, algumas confissões. Sempre evitando falar sobre o acontecido da manhã.

Agora ele está no escritório, resolvendo um problema na produção do protótipo do carro alemão. Poderia estar fazendo milhares de outras coisas, mas apenas fico imóvel na cama, usando o celular para procurar na internet tudo o que eu posso sobre minha família. E quanto mais eu procuro e leio as notícias, mais sinto o meu coração voltar a se despedaçar lentamente.

A cada página, minha cabeça tenta juntar os pedaços da minha vida em algo parecido com a realidade, com qualquer coisa que me ajude a entender. Contudo, nada vem. Nenhum lampejo de sabedoria, nenhuma coerência bem detalhada para explicar como aquelas notícias antigas, dos jornais recortados e da internet, acabaram de mudar o que eu achei que sabia sobre a minha infância e vida... para sempre. Eu não sou mais Elisa Maria Marinho, a menina que perdeu a mãe em um trágico acidente e foi abandonada em um internato pelo pai. Agora eu sou a filha de um homem corrupto, que foi julgado, considerado culpado, preso e que morreu misteriosamente depois de cinco anos na prisão. Ele não tinha falido, como soube antes, a Polícia Federal confiscou seus bens, tudo foi para a União, para pagar pelos rombos que ele e seus amigos políticos fizeram na conta pública.

Fecho os olhos, a necessidade de fugir da realidade é grande. Uma sensação dolorosa e espinhosa, como uma espada gigante sendo empurrada sem dó nem piedade em meu coração. Eu quero gritar, esbravejar, chorar e uivar até tudo em minha vida voltar a ser como antes, e o mais importante, que a verdade sobre como era minha família volte para a caixa de Pandora, que ela seja enterrada, trancafiada em algum lugar inalcançável, jogada no espaço, no mar aberto, no seu devido lugar.

Mas eu não posso fazer nada.

Infelizmente, não tenho o poder de mudar o passado.

A dor no peito não é por mim ou pelo meu pai, é pela minha mãe que, pelo que a polícia investigou e concluiu, foi realmente vítima de uma perseguição, teve seu carro jogado de um despenhadeiro e teve morte imediata. Uma retaliação. Um aviso. Minha mãe perdeu a vida, a juventude, a oportunidade de me ver crescer e compartilhar minhas conquistas por um inimigo do meu pai desonesto.

Nem sei como me levanto, eu não sei como eu chego até o banheiro. Somente sei que entro debaixo do chuveiro completamente vestida. A água quente cai nas minhas costas, fazendo as roupas pesarem. Fecho os olhos com força e começo a chorar. Meus ombros sacodem, soluços chacoalham meu corpo, no entanto, eu não emito nenhum som durante os primeiros vinte ou trinta segundos. Então, a garrafa estoura, e começo a colocar toda a dor para fora. Choro muito. Muito mesmo. Com direito a berros uivantes e nauseantes, que ecoam pelas paredes do boxe.

Achei que estivesse bem, que não me sentia mais perturbada pelo passado dos meus pais, mas há uma diferença entre ficar em paz e não sentir novamente a perda da sua mãe. Eu me sinto tão fraca e debilitada com a verdade, que me apoio nos azulejos para me manter de pé. Então ouço vagamente a porta do banheiro se abrir com um clique, mas somente registro a presença de Maurício até ele estar atrás de mim, envolvendo seus braços na minha cintura.

— Vai ficar tudo bem. Estou aqui com você.

Recosto-me para trás, tirando meu peso da parede e colocando contra o homem atrás de mim, e pressiono a cabeça em seu peito. Choro por tantas coisas. Mamãe morreu de uma forma tão brutal; pelos anos que fiquei no internato; pela vida que poderia ter tido com a minha mãe. Maurício apenas fica aqui, uma das mãos me segurando e a outra acariciando meu cabelo encharcado. Ficamos assim por muito tempo, até a água começar a esfriar. Em algum momento, quando minhas lágrimas secam, ele estica o braço e desliga o chuveiro.

— Suas roupas estão molhadas, pode pegar um resfriado. Permita que eu tire de você.

Tremendo, assinto.

Ele se ajoelha diante de mim e enfia os dedos em meu short do pijama. Depois de descer a peça ensopada por minhas pernas, ele olha para cima.

— Segure-se nos meus ombros para tirar o short dos pés — ele orienta suavemente.

Fazendo o que me foi dito, tiro um pé do short, depois o outro.

— Eu vou tirar toda a sua roupa, tudo bem?

Assinto novamente. Ele desliza a calcinha molhada pelas minhas pernas e a chuto dos meus pés.

— Braços para cima.

Ele puxa minha camiseta encharcada, deixando a roupa pesada cair no chão de porcelanato com um barulho alto. Eu não me movo um centímetro sequer quando ele sai do boxe, pega uma toalha branca enorme e me envolve nela.

— Você consegue caminhar? — ele pergunta olhando em meus olhos. Assinto de novo. — Venha. Vamos procurar algo quente para você vestir e deitar na cama.

— Mas você também está com roupas molhadas — falo, finalmente.

— Eu vou me livrar das minhas roupas depois que colocar você na cama.

Balanço a cabeça.

— Não. Você também pode ficar doente, isso não é o que eu quero. Eu espero você tirar suas roupas.

Os olhos de Maurício dobram de tamanho, e ele parece estar ponderando sobre o que pedi. Acho que logo ele toma uma decisão, pois desabotoa sua camisa ensopada e a deixa cair na pilha no chão. Ele hesita ao chegar ao cós da calça de dormir, olhando para mim mais uma vez, antes de baixá-la. Fico olhando, esperando, até ele continuar. Ele desliza uma perna da calça e depois a outra, antes de se curvar para retirá-la pelos pés. Quando ele fica de pé novamente, entendo por que ele estava tão reticente. O volume protuberante em sua cueca boxer faz meu coração bater acelerado e uma respiração ficar presa em minha garganta. Maurício baixa o olhar para sua ereção, que parece rasgar a qualquer momento o tecido molhado. Ele torce a boca, constrangido e incomodado.

— Me desculpe. Eu... sei que este não é um momento apropriado, mas eu não consigo evitar.

— Não precisa se desculpar — sussurro. — Eu sei como é não ter controle de suas emoções.

Ele levanta a cabeça, analisando meu rosto, engole em seco e enfia os polegares no cós da boxer. Perco o sentido e o chão sob os meus pés quando ele a retira. Seu pau duro bate como uma alavanca contra sua barriga ao se libertar, nunca tinha visto um homem nu ao vivo e em cores. O que tinha visto pela internet não se compara a Maurício e sua grandiosidade. Olho novamente para seu membro, grosso como uma coluna, vermelho como um morango. As veias que o circulam estão cheias e protuberantes.

Um calor repentino se espalha por todo o meu corpo, conforme eu percorro toda a sua linda pele. Eu nunca tinha visto um corpo tão perfeito — abdômen definido, ombros largos, cintura esguia —, mas é para sua excitação inegável que meus olhos ficam voltando, como se ela fosse um ímã. Quando eu vejo uma gota brilhosa na ponta, inconscientemente, lambo os lábios, um som gutural, como um rugido de um leão ecoa pelas paredes frias.

— Porra, Elisa! Não me olhe assim. Não lamba seus lábios. Porque aí, eu realmente não vou ter nenhum pingo de controle. E prometi esperar...

Meus olhos encontram os seus.

O clima muda. Nós dois sentimos. Tensão crepita no ar. É muito insano como as minhas emoções me fazem querer que neste momento ele me segure, que ele me beije, que ele me faça sentir o que eu nunca senti antes. Eu preciso dele dentro de mim. E mesmo que não pareça o momento apropriado, eu tenho absoluta certeza de que não me arrependerei do que quer que aconteça entre nós. Não será errado transformar as faíscas em chamas, jogando-me nesse fogo. Porque agora tudo que preciso e quero é me queimar.

— Eu quero você, Maurício. Eu só quero te sentir. — Meu olhar desce até seu membro grosso antes de eu tornar a encontrar seus olhos.

— O que você está querendo dizer?

— Quero transar com você.

— O quê?!

— Quero fazer sexo com você...

— Isso eu entendi — fala com a expressão tensa. — Mas por que decidiu isso agora?

— Porque é disso que preciso agora.

— Elisa... Você não quer fazer isso.

— Eu quero, sim. Antes que você pergunte novamente se quero fazer isso, Saiba por que quero isso aqui e agora... Eu quero sentir algo que não seja doloroso, embora isso possa doer. Mas sei que vai ser diferente. Você me faz sentir coisas diferentes. Diferentes e boas. Porque com apenas um toque de pele e um pequeno sorriso, embora pareça absurdo, você consegue me acalmar.

Eu o olho nos olhos querendo que ele veja nos meus a sinceridade de minhas palavras. Porque neste momento, eu só quero ser livre. Livre dos pesadelos do meu passado. Eu só quero ter a sensação de como é viver.

— Ah, Deus. Vou tê-la, possuir seu corpo e te dar muito prazer — murmura. — Mas não vou tomar seu corpo aqui. Eu a quero em uma cama.

Com uma rapidez assustadora, ele me levanta em seu colo. Com toda calma, Maurício tira minha toalha e me coloca sentada na cama. Ele olha para o meu corpo de um jeito admirado, como se venerasse cada curva e dobra.

— Porra! Não consigo nem olhar para você sem babar. Você sabe que é linda? Você sabe disso, Elisa?

Eu não consigo responder à sua pergunta. Apenas fico sentada, imóvel, respirando fundo e queimando na frente do homem que tem o controle sobre as batidas do meu coração.

Maurício desce seu dedo pelo meu pescoço, causando a mesma sensação ali. Eu tremo, inquieta, sem saber como controlar as emoções.

— Você está nervosa?

— Sim.

— Então quer que eu pare?

— Não. Jamais. Eu quero que continue.

Então ele se abaixa e começa a passar os lábios pelo meu rosto. Roçando sua barba de leve em cada bochecha. Depois sua língua dança pelo meu pescoço, pela curva de meus ombros e desce até o vale de meus seios, pela minha barriga, umbigo, pelos ossos da minha cintura e até chegar à parte interna das minhas coxas.

Como se fosse um vulcão entrando em erupção é a intensidade do calor que sinto no centro do meu corpo quando Maurício afasta minhas pernas e me deita sobre a cama. E me reviro sobre o colchão quando a respiração dele bate contra meu sexo, a ansiedade do que está por vir, tornando mais difícil a tarefa de respirar. Então ele aproxima dois dedos de mim, acho que ele vai me acariciar, mas não, ele coloca o indicador e médio sobre minha vagina fazendo um V e me abre. E tenho a sensação de que minha alma deixa o meu corpo quando, no meio desse V, ele coloca a língua, lambendo-me, deslizando para cima e para baixo, provando-me, chupando-me, sugando meu clitóris, levando-me a gritar de prazer.

Minha Nossa Senhora!

Como ele consegue fazer isso somente com a língua?

Como ele consegue movê-la rápido e de repente tão devagar, para fora e dentro, indo cada vez mais fundo.

Sua cabeça se enterrando entre minhas pernas, à medida que eu fico a cada segundo mais molhada, sedenta pelas suas vontades, suas necessidades, pelos seus desejos. E quando ele desliza dois dedos para dentro de mim e curva-os, transportando-me à outra dimensão, não sei quanto mais posso resistir.

— Maurício...

— Eu quero você todinha — diz em tom encantado, erguendo a cabeça para encontrar os meus olhos, mas seus dedos ainda continuam me preenchendo, como um bruxo e seus poderes mágicos — Quero provar cada pedaço seu.

Inclinando-se, volta a enfiar a língua no meu sexo, agora mais feroz, devorando minha pele, com força, que parece arrancar minha alma do corpo e substituir por uma brasa em fogo. Embolo meus dedos nos lençóis enquanto o meu quadril se ergue do colchão e se impulsiona na boca de Maurício. Minhas pernas começam a tremer. E ele não para, acelerando ainda mais o ritmo, para dentro, para fora, lambidas e chupadas demoradas e molhadas.

— Isso, Elisa. Deixe sua excitação te dominar. Se solte.

Quando ele volta a beijar minha intimidade, o ar fica preso em meus pulmões, impedindo-me de respirar. Mas Maurício prossegue sua exploração, lenta e implacavelmente torturante.

Eu não podia imaginar que isso seria assim...

Eu não podia imaginar que isso era tão... M-a-g-n-í-f-i-c-o.

— Maurício... — sussurro, mexendo meu quadril, sentindo-me desmoronar e entregar cada gota minha na boca de Maurício.

E ele me lambe todinha, chupando-me como se fosse um animal sedento, não querendo deixar escapar uma gota. Quando ele termina seu banquete, senta-se de pernas dobradas e sorri para mim. Seu rosto lindo imaculado e brilhando com os meus fluidos, coro ao observá-lo lambendo os últimos vestígios que restam em seus lábios. Meus olhos descem para a dureza do seu pau, que ele segura nas mãos, esfregando devagar, apertando cada pedaço do seu membro enorme, e uma onda de desejo me inunda de novo.

— Nossa, você é grande — sussurro, inclinando-me em meus cotovelos. — Mas eu estou pronta, me coma.

Ele ergue uma sobrancelha.

— Elisa, você...

Interrompo-o.

— Por favor, Maurício. Eu te quero tanto, aqui e agora...

Maurício não demora a passar seus braços fortes em minha cintura fina, envolvendo meu corpo delicado e quente com seu poderoso abraço. Os meus seios são esmagados e roçam seu torso nu; o membro, duro como uma pedra se aperta contra meu abdômen. É um fato, sua postura é controladora, entretanto, o beijo que ele dá em minha boca é um tanto carinhoso e muito amoroso, nossas línguas dançam, como se estivessem compartilhando um segredo.

— Eu disse que você iria implorar — sussurra em minha orelha. — Mas quero que saiba de uma coisa, Elisa. Se seguirmos com isso, não dará mais para fingir que nosso casamento é apenas de conveniência — alerta. — Quando eu penetrar você, você será completamente minha.

— E você meu. — Arfo contra seus lábios, levando as minhas mãos até seu peito. — Você é meu.

Sinto-o se posicionar sobre mim, separar minhas coxas e se colocar entre elas. Seu membro ereto se situa diante da minha escorregadia entrada. Vacilo ao sentir seu corpo masculino e quente.

— Se doer muito... Avise que eu paro. Entendeu?

— Sim... — minto.

Eu não tenho a menor intenção de parar Maurício quando ele entrar em mim, porque eu quero que ele me preencha.

Ele estica a mão e abre uma gaveta da mesa de cabeceira, pegando uma camisinha de lá. Enquanto ele a coloca, fico observando, maravilhada. Ele esfrega o pau algumas vezes antes de voltar a roçar em mim. Então, sinto sua ponta entrar, lentamente e com suavidade.

— Jesus!

Minha boca abre com uma arfada enquanto ele me penetra. Surpreendentemente achei que seria mais doloroso, mas é uma dor suportável. Apenas demoro alguns segundos para me acostumar à sensação de tê-lo dentro de mim, e quando estou mais à vontade, ele percebe e se afunda mais. O som dos nossos corpos suados quando se encontram causa um eco em todo ambiente. Ele repete, uma, duas, três, dez vezes.

Aperto os dentes quando uma sensação dolorosamente doce me atinge, arqueio os quadris, encaixando-me em seu membro. Meu coração chega a parar. Seus movimentos médios e profundos me fazem querer parar de respirar. A sensação de um peso frio em meu ventre, chocando-se com o calor do seu fogo é muito... É gostoso *pra caralho*.

— Por favor, mais forte — peço, chocada.

Sinto o meu rosto quente de desejo, de nervoso, quase tendo outro orgasmo. Ele pega meus punhos e os segura acima da minha cabeça, enquanto me penetra com força e depois tira o pau devagar, testando-me, provocando-me, fazendo o meu desejo aumentar mais e mais.

Cada vez que ele tira seu pau de mim e depois mete de novo, meu corpo convulsiona. Os músculos de Maurício tensionam de um jeito novo enquanto ele me prende ainda mais na cama.

— Ah, Maurício... Eu vou... Eu vou...

— Ah, sim, isso, querida. Você me aperta de um jeito tão gostoso — diz e volta a entrar, forte e duro.

Solto minha mão da dele e agarro seu cabelo. Meu corpo todo treme de emoção enquanto Maurício segue firme. Uma, cinco, dez, quinze estocadas. Mais forte, mais rápido, mais fundo...

— Ah, Elisa... — geme ele. — Porra, eu vou... Eu vou... Merda... — sussurra em minha orelha e, ao terminar, a mordisca.

Maurício geme alto, parecendo estar sofrendo a mesma confusão que eu. Até seu corpo convulsionar junto do meu.

— Por favor — grito com a voz rouca.

Fecho os olhos quando o fogo que sinto entre minhas coxas começa a arder com maior intensidade. Jogo a cabeça para trás e choramingo, estremecida de prazer.

— Olhe para mim enquanto eu possuo você e te dou mais um orgasmo, Elisa, não se esconda de mim — diz com um rosnado sexy e possessivo.

Abro os olhos enquanto o vejo tomar centímetro por centímetro de mim.

Um desejo delicioso invade meu ser, enrosco meus pesados e trêmulos braços em seu pescoço, instintivamente, entrando em seu ritmo.

Eu gemo e peço por mais, bem mais, muito mais.

E ele me dá tudo o que quero, prosseguindo seu desumano assalto, excitando-me com as mãos, com a boca, com seu corpo forte.

E eu grito quando uma onda raivosa atinge meu baixo ventre:

— Maaaaurício...

Delirando... Tremendo... Gozando... Muito.

E, em seguida, o corpo dele começa a tremer. Eu o sinto explodindo, perdendo-se. Seus olhos revirando em um êxtase absoluto enquanto ele goza intensamente dentro de mim, e meu coração acelera com orgulho, com fascínio, com...

Ele desaba em cima de mim, suado e ofegante. Por um momento, não fala nada, e só depois se afasta, girando para o lado direito da cama.

— Puta que pariu, Elisa! Você quase me matou — murmura.

— Você também quase fez o mesmo. — Sorrio.

Ele abre um sorriso preguiçoso enquanto se senta e tira a camisinha e a joga no chão, então me puxa para ele, pegando a minha mão, leva-a até o seu peito e a coloca sobre seu coração.

— Você não está entendendo... — Ele suspira uma vez. — Nunca foi tão bom, nunca foi tão gostoso antes. — Ele se inclina e dá um beijo em minha bochecha. — Você sente o que faz comigo, Elisa? Você faz o meu coração disparar.

Eu não consigo responder. Embora, tenha adorado ouvir tudo. Adorei sentir seu coração bater acelerado sob minha mão. Eu adorei a forma como ele me deixou controlá-lo e, sobretudo, adorei como ele me controlou exatamente da mesma maneira.

Maurício nos deita na cama, um do lado do outro, ainda pelados e expostos, tanto os corpos quanto nossos corações.

— Quando acordarmos, podemos fazer mais? — ele pergunta, beijando minha testa.

— Sim. — Mordo o meu lábio inferior.

Ele ri.

— E depois mais. E mais. E mais um pouco de noite, de madrugada. Afinal de contas, você é toda minha.

Ah, Maurício, e você é meu.

Todo meu.

Capítulo 33

Maurício

Acordo sonolento e dolorido. A primeira coisa que sinto é algo quente ao meu lado, um calor ardente e sedutoramente cheiroso. Olho para baixo, onde meu corpo se encaixa com o da minha esposa. Elisa está dormindo aconchegada em meu peito. Seu cabelo espalhado sobre meus ombros, os longos cílios repousando nas maçãs do rosto, a boca fechada enquanto ela respira lentamente pelo nariz. Ela parece tão delicada e tão frágil. Realmente está num sono profundo e virtuoso, bem, não tão virtuosa agora.

Ainda estamos nus, pois caímos no sono após nosso sexo da noite. Remexo-me na cama, com cuidado para não acordá-la e me viro para poder olhar seu rosto com mais atenção. Observo seus lábios macios e ainda vermelhos dos beijos que trocamos. As bochechas coradas, deixando sua pele de porcelana ainda mais iluminada. Meu corpo se atiça ao observá-la.

Fecho os olhos para controlar o desejo avassalador que queima dentro de mim e frear as minhas mãos que imploram para tocar cada curva de Elisa. Mas é inútil, quando milhões de faíscas se alastram por todo o meu corpo, o cheiro dela domina todo o ar do quarto, e as lembranças de nosso sexo estão bem vívidas em minha mente. A visão de sua cabeça para trás, de suas unhas enfiadas — ora nos lençóis, ora em minha pele —, dos seus gemidos, tomada de paixão, de seu grito quase irreconhecível do meu nome, do seu entusiasmo quando gozou, domina-me completamente.

Merda! Elisa é gostosa sem medidas. Nada o que eu pensaria de uma virgem.

Tê-la em meus braços e enfiado em sua boceta imaculada, foi incrível. A melhor experiência da minha vida.

Meu pau estremece em concordância.

Porra, deixe que a garota durma, Ferrer. Você sabe como está vulnerável e fragilizada com tudo que aconteceu. Ela precisa descansar um pouco.

Eu sei e ainda dói em cada pedaço do meu coração lembrar o sofrimento que vi em seus olhos, a decepção em sua face, seu pranto e soluços angustiantes debaixo do chuveiro. Eu queria ter o poder de acabar com seu tormento, mudar o passado, mas eu não posso. A única coisa que está ao meu alcance é ficar ao seu lado, ser seu apoio e consolo.

Enfio uma das mãos em seu cabelo macio e coloco a outra em sua cintura fina, grudando-a em mim, prometendo que, de hoje em diante, eu farei tudo e mais um pouco, do possível ao impossível, para que não fique triste ou completamente fragilizada por nada nem ninguém. Assim como a manterei segura e protegida em meu abraço.

Também tenho que estar sempre a postos com o meu punho de ferro para quem ouse perturbar sua paz. Porque eu tenho certeza de que o presente de grego não caiu do céu, assim como o algoz responsável pelo envio não parará por aí. Meu peito infla, sinto um peso em minha alma e um nó fecha minha garganta. O infeliz que se prepare para quando eu pegá-lo, não terei um pingo de piedade, agirei como um leão faminto e o destroçarei por completo.

Elisa se revira, apoiando suas costas em meu peito, formando a famosa conchinha. Eu nunca havia dormido assim com nenhuma outra mulher. Eu nunca fui de demonstrar afeto. Agora parece ser o que preciso. Apreciando a posição, passo uma perna por cima de suas coxas. Isso faz com que Elisa se aconchegue ainda mais em mim, o que acaba deixando meu pau encaixado perfeitamente na sua bunda que tanto admiro. O pobre que já estava ereto, imediatamente enlouquece. Tanto que é impossível evitar um pequeno gemido sair dos meus lábios. Um desejo devastador percorre a minha carne e alma, e sou apoderado pela comoção plena e perfeita de estar completo; querendo voltar a se abrigar dentro do calor úmido e quente dela, de fazê-la minha novamente.

Tomado por esse sentimento de posse, enfio meu nariz em sua pele macia, seu cheiro floral está misturado ao aroma do nosso sexo. Sorrio, satisfeito. Abraço seu corpo ainda mais forte, mas quando faço isso, uma sensação que nunca senti antes me invade pouco a pouco, e preenche meu vazio. É como se Elisa pertencesse aos meus músculos, à minha alma e ao meu coração.

Elisa volta a se mexer em meu abraço, virando seu rosto para o meu peito. Penso que ela está tentando procurar uma nova posição para continuar dormindo, mas logo os olhos azuis estão em mim, ainda sonolentos, mas cheios de sentimentos.

— Bom dia! — Minha voz é rouca. — Dormiu bem?

Então ela desvia o seu olhar para responder:

— Bom dia. Dormi bem, pelo menos quando pude. Quando não estávamos fazendo...

— A voz que quase não passa de um sussurro morre e as suas bochechas adotam um tom de vermelho vívido. Aí está a menina inocente e tímida que eu cobicei desde a primeira vez que a vi e que, agora, eu corrompi. Elisa pode ser sensual e fatal na cama, levar-me à loucura e ao mais elevado topo em uma escala de tesão, mas também pode ser a garota acanhada e corada depois.

Ou ela está pensando que tudo isso foi um erro! Uma parte minha grita.

O pensamento me sufoca.

— Arrependida? — pergunto rápido, minha voz treme de angústia.

Ela sorri e parece que o som entra direto em meu coração, acalmando o coitado e aliviando todas as paranoias que queriam invadir minha mente.

— Não... — Levanta o rosto do meu peito e cola seus olhos cor do mar nos meus; o brilho de felicidade neles sendo reflexo dos meus. — E você?

Vejo a mesma ansiedade que acabou de me atormentar cruzar suas belas feições.

— Nunca! — respondo, firme.

A resposta parece agradá-la, pois ela solta um suspiro audível. Eu a abraço e beijo sua testa. Com ela junto a mim, cubro de novo sua boca com a minha, totalmente viciado em seus lábios gostosos. Elisa geme profundamente. Bem, e meu pau, você já deve imaginar que somando ao estado insano dele de antes e com este momento, agora está em um nível incalculável de loucura e excitação.

Ficamos nos olhando por meros segundos. Uma tensão ardente e potente crepita no ar. Palavras são desnecessárias. Ambos compreendemos o que desejamos e queremos. Tanto que nos movemos ao mesmo tempo para unirmos nossas bocas, deslizando nossas línguas uma sobre a outra.

Elisa segura minha nuca, enquanto enfio as mãos em seu cabelo. O beijo explode como erupção solar, causando uma mudança no campo magnético e irradiando partículas de alta velocidade diretamente em nossa libido. Eu a giro sobre a cama, colocando-a de costas, erguendo seus braços acima de sua cabeça e prendendo seus punhos ao mesmo tempo em que ela enrosca as pernas em minha cintura. Meu corpo pressionando o dela com força e rigidez, a mão livre desce por todo o corpo dela, sentindo toda sua pele, deliciando-se com sua maciez.

Ofegante, separo nossas bocas.

— Não existe um homem sequer neste planeta que não desejaria estar no meu lugar neste momento — digo, tomando o rosto dela com as mãos enquanto acaricio seus lábios com o polegar. Sentindo-me um animal selvagem perseguindo sua presa, passo minha boca por seus ombros e subo minha língua pelo seu pescoço. — Sua mente e seu corpo nunca vão se esquecer das coisas que eu posso fazer com você. Cada mínimo centímetro de sua pele vai me sentir para sempre.

— Ai, meu Deus — ela arfa.

Com os olhos presos nos dela, desço da cama, ajoelho-me lentamente e puxo o corpo de Elisa até a beirada do colchão. Abro suas pernas e as coloco sobre os meus ombros. Delicio-me com os sons de seus gemidos antes mesmo de fazer qualquer contato com sua pele escorregadia e inflamada. Passo uma das mãos pela barriga dela, depois deixo um beijo em cada tornozelo.

— Diga o quanto você quer que eu a beije aqui — sussurro, movimentando a língua por sua panturrilha, muito devagar, ao mesmo tempo em que meu dedo indicador faz pequenos círculos sobre a fenda molhada.

Esta já está encharcada para caralho, nem sei como estou conseguindo me controlar.

— Ah, Maurício, por favor... — implora, erguendo seus quadris em direção ao meu toque.

Abro ainda mais suas pernas, enfio minha cabeça entre elas e exalo com profundidade seu cheiro estonteante e doce, antes de lamber seu clitóris. Escorrego um dedo para dentro dela, deslizando-o devagar ao mesmo tempo em que sorvo seu fluido doce que escorre em abundância. E, por todas as porras do mundo, é a coisa mais doce e saborosa que minha língua já experimentou. É puro mel. Abriria mão de qualquer coisa em minha vida para sentir esse sabor, para cheirar, tocar e explorar cada pedacinho dela de forma íntima, todos os dias para o resto da minha vida.

— Você é deliciosa — sussurro, enfiando meu dedo e minha língua mais fundo.

A respiração de Elisa corta o ar, o corpo arqueando e tremendo, deixando-me mais ávido ainda. Meu membro está quente e ainda mais duro, ardendo cada centímetro para estar dentro dela, toda vez que ela grita o meu nome e puxa meu cabelo. Tenho que me segurar o máximo para não explodir sem nem mesmo penetrá-la. Quando eu sinto que ela está perto do seu limite, diminuo a velocidade da minha língua, deixo que se recomponha e começo tudo de novo, por alguns minutos, até estar certo de que ela não aguenta mais tanta tortura.

Quando as coxas dela estremecem com as ondas de seu orgasmo, agarro as laterais de seus quadris e a puxo com mais força ainda de encontro com a minha boca faminta, mordiscando, sugando e puxando a carne intumescida e aveludada levemente com os dentes.

Antes que ela possa descer das nuvens completamente, com minha língua desenho círculos lânguidos pelo seu corpo. E quando estou de pé, olho em seus olhos, o rosto dela ruborizando, a respiração entrecortada.

— Seu corpo foi feito para ser meu. — Deslizo minha língua até o queixo dela, as mãos segurando sua cabeça para ela ver a verdade em meu olhar. — Cada pedacinho dele foi feito para mim. — Agarro um de seus seios, passando um dedo pelo mamilo ereto. — Você é a minha fraqueza, uma fraqueza muito doce e tentadora.

— Eu preciso sentir você dentro de mim, Maurício — sibila ela. — Agora.

É só o que eu preciso para me esticar até a mesa de cabeceira, pegar uma camisinha, agarrar a parte de trás de seus joelhos para colocar suas pernas ao redor da minha cintura e me enfiar em sua intimidade úmida e ardente.

Após pouco mais de uma hora, estou finalizando a reunião com a Alfa Romeo, um grupo italiano que produz carros esportivos e luxuosos, que estão procurando uma fábrica no Brasil para exportar seu produto ao continente latino completo. Eles têm muito o que oferecer à F&D, uma nova oportunidade de crescimento ao mercado internacional, que juntando a parceria com os investidores alemães nos colocará de vez no comércio estrangeiro, bons incentivos fiscais junto ao governo e o desafio de trabalhar com uma novidade para nós, um modelo de carro que agrega tecnologia híbrida aliada ao motor V8; no modo puramente elétrico.

Pela expressão de entusiasmo que vi nos rostos dos executivos italianos ao ouvirem minhas ideias e propósito da minha empresa, eles estão mais do que inclinados a assinarem contrato conosco. Só pediram mais uma reunião na produção da empresa para uma resposta final.

E, pelo visto, a viagem repentina até Chicago valeu a pena.

Eu fechei um bom negócio.

A parte ruim, é que há três dias estou longe de Elisa, que se recusou a vir comigo por conta da faculdade. Caralho, todas as noites quando vou dormir, eu sinto falta de seu corpo ao meu lado. Para piorar, não consigo parar de pensar em nossas noites juntos, quando eu podia beijar, tocar, sentir cada parte de seu corpo. Tudo o que eu quero são as nossas noites quentes e suadas. Tudo o que mais eu desejo é que esses dois últimos dias que eu tenho de ficar aqui passem rápido para que eu possa voltar para casa e tê-la comigo. Assim que eu colocar os pés no apartamento, eu a puxarei para mim, levarei para o banho comigo e farei amor com ela sob a água fumegante. Farei amor com ela na cozinha. Na varanda. No meu escritório. Em sua biblioteca. Na sala de jantar. Na sala de estar. Porra! Eu farei amor com ela em todos os lugares possíveis.

Pego meu celular, para ver se tem alguma ligação ou mensagem de Elisa, já que é essa a forma que tem nos mantido conectados à distância, mas não há nada. Ela está fora de área desde ontem. Isso não é algo comum. Fico inquieto, uma sensação estranha toma meu corpo.

Será que aconteceu algo com ela? Com sua tia Carmen?

Agitado, disco seu número. A ligação chama... Chama... Chama e quando acho que ela não vai atender, finalmente ouço sua voz.

— Maurício... — Ela arfa, sem fôlego, com a voz embargada.

Sinto um arrepio frio subir por minha espinha.

— Elisa, o que aconteceu?

Ela funga.

— Eles descobriram quem eu sou.

— Eles quem, Elisa?

— A imprensa. Todos eles sabem quem eu sou. Elisa Maria Marinho, filha do empresário corrupto — diz ela com a voz baixa. — Saiu hoje em todos os jornais e noticiários locais. A entrada do condomínio está tomada por jornalistas e paparazzi tentando chegar até mim.

Porra!

Como isso foi acontecer?

— E onde você está agora? — Passo as mãos pelo meu cabelo, tentando compreender a magnitude disso tudo. — Você está bem?

Pela sua voz, eu sei que não. Agora faz todo sentido ela ter desaparecido por esse tempo, porque sua vida virou de cabeça para baixo.

— Eu estou no apartamento. Na varanda. Olhando para o céu, tentando conduzir minha mente para outros pensamentos que não sejam o passado e meus pais — sussurra, a voz fina e assustada.

Fico com o coração apertado. Esse não é o jeito natural de Elisa.

— Ah, querida... Vou reorganizar meus planos para voltar para casa mais cedo — sibilo rápido, tentado pela necessidade de jogar tudo pelos ares e me juntar a ela.

— Não precisa — diz ela.

Se não estivesse escutando com atenção, não notaria o tremor na voz dela. Seleciono o número de Maria, minha assistente, e envio uma mensagem urgente para que ela consiga um voo o quanto antes para mim, de preferência ainda hoje.

— Discordo. Você precisa de mim e eu prometi estar sempre perto.

Ela suspira fundo.

— Não posso argumentar contra isso.

— Te ligo mais tarde.

— Não faça nada precipitado. — Seu tom de voz é tenso. — Estou apenas incomodada com esse tanto de gente querendo arrancar algo de mim, quando eu não sei de nada. Eu estou bem.

Mas eu não estou.

Ela precisa de mim. E eu estou longe.

Tudo isso deixa meus nervos atormentados.

— Estarei aí o mais breve possível.

— Esperarei por você.

Fico tamborilando com o dedo no telefone depois que ela desliga. Então, tentado, procuro na internet as notícias que ela citou. E a cada uma que leio, sou obrigado a trincar os dentes. Às vezes, os jornalistas não são nada humanos. Eles não se importam com os sentimentos ou como suas palavras irão atingir o outro lado da moeda e somente suas verdades importam. Merda!

A imagem de Elisa encolhida em sua cama, com os olhos arregalados de medo, me sufoca. Cravo os dedos na palma da mão. Minha mente trabalhando na velocidade da luz, abrindo-se em várias possibilidades de como a mídia chegou a essas novas informações. Apenas uma faz sentido. A mesma pessoa que enviou o presente para minha esposa, com certeza está atrás disso também.

Bufo alto e mando outra mensagem para minha assistente, eu preciso de um investigador. Isso passou dos limites. Eu preciso descobrir quem está por trás disso tudo.

Quem fez isso, cometeu um erro enorme e pagará caro. Paparazzi nas ruas, espionando-a, pressionando-a, querendo uma notícia bombástica. Não é de admirar que ela tenha parecido assustada. Eu esmagaria a pessoa que violou a privacidade da minha esposa a esse nível.

Quanto mais penso nisso, mais difícil é controlar a minha raiva.

Quase onze horas de voo, eu finalmente chego. Pelo fuso horário, já é noite. Todo apartamento está escuro, imagino que Elisa esteja dormindo. Querendo saber o estado emocional real dela, subo depressa as escadas, de dois em dois degraus, indo diretamente para o meu quarto, na esperança de encontrar minha esposa em minha cama, mas o lugar está vazio.

Elisa deve estar em seu quarto. Com um suspiro abafado, coloco minha mala no chão, tomo um banho rápido, apenas para tirar o cansaço da viagem, pego uma calça de dormir e vou até o quarto ao lado.

Respirando fundo, abro a porta. Dentro do quarto à meia-luz, encontro Elisa encolhida no meio de sua cama. Aproximo-me e me preparo para deitar ao seu lado, certificando-me de não fazer barulho e acordá-la. Com cuidado, deito atrás dela e a puxo para o meu peito, mas logo ela desperta, assustada, enrijecendo em meu abraço.

— Relaxe, querida. Sou eu.

— Maurício... — Ela tenta se levantar.

O alívio e a esperança que vejo em seus olhos eliminam o lampejo de aborrecimento que senti por ela não estar em meu quarto, em minha cama. Com Elisa em meus braços, fecho os olhos e a aperto em meu peito. Seu cheiro tão meigo e viciante logo atingem meus sentidos.

— Eu estou aqui. — Com um sorriso, beijo seu pescoço. — Vai ficar tudo bem.

Ela se aconchega em mim com um som bem satisfeito.

— Obrigada.

Eu a puxo mais para perto.

— Sempre às ordens, querida. Para tudo o que precisar. — Beijo sua testa. — Durma. Amanhã será um novo dia.

— Ok — ela murmura sonolenta.

— Boa noite!

— Boa noite!

Olho pela milésima vez para o relatório que o detetive Gouveia me enviou por e-mail, há dois dias, mas não há nada aqui que eu não saiba. Espero que ele me dê explicações por que em vez de procurar o dono do pescoço que minha mão torcerá, ele investigou minha esposa.

Elisa Maria Marinho

Data de Nascimento: 22 de novembro de 1999, São Bernardo do Campo – SP.

Filiação: Paulo Antonio Marinho, nascido em Canoas em 1 de abril de 1969, falecido em 20 de janeiro de 2017.

E

Laura Rosa Marinho, nascida em Pelotas em 15 de julho de 1972, falecida em 15 de dezembro de 2015.

Formação: concluiu o ensino fundamental e médio no internato Olimpic, na cidade de São Bernardo do Campo, em 20 de dezembro de 2018. Mudando-se para São Paulo, capital, no ano seguinte com a ex-diretora Carmen Miranda Basílio. Atualmente cursando o segundo período do curso de Literatura na USP.

Ocupação: atualmente sem emprego fixo ou atividade remunerada. Seu último trabalho de carteira assinada foi na Cafeteria Coffee Majestic, onde atuava como atendente e faxineira nos dois turnos. Início do trabalho, 15 de março de 2019 e final de contrato: 04 de julho de 2019. Motivo de desligamento não foi confirmado.

Endereço: condomínio Terras Alphaville, São Paulo.

Dados Bancários: sem informações pertinentes.

Dados de dívidas: sem indicações no SPC ou Serasa.

Demais informações: nenhum outro parente vivo encontrado. Assim como nenhuma informação de escolha política ou religiosa.

Estado Civil: casada.

Escuto uma batida e, em questão de segundos, o investigador entra pelas portas duplas. Aceno para ele, indicando a mesa de canto de sala, onde ele se senta na cadeira, colocando a pasta sobre o tampo de vidro e logo depois passando as mãos por seu cabelo grisalho.

— Uísque? — ofereço antes de ir ao seu encontro.

— Não, obrigado.

Ingiro mais uma dose, antes de me sentar ao seu lado.

— Então, descobriu alguma coisa além do histórico da minha esposa?

Tento, mas não consigo esconder a irritação.

— Eu sei que me contratou para descobrir quem está tentando perturbar sua esposa, mas quero explicar o porquê de criar um relatório sobre ela. — O detetive Gouveia abre sua pasta, tirando alguns papéis de dentro, que entrega para mim. — Para resolver o problema, temos de juntar todas as peças do quebra-cabeça. Então eu comecei pela família Marinho. E quem procura, acha. Em minhas investigações acabei encontrando algumas informações que acho que são necessárias.

Fito-o, curioso.

— Quais informações?

Ele se remexe em seu assento, respira fundo, como se estivesse se preparando para dizer algo muito importante.

— Há anos, antes de se mudar para São Paulo e abrir sua empresa de construção civil, Paulo Marinho e a esposa moravam em uma mansão de milhões de reais no sul do país, tinham casas na Europa e uma no Havaí, o pacote completo de vida dos sonhos. Mas tudo desmoronou quando foram acusados de evasão fiscal e apropriação indevida.

Minhas sobrancelhas se levantam de forma repentina.

— Como é?

— Paulo Marinho tinha multiplicado toda a sua fortuna através de esquemas fraudulentos. Além de deixar de pagar taxas, impostos e outros tributos, por meios ilícitos, com ocultação de patrimônio e renda, contratação de notas fiscais ou faturas. Ele criou uma empresa de seguro, onde ele emitia apólice de seguros de casas, terras, empresas e propriedades para pessoas inocentes, sem nenhum fundo de resgate. As vítimas faziam todo o pagamento das parcelas, mas quando iam resgatar o prêmio, nenhum pagamento era feito, pois ele alegava que o governo, com a taxa de inflação e juros, tinha debitado da conta toda a quantia. Algumas famílias denunciaram o caso, ele chegou a ser investigado pela Polícia Federal, mas houve dificuldade em achar provas concretas sobre a corrupção, e o atuou apenas como sonegador de impostos, apreendendo suas contas e propriedades.

Eu sabia que Paulo Marinho tinha uma conduta administrativa muito questionável, contudo, não achei que ele tivesse outros crimes em sua ficha.

Merda! Não quero ver como Elisa reagirá ao descobrir mais isso sobre seus pais.

Analiso o detetive Gouveia rapidamente. Ele parece despreocupado, enquanto tira mais papéis de sua maleta.

— E o que seus crimes antigos têm a ver com tudo isso? Com a perturbação da minha esposa? Aliás, você descobriu quem está por trás disso tudo? — pergunto, querendo ir direto ao ponto.

Gouveia direciona seus olhos para mim e limpa a garganta antes de falar.

— Não, ainda não cheguei a peça final do quebra-cabeça. — Ele torce o nariz, contrariado. — Mas quem quer que esteja fazendo isso, com certeza fazia parte do passado de Paulo Marinho, pode ser alguém que foi prejudicado pelo seu esquema mentiroso de apólice. Pode ser alguém que foi usado como laranja nos casos de propina. Pode ser algum político que acabou perdendo o mandato depois da operação. Inclusive, pode ser uma das muitas amantes de Paulo Marinho. A lista é grande.

O detetive me entrega um pequeno envelope.

— O que é isso?

— São alguns nomes que levantei como suspeitos.

Abro o envelope, encontrando alguns nomes que nem sequer consigo associar um rosto. No entanto, ao final da lista, sou tomado de surpresa quando leio alguns nomes conhecidos.

Deixo o papel sobre a mesa.

— Por que algumas pessoas relacionadas a mim estão aqui?

Gouveia se recosta na cadeira e ajeita sua gravata.

— Como eu disse, para resolver tudo, precisamos de todas as peças. Nenhuma pode ser deixada de lado. E se sua esposa não for o alvo? Os presentes nesta lista têm motivos para querer alguma vingança contra você?

Meus nervos ficam tensos e meu sangue corre frio até a espinha.

Porra! Ele tem razão.

— Sim.

O detetive dá de ombros.

— Algum que teria mais razão? — Neste momento, o celular de Gouveia toca. — É mais uma informação importante sobre a investigação.

Aceno com a cabeça, enquanto ele atende à ligação.

Volto a olhar para a lista. Meu cérebro zune com uma urgência que faz meus pés baterem apressados no piso e minhas mãos fecharem em punho.

David Alencar desceria a esse nível? Ou Cintia, desprezada, deseja alguma vingança maluca? Nem o doutor Costa pode ser eliminado da curta lista de suspeitos, uma vez que ganharia uma quantia extra de dinheiro se o meu casamento, de alguma forma, for prejudicado por toda essa situação.

O detetive assobia ao telefone, tirando-me dos meus pensamentos e chamando a minha atenção para ele.

— Certo, Fred. Obrigado por essa informação! — ele diz antes de desligar.

— Algo importante?

Gouveia guarda o celular em seu bolso. Logo está me olhando, seus olhos marrons cintilam à medida que um sorriso que expõem todos os seus dentes se desenha em seus lábios.

— Acredito que a senhora Ferrer precise urgentemente de uma equipe de segurança.

— Por quê?

— Porque os registros das câmeras de segurança de seu prédio, de lojas próximas à universidade e da clínica Bem-viver, onde a tia dela é paciente, mostram que sua esposa está sendo seguida, há dias.

Sinto os meus olhos apertarem, meu coração perder uma batida e minha respiração ficar dificultada com a informação.

Porra!

A situação é pior do que eu imaginei.

Eu preciso proteger minha esposa.

Capítulo 34

Elisa

Um calor absurdo queima a minha pele, como se eu estivesse esparramada sobre uma cadeira, de biquíni e tomando sol em alguma praia, com raios solares ondulando sobre meu corpo até estar insuportavelmente quente. E por mais que eu tente escapar e deixar minha pele ter um pouco de frescor, a robustez que emana o calor torna difícil me mexer. Há uma perna peluda em minhas coxas e braços musculosos em minha cintura. Ambos me apertando forte, como se quisesse fundir nossos corpos.

Muito lentamente movimento os braços e pernas, até conseguir me livrar do abraço de urso. Logo um gemido de protesto pode ser ouvido de Maurício, que não acorda e apenas rola para o outro lado, dando-me uma visão perfeita de sua bunda coberta apenas por uma cueca boxer preta e suas costas levemente vermelhas e com pequenas ranhuras causadas pelas minhas unhas.

Um rubor cobre as minhas bochechas.

As últimas noites têm sido para lá de ardentes e cada lembrança me deixa envergonhada. Mas o constrangimento nem chega perto de como eu aprecio cada um desses momentos. Eu amo que o meu corpo arda e pulse todas as vezes que Maurício me toca, de como o meu coração sempre reage batendo acelerado quando ele me beija, e é inegável que enlouqueço com a sensação de ser tomada por ele, gritar seu nome e me desfazer sob ele.

E se dentro de mim as batalhas já estavam bem ruins, mesmo antes de Maurício ter me tocado, agora eu sinto que elas podem ficar ainda piores. Tudo está confuso demais para mim. Até mesmo meus pensamentos estão numa desordem só, pois parece que estamos vivendo algo simplesmente surreal. É como se tudo que existiu antes, agora tenha desaparecido do planeta. Ele não é mais o bundão arrogante de antes, não se esconde, compartilha tudo de sua vida comigo, é gentil e sempre está preocupado com tudo ao meu respeito.

É como se ele tivesse mudado da água para o vinho.

E o meu cérebro ficou mais confuso quando, há duas noites, ele exigiu que, de agora em diante, eu tenha um motorista particular para me levar para onde eu quiser, e mesmo que eu tenha tentado contestar, dizendo que estava bom demais usar carros de aplicativos, fui surpreendida com sua justificativa de que ele se sentirá menos preocupado se eu estiver segura, já que tudo indica que alguém está me seguindo.

Também houve a mudança do meu quarto para o dele, agora dormimos juntos todos os dias... Essa mudança me deixou um pouco nervosa e hesitante, mas não vi motivos para negar. Porque eu me sinto segura ao lado dele, estranhamente feliz e não é nada mau dormir de conchinha todos os dias, sentindo seus músculos fortes e seu perfume.

E, *hum*... Quando ele me acompanhou à Bem-viver, alguns dias antes, tive de enfrentar toda a força de ser casada com um homem tão rico e bonito como ele. Maurício simplesmente encantou todos os funcionários e ganhou mais do que alguns sorrisos da minha tia, parecendo o príncipe perfeito, com sorrisos e conversas agradáveis. E eu nem preciso dizer que ele praticamente fora eleito pelos demais pacientes como a melhor visita, ao presenteá-los com uma tarde de muita pizza, doces e tudo o mais que foi permitido pelos médicos.

Quando estávamos saindo, ele foi atrás de um dos diretores e, como se tivesse um interruptor, desligou seu charme e acionou o lado homem de negócios. Ele quis saber sobre a segurança da clínica, como evitavam que estranhos entrassem no quarto da tia Carmen e quem ficava com ela quando não era hora das refeições. Depois quis saber sobre todo o tratamento que ela está enfrentando e como estão as condições de sua saúde, especialmente se ela pode ser liberada para viagem a Angra. A sinceridade dele em relação aos cuidados e à segurança da minha tia fez meu coração já bambeado, despencar de vez aos seus pés.

É, eu não tenho mais como esconder. E agora, por mais que eu tente negar, por mais difícil que seja admitir, a verdade é que eu o amo. Bem mais do que eu gostaria, bem mais do que seria saudável. Contudo, sentimentos não se ligam e desligam, é mais complicado do que isso. E, apesar de eu estar finalmente convicta dos meus sentimentos, não posso gritar ao vento, como sempre me imaginei fazendo quando encontrasse a minha alma gêmea. Se eu me permitir desfrutar da realização de minhas fantasias, serei a única pessoa que sairá machucada de verdade de toda esta história, porque, mesmo depois de tantas mudanças, ainda não sei denominar o tipo de relacionamento que Maurício e eu temos agora. Uma parte do antes continua intacta e bem-guardada, ainda assim, nosso envolvimento tem um prazo para acabar.

Sinto novamente meu corpo nu ser puxado para dentro de braços musculosos, abraçando-me com força e me erguendo em seu peito para fundir meus lábios aos deles.

— Com certeza há muitos privilégios de ter você na minha cama.

Solto um suspiro com os doces beijos, mas **tão logo** sorrio e inclino a cabeça para o lado, erguendo uma sobrancelha.

— Você só me quer aqui por causa do sexo.

Ele arregala os olhos e um sulco profundo surge no meio de sua testa.

— É isso que pensa de mim? — Passa um dedo pelo meu queixo e lábio inferior. — Assim, você está me magoando, querida.

— É preciso bem mais do que isso para te magoar, fofinho.

— Você é cruel, bastante cruel, Elisa.

— É bom você ir se acostumando — digo, enrolando-me no lençol e levantando da cama.

— Espere, aonde você vai? — Ele se ergue sobre os cotovelos. — Não acredito que esteja pensando em tomar banho sem mim. Eu não admito isso...

Vejo-o sair da cama em um pulo e dar um longo passo em minha direção.

— Você só quer alguém para esfregar suas costas.

— Ah, pode contar com isso, querida. Depois de ontem à noite, não quero arriscar arruinar sua obra de arte em minha pele. — Ele sorri, divertido, e neste momento tudo o que quero é enfiar minha cabeça em um buraco. — Além do mais, sabe que dividir o banho nos dá algumas vantagens.

— Sério? E quais são elas?

— Você vai descobrir no momento certo, senhora Ferrer. Agora, mexa essa bundinha linda, vá para o banheiro e encha a banheira para nós. — Ele me dá um leve tapa, que eu repreendo com um sacudir de cabeça. — Que foi? Por um acaso não posso tocar aqui? — Ele pousa uma das mãos na altura do meu quadril. — Esse bundão é meu, assim como tudo em você, ele me pertence. Sim, eu amo sua bunda. Sou o rei e senhorio do seu corpo, querida.

— Não me lembro de você ser tão controlador e possessivo assim. Quem é você? Christian Grey?

Ele arqueia as sobrancelhas de maneira expressiva.

— Você está sugerindo uma foda violenta? — Ele morde os lábios e um brilho de diversão e excitação deixa seus olhos vidrados. — Eu aceito a oferta, contanto que eu possa amarrá-la naquela cama e fazer o que eu quiser com você.

Tento fingir timidez ou espanto, mas só consigo gargalhar. Talvez seja por isso que Maurício me arranca do chão, jogando-me em seu colo, carregando-me até o banheiro e me colocando sentada sobre a bancada da pia.

— Você sempre age como um homem das cavernas?

Ele não responde. Ao invés disso, ele se inclina em minha direção e engole minha boca, beijando forte e duro como se tentasse me sorver por completo. E, não que eu esteja reclamando... Longe disso. A sensação de sua posse é esplêndida. Assim como seu corpo rijo me causa arrepios bem-vindos, fazendo-me esquecer o granito frio em minha bunda. Meu sangue esquenta, correndo pelas minhas veias como fogo, acelerando meu coração e fazendo um rubor subir lentamente pelo meu pescoço, enquanto Maurício devora meus lábios, depois todo o meu colo, indo em direção aos meus seios, brincando levemente com cada mamilo, mordendo, assoprando e beijando.

Os gemidos de satisfação começam a sair de mim, ecoando pelas paredes do banheiro. Ainda mais quando dedos de sua mão direita circulam meu umbigo e descem em direção ao meu sexo...

— Agora, em relação àquelas vantagens de tomar banho juntos... — Um dedo seu para em minha entrada. Fecho os olhos, esperando o seu toque. Que não vem... Quando os abro, encontro os dele divertidos, assim como um sorriso brincalhão em sua boca. Ele ergue um pote. — Quero que você lave meu cabelo.

Então ele se afasta, indo em direção ao boxe, enquanto eu fico sentada boquiaberta e desejosa para que ele continue o que estava fazendo...

Ah, Maurício Ferrer... Não acredito que você fez isso!

Passar anos de sua vida em um lugar, reservada, geralmente nos faz ter mais cuidados, mais sensibilidade, mais desconfiança com tudo novo e, muitas vezes, deixa nosso sexto sentido muito mais apurado. Pelo menos, é nisso que acredito. E Deus sabe como eu já fugi de algumas situações um tanto embaraçosas depois disso.

Por isso, um pressentimento estranho está começando a me incomodar nesses últimos dias. Uma sensação assustadora de olhos me observando por todos os lugares me acompanha, por qualquer lugar onde eu for. Mas apesar de eu buscar quem está olhando, eu não vejo ninguém. As ruas sempre estão vazias, apenas carros indo e vindo. Nada de suspeito.

— Você está sendo paranoica. — Suspiro ao entrar no prédio do condomínio do apartamento de Maurício, olhando novamente para trás, mas não vendo ninguém.

Pego o elevador e subo até a cobertura, e quando abro a porta, o cheiro de alho e outros temperos enche o ar. Então Maurício entra em meu campo de visão, ele se movimenta tirando de uma sacola algumas vasilhas que parecem ser de comida e as arruma sobre o balcão de mármore. Como é de esperar, não consigo desviar o olhar. Porque ele é um espetáculo, tenho de admitir. Ele parece ainda mais bonito, sexy e elegante com roupas simples. O rosto retraído, as sobrancelhas franzidas e a boca que hora ou outra tem seus lábios agraciados com um passar de língua.

O corpo vigoroso parece imponente ali, dominando tudo, até os meus pensamentos. Minha pele queima como se estivesse perto de uma fogueira. Para ser mais exata, meu corpo parece ser a própria brasa da fogueira. Meus pelos estão eriçados.

Droga! Controle-se, mulher.

Ele nota minha presença e logo anda em minha direção, com um sorriso lento e charmoso.

Eu praticamente alago o chão da cozinha enquanto ele me puxa para seus braços.

— Então, como está a tia Carmen? — Ele desce uma de suas mãos até minha cintura. — Espero que esteja plenamente bem e disposta para nossa viagem de amanhã.

Sinto borboletas no estômago. Ele sempre preocupado com seu bem-estar, querendo saber dos avanços do novo tratamento sempre que possível, fazendo visitas e cedendo aos pedidos de guloseimas da tia Carmen, escondido do médico.

— Está bem, o novo tratamento tem dado boas respostas. Ela não reclama mais de dor no joelho. Tanto que foi liberada para voltar a fazer suas artes. — Sorrio ao me lembrar de como foi sua reação quando o fisioterapeuta lhe deu alta. — E quanto à viagem, você sabe... Ela tem contado os dias, horas e minutos...

— Que bom, fico aliviado que ela esteja bem e ansiosa para a viagem. Acredito que Angra vai lhe fazer muito bem. — Ele tira a bolsa dos meus ombros, enquanto a deposita sobre o sofá. — Pedi comida francesa para o jantar. Você gosta de gratinado *Dauphinois*?

Cometo o erro de olhar para sua boca. Boca essa que estou desejando desesperadamente. O sangue martela em minhas veias e meu baixo ventre se aperta em estado de alerta, enquanto ele parece distraído ao conduzir até o balcão e me deixar sentada ali, e vai a busca dos pratos.

— Você acabou de falar francês? — pergunto, curiosa.

Maurício se vira para mim, um sorriso malicioso brilha em sua boca.

— Sim, na verdade, eu falo francês fluentemente. Eu tenho uma língua bastante talentosa. — Ele a roça nos lábios, provocando-me, o que tem feito muito nesses dois dias, quando ele iniciou sua guerra, que envolve muita tentação, mas nada de toques ou qualquer outro contato físico com conotação sexual. — Mas isso não é algo que você não saiba

Ele está bem diante de mim, apenas o mármore nos separa, sinto até mesmo sua respiração quente bater em meu rosto. Maurício olha em meus olhos, eu posso ver o desejo lá, brilhando, queimando, o mesmo que irradia em meu corpo. Sinto-me sufocada, agitada, e minhas pernas parecem gelatinas à medida que a excitação sombria toma conta de mim por completo.

Então uma determinação cai sobre mim.

Eu quero esse homem.

E eu vou tê-lo.

Levanto, decidida, indo para o seu lado.

— Você precisa de ajuda para servir a comida?

Encosto o corpo no dele, e ele recua. Hum... Ele é difícil. Mas, nada que não possa vencer. Se ele joga sujo, eu vou seguir o mesmo caminho. Quero vê-lo resistir. É como o ditado: se não pode vencer o inimigo, junte-se a ele.

— Não, eu dou conta. Pode se sentar. Eu sirvo.

Sorrio para ele.

— Eu quero mesmo ajudar.

Impassível, ele me olha por um momento. Depois, aponta para o armário.

— Você pode pegar os talheres, as taças, os guardanapos.

Assinto, pegando tudo que foi pedido, em todas as oportunidades roçando meu corpo no dele, pequenos e breves toques; meu quadril em sua bunda, meus braços em seu peito, meu cabelo em seus braços. Tudo aparentemente inocente e casual, mas meus olhos vibram quando ele fica paralisado a cada contato.

— Acho que alguém aqui está tentando me provocar — murmura com sua voz rouca, e meus olhos sobem para encarar os dele.

O preto parece um centro de um furacão de excitação e meu peito se infla com satisfação, porque o que vejo nos olhos de Maurício é desejo em sua forma mais crua, primitiva, brutal, delicada e condescendente. É uma combinação tão peculiar que eu tenho certeza de uma coisa: posso viver mil anos, porém jamais verei novamente esse olhar que fervilha no centro e se cristaliza ao redor. Suas pupilas dilatadas são como lava, enquanto suas íris mais parecem uma bola de fogo.

— Eu não estou provocando — nego, no que é nada além de um débil sussurro.

Ele me olha com uma expressão inquisitiva.

— Zero provocação, então? — Sua boca se curva num meio-sorriso.

— Zero provocação.

— Ah, Elisa... Você mente tão mal — diz, aproximando-se de mim e me deixando encurralada entre seu corpo e o balcão da pia. Ele aproxima sua boca da minha orelha e sussurra: — Mas não se preocupe, minha vingança será sua maravilhosa ruína.

Ele grunhe, enquanto movimenta sua boca até meu pescoço. A sensação de seus lábios em minha clavícula faz todo o meu corpo borbulhar de prazer. Um calafrio me arrepia enquanto ele deixa pequenos beijos, suaves como pluma, por meu queixo, bochecha, ombros. Deixando-me quase sem fôlego, ele enreda as mãos pelo meu cabelo e, como fogo e voracidade em suas ações, ele começa a devorar a minha boca.

Sua língua desliza entre meus lábios e a forma como eu senti falta desse gesto é tão dolorosa que quero chorar por tê-lo assim. Minhas mãos se embrenham em meio aos fios escuros do seu cabelo, enquanto meus pulmões imploram por ar. Os beijos de Maurício migram para a minha mandíbula, para meu pescoço... Sinto um arrepio de prazer percorrer minha espinha quando sua barba por fazer arranha minha pele brandamente. Eu me aperto ainda mais contra ele, ao passo em que meu coração assume um ritmo desenfreado e eu me rendo às carícias das mãos que percorrem meu corpo, reivindicando-o.

Instintivamente, empurro meu quadril contra o dele, impulsionada por um reconhecimento primitivo do que devo fazer, movida pelo tesão, levada pelas sensações. É massacrante. Gemo em apreciação, sentindo meu ponto mais íntimo latejar deliciosamente, fazendo com que eu repita o movimento com euforia. Os dentes de Maurício prendem meu lábio inferior, segundos após um gemido rouco passar por seus lábios.

Tenho a sensação de que a minha alma deixa meu corpo, quando sinto suas mãos grandes se fecharem ao redor das minhas coxas, acariciando, apertando, levantando meu corpo e me colocando sentada na bancada da pia. Meus músculos internos se contraem com mais força quando seus dedos sobem do meu quadril, tocando as nádegas de forma bem mais impiedosa. Enquanto ele se acomoda entre minhas pernas, seu membro duro como pedra batendo em minha intimidade como se fosse o martelo do Thor. Eu ofego, pronta para abrir as portas de toda Asgard. As sensações que se espalham por cada mísera parte do meu corpo, potencializando-se a cada toque, a cada novo beijo.

Meu desejo neste momento é que Maurício me faça dele, porque esse é o meu anseio. Eu o amo com meu coração, e com meu corpo eu o desejo como jamais julguei ser possível, mas agora eu sei que é. A forma como meu corpo arde e pulsa em expectativa é inegável, e eu gosto da sensação. Especialmente porque Maurício é o único capaz de provocá-la.

Mas da mesma forma que ele se aproximou, afasta-se, novamente indo em direção às sacolas. E enquanto eu ainda estou atordoada e tento me recuperar do delicioso ataque, ouço-o abafar uma risada.

— Precisamos comer. A comida vai esfriar.

— Maurício — falo, ainda tonta, engolindo em seco e respirando fundo. — Você vai fazer isso de novo?

Maurício morde os lábios e vem até mim, sussurrando ao meu ouvido:

— Eu acabo de ter a minha vingança às suas provocações, querida — ele diz, num mesclado de gemido e arquejo. O som de sua voz é rouco e lascivo. — Da próxima vez que for brincar com fogo, tenha certeza de que não vai sair queimada.

Capítulo 35

Maurício

Já perdi as contas de quantos eventos como este eu já compareci e já sei de cor o que posso esperar: uma festa cheia de empresários tentando fisgar uma parceria com algum grupo importante, muitas pessoas zanzando por todos os lugares apenas para mostrar sua fortuna com roupas extravagantes e joias de fazer inveja à rainha da Inglaterra, algumas mulheres que se empenham em conquistar um marido rico ou alguns homens procurando arrebatar alguma esposa-troféu. O tédio de sempre. Conversas fastidiosas sobre o mercado financeiro, algumas bandas tocando música entediante e muita bebida para suportar o cansaço que todo esse conjunto traz. Contudo, pela primeira vez me sinto animado.

Não, não é pela parceria com o grupo alemão e como o nosso negócio está indo às mil maravilhas, com o carro finalmente pronto para entrar em produção e logo à venda. Sim, por Elisa, que me faz sentir o homem mais sortudo do mundo por tê-la ao lado, que me faz inflar o peito por poder exibi-la como minha esposa para todos. Que me faz ficar abobalhado por poder presenciar seu sorriso e ser motivo de alguns deles. E que me deixa de queixo caído e boca aberta por admirar sua beleza natural e extraordinária.

Especialmente hoje, ela está muito mais deslumbrante em seu vestido longo e prateado. Com seu cabelo que está metade preso com uma trança lateral e com o restante dos fios escuros levemente ondulados. O rosto singelo e belo com mínima maquiagem, nos pés saltos da mesma cor do vestido, que quase a deixam da minha altura.

O sol de Angra está lhe fazendo bem, deixou sua pele bronzeada, a brisa do mar deu outro tom às suas bochechas e deixou seus fios de cabelo com um ar mais selvagem. Tanto que, de fato, todos os olhos se voltaram para ela quando entramos no salão. Alguns curiosos, outros invejosos e outros cobiçosos.

Eu estou tendo que me controlar ao máximo para não deixar o meu ciúme tomar conta de mim.

Uma tarefa difícil, já que durante todo o meu discurso, tive de presenciar de longe muitos patetas tentando tomar sua atenção, que sempre estava voltada para mim, com muita admiração, enquanto eu estava no palco.

Agora, finalmente estou livre para aproveitar a festa e minha esposa.

Depois de me despedir do Alexandre e outros empresários que também discursaram, vou a busca da minha magnífica esposa. De longe, vejo Elisa observar com fascinação todo o ambiente com tendas, lampiões, pista de dança, mesa com coquetéis e até mesmo esculturas típicas brasileiras. É gratificante ver em seus olhos a alegria. Ela cochicha algo com sua tia e depois segue em direção aos banheiros. Carmen segue cada passo dela, atenta, como uma mãe que nunca pode tirar os olhos de sua filha, pois é assim que ela a considera.

O que ela fez e faz por Elisa, sua preocupação com seu bem-estar e felicidade, é algo que faz meu apreço pela senhora multiplicar.

Então as lembranças de ontem invadem a minha mente. Após o almoço, Elisa e eu tínhamos levado Carmen até a praia. Elas brincaram no mar, colheram algumas conchinhas, tiraram fotos, observaram o pôr do sol. Tudo isso pôs tantos sorrisos no rosto das duas que eu queria bancar o herói e fazer o possível para que elas passassem mais tempo juntas.

— Uma moeda por seus pensamentos. — Uma voz familiar e indesejável me arranca de meu devaneio.

Endireito os ombros, encarando a mulher que caminha em minha direção esbanjando elegância e sofisticação. Como sempre, carrega um sorriso presunçoso e despojado. O curto cabelo loiro impecável, o vestido vermelho que é sua marca tem uma abertura frontal que deixa à mostra o bico do *scarpin* de salto agulha encravado de pedra. Uma víbora em caráter.

— Cintia.

— Que bom que você ainda lembra meu nome — ela fala de modo cantante, tombando a cabeça para um lado e trazendo sua mão para o meu ombro, em um toque quase imperceptível, como se tentasse me reconhecer e enfim enfiar seus dentes em minha jugular e derramar uma quantidade de veneno suficiente para me fazer cair aos seus pés.

Dou uma boa olhada para Cintia e para o modo como se importa comigo. Isso me incomoda, então eu me afasto de forma brusca, fazendo seu braço voltar para a lateral de seu corpo com um solavanco.

Eu sabia muito bem que ela estava na cidade, porque fez questão de me dizer e insistir para que nos encontrássemos. Declinei todo e qualquer convite, mas ela é uma mulher obstinada.

— Não seja ridícula — digo em voz baixa e abro um sorriso forçado. — Não é como se pudesse esquecer você, de fato, já que mesmo tendo bloqueado dois números seus, você insiste em se fazer presente em minha vida. Não cansa de ser inconveniente?

— Antes éramos amigos, sempre que precisava você me ligava. Era sua companhia favorita em qualquer lugar. Agora... — Ela me olha atentamente, um suspiro pesado saindo por seus lábios. — Onde eu me encaixo, depois de você ter encostado em mim todos os dedos, mãos, braços e boca? — As mãos dela tentam alcançar novamente meus ombros, mas dou um passo para trás, colocando nossos corpos em uma distância segura. — Nós não dormimos juntos uma ou outra vez, Maurício. Foram mais vezes do que eu posso contar.

— Chega, Cintia! — eu a corto, olhando duro para ela, decidindo sobre o que irei dizer para acabar de vez essa conversa que está começando a me dar dor de cabeça.

Não sou obrigado a dar satisfações da minha vida para ela, mas também não preciso mentir. E o que é exatamente essa pergunta? Eu estou casado e, para mim, parece óbvio que ela não se encaixa em nenhum momento mais em minha vida, nem agora, nem nunca.

— Eu sou um homem casado, caso você tenha esquecido. — Ergo minha mão esquerda para ela. — E só para ficar nítido de vez em sua mente, você nunca esteve em minha vida antes e não vai ser agora que vai estar.

— Eu sabia que você era implacável, mas nunca pensei que fosse um covarde. Você poderia ter me contado seus planos. Jamais podia imaginar que estava incluso se casar com aquela mulherzinha...

— Mais respeito. Elisa é minha esposa.

Ela cruza os braços e balança a cabeça de um lado para o outro.

— Por quanto tempo, Maurício? — ela sussurra. — Bem, conhecemos como é sua fama. Seu lema não é: sem envolvimento, sem emoção?

— Isso não é da sua conta. Assim como nada em minha vida nunca foi — rebato com escárnio. — Mas se você quer tanto saber, estarei casado com ela enquanto eu respirar.

Os lábios dela fecham em uma linha apertada.

— Você só pode ter enlouquecido — A risada sarcástica dela atrai alguns pares de olhos em nossa direção. — Você se juntou a uma mulher com sangue de vigarista. Dar a ela seu sobrenome vai ser sua ruína.

— Obrigado pela preocupação! Mas, novamente, não é da sua conta — cuspo em sua direção. — Agora, se puder deixar de me importunar, tenho uma esposa com quem quero aproveitar cada minuto desta noite.

Em vez de responder como mais alguma afronta, Cintia faz algo inesperado. Abre um sorriso doentio e, como se tivesse o mundo nas mãos, diz:

— Meu Deus, você gosta mesmo da garota. Então aproveite seu casamento. — Ela sorri, um sorriso macabro que parece arranhar sua garganta. — Melhor ainda, aproveite enquanto pode, Maurício.

E então se afasta.

Suspiro fundo, afrouxando o nó da gravata em meu pescoço, tentando avaliar as últimas palavras de Cintia como uma ameaça velada.

Será que é ela que está por trás das notas nos jornais e espionando minha esposa? Será que é ela que está tentando tirar a paz de Elisa?

Eu não sei, mas pelo que eu conheço de Cintia, ela nunca foi tão paranoica assim. Ou eu que não vi esse lado dela quando estávamos juntos? Eu preciso passar essa informação para o investigador. Ele saberá como proceder com essa novidade. Agora, eu tenho de colocar meus olhos em Elisa, ter a certeza de que ela está bem, comprovar que Cintia não aproveitou a oportunidade de soltar seu veneno pessoalmente.

Mas parece que os Ferreiras tiraram a noite para testar os meus limites e níveis de paciência. Quando encontro Elisa, ela está acompanhada de Anderson. E tudo que vejo me incomoda muito. Principalmente, sua postura arrogante e como seus olhos estão praticamente a devorando.

Com passos apressados, estou diante dos dois, puxando Elisa para mim, minhas mãos em sua cintura, deixando um beijo em sua fronte.

— Aqui está você. — Ela se vira para mim, nos olhos uma sombra de inquietação. Preciso fazer algo para trazê-la para mim. — Já disse que você está linda esta noite? Palavras seriam incapazes de descrever sua beleza.

— Obrigada — diz ela, nervosa se agarrando ao meu braço com mais força. — Você também está ótimo.

— Anderson... — Meu tom e postura podem parecer ríspidos, mas não me importo de parecer duro e objetivo diante dele. — Achei que não viria, tinha dito que não poderia comparecer, pois teria outra viagem.

Ele se vira para me fitar com um sorriso preguiçoso brincando em seus lábios finos, isso me irrita ainda mais.

— Maurício — ele cumprimenta amigavelmente —, a viagem em questão foi adiada. Então pensei que não faria mal comparecer a uma festa de comemoração da empresa. Aproveitar a praia. Admirar belas visões.

Ele termina de falar e logo seus olhos de gavião estão em Elisa.

Ela fica rígida ao meu lado, ativando todos os meus instintos. O que ele disse ou fez para ela adotar essa postura fria diante dele?

Sisudo, olho para o infeliz, querendo que ele me dê alguma pista sobre a conversa deles, mas sua expressão está inelegível. Ele apenas continua a venerar minha esposa com seus olhos. Por um momento, eu me esqueço de todas as possíveis razões pelas quais eu não deveria bater em Anderson. Tudo que consigo pensar é em como ele merece sentir meu punho contra sua mandíbula, e no quanto aprecio ofertar às pessoas aquilo que elas merecem. Meus dentes trincam e minha mão se fecha em punho. O sorriso presunçoso que molda seus lábios é extremamente irritante e eu anseio tirá-lo de lá.

Até abro a boca para dizer algo, para tirar seus olhos de Elisa, mas antes que possa fazer, Carmen se aproxima de nós roubando nossa atenção.

— Será que posso roubar Elisa por cinco minutos? — pergunta para mim, sua expressão é apreensiva, como se soubesse que estou prestes a explodir e quer resguardar Elisa de presenciar esse momento. — A banda vai tocar jazz. Precisamos dançar.

Elisa se afasta, dando a oportunidade de sua tia segurar suas mãos.

— Tudo bem, contanto que não a canse demais e ela possa dançar comigo mais tarde. — Sorrio.

— Verei o que posso fazer por você, meu menino.

Elisa me lança um olhar antes de deixar ser guiada até onde algumas pessoas já estão aglomeradas para ver o show, deixando-me sozinho com Anderson. Eu vejo isso como uma oportunidade perfeita para lhe dar um aviso:

— Eu vi os olhares furtivos que estava dando em direção à minha esposa. Eu não sei o que está passando em sua cabeça, mas sugiro que pare, caso contrário, não será nada bom para nenhum de nós dois. — Minha voz sai fria, em um rosnado, fazendo Anderson olhar fixo para mim.

— Seu humor ácido não me atinge, garoto.

Trinco os dentes, controlando-me novamente para não avançar em Anderson e ter sua garganta entre minhas mãos.

— Você deve estar enganado. Não há nota alguma de humor aqui — advirto, pondo meus braços sobre meu peito. — Assim, como também não haverá nenhuma nota de piedade caso você ou sua filha tentem se aproximar de minha esposa novamente.

— Você não pode culpar uma garota por tentar proteger seu território! — ele fala em defesa da filha.

— Devo presumir que o território seja eu?

A expressão de Anderson adota um tom vermelho-sangue, ele caminha calma e displicentemente para mais perto de mim.

— Eu sempre soube de seu caso com minha filha, Maurício — fala suavemente como se comentasse o clima. — Você não pode supor que uma mulher não criaria esperanças depois de tanto tempo. — Ele se inclina um pouco mais em minha direção, permitindo-me ver em seus olhos azuis uma sombra de ira. — Então, do nada, você se casa com uma mulher tão... — Ele parece buscar a palavra certa por um tempo, então volta a falar: — Comum... Quase grosseira. Ela não é uma dama, nem vai ser, mesmo depois que você se cansar de estar entre as pernas dela e ela lhe arrancar bons milhões com o processo de divórcio.

Cegamente, eu me aproximo de Anderson. Minhas mãos agarram as lapelas do blazer cinza que ele usa e eu o ergo para que meus olhos fiquem à altura dos seus.

— Quem você pensa que é? — exijo entredentes. — Meu psicólogo? A voz da minha consciência? Dobre a língua para falar da minha mulher, seu maldito!

— Você parece seu pai, está se mostrando tão patético quanto ele! — A voz grotesca dele soa irritadiça enquanto ele olha para mim. — Mas isso não vem ao caso. Roberto não teve muitas opções ao se casar com Alexandra. Já você, Maurício. Como poder trocar um diamante puro, que é Cintia, para casar com uma vigarista, só porque você tem o prazer de se aconchegar entre as pernas dela?

Ele sorri. Um sorriso cúmplice e asqueroso, que me causa náuseas.

Ergo meu punho, direcionando-o a Anderson, acertando um único e potente soco na boca. Seu corpo é lançado a alguns passos do meu. Logo ele leva uma de suas mãos para pressionar sua mandíbula, esfregando o local com força exacerbada, e não posso evitar que um sorriso triunfante nasça em meus lábios.

— Você fala de Elisa como se ela fosse igual à depravada da sua filha! — As narinas de Anderson inflam e seu semblante debochado dá lugar a outro que demonstra pura cólera. — O verdadeiro problema, Anderson, é que sempre foi fácil demais me aconchegar entre as pernas da sua filha, mas, para mim, sempre foi isso, diversão. Nunca quis nada realmente sério, mesmo ela já tendo implorado por isso tantas e tantas vezes, mesmo eu já estando casado. Uma cínica. Então não ouse falar de Elisa, porque ela está muito acima de Cintia.

Anderson bufa de irritação. Seus olhos azuis inflamando como se fossem duas bolas de fogo, seu tom de pele já ultrapassou todos os tons de vermelho, desfigurando seu rosto.

— Você vai se arrepender de todas essas palavras, Maurício. Assim como desse soco... e...

— Diferente de você, Anderson — interrompo-o —, não distribuo ameaças vazias. Sou extremamente objetivo quando tenho algo a dizer ou fazer. — Sorrio para ele, sarcástico, meneando a cabeça de um lado para o outro. — Isso significa que, se você não engolir qualquer maldita palavra que ainda queira dizer, esquecerei os anos que nos conhecemos e sua idade e farei questão de fazer com que engula cada mísero dente que carrega dentro dessa boca imunda. Assim como se você, sua filha ou qualquer outro que ouse tentar importunar minha esposa ou até mesmo respirar o mesmo ar que ela, saberá o quão cruel eu posso ser por mexer com aquilo que é meu.

Eu não sei o que Anderson vê nos meus olhos, mas é verossímil o bastante para que ele decida deter a enxurrada de palavras que ia proferir e me dar as costas, levando sua presença desagradável para longe. Sugo o ar com força, a raiva ainda está queimando em meu sangue, martelando meu peito, transformando-se em uma ira amarga.

O que foi que acabou de acontecer? Novamente meus pensamentos estão angustiantes. Anderson era como um exemplo para mim, por anos eu o considerei como um amigo e agora isso. Insultos, troca de ameaças e até mesmo uma briga com direito a soco. Resmungo um xingamento e olho para os convidados, mas eles parecem alheios ao drama que acabou de acontecer. Melhor.

Quando um garçom passa por mim, decido tomar uma dose de uísque, engulo todo o líquido em um único gole, apreciando quando ele desce queimando minha garganta, o calor se espalhando e atingindo o turbilhão de emoções que toma conta das minhas entranhas.

Estou muito irritado.

Irritado não, estou furioso. Possesso e muito preocupado com Elisa, pois, além da ameaça misteriosa, agora ainda temos mais duas sobre sua pele.

Mas eles que ousem fazer qualquer coisa contra ela. Eu não terei compaixão. Exterminarei até a última partícula do infeliz que tentar a sorte. A única coisa capaz de me fazer parar será o próprio Deus descer do céu e se colocar à frente dele.

Respiro fundo para manter minha ira sob controle. Assim que estou recomposto, sigo em direção à mesa onde Elisa está com sua tia, as duas estão de costas para mim e sem querer escuto uma parte da conversa.

— Ele é um homem muito simpático, protetor e carinhoso pelo que pude perceber — diz em um tom simpático. — É bem possível que ele vire sua cabeça, minha menina. Mas saiba de uma coisa, homens são mais apegados que as mulheres, aprenda a virar a chave.

— Que chave?

— A chave de perna.

Ah, se Elisa soubesse como já virou e tomou a chave para si.

— Titia... — O tom de Elisa é esganiçado.

Finalmente me aproximo, tocando os ombros de minha esposa que se vira para mim com uma expressão de espanto tomando conta de todo o seu rosto. Ah, sim, querida, eu acabei de ouvir o que você e sua tia conversavam sobre mim e, apesar de adorar o tom de vermelho em suas bochechas, não serei malvado o suficiente para deixá-la mais envergonhada. Apenas puxo uma cadeira e me sento ao seu lado.

— Estão gostando da festa? Espero que estejam se divertindo.

— Está tudo deslumbrante. — Elisa sorri, mas não percebo nenhum traço de felicidade em seus olhos.

Ah, querida. Pego a mão de Elisa e coloco sobre meu colo, esperando que ela se sinta finalmente mais confortável.

— A festa está linda, as músicas estão perfeitas, e o ar marinho deixa tudo mais fantástico. Estou me divertindo muito. — Carmen sorri, os olhos cor de mel brilhando, eufóricos. — Ainda mais quando estou liberada para tomar alguns drinks.

— Fico feliz que esteja se divertindo. — Dedico-lhe um sorriso. — Aliás, acho que não tive a oportunidade de dizer antes. Mas a senhora está linda.

— Ai, ai, ai — Carmen dita enquanto balança a cabeça, repetidas vezes, fazendo seu cabelo sacudir. — Lembre-se, esse *senhora* faz eu me sentir mais velha do que já sou.

— Você está muito linda, Carmen. Tanto que acho que terei que ficar de olho em você para me certificar de que nenhum homem tente bancar o espertinho.

— Você sabe como dizer palavras bonitas para encantar uma mulher — ela vibra, sua alegria evidente. — Cuidado, minha menina. Esse tipo de homem é bem perigoso, mas lembre o que eu disse antes. — Elisa engasga com o champanhe que está tomando. Ah, o conselho! — Agora preciso ir ao banheiro.

Ela se levanta, coloco-me de pé imediatamente.

— Quer que eu a acompanhe? Sabe, para espantar os espertinhos?

— Não precisa, acho que posso lidar com algumas cantadas. — Rindo, ela dá um beijo na bochecha de Elisa e segue em direção aos banheiros.

Assim que ela desaparece, viro-me em direção à minha esposa.

— Muito cansada ou pode me conceder uma dança?

— Dançar, é?

Mordendo os lábios, Elisa olha da pista de dança para mim.

O simples gesto inspira o meu pau a se remexer dentro de minhas calças. Os cincos dias que estamos sem nenhum sexo excitando ainda mais minha libido.

Agora não, Ferrer!

— Prometo não pisar em seus pés e me comportar. — Coloco-me de pé, estendendo-lhe a mão.

— Sendo assim, não tem como recusar.

Ela deixa sua taça sobre a mesa, pego sua mão e dou um beijo em seu dorso antes de colocá-la em meu braço dobrado, conduzindo-a até a pista de dança. Espero que a banda comece os primeiros acordes, antes de colocar uma das mãos em suas costas e entrelaçando a outra com a sua e a trazendo de encontro ao meu peito.

— Você está bem? — Afasto-me um pouco, apenas para que eu possa focar em seu rosto. — Anderson fez ou disse algo contra você?

Meu coração dá um pulo no peito, meus nervos todos ficam rígidos e minha respiração fica agitada enquanto espero por uma resposta de Elisa. Junto as mãos e aperto um por um os meus dedos, pensando em ótimas formas de lidar com Anderson, se ele de fato tentou algo.

Estrangulamento. Sufocamento. Espancamento até a morte.

Elisa desvia os olhos e abaixa a cabeça antes de falar.

— Estou bem, apenas um pouco cansada do sol. — Seus lábios tremem. — E Anderson estava apenas procurando você para falar sobre negócios e de uma nova parceria. Não há nada com que se preocupar.

Eu posso ver o misto de confusão e mentira em seu rosto e isso faz a minha raiva crescer de novo. Ah, eu tirarei satisfação novamente com Anderson.

— Você acha que estou preocupado com ele. — Meu tom é baixo, mas firme. — Não, eu não estou preocupado com negócios ou com qualquer outra coisa. Acho que nunca estive. Estou preocupado com você... Elisa... Somente com você.

Ela balança a cabeça.

— Ele não fez ou disse nada, de verdade.

Elisa encosta a cabeça em meu ombro, fugindo de manter a conversa. Tudo o que desejo neste momento é lhe dizer como eu quero apenas protegê-la, como a defenderia de tudo e todos de todas as formas possíveis. Mas, calo as minhas necessidades e exasperação, para evitar chateá-la ainda mais. Assim, conduzo nossos corpos colados em sincronia com a música.

Duas horas depois, Carmen decide que está na hora de encerrar a noite e ir dormir. Momentos antes do mestre de cerimônia declarar que todos convidados vão até a praia. Estamos todos de pé, acompanhando a exuberante queima de fogos de artifício. Elisa está à minha frente, aninhada em meus braços. Seu rosto está iluminado pelas cores enquanto os fogos explodem e colorem o céu. Ela fica exultante a cada explosão, exibindo um grande sorriso.

É espetacular cada sorriso, cada grito, cada pulo.

E é então que uma lembrança sobre uma história que antes eu considerava absurda sobre amor, que meu pai me contou, estala em minha cabeça como um estrondo.

Tudo o que sabemos do amor, é que o amor é tudo que existe e que ele está por aí, meu filho. E quando você o encontrar, saberá no mesmo instante. Ele atrairá todos os seus instintos. Sem o menor respeito pelas ordens naturais das coisas, ele simplesmente atingirá e dominará todo o seu coração.

E aqui, olhando para Elisa, eu me pego sorrindo para ela como um idiota apaixonado que sou. Um homem apaixonado pela esposa. Um homem que precisa acordar para sempre ao seu lado. Quero para sempre ver que tom tem seus olhos azuis quando ainda estão lânguidos do sono. Quero ter seu cabelo emaranhado em meus braços quando eu acordar todos os dias. Quero ser o provedor de seus sorrisos, assim como o sortudo que os recebe. Quando, no mais frio dos invernos, os cobertores são necessários, quero ser eu a aquecer seu corpo.

Não é desejo. Não, longe disso. É mais que necessidade. Eu quero possuir seu coração e sua alma. Quero que ela se apaixone por mim todos os dias. Quero convencê-la a cada hora de que fomos feitos um para o outro.

Mas só as palavras não bastam. Quero preparar algo de fato especial para provar isso. Quero algo diferente de uma simples declaração... Tem de ser algo que exija um pouco mais de criatividade. Deixo pequenos beijos cálidos por seu cabelo, pensando em algo ou em como lhe dizer tudo o que se passa em minha cabeça e todos os sentimentos que estão em meu coração.

Então uma ideia brilha em minha mente.

É isso!

Nada é pequeno no amor.

E, amanhã, Elisa saberá a imensidão do meu amor por ela.

Capítulo 36

Elisa

Maurício está de pé, nu e correndo sua mão de cima a baixo pelo seu membro ereto. A sua visão me dá água na boca. Com um sorriso insolente, ele se ajoelha aos meus pés, então afasta meus joelhos, deixando-me de pernas abertas. Seus olhos pretos como piche olham para o meu corpo enquanto ele desliza a mão pelas minhas pernas. Com calma, passa um dedo no cós da minha calcinha e brinca com as tiras grossas que circulam a minha cintura. Brincando, atiçando-me, fazendo tudo dentro de mim queimar.

— Maurício... — arquejo. — Eu quero... você... Por favor, chega dessa greve de sexo.

— E vai ter, mas quero apreciar sua delicada pele e seu lindo corpo. Quero percorrê-lo todo com minha boca — ele fala, beijando minha coxa esquerda, ainda ignorando meus apelos ofegantes.

— Então faça. Eu quero sentir você por cada partícula de minha pele.

— Isso aqui é meu — profere suave e desvia suas mãos da minha calcinha e circula meu umbigo com o dedo. — Isso aqui também. — Puxa a meia-taça do meu sutiã para baixo, expondo meus seios, que estão intumescidos. — Tudo em você é meu para eu tocar, amar e...

Não completa a fala e sou surpreendida quando prende com força o mamilo direito entre os lábios e puxa. Faz o mesmo processo com o outro seio. Passa algum tempo somente alternando entre um mamilo e outro. Erguendo a cabeça, ele dá a entender qual será o próximo alvo da sua boca afetuosa, pois seu olhar parece queimar o tecido da minha calcinha com tamanha intensidade que cruzo as pernas. Com delicadeza, as suas mãos correm por cima da peça íntima até infiltrar lentamente seus dedos por minha pele nua.

— Sua boceta é minha perdição. — Sua voz sai estremecida.

Apenas me remexo, descontrolada, sentindo-o deslizar a mão pela minha carne quente e úmida, circular meu ponto elevado e pulsante. Fico extasiada quando o violento ardor que alaga os meus sentidos me faz respirar tão profundamente... Em uma sensação maravilhosa.

— Fale que você é minha.

Então Maurício some da minha frente, como fumaça no ar. E em meio às lembranças, meu cérebro sonolento me mostra imagens minhas, andando por um jardim enorme, todo escuro e frio. Luto, querendo mudar as imagens, voltar para o antes, mas elas forçam a entrada, e o medo toma de conta do meu coração.

Um homem me segue. E eu já o tinha visto antes, mas não me lembro de onde. O pânico começa a correr pelo meu sangue quando escuto a risada hedionda atrás de mim. Começo a correr, mas não enxergo nada e sei que em algum momento vou cair.

— Venha aqui, Elisa... — ordena ele com a voz em tom calmo e repugnante.

— Quem é você e o que quer comigo? — pergunto com a voz trêmula, correndo mais rápido e tentando controlar o medo que me domina. — Por que está atrás de mim?

Escuto cinco passos até sentir a presença desagradável do homem à minha frente. E antes que eu possa reagir, ele me pressiona contra uma árvore, uma das mãos agarrando meu cabelo enquanto a outra segura meu queixo.

— Você perguntou quem eu sou. — A voz fria, sem emoção alguma. — Sou seu pior pesadelo, Elisa! — grita no meu rosto, fazendo pequenas gotículas de saliva caírem por todo ele. — O que o seu pai fez foi ilegal, milhares de pessoas sofreram nas mãos dele. Mas, o canalha se foi e agora você merece pagar por isso...

— Eu não tenho culpa...

Tento me defender, mas um tapa faz com que eu me cale, assustada. O ardor percorre meu rosto e começo a me debater contra o peito dele, tentando me liberar. Mas com uma de suas mãos ainda emaranhada em meu cabelo, o homem me empurra para o chão.

— Aí é o lugar de vigaristas. No chão sujo. — O homem força meu corpo para baixo com um pé em meus peitos. — Você não passa da porra de uma sangue ruim. — Ele cospe em mim. — Ninguém vai te defender, ninguém vai te proteger. Nem mesmo seu marido, Maurício... Se ele tentar... Morre primeiro.

O meu estômago revira, meus olhos parecem pesados demais para se manterem abertos.

Não... Maurício não...

Eu sinto a minha cabeça rodar.

Eu preciso proteger Maurício.

Abro a boca mil vezes, tentando puxar ar, mas parece que estou caindo.

— Elisa...

Gemo.

— Vamos, querida.

Sinto leves toques por minha bochecha, como se fosse pluma correndo por minha pele. A sensação que esse pequeno contato causa é boa, terna e muito agradável, tanto que me aconchego melhor na cama, aproveitando as leves carícias em meu rosto. Logo o afago muda para o meu cabelo, dedos passando por meus fios em um cafuné.

— Acorde, vamos, está ficando tarde.

Muito a contragosto, pestanejo até abrir os olhos. Viro de lado e bocejo. Por um segundo, não lembro onde estou. Até sentir alguém esfregando o nariz em minha orelha.

— Sinto muito por tirar você do seu sono, querida — Maurício sussurra, o efeito de sua voz carinhosa se espalha como uma corrente elétrica por todo o meu corpo.

— Que horas são? — Bocejo alto. — Ainda está escuro.

— Hora de levantar. — Escuto seu sorriso zombador. — Vou acender a luz.

— Não — gemo. — Quero voltar a dormir.

Mas ele não me escuta e acende a luz, fecho os olhos rapidamente.

— Bom dia, Bela Adormecida. — Ele está em cima de mim, dando pequenos beijos por todo meu rosto, bochecha, ponta do nariz, testa e um na boca. — Beijos para quebrar o feitiço do sono.

Inevitavelmente sorrio.

— Hum... Acho que preciso de mais beijos.

Agora é sua vez de sorrir.

— Adoraria te dar milhões de beijos. — Deixa um em queixo. — Mas, terá de ficar para depois. Realmente preciso que se levante. Temos de sair.

Ofuscada pela claridade do quarto, aperto os olhos e encontro Maurício debruçado sobre mim, sorrindo e com os olhos brilhando. Ele está uma delícia de calça jeans e camiseta polo azul-marinho que enfatiza seus ombros largos.

— Pensei que você teria uma reunião com Alexandre hoje pela manhã.

Ele balança a cabeça.

— Eu remarquei. Não te deixaria sozinha logo hoje.

Confusa, pergunto:

— O que tem de tão especial hoje?

Ele leva a mão ao peito e finge uma dor mortal.

— Não acredito que você esqueceu.

Ergo meu corpo da cama, sentando-me.

— Esqueci o quê?

— Você não sabe mesmo que dia é hoje?

Não é feriado, o aniversário dele é no início do ano e já estamos em novembro, para o meu faltam alguns meses. O de tia Carmen é só amanhã.

— Não faço ideia.

Ele pega as minhas mãos e as leva até seu peito.

— Estamos casados há cinco meses. — Ele ergue as sobrancelhas sugestivamente — E já sei como vamos comemorar.

— Você quer comemorar nosso aniversário de casamento?

Ele dá uma piscadinha e entrelaça seus dedos nos meus.

— Com toda certeza. Vamos, levante-se, vista algo leve. Você tem cinco minutos.

Ele se levanta da cama. O sorriso alegre dançando em seus lábios. Ele realmente está animado, irradiando expectativa e entusiasmo, como uma criança fica perto do Natal e quer ganhar seu presente escolhido. Isso enche meu coração.

— Como vamos comemorar?

— É surpresa.

Uma surpresa.

Um fato: tenho um pé atrás com essa coisa de surpresa, pois aprendi que ser exposta ao inesperado tira a sensação de controle sobre nós mesmos ou até nossas emoções, já que no calor do momento, podemos fazer, aceitar ou dizer coisas que mais tarde podemos nos arrepender ou, na pior das hipóteses, nos machucar feio.

Contudo, agora, posso tolerar e esconder minha aversão contra uma surpresa por causa dele, apenas dele.

— Tudo bem! Vamos lá.

Levanto da cama e vou até minha mala procurar por uma roupa, optando por camiseta, calça jeans e tênis.

— Vou te dar mais um tempo, caso queira ir ao banheiro, fazer suas necessidades. Vou esperar por você na saída da casa.

Então ele sai do quarto e eu vou até o banheiro. Faço xixi, escovo os dentes e ainda me lavo rapidamente. Sete minutos depois, estou vestida e indo à procura de Maurício. Realmente constato que ainda é muito cedo.

— Que horas são mesmo? — pergunto assim que o encontro.

— Quatro e meia da manhã.

— Parece que são duas — resmungo.

Ele dá de ombros.

— Realmente preciso que seja tão cedo assim. Depois de ver a surpresa, vou deixar você decidir se vai continuar reclamando por ter acordado antes da hora. Vamos.

Ele estende a mão, guiando-me pela escuridão e pelo ar fresco. Escuto as ondas arrebentando forte ao mesmo tempo em que o aroma tão característico do mar nos acompanha a cada passo.

— Para onde está me levando? — pergunto, curiosa, enquanto Maurício me puxa por uma faixa de areia branca, indo em direção ao sul da ilha. Ele para e se vira para mim. E nem que eu estivesse preparada, poderia evitar o baque que sinto em meu coração quando ele me dá um enorme sorriso. Admiro o calor de seus olhos escuros e brilhantes.

— Você não lida bem com surpresas, não é, Elisa?

— Lido, sim... É que talvez eu... — Suspiro. — Tudo bem, não lido. Sou muito ansiosa e curiosa.

— Você irá descobrir em breve.

Ele pega novamente a minha mão para continuarmos a nossa caminhada pela areia. E o sigo. De repente, minha mente é invadida pelo acontecimento de ontem, quando Anderson me encurralou na festa. Suas palavras ainda vivas dentro de mim, sua maneira de se referir ao meu pai, ao meu sobrenome, colocou sal em minhas feridas. Seu olhar malicioso e seu toque quase imperceptível em meu ombro, causaram-me náuseas. E agora, pensando bem, tudo culminou no meu sonho.

Eu me senti amedrontada diante de Anderson, que agora vejo ser o homem dos meus devaneios. Será que é ele que está me perseguindo na vida real também? Será que ele realmente quer me fazer mal como no sonho? Balanço a cabeça, tentando focar na areia macia da praia, abaixo dos meus pés, na brisa que balança meu cabelo e refresca minha pele.

Meus pensamentos evaporam de vez quando paramos e eu olho adiante, vendo uma pequena casinha de praia toda decorada com milhares de velas e luzinhas amarelas. Flores e balões deixando a decoração ainda mais singela e romântica. Maurício se vira para mim com um sorriso enorme, que com certeza deve espelhar o meu.

— Achei que pudéssemos ver o nascer do sol. Tomar café e aproveitar um momento a sós.

Suspiro, deixo meus ombros caírem e um sorriso bobo prega em meus lábios.

— Isso é muito fofo.

— Segundo você, eu não sou fofinho? Então, fofura do senhor fofinho — ele zomba, pegando a minha mão. — Vem, deixa eu te mostrar a casa.

Novamente me deixo ser guiada por ele, apreciando o calor de seus dedos circulando os meus. Subimos lado a lado poucos degraus até chegarmos a uma varanda.

E então fico sem fôlego com o que vejo. Ali, no centro da varanda há uma pequena mesa posta com um incrível café da manhã, mais flores, diversos tipos delas, e uma espécie de cascata de pequenos corações de papel sobre as almofadas que estão espalhadas pelo chão.

— Ah, Maurício, que lindo!

— Gostou?

Viro-me em sua direção e abraço sua cintura.

— Amei.

— Que bom! — Ele deixa um beijo em minha testa.

— Como você conseguiu montar tudo isso? — Tento pensar quando ele teve tempo para organizar tudo, se não passamos nenhuma parte da manhã separados ou tempo suficientemente distantes na tarde de ontem.

— Tenho minhas habilidades mágicas. — Ele ergue uma sobrancelha, sugestivamente.

— Não duvido. — Eu sorrio. — Muito obrigada.

Sentamos lado a lado, ficamos em silêncio apreciando o momento, apenas nos olhando enquanto comemos alguma fruta.

— Olhe lá, o sol está nascendo. — Maurício aponta para o leste. — Veja como a natureza é mágica.

Levanto-me indo até a beira da varanda e ele vem para minhas costas e deito a cabeça em seu peito, para admirar o espetáculo. É incrível o tom dourado que fica o céu e a água do mar à medida que o sol vai surgindo, levantando-se todo poderoso. Tenho a sensação de que o tudo passa devagar e para. É como se eu estivesse no controle do tempo, da minha própria vida. É indescritível a paz que me invade, renovando todo o meu ser. Uma esperança diferente invadindo meu coração. Quase tenho vontade de chorar quando o sol finalmente está lindo e glorioso no alto. Engulo o choro, sabendo que esse momento me deixou mais forte e agradeço mentalmente por ser capaz de receber esse privilégio de Deus.

— Muito lindo.

— O nascer do sol não é apenas um novo dia, mas também é uma nova página do livro da sua vida. E hoje quero escrever um novo capítulo e quero que você o escute. — A voz dele bate em meu pescoço, causando-me arrepios. Tremo toda. — Apenas me ouça, de mente e coração abertos.

O tom de sua voz é frágil.

Viro-me em seu abraço para olhar o rosto dele, tentando analisar sua reação. Apenas encontro uma dilatação das pupilas, o músculo se movendo em seu pescoço, quando ele engole uma emoção que não consegue expressar. Meu coração parece tropeçar, depois parar e começar a bater de novo no momento que ele enlaça suas mãos em minha cintura e cola nossas testas. Seu perfume masculino e estonteante me envolve.

— Fiquei pensando a noite toda em como te dizer isso. — Sorri, então roça de leve nossos lábios. — Não consegui dormir um minuto sequer, imaginando como provaria meus sentimentos. — Tento engolir, mas a minha garganta está seca e apertada demais. — Então, cheguei à conclusão de que preciso apenas ser sincero. Eu amo você, Elisa!

Entreabro a boca, tentando lembrar como respirar.

— Acho que amo desde o segundo que coloquei meus olhos em você. — Ele inclina a cabeça para trás. Faço menção de falar, mas ele coloca um dedo em minha boca. — Não espero que diga o mesmo. Só quero que saiba que, para mim, não é apenas sexo. Eu quero tudo com você.

Maurício beija meu queixo.

— Quero passeios de mãos dadas, quero noite de filmes melosos, quero trocar mensagens de texto o dia inteiro. Quero quebrar as regras. Quero beijar você o dia inteiro. Fazer você sorrir quando estiver prestes a chorar. Quero que a gente ria junto, de doer a barriga até perder o fôlego. Quero ver pôr do sol, o nascer do sol. Quero gritos e berros.

Ele passa os dedos em meu cabelo e sorri mais.

— Quero o sexo que só temos quando fazemos as pazes depois de brigas. Quero o bom, o ruim e tudo o que há no meio. Quero ser incrível junto de você. Nenhum homem no mundo vai te amar como eu, Elisa. Você é meu tudo.

Ele me encara, esperando minha resposta, mas, se eu não consigo sequer respirar direito, imagine falar. Embora não haja dúvidas dentro de mim de como eu o amo do fundo da minha alma e com cada fibra do meu ser. E sentindo o toque dele, as emoções que continham em cada palavra e a sinceridade em seus olhos afastam qualquer medo que eu pudesse ter antes de me entregar a tudo isso.

Então olhando para seu belo rosto, passo as mãos em torno de seu pescoço e deixo as emoções tomarem conta de mim, lágrimas correndo por minhas bochechas.

— Também amo você, Maurício — sussurro. — Também quero todas essas coisas com você. Quero fazê-lo feliz.

— É impossível não ser feliz com você.

E antes que eu possa piscar, os lábios de Maurício atacam os meus, num beijo desesperado e faminto. Nós dois estamos ofegantes, respirando com dificuldade, mas não separamos nossas bocas, muito menos impedimos nossas línguas de mergulharem uma contra a outra, completamente loucos para nos desfrutarmos por completo.

Escuto o barulho de uma porta abrindo e meu corpo é empurrado para dentro da casa. Um calor abrasador toma conta de mim e faz as minhas emoções transbordarem quando ele começa a desabotoar minha calça jeans. Logo um ruído se faz presente, quando Maurício rasga minha calcinha. Depois, ele segue para minha camiseta. Sem cerimônias ou hesitação, desço para os botões da calça dele, ele afasta nossas bocas e a chuta para longe, jogando-a no monte de roupas no chão. Logo ele está colado a mim novamente, com as mãos em meu cabelo, inclinando minha cabeça para trás, descendo beijos pelo meu pescoço.

Em algum momento entre o meu sutiã deslizar pelo chão com a camiseta dele, vejo-me erguida em seu colo, com as pernas em volta de sua cintura, encostada em uma parede.

— Depois que a gente foder, eu vou fazer amor com você — rosna ele, deslizando a língua por meu queixo. — Estou apaixonado, mas tenho de fodê-la primeiro. Está entendendo?

— Estou.

— Então fale — pede, com a voz entrecortada. — Preciso ouvir você dizer que quer ser minha.

A pressão e o calor se intensificam no meio das minhas pernas. E talvez seja movida por isso que deslizo uma das mãos para dentro de sua cueca, acariciando seu pau espesso e duro.

Deleito-me com a sensação do fluido da ponta em meus dedos, que molha o meu polegar. Um gemido gutural atravessa a garganta de Maurício e ecoa pelo ambiente enquanto subo minha mão por toda sua extensão, liberando-o de vez de dentro da cueca. Remexendo-se, Maurício tira a peça, ficando completamente nu. Seus lábios em meu pescoço, mordendo, sugando no tempo em que eu o estimulo.

— Diga, Elisa. Eu quero foder você e te dar tanto prazer que você vai me sentir por dias.

— Eu quero que você me foda, Maurício. Me foda com força.

Um som animal sai de seus lábios.

— Preciso pegar a camisinha.

— Comecei a tomar pílula.

Não demora nada para ele me erguer mais alto, puxar-me para si e me penetrar com força. Jogo a cabeça para trás, de encontro à parede, sentindo-me nas nuvens apenas por senti-lo dentro de mim. Dou um suspiro profundo enquanto envolvo seu pescoço com meus braços para me segurar. Arqueio as costas, ele tira seu pau da minha carne quente apenas dois centímetros, para arremeter em mim de novo, duro, indo fundo, enterrando-se por completo.

E embora minhas costas rocem contra a parede a cada estocada, a queimação prazerosa que ele me proporciona é maior do que qualquer dor.

— Me fala o quanto me ama, Elisa — ele pede, colocando suas mãos sob as minhas coxas e as agarra possessivamente. Iniciando arremetidas brutais, fazendo-me gritar de forma suplicante.

— Eu te amo mais que tudo. — Minha voz sai trêmula. — Não pare...

— Fale que você é minha — diz em um sussurro quente, sua boca ao meu ouvido.

Depois Maurício enfia o rosto na curva do meu pescoço e roça um polegar em meu mamilo, o outro faz círculos em meu clitóris. Tudo isso causa uma explosão dentro de mim, pressionando meu abdômen. Uma gigantesca lufada de ar enche meus pulmões.

— Eu sou sua. Eu sou sua.

— Ah, e eu sou completamente seu. Todo seu.

Maurício mordisca meu ombro e empurra fundo cada fração de seu pau, com rigidez. Meu corpo enrijece e eu grito. Minha boceta lateja. Minha carne incendeia à medida que ele me abre por completo. O prazer me dilacera e berro seu nome, minha respiração ficando acelerada. Ele se aprofunda, em golpes firmes, sem parar.

Maurício afasta meu cabelo dos ombros e pescoço suados, agarrando-os.

Choramingo, meu corpo amolecendo, dando-me a sensação de estar deliciosamente sendo partida em duas.

— Ahhhhhh...

Maurício marca meu pescoço com a boca, a língua faminta me lambendo.

— Goza para mim, Elisa.

Enfio as unhas em seus ombros. Sua cabeça agora enfiada em meu peito, sua boca sugando e contornando meu mamilo direito. Meu corpo vibra. Um fogo se agita e causa uma grande explosão. O som de nossas carnes molhadas ecoa pelo ar no momento do nosso orgasmo. Tudo o que éramos antes, todos os nossos acordos e regras desaparecem ao mesmo tempo em que sacudimos e trememos juntos. Embriagada dessas sensações, sinto os braços fortes de Maurício me envolverem e me carregarem até um sofá, aconchegando-me em seu colo, e minha respiração ofegante batendo em seu peito que sobe e desce acelerado. Aos poucos, vamos nos acalmando. Maurício alisa meu cabelo úmido, afastando-o do meu rosto e cobrindo meus lábios com os seus.

Profunda e apaixonadamente ele me beija.

Cinco minutos depois, estamos parcialmente vestidos, eu com a camisa dele e ele apenas de cueca. Voltamos novamente para o sofá, no qual ele se recosta e me abraça, deslizando suas mãos para cima e para baixo em minhas costas. Ficamos em silêncio. O ar apenas repleto de nossa respiração baixa e do som de ondas se quebrando à distância. As luzes do sol banham todo o lugar. Aconchego-me melhor em Maurício, escuto o ritmo constante do coração dele batendo em meus ouvidos. Salpico beijos em seu peito e ergo os olhos para ele.

— Foi muito para você?

Ele percorre o meu rosto com o dedo, seus olhos intensos e aflitos.

— Não. Foi maravilhoso. — Ele solta um suspiro de alívio. — Aliás, achei que você ia continuar com a greve.

— Bem, eu sabia que não ia demorar muito.

Sacudo a cabeça em uma fingida descrença.

— Sabia, senhor Ferrer?

— É claro que sim, querida. Mas achei melhor deixar você suar frio por um tempo. — Ele dá uma risadinha. — Pelo visto, também fiz você gritar e gozar enquanto suava.

Dou um leve tapa em seu ombro.

— Muito espertinho...

— Faz parte do pacote completo. — Ele desce os dedos pelas minhas costas, puxando-me mais para ele. Colando nossas bocas. — E vá se acostumando, você está presa a esse espertinho sem direito à fiança ou redução de pena. É prisão perpétua.

Sorrio.

— Quero você do jeito que for.

E novamente o silêncio preenche a sala. Maurício percorrendo todo o meu corpo com um dedo, seu toque me leva ao paraíso, embora o meu sentimento de culpa e mentira me atire no inferno. Respiro fundo, na esperança de que a agonia que me devora se dissipe. Porque esconder os detalhes da minha conversa com Anderson ontem pesa uma tonelada em minha consciência. No entanto, imagens dele indo até o Ferreira apertam em meu peito, eu o estava protegendo não dizendo nenhuma miséria palavra. Contudo, falsidades, mentiras, meias-verdades, não é assim que eu quero começar com Maurício, não quando ele foi verdadeiro, sincero em tudo, não me escondeu nada, nem aquilo que me causa dor, novas verdades sobre o meu pai quando ele ainda morava no sul do país, desde sempre foi desonesto.

O amor vence as mentiras. A confiança vence o medo.

Então, resolvendo o conflito interno, decido contar a verdade.

Pigarreio, levanto de seu colo, passo os dedos em seu cabelo e tomo seu rosto entre as mãos, fazendo-o me encarar.

— Eu menti para você — confesso, minha voz falha, lágrimas ardendo em meus olhos.

Maurício afasta minhas mãos de seu rosto.

— Mentiu sobre o quê?

Seus olhos me fuzilam.

— Sobre ontem, sobre Anderson.

Os músculos de seu rosto todo enrijecem e ele trava a mandíbula.

— O que ele fez?

CAPÍTULO 37

MAURÍCIO

— Elisa, Anderson ameaçou você? — Minha voz é apenas um sussurro, enquanto fito minha esposa que está em silêncio, os olhos azuis perdidos e a pele branca, tão pálida.

De repente, Elisa se levanta do sofá, andando de um lado para o outro na pequena sala, de cabeça baixa. Enfim, quando ela ergue o olhar para mim, eu posso ver e sentir sua dor.

— Por quê, Maurício? — Sua voz é fraca. — Por que você escolheu me amar e me querer? Quando é tão óbvio que você pode ter a mulher que quiser. Por que eu?

Encaro-a, confuso.

— Por que está dizendo isso, Elisa?

Ela dá de ombros, como se estivéssemos numa conversa sobre bolos.

— Eu não entendo por que me escolheu, depois de ser praticamente forçado a casar comigo, depois de saber que tenho em minhas veias um sangue sujo. De conhecer cada parte do meu passado e saber que sou filha da pior espécie humana. — Ela balança a cabeça. — Eu posso listar milhões de outros motivos mais para você não me querer.

— Eu não quero que fale mais nenhum motivo estúpido pelo qual acha que não devo amar e querer você. — Aproximo-me dela, pegando sua mão gentilmente. — Você quer que eu diga por que preciso, amo e quero você, Elisa? Porque eu posso dar trilhões de razões.

Com os olhos cheios de lágrimas e os lábios trêmulos, ela faz menção de falar, mas eu tomo seu rosto entre as mãos e a puxo para mais perto.

— Elisa, desde o dia que nos conhecemos, do segundo que eu coloquei os olhos em você, nunca mais existiu ninguém que merecesse ocupar um milímetro de espaço em minha mente e coração. Sempre foi você, ocupando minha cabeça, acelerando minha respiração e dominando meu peito. — Acaricio seus lábios com o polegar, beijando sua testa, bochecha, nariz e boca. — Tenho certeza de que nasci para amar você. Tenho certeza também de que Deus me criou para proteger você, assim como fez você para curar minhas feridas. Nós dois nascemos para completar um ao outro. Nada e nem ninguém pode ir contra isso. Então, nunca mais fale que não posso amar você.

Tremendo, seu corpo todo balança enquanto ela chora. Abraço-a forte, tentando acalentar seu sofrimento, querendo ter o poder de chutar para longe todo e qualquer mal e dor que ela sente neste momento.

— Anderson... Ele... — ela gagueja.

Meu corpo entra em estado de alerta, à medida que a adrenalina corre em minhas veias. Respiro fundo e roço os dedos pelas suas faces molhadas, olhando no fundo de seus olhos.

— Pelo amor de Deus, conte o que ele fez com você — suplico, querendo arrancar alguma resposta dela, aperto as suas mãos enquanto meu peito se comprime a cada respiração irregular dela.

— Eu estava saindo do banheiro quando esbarrei nele. Pedi desculpas, mesmo sabendo que foi ele quem se colocou propositalmente em meu caminho. Quando fiz menção de voltar a caminhar, ele me impediu, segurando em meu braço. E a forma que ele me olhou intensamente me causou calafrios, e a forma que mencionou meu sobrenome de solteira com indignação e nojo...

Lágrimas grossas voltam a banhar seu lindo rosto, eu a pego no colo e a carrego de volta até o sofá, sentando-a. Com o coração acelerando e tumultuado, parecendo um furacão de alta potência, ajoelho-me à sua frente. Uma onda igual a um tsunami, carregada de raiva, quebra dentro de mim, fazendo os meus nervos e sentidos irradiarem cólera, quando pego nas mãos frias de Elisa e entrelaço nossos dedos.

— Respire, querida...

As palavras dela jorram, interrompendo-me:

— Ele disse que meu sangue é sujo. Que eu não passo de uma herdeira de um insolente, corrupto e bandido da pior espécie. Que meu pai foi a pior espécie de homem que já passou na Terra e que ele conheceu. — Ela respira fundo. — Que acreditava que, assim como ele, muitos estavam incomodados em estar no mesmo ambiente que eu. E quando tentei novamente me afastar, ele perguntou se eu estava assustada e que a minha descendência de covarde sempre tentava fugir das verdades, mas que agora ele não permitiria que minha família saísse ilesa, que ele me faria pagar por toda a culpa do meu pai e que...

Ela olha para nossas mãos entrelaçadas. Depois de fixar seus olhos nos meus, encaramo-nos, nossos olhares igualmente doloridos.

— Que me faria sentir na pele o mal que meu pai causou a milhares de inocentes e pobres que confiaram suas economias a ele. Que eu sofreria a dor de cada um deles, mil vezes pior.

E então aí está, a resposta para minha pergunta. Anderson não só ofendeu a minha esposa, ele também a ameaçou. Meu estômago revira. Meu sangue borbulha e esfria. Minha respiração fica entrecortada e em minha garganta parece que tem espinhos, que me impedem de engolir.

Atônito, levanto-me em um salto, lavas de ira incendiando meu peito. Minha visão fica turva, fazendo-me ver apenas vermelho. Vermelho-sangue. O sangue de Anderson escorrendo entre os meus punhos.

— Não... Maurício... Não... — Elisa se levanta vindo até a mim, colocando suas mãos em meu rosto. — Não vai atrás dele. Foram apenas ameaças vazias, ele não fez nada além disso. Eu estou bem, estou aqui com você. — Ela me abraça, mas, por mais que seu toque seja o paraíso, não funciona desta vez; sinto que a qualquer momento eu vou explodir. — Eu somente lhe contei porque não quero iniciar nosso novo relacionamento com mentiras. Você sempre foi tão sincero — ela pausa —, mas não quero que vá atrás dele, não quero que se machuque ou que arrume complicações para você junto com a empresa e demais sócios.

Eu balanço a cabeça.

— Ele te ameaçou e você está preocupada comigo?

— Com certeza — ela admite, lágrimas novas descendo de seus olhos já vermelhos. — Preciso proteger você. Não quero que um problema do meu passado, da minha família, faça você passar por mais nada além do que já passou.

— Ficar quieto depois disso tudo que ele falou para você? — inquiro, furioso, afastando-me dela. Levando minhas mãos até meu cabelo, puxando-o. — Meu Deus, Elisa, somos casados! Seus problemas são meus, assim como sua família é minha também. Coloque isso de vez em sua cabeça. Assim como você não pode me pedir que eu não vá atrás dele neste momento e o faça engolir dente por dente.

— Não faça isso, por favor!

Pego minha calça do chão e ranjo os dentes.

— Não me peça isso.

Elisa arregala os olhos e tenho certeza de que se assustou com o tom de minha voz. Contudo, ela agarra meu braço, impedindo-me de me vestir. Encaro-a com uma expressão feroz.

— Elisa, me solte.

Ela recua de imediato, como eu tivesse lhe dado um tapa. Ela se abraça, seu corpo minúsculo tremendo.

Porra! Não é minha intenção deixá-la ainda mais apavorada.

Aproximo-me dela, segurando seu queixo.

— Desculpe, não quis ser rude com você — sussurro, colando nossas testas enquanto fecho os olhos. — Você está pedindo que eu não seja homem, que não te proteja. Não posso fazer isso, Elisa. Não posso. Eu sou seu marido. Você é minha — esbravejo. — Não me peça para não resolver essa situação do meu jeito.

Ela hesita por um instante, mas logo estende a mão, colocando-a em meu rosto, acariciando o meu queixo, minha barba, deixando-me desesperado para me entregar ao seu toque, deixá-la desarmar minha raiva.

— Maurício Ferrer, você é mais homem do que qualquer outro que já conheci. Você é inteligente, forte, corajoso. Você é teimoso, carinhoso e gentil. É atraente, simpático, você encanta a maioria das mulheres apenas com um sorriso. Ao seu lado, sempre pareço uma abobalhada apaixonada.

Ela afasta os dedos do meu rosto, levando-os até meu peito nu.

— Você é um homem de valor que honra e valoriza as pessoas. Você é alguém que admiro, que Deus colocou no meu caminho e fez a diferença para mim. Porque quando eu precisei de ajuda, você esteve presente. Quando eu chorei, você enxugou as minhas lágrimas. Quando eu pensei em desistir, você me encorajou e me manteve em pé. Quando eu tive medo, a tua mão me acalmou.

Ela entrelaça os dedos em minha nuca, levando o meu rosto em sua direção, sua boca tão próxima à minha.

— Você é tão sensível e apaixonante, que acho que não pode fazer mais nada para que eu ame você. Sou completamente sua e nada vai mudar isso. — Ela me beija. — Por isso, não vale a pena ir atrás de Anderson. Ele não tem o poder de apagar nosso amor.

Lutando contra a fúria, encosto meu nariz no dela.

— Não, Elisa, não pode. Mas ele não devia ter ofendido você e te ameaçado. Eu não posso permitir que Anderson saia disso ileso.

— Eu vi que vocês conversaram ontem, também vi o soco que deu nele. Acho que ele não está ileso.

— Não é a mesma coisa. Agora eu o farei engolir cada ofensa e ameaça.

— Não, não é. Mas você quer saber o que vai ser mesmo?

Coloco as mãos em seu quadril, enrolando os dedos no tecido da camisa, desviando os olhos dela. Elisa pega meu rosto, fazendo-me encará-la.

— Se você deixar toda essa raiva te consumir e ir atrás dele, não vai ser diferente do homem fraco, desprezível e cretino que ele é. Esse não é o homem que tem o meu coração nas mãos. Por favor, não se iguale a Anderson.

Puta merda, minha cabeça dá um giro de 360 graus, confusa. Todo meu ser se encontra dividido neste momento entre meu instinto masculino de esmurrar Anderson até deixá-lo desacordado, até ele se arrepender amargamente por machucar minha mulher, que amo mais que tudo. Mas se eu fizer isso, farei Elisa sofrer ainda mais.

A tensão me tortura, enquanto fico imerso em pensamentos de como agir. Aperto meus lábios até sentir dor. Olho fixamente para os olhos da mulher que eu não consigo mais viver sem, a intensidade que encontro no azul cor do céu, combinado com seu toque suave, leva-me a tomar uma decisão que vai contra tudo o que está queimando dentro de mim.

— Tudo bem! Não vou atrás dele. — Respiro fundo assim que cada palavra sai da minha boca. — Prometo. Mas não posso garantir que não vou atrás dele até no inferno, se fizer algo de novo. Está entendo?

— Entendo.

Meu peito se contorce devido à dor contida em sua voz. Tentando extinguir qualquer vestígio de ira que ainda arde em mim, enlaço sua cintura, puxando-a para mim e a abraçando com força. Então, em questão de segundos, Elisa amolece em meus braços, entregando-se ao choro. E eu permito que ela coloque sua dor para fora, apenas aninho meu nariz em seu cabelo, respirando seu doce perfume, enfio meus dedos por dentro da camisa, deslizando-os sobre sua pele perfeita e macia de suas costas. Meu cérebro tentando entender como aquele idiota pode culpar minha esposa por um erro que não foi ela quem cometeu.

Elisa está longe de qualquer ato indigno. Ela é correta e digna. Sobretudo, corajosa, caridosa e sempre pensando no bem dos outros além do seu. Tenho certeza de que ela nunca sequer matou uma formiga. Temo quebrar a minha promessa de não ir atrás do doente do Anderson, a cada segundo que ela desmorona em meus braços. A cada soluço profundo e a cada lágrima, perco um pedaço do meu autocontrole.

Depois de alguns minutos, quando o pranto dela diminui e sua respiração fica suave, inclino o rosto dela para cima com gentileza.

— Você está bem?

Ela funga.

— Estou, sim. E você?

Não, não estou. Longe disso. Sinto-me perdido, tonto, furioso, nervoso. Mas, como quero mantê-la calma, apenas assinto.

— Você quer voltar para o hotel?

Hesitante, ela assente. Seu corpo ainda tremula junto ao meu, seus lábios estão opacos e sem vida, assim como seu brilho desapareceu. Neste momento, tudo o que quero é colocar novos pensamentos em Elisa, trazê-la de volta para mim. Então, sem esperar mais um segundo, cubro sua boca com firmeza.

Ela solta um pequeno gemido quando minha língua encontra a dela, quente e molhada. O beijo é desesperado, urgente, forte. Até os dentes se chocam, nossas respirações ficam escassas, mas não paramos, porque precisamos um do outro mais que tudo agora.

— Quando eu olho para você, tenho certeza de que estou olhando para minha outra metade. Você trouxe luz para minha vida, você curou meu coração e preencheu o vazio da minha alma, me fez conhecer o amor. — Agarro o cabelo de sua nuca, puxando-o com força, e aprofundo o beijo — Você é tudo para mim, Elisa, meu ar, minha vida, por isso eu a quero pelo resto da minha vida. Isso eu prometo.

Enquanto puxo a camisa pela cabeça de Elisa, sei que essas novas promessas serão mais fáceis de cumprir. Eu daria minha vida ao invés de voltar com a minha palavra, porque ela é mesmo tudo em minha vida. Meu amor, minha amiga. Minha para sempre.

Sinto meu corpo arder como se estivesse no inferno, pois maldita seja aquela promessa anterior, pois após deixar minhas marcas sobre a pele da minha esposa, percebo que não vou ser capaz de cumprir. Porque tenho que protegê-la até a morte.

E que Deus me ajude... Porque estou ansioso para quebrá-la.

No dia seguinte.

Cercado por uma dezena de executivos franceses que representam uma das mais importantes fábricas de carros do mundo — que necessitam de uma parceria para produção de pneus autossustentáveis —, eu sei que devo prestar atenção ao que falam, mas não consigo. Meus pensamentos, pensamentos perversos, me consomem nas longas dezessete horas desde que Elisa revelou tudo o que Anderson fez na noite da festa. Por isso, minha cabeça está virada do avesso, igual sinto o meu coração rasgado. Na real, não existe palavra no dicionário que possa expressar meus sentimentos e estado mental neste fim de tarde.

Meu estado mental privado de sono.

Sim, eu não consegui pregar os olhos ontem. Eu passei toda a noite fitando o teto, enquanto abraçava minha esposa. A adrenalina explodindo em minhas veias, causando explosões por todo o meu ser. E nem a respiração suave de Elisa, nem seu corpo enroscado ao meu foram capazes de me afastar a minha cabeça do caminho de autodestruição assassina que eu estou ansioso em percorrer. Minha mente brincando comigo, trazendo imagem de Anderson gritando, ofendendo e machucando Elisa, à medida que também exercia um poder cruel sobre meu desejo, fazendo-me querer sentir o sangue dele em minhas mãos. Fervi de raiva até o sol nascer.

De repente, o ruído do meu celular me traz violentamente de volta ao presente. Um dos executivos ergue a cabeça e crava seus olhos em mim, encarando-me com uma expressão nada amigável. Olho para a tela do meu telefone. É o detetive, e ele não estaria ligando se não fosse algo muito importante.

Ah, o francês que se exploda! Levanto da mesa rapidamente, rompendo o silêncio.

— O projeto em questão é promissor — espalho os papéis sobre a mesa de reunião —, contudo, não estou interessado na parceria. Então, estou saindo, para não desperdiçar mais meu tempo nem o dos senhores.

Não se trata de uma recusa educada e profissional, está mais para um dedo do meio da cara dos franceses. Que ficam com os rostos vermelhos, parecidos com tomates. Sem querer perder mais um segundo sequer, saio da sala e retorno a ligação para o detetive Gouveia, que atende depois do terceiro toque.

— Alô...

O tom dele parece muito sério.

— Falei com uns contatos meus na delegacia do Rio Grande do Sul e acabei descobrindo umas coisas.

Minha garganta fica seca.

— O quê?

— Que Anderson Ferreira, na verdade, se chama João Santos, ex-morador da cidade de Caxias do Sul, também um dos enganados por Paulo Marinho. Parece que ele investiu toda herança que tinha ganhado com a morte dos pais na proposta de dobrar sua fortuna, mas como bem sabemos a questão das apólices de seguro era uma fraude.

Nem mesmo pisco.

— Você tem certeza disso?

— Sim, tenho certeza. A polícia também revelou algumas outras condenações de Anderson/João depois desse ocorrido, como pedido de medidas protetivas de restrição de aproximação pedida por Paulo, por ameaça e perseguição contra eles, e até mesmo invadir a residência Marinho, armado.

Porra! Meu sangue gela.

— Anderson acabou fugindo da cadeia depois de quebrar a medida para continuar seguindo a família Marinho — ele prossegue. — Esses documentos são supostamente confidenciais, por isso demorei alguns dias para chegar à peça final do quebra-cabeça.

— O que você quer dizer com peça final?

Ele suspira do outro lado da linha.

— Após uma emboscada e finalmente conseguir capturar o homem que estava seguindo sua esposa, tivemos uma conversinha nada amistosa, e ele acabou nos dando detalhes de quem é o chefe, assim como deu toda *letra* dos planos novos. — A linha fica muda por um instante. — É Anderson, no seu plano infinito de vingança contra os Marinhos, a novidade é que ele tirou uma licença para posse de arma porque pretende sequestrar sua esposa.

— Porra!

— Sim, uma grande merda — resmunga Gouveia. — O bom é que descobrimos antes e podemos nos preparar. A polícia está ciente de tudo, todos seus crimes do passado e recentes, eles estão apenas esperando o mandado de prisão sair, acho que está em questão de dias, horas, já que ele está foragido e parece ter sumido do mapa.

— A polícia já foi informada?

— Sim, senhor Ferrer — ele chia. — Em nosso mundo, a troca de favores é frequente, eu descobri o que queria, tive de dar a eles um presente em troca. Nada melhor que a bunda de Anderson para eles chutarem, não é mesmo?

— Com toda certeza — rosno.

— Bem, tenho de resolver outros assuntos. Quando o mandado de prisão sair, eu aviso. Mas estou enviando agora mesmo para o seu e-mail um relatório sobre as novas descobertas.

— Ok.

Quando ele desliga, instantaneamente uma notificação de um novo e-mail chega à minha caixa de entrada, abro e lá está o relatório. Passo lentamente meus olhos pela tela, focando nos crimes: falsidade ideológica, ameaça de morte, perseguição, sonegação de impostos. Depois, para o novo parágrafo: posse de arma cedida em 04 de novembro de 2020.

Não importa se é início da manhã ou fim do dia, o céu de Angra é sempre bonito de se olhar. Sempre traz uma sensação de calmaria e bem-estar para quem o admira, deixando os pensamentos leves e os nervos em paz. Entretanto, enquanto observo os tons arroxeados e laranja do pôr do sol, não me sinto nem um pouco calmo. Ao contrário, minha cabeça está agitada. A cada segundo o meu coração fica mais acelerado.

Olhando mais além, consigo avistar o local onde acontecerá o pequeno luau de encerramento do fim de semana, no qual mandei preparar um bolo para cantar parabéns de surpresa para Carmen. Imagino Elisa, toda arrumada e linda, esperando por mim. Em alguns metros, estarei junto dela, mantendo firme a promessa que fiz.

Sequestro... Posse de arma... Essas palavras vêm em minha cabeça como ondas raivosas.

— Ah, que se foda!

Meus pés começam a se movimentar sobre o chão. Meu novo destino? Quarto de Anderson. Não fazer nada e esperar me mataria, tenho certeza disso. Assim como me transformaria em um homem amargo por deixar que tentasse contra a vida da minha mulher.

Com a visão vermelho-sangue, sigo para dentro do prédio, arranco meu terno e gravata no caminho. Quando chego até os elevadores, entro e aperto o botão onde o rato nojento deve estar planejando seus novos passos. Enquanto a cabine de aço sobe, minha cabeça não está mais confusa, eu tenho certeza do que quero.

Arregaço as mangas de minha camisa, uma sinistra onda de tranquilidade me inundando. Meu corpo sendo tomado por aquilo que mais desejou nas últimas horas. Enquanto subo até o vigésimo andar, o rosto de Elisa passeia em meus pensamentos. Meu coração afunda no peito ao verificar as horas, a ideia de que me atrasarei para tê-la novamente em meus braços me incomoda. Contudo, não posso me impedir de ir até o fim.

Quando o elevador para, salto para fora de imediato. Aproximando-me da porta de Anderson, toco a campainha. Quando a porta se abre, ele está apenas usando uma cueca preta e meias da mesma cor, enquanto de cabeça baixa tenta subir suas calças, sem se importar de olhar para mim, ele bufa, irritado.

— Samantha, já falei que não vou pagar pelos seus serviços. O sexo não foi bom.

— Não é a Samantha, seu covarde — rosno, enquanto o fuzilo com os olhos.

Com os olhos arregalados, Anderson tenta fechar a porta, impeço-o com meu pé. O choque e o nervosismo em seu rosto me fazem gargalhar.

— Opa, opa. — Ergo a mão em uma falsa rendição. — Não tão rápido, precisamos conversar primeiro. Eu disse que viria atrás de quem ousasse perturbar minha esposa.

Estreitando os olhos, Anderson tenta abrir a boca, mas, antes que ele possa dizer qualquer coisa, eu o ataco, pulando sobre ele, atirando-nos no chão. Com ele preso debaixo de mim, estrangulo-o com uma das mãos e desfiro socos por todo seu rosto e corpo com a outra; arrancando gritos e sangue dele. A raiva ferve em minhas veias e eu não tenho a menor intenção de impedir que ela entre em erupção.

Segurando o seu pescoço, ergo a cabeça dele e esmurro seu queixo por três vezes seguidas. Quase que ele desmaia.

— Seu covarde, filho de uma puta! Você não passa de um rato nojento — disparo, enfurecido. — Eu avisei que ia matar você, se machucasse Elisa.

— Ah, pobre menino! Odiado pela mãe, sem pai, sem amigos, sem ninguém — exclama ele, contorcendo-se debaixo de mim. — Você é tão carente, Maurício, nunca enxergou nada além de seu próprio ego, sempre se escondendo dentro dessa bolha sofredora. Eu sempre usei e abusei de você como quis. Adivinha quem minou sua cabeça com David? Eu. Adivinha quem colocou uma ponta de dúvida na cabeça de cada um dos membros do conselho? Eu. Foi tão fácil deixar todos contra você. Eu sempre o tive em minhas mãos. Mas, agora, fodam-se você e aquela sangue ruim!

— Cala sua maldita boca! Ou eu mato você.

— Vai, em frente. Deixe transparecer o Maurício Ferrer que todos sabemos que você é. Sempre imaginei que se parecesse mais com seu pai, mas agora vejo que é uma cópia fiel de Alexandra, frio, sem um pingo de emoção

Aperto ainda mais a mão ao redor de seu pescoço, que até mesmo sinto os batimentos de Anderson nos meus polegares. Ele segura meus braços, na tentativa de se livrar de mim. Isso só me faz apertar com mais força, vejo os vasos sanguíneos de seu rosto saltarem, seu corpo amolecendo e sua pele começando a ganhar um tom azulado.

E é neste momento que as palavras de Elisa vêm à minha cabeça: *você é mais homem do que qualquer outro que já conheci. Você é inteligente, forte, corajoso. Você é teimoso, carinhoso e gentil. É atraente, simpático, você encanta a maioria das mulheres apenas com um sorriso. Ao seu lado eu sempre pareço uma abobalhada apaixonada.*

Eu não sou igual a Anderson! Optando pelo amor acima do ódio, solto seu pescoço e saio de cima dele. Respirando fundo, caminho para o outro lado do quarto, observando Anderson virar de lado, sufocando, e ficar de quatro, arfante. Depois tentar ficar de pé, mas sem conseguir, já que eu lhe tirei toda a energia.

Quando ele consegue se sentar, olha para mim. Ainda respirando com dificuldade, ele esbraveja:

— Você vai ser preso por isso, seu babaca. Idiota e pateta igual ao pai. Eu vou fazer questão de que apodreça na prisão...

Não sei dizer por quanto tempo fico apenas olhando no fundo dos olhos escuros e sem vida de Anderson. Nos olhos do homem que cheguei a considerar um amigo, até mesmo pai em alguns momentos. O mesmo que agora solta ameaças contra mim. O mesmo homem que tentou contra a vida da minha esposa, a minha outra metade, a mulher por quem eu faria de tudo. Então, junto com o som de sua voz e suas palavras de antes e com essa percepção, eu me dou conta de que não estou gastando só meu oxigênio, punhos, como desperdiçando tempo precioso para estar ao lado dela.

Caminho até a porta, a expressão de Anderson confusa é a última coisa que vejo antes de sair do seu quarto. O barulho da polícia irrompendo o elevador e invadindo o seu quarto é a última coisa que ouço antes de ver Anderson sair finalmente da minha vida e da minha esposa para sempre.

A batalha chegou ao final, e eu ganhei de diversas maneiras diferentes.

Não dou nem três passos e avisto Elisa olhando para o mar. Ela está usando um vestido de tecido verde, leve, que balança devido à brisa marinha. Está de tirar o fôlego como sempre. As batidas do meu coração falham, como sempre acontece quando ela está por perto.

Como se Elisa sentisse minha presença, seus olhos estão em mim. Logo ela abre um sorriso lindo, um sorriso capaz de iluminar todo o planeta. Pode parecer clichê, mas sinto o ar ser arrancado dos meus pulmões.

Porém, o sorriso de Elisa vai morrendo lentamente em seus lábios, seus olhos ficando aflitos e seu rosto ganhando uma expressão assustada, enquanto ela percorre todo o meu corpo. Inferno! Olho para minhas próprias roupas, eu não me arrumei, já estava atrasado demais, mesmo sabendo que estou todo amarrotado. Sem o paletó, sem a gravata, com a camisa para fora da calça. Sem falar no meu cabelo bagunçado, nos nós dos meus dedos vermelhos e do meu rosto suado.

Quando estou diante dela, agarro-a pela cintura, pressionando seu corpo no meu.

— Desculpe, Elisa! Sei que prometi que não ir atrás do Anderson, mas eu tive de fazer isso. — Eu a beijo suavemente. — Descobri que ele estava por trás da perseguição a você e que planejava te sequestrar... Mas agora acabou.

— Acabou?

Conto-lhe todos os novos desdobramentos do detetive até a prisão de Anderson.

Enfiando os dedos em meu cabelo, Elisa não contém o soluço.

— Sério, acabou mesmo?

— Sim, ele foi preso e, pela quantidade de crime, não vai ser solto tão cedo.

Ela solta um imenso suspiro de alívio e joga seus braços em volta do meu pescoço, beijando-me avidamente. E eu retribuo com todo fervor. Beijando aqui, diante o mar, a lua e quem quiser ver, a mulher que mudou a minha vida, meu mundo, para sempre. A mulher que amo um milhão de vezes mais a cada minuto. A mulher a qual eu planejo ter um futuro, até ficarmos velhinhos observando as estrelas. A mulher por quem eu abriria mão de tudo. A mulher que, enquanto respirar ao meu lado, todos meus dias serão completos.

Elisa é o meu final feliz e eu serei o dela. É isso que quero.

E eu colocarei esse plano em ação... muito em breve.

CAPÍTULO 38

ELISA

Três semanas depois...

Tempo.

Há uma passagem na bíblia que diz: "Tudo tem o seu tempo determinado, e há tempo para todo propósito debaixo do céu"; Eclesiastes 3:1.

Tudo tem o momento exato para acontecer em nossa vida. Deus sabe o momento em que seremos felizes, quando precisamos lutar, quando precisamos chorar e aprender. Às vezes, não sabemos esperar e queremos algo antes do tempo, e isso pode fazer com que a bênção se torne maldição. É como colher a fruta antes de estar madura, com certeza estará azeda. Por isso, devemos ser prudentes, não ser precipitados e esperar que tudo aconteça no seu devido tempo.

Nessas últimas semanas, o tempo pareceu deslizar para dentro dele próprio, como se fosse um buraco negro sugando as lembranças do passado e os obstáculos do presente.

E coloque obstáculos nisso!

Anderson e Cintia causaram um grande transtorno em nossas vidas. Ferreira foi preso ainda em Angra e, quando pensávamos que tudo estava acabado, que teríamos calmaria depois da tempestade, outro temporal caiu sobre nós. Sinto um arrepio ao me lembrar da noite em que Cintia invadiu o apartamento quando Maurício teve de comparecer a uma conferência no Rio de Janeiro e acabei ficando sozinha:

— Elisa. — A voz de Cintia me surpreendeu, assim que entrei em casa e começava a subir as escadas para o quarto.

Eu me virei e a vi parada atrás da janela de vidro da varanda, aberta. A pouca luz do luar mal a iluminava.

— Cintia — respondi, tensa e preocupada por estar sozinha com ela. — O que você quer?

Seus lábios maldosos se abriram em um sorriso debochado. Ela começou a se aproximar de mim e eu lutei contra o instinto de me afastar. Não tinha medo dela, poderia me garantir.

— Vou te contar uma história bonita. — Ela sorri, novamente seu sorriso me causando uma sensação ruim. — Era uma vez uma mulher que conheceu um homem lindo, inteligente, bom de cama, perfeito em tudo. Não demorou muito e ela se apaixonou perdidamente. Ela jurou que o teria para sempre, já que ele sempre estava em sua cama... Em cada oportunidade estava entre suas pernas. Por incontáveis noites, gritou o quanto ela era perfeita, ardente e deliciosa. Um dia, ele chegou a confessar que essa mulher tinha uma boceta mágica do prazer... Então, ela pensou que finalmente ele tinha caído de vez em suas mãos...

— Cale a boca! — gritei, não queria imaginar Maurício e ela juntos.

— Mas então, de repente, do nada, surgiu você! — Ela se aproximou mais um pouco, inevitavelmente recuei. — Por que Maurício se casou com você e não comigo? Eu sempre fiz tudo por ele! Eu! É de mim que ele precisava sempre. Eu fui criada para ser a mulher dele. Eu combino com os lugares onde ele circula. Eu sou a mulher perfeita para carregar seu sobrenome. Não você, sua puta de sangue ruim — ela disse com ódio na voz. Seus olhos queimando de irritação. Dei mais um passo para trás. — Está com medo, não está, sua vaca? Você é uma covarde mesmo, igual ao pai. Não sei por que Maurício acha que você pode fazê-lo feliz.

Eu conhecia a loucura, tinha convivido um tempo no internato com uma menina que teve alguns problemas mentais. O jeito que seus olhos estavam igualmente perturbados, saltados para fora, seu rosto vermelho e suando, fez-me perceber que naquele momento Cintia não estava brincando. Ela não estava ali para fazer ameaças vazias. Ela estava ali para se vingar. E por mais que tudo dentro de mim estivesse se revirando com medo, minha garganta fechada e meu coração acelerado, eu precisava reagir. Sentindo toda a minha pele formigar, eu não sabia se conseguiria me defender do que quer que ela estivesse armando. Mas eu tentaria distraí-la, depois a pegaria desprevenida e lhe daria uma joelhada nas partes íntimas, e a imobilizaria.

— Cintia... Vamos conversar. — Tentei esconder o terror em minha voz.

— Conversar? — Ela balançou a cabeça, seu curto cabelo loiro se movimentando no processo. — Não tem conversa. Você pegou o que era meu, mas eu vou consertar isso. Eu vou tirar você do meu caminho.

Sua risada sinistra ecoou por todo o ambiente. Era isso. A mulher estava louca.

— Cintia... — Tentei mais uma vez.

— Cale a boca, sua imunda— grunhiu ela. — Ele escolheu você. Ótimo! Quero ver Maurício ficar com você depois de eu te encher de balas. Ele vai aprender. Vai aprender a nunca brincar comigo!

Ela rugiu, então sacou uma arma de sua cintura e lentamente apontou para mim. O mundo ao redor ficou totalmente escuro. Só conseguia sentir tudo dentro de mim se revirando e os meus pés tremendo, meus dentes batendo tão forte que ouvi o som como se fosse pica-pau bicando uma árvore, só que a árvore era a minha cabeça. Meu couro cabeludo estava formigando. Arrepios subiam pelos meus braços e desciam pela minha coluna. Sua arma fez um barulho, que eu sabia que ela estava pronta para atirar. Já tinha ouvido aquele som antes, na televisão.

Não tinha para onde eu correr.

Ela ia me matar.

Eu sabia que sim.

Então fechei os olhos e esperei pelo meu fim.

— Fique parada. — Uma voz ecoou pela sala, como se fosse a de um anjo salvador. — Solte a arma, coloque as mãos para cima...

Então parei de escutar, pois as coisas ficaram loucamente barulhentas. Vozes gritaram, o som de pés batendo no concreto até mim...

Então, um calor familiar me cercou. Meu corpo foi movido, como se eu estivesse flutuando, e nada além de amor me rodeou. Fui imediatamente envolta em um casulo de luz e proteção. Braços em minha cintura, meu rosto em seu peito largo e forte, até eu estar sentada em seu colo.

O aroma do perfume amadeirado e masculino adentrou as minhas narinas e eu abri os olhos. A escuridão retorcendo dentro de mim, a angústia desaparecendo até os traços perfeitos se tornarem precisos à minha visão. O rosto mais lindo e amado de todos. Aquele que prometeu estar ao meu lado sempre que eu precisasse, que me protegeria e me manteria segura até mesmo com a própria vida.

— Maurício... — Minha voz soou fraca.

Meu amor segurou meu rosto.

— Calma, querida, estou aqui. Eu estou aqui...

Meneei a cabeça, lágrimas escorriam em meu rosto.

— É você mesmo? — Solucei, sem acreditar que ele estivesse de fato ali.

— Sim, querida, sou eu. A conferência foi adiada para amanhã, então voltei para casa... então... Meu Deus... Graças a Deus eu vim!

— Ah, Jesus — murmurei em seu pescoço repetidamente. Ele me segurou forte, enchendo-me de carinho novamente. Encolhi-me nele. Estava em seus braços, meu lugar favorito.

— Agora acabou de verdade, meu amor. Cintia foi presa. O pesadelo se foi. Acabou!

Assenti contra sua pele. Minhas lágrimas caindo com tanta velocidade, que não tive tempo de controlá-las; ao contrário, elas encheram a camisa de Maurício. Ele não se importou, simplesmente me envolveu em seu abraço e me deu tudo o que ele era, tudo de que eu precisava.

Sim, o passado ficou para trás. O pesadelo finalmente acabou. Agora terei um lindo caminho a ser trilhado no futuro. Um futuro com Maurício. Como estrelas cadentes no meu céu, ele deixa suas marcas em mim de muitas maneiras mágicas. E, sinceramente, não imagino a minha vida, por um segundo, sem ele não estar incluído em minha estrada. Seja qual for este caminho, eu quero andar ao seu lado.

Olhando para meu reflexo, lembro-me de suas palavras de um mês atrás, de sua declaração para mim, meu coração se enchendo de uma radiante alegria, excitação e sentimentos bons. Meu rosto se transforma com um sorriso bobo. Eu sei que ainda temos muito a percorrer, que temos muito o que aprender. Que teremos milhares de obstáculos pela frente, mas tudo será mais fácil, porque nossos corpos, coração e alma estarão ligados. Porque nosso amor é forte, verdadeiro e infinito. Nós vencemos as cicatrizes do passado e não temos medo do que pode nos atingir no futuro. Perdoamos os erros que deixaram nossas almas sombrias e confusas. E logo nos enchemos com o ilimitado brilho vindo de nossos corações parceiros.

Agora, nós dois somos completos.

Com isso em mente, começo a me vestir. Para esta noite especial escolhi um vestido-envelope de seda vermelha, que bate acima do joelho e tem um elegante aplique de pedraria marcando minha cintura. Para os pés, um luxuoso par de Manolo Blahnik preto. Meu cabelo está em um trançado diferente, minha maquiagem é simples.

Escuto um suspiro e me viro para olhar de onde vem o som e me deparo com Maurício muito bem à vontade no vão da porta. Ele está paralisado, olhando-me, os olhos escuros brilhando, famintos e cheios de alegria. Sinto como se todo o meu corpo ficasse enrubescido. Ele está lindo, de suspirar, usando uma calça preta social e uma camisa branca de botões, os últimos abertos, deixando um pouco à mostra seu peitoral.

Jesus, esse homem é todo meu!

— Estava me observando esse tempo todo?

— Com toda certeza, e apreciei cada minuto — ele murmura, apaixonado, entrando no quarto e parando a pouca distância de mim. — Você está deslumbrante neste vestido, tanto que me deixou como um bobo de boca aberta. Você está parecendo um presente, e já que é Natal, posso ter o meu adiantado?

Sorrio.

— Sem presente adiantado. — Nego com a cabeça e ele faz uma cara de insatisfeito. — Imagino que tenha algum propósito em estar aqui. Além de ficar me encarando como um bobo. Acertei?

Lanço um olhar questionador.

Ele inclina a cabeça para o lado com um sorriso maroto, enquanto seus olhos se iluminam agora com um desejo instantâneo e primitivo.

— Você me conhece tão bem, querida. — Ergo uma sobrancelha para ele. — Mas não vim para fazer o que está passando em sua linda cabecinha safada.

— Você entra aqui com esse olhar ardente, esse sorriso sedutor e eu que sou safada? — Cruzo os braços em frente ao peito com falso desapontamento.

— Você está me chamando de safado? — ele pergunta, lutando contra o sorriso que se espalha por seu rosto.

— É. — Assinto com a cabeça para dar mais veracidade. — Não se faça de inocente, Maurício Ferrer. Você é safado e sabe muito bem disso.

— Eu? Já fui coroinha na igreja quando era criança. Você é quem me faz ter pensamentos impuros, perversos, dignos de me mandarem para o inferno. — Ele estende a mão para mim. — Mas agora, vem aqui, quero entregar um de seus presentes de hoje adiantado.

Sem hesitar, pego em sua mão. Maurício me conduz até a cama, senta-se e me coloca montada sobre si. Ele deixa beijos suaves por todo o meu rosto. Segundos depois, tira uma pequena caixinha de veludo do bolso. Então olha em meus olhos, cheio de carinho e preocupação.

— Certa noite, você me disse que tinha perdido uma coisa muito importante para você, algo que estava em sua família por geração e que a fazia se lembrar de sua mãe — ele sussurra, abrindo a caixa de veludo e exibindo um medalhão oval, de platina, cravejado de brilhantes. — Este relicário pode não ser o mesmo de antes, mas espero que possa ser tão importante e especial quanto. Quero que, quando olhar para ele, lembre-se dela, dos momentos bons, das histórias contadas quando você era criança, das tardes em que dançavam juntas. Acima de tudo, quero que ele seja o símbolo do seu recomeço. Que você o use por todos os momentos de alegria que vai ter em seu futuro lindo.

Ele entrega a joia em minhas mãos e, quando a abro, perco o fôlego: dentro tem uma foto da minha mãe ainda adolescente. O sol brilha em seu cabelo escuro e o sorriso realça o brilho afetuoso e despreocupado em seu olhar, próprio da juventude. Neste momento não posso deixar de pensar na imagem que era minha mãe antes de conhecer meu pai, do que ele a transformou ao entrar em sua vida. Suspiro e lágrimas ardem em meus olhos. No entanto, não permito que elas rolem por minha bochecha. Não na presença do homem que agora nem sequer pode imaginar o espaço vazio de meu coração que ele está preenchendo.

— Depois, num futuro, se nos for permitido, você pode substituir essa foto por uma de nosso filho ou filha — ele murmura suavemente.

Por um breve momento, eu paro de respirar, meu coração batendo acelerado no peito. Eu tinha certeza de que não havia mais nada que Maurício pudesse fazer para que eu o amasse ainda mais. Mas agora, sentada em seu colo, recebendo esse presente tão significativo e com suas palavras tão doces, percebo que me enganei completamente. Eu me apaixono ainda mais pelo homem que mudou meu mundo e minha vida para sempre.

— Meu Deus, você é de verdade?

Ele abre um sorriso.

— Acho que sim.

— Maurício, você me dá a sensação de estar num sonho — sussurro, admirando o homem sincero e altruísta à minha frente. Percebendo que ele é real. — Você é a cor da minha tela vazia, a luz da minha escuridão, o ar dos meus pulmões. Não posso me imaginar sem você.

— Ah, Elisa! Você é tudo isso para mim também. Eu te amo, mais que tudo... Você...

Eu não o deixo terminar, engancho em sua cintura e enlaço seu pescoço, puxando-o para mim. Então o beijo, querendo nada além de colocar cada partícula do meu amor nesse beijo. Meu corpo se aquece quando ele enfia os dedos em meu cabelo, aumentando a voracidade de nossas bocas e línguas.

Meu Deus! O sabor dele é delicioso. Seu cheiro, seu toque me deixam zonza, provando sensações prazerosas por todo o meu ser. Tanto que não consigo controlar um gemido. E quando Maurício percorre as mãos pelo meu pescoço, descendo pela curva arqueada de minha coluna e parando na minha cintura, faz nosso contato se tornar desesperado. Mergulhamos um no outro por longos minutos, até estarmos completamente sem fôlego.

— Meu Deus! Nunca vou cansar da sua boca — ele diz, arfante, quando me afasto. — Você sabe o que esse beijo provocou, certo?

— Sei. Estou sentada em cima de você, então consigo sentir o que esse beijo provocou. — Sorrio. — Contudo, teremos de esperar. Já está quase na hora da ceia.

— Muito bem. Contanto que você saiba que vou possuí-la mais tarde. — Ele se remexe, desconfortável. — E não quero saber se a sua tia, Rômulo ou sua amiga Samara podem nos ouvir.

Engulo em seco.

— Tudo bem — assinto, então um fato vem à minha cabeça depois de ele citar minha amiga. — Quero pedir uma coisa para você, já que esta noite é especial, que você e Samy tentem se suportarem e não trocarem ofensas.

Ele bufa.

— Você sabe que é covardia pedir algo quando está sentada em cima de mim e meu pau está duro — sussurra ele ao meu ouvido, o tom sedutor; agarrando minha cintura, pressionando meu corpo ao dele. — Acho que vou implorar pelo meu presente de Natal.

Ele abre aquele sorriso sexy e maravilhoso, também conhecido por fazer qualquer mulher se apressar para tirar a roupa. Respiro fundo com arrepios tomando conta de cada centímetro da minha pele. Mesmo assim, fito os olhos escuros dele.

— Maurício Ferrer, escute o que eu vou dizer. Samara é minha amiga de...

Cometo o erro de olhar novamente para sua boca. Seus lábios deliciosos ainda ostentam um sorriso digno de descontrole. Mordo meus próprios lábios, tentando causar uma dor que me distraia dos meus pensamentos obscenos. Não dá certo. Ainda mais quando Maurício chega mais perto, o cheiro de seu perfume inundando lentamente minha sanidade.

— Você não está ouvindo.

— Claro que estou, querida — diz ele, enfiando o nariz em meu pescoço. — Continue o que você estava falando.

— Você está deixando as coisas difíceis.

E está mesmo, quando passa a deixar beijos em meus ombros.

— Estou deixando você sem conseguir falar?

— Está, sim. Tenho certeza de que sabe que vou ter de trocar de calcinha.

Ele ri, simplesmente ri.

— Meu Deus! Como adoro quando fica safada. Fico com tesão — revela com a voz grave. — Agora, deixe-me ver o estado da sua calcinha.

Ele tenta enfiar a mão por debaixo do meu vestido.

Salto de seu colo e lhe dedico um olhar de desaprovação.

— Agora me escute. Samara é minha amiga, ela é legal, apesar de ter uma língua solta. Você precisa dar uma chance para conhecê-la, garanto que não vai se arrepender. Olha como seu amigo Rômulo gostou tanto dela, que agora estão namorando.

Ele revira os olhos.

— Ele é igual a ela, sem noção nenhuma.

— Maurício.

Suspiro.

— Tudo bem! Vou tentar, mas não prometo nada.

— Isso já é alguma coisa. — Estendo-lhe a mão. — Agora, vamos, que já estamos atrasados.

Enquanto descemos, olho para toda decoração, encantada. Um grande lustre com fios formando uma cascata de cristais ilumina toda a sala e os arranjos luxuosos com flores exuberantes que adornam uma mesa rústica bem-posta com todas as comidas típicas para ceia, taça, talheres, pratos e alguns adornos natalinos.

Olhando mais adiante, posso ver pequenas luzinhas brilhando na varanda e, claro, a gigantesca árvore de Natal, com enfeites de renas de purpurina de prata, vermelha e dourada. Bolas das mesmas cores, anjos de pano e até mesmo nossos nomes em resina. Deixo um suspiro sair, eu adoro esta época do ano.

Conforme suspeitei, todos já nos esperam sentados no sofá. Rômulo e Samy conversam, nem sequer dão atenção para nossa chegada. Mas titia Carmen deixa a enfermeira que contratamos para cuidar dela em casa, já que após algumas negociações com a clínica, decidimos que ela ficará alguns dias da semana conosco. Ela está tão sorridente, tão bonita em seu vestido verde-escuro. Quando ela chega até nós, não me surpreende quando primeiramente abraça e beija Maurício.

Eu não a julgo, ela foi fisgada pelo charme dele. Ela o adora, trata-o também como um filho. Tanto que quando lhe contamos sobre o nosso casamento falso, ela nos deu um sermão, mas ao final acabou abençoando nossa relação porque o amor que ela viu em nossos olhos é verdadeiro.

— Ei, meu menino. Tudo está impecável — titia diz, admirada, enquanto fita Maurício. — O Papai Noel gigante à entrada do apartamento foi um belo toque.

— Mandei bem, não é?

— Tão convencido.

— Sou, sim. — Ele olha para minha tia. — E teve alguma vez que não mandei bem, titia Carmen?

— Nunca. Você é um menino de ouro, tem uma tranquilidade nos olhos e um ótimo gosto para doces e flores.

Encaro Maurício, vendo-o se derreter ao meu lado.

— Chega, porque se continuar o elogiando, vamos acabar chegando ao Ano Novo. — Afastando a atenção do homem que nem pode imaginar como está mudando meu Natal, coloco as mãos nos ombros de tia Carmen e pergunto sorrindo: — Para você existe só Maurício agora, eu não valho mais nada?

Ela me dá um beijo na bochecha e aperta meu nariz.

— É claro que vale, minha menina.

— Ei, ei, ei! — exclama Samara, levantando-se do sofá e vindo até nós. Rômulo a segue. — Precisamos todos tirar uma foto na árvore de Natal, é tradição.

Maurício arfa ao meu lado.

— Seja bonzinho — sussurro ao seu ouvido antes que ela nos alcance. — Ei, amiga. Depois da ceia podemos fazer a foto em família.

Abraço-a apertado. Quando nos separamos, é a vez de Rômulo me apertar em um abraço de urso.

— Ei, irmãzinha. — Ele me solta, seu rosto se ilumina. — Você está bonita, hein?

— Você também.

Ele bate na barriga.

— Até mesmo com as minhas almofadinhas extras?

Dou uma risadinha, até com elas.

— Já chega de bajular minha esposa. — Maurício passa as mãos por minha cintura, puxando-me para o lado dele. — Vá flertar com sua namorada.

Rômulo ri.

— Calma, amor! Sem ciúme. Você está um gato. Miau.

Maurício lhe dá um olhar afiado, e, antes que ele possa devolver a implicância do amigo, intercedo:

— Vamos dar início às festividades. Quem está preparado para encarar uma comida espetacular?

— Eu estou — dita Samy, animada. — Com a fome que eu estou, vou devorar até os enfeites da mesa.

Logo Samara, Rômulo e minha tia se encaminham até onde está montada nossa ceia. Viro-me para meu marido.

— Você está pronto para comer, não está?

— Dependendo do que eu vou comer — sussurra ele, seu olhar me queimando. — Tenho uma sugestão, nesta noite, gostaria de curtir minha sobremesa em alguma parte do seu corpo.

Olho para sala onde todos estão nos esperando. Voltando a encarar Maurício, minha voz entrecortada.

— Maurício, você quer que eu implore para você parar?

Ele pestaneja.

— Quer que eu transe com você agora?

Balançando a cabeça e, prestes a deixar que ele faça exatamente isso, sorrio e tomo sua mão, puxando-o até nossos familiares. A caminhada é breve, mas cômica, pois a cada passo, Maurício solta um suspiro de desalento. E considerando que ele domina qualquer ambiente somente com sua presença, saber que tenho esse controle sobre ele, é uma sensação boa.

Enquanto comemos, de vez em quando rimos de alguma piada de Rômulo, animados pela música natalina, empanturrando-nos com uma boa comida caseira. O clima está agradável e tranquilo em volta da mesa. Até que...

— Meu Deus! O que é esse enfeite estranho que o Papai Noel está segurando? — Samara pergunta.

— Um saco. Não consegue ver? — Maurício dá um sorriso maroto, os olhos se iluminando em divertimento.

Samara revira os olhos.

Merda! Sério que os dois vão começar isso de novo?

Parecem duas crianças. Uma hora eles estão brincando felizes e até mesmo dividindo os brinquedos e, em outra, estão gritando e brigando um com o outro. Solto um suspiro.

— Um: não sou cega. Dois: parece que você está precisando de uma consulta ao oftalmologista. Três: o saco do Papai Noel é vermelho e redondo. Isso é um bloco preto. Doido de pedra.

— Doido de pedra? — questiona ele com a expressão carrancuda.

Decido novamente interceder no clima.

— Chega! Eu vou ver o que é para acabar com essa discussão sem cabimento.

Estico-me até o Papai Noel, pegando-o, então percebo que, na verdade, não é um bloco ou um saco. Olho para Maurício que está exibindo um sorriso gigantesco, de muitos megawatts, assim como todos os demais. Então a ficha cai, ele planejou tudo isso.

Antes que eu possa piscar ou respirar, Maurício se levanta de sua cadeira, toma a caixinha de minhas mãos enquanto me fita.

— Eu sei que é meio fora de lugar, de hora... — diz com voz suave, deixando escapar uma risadinha nervosa —, mas, quer casar comigo? Não por causa de um testamento, dinheiro ou contrato, mas porque você ama cada pedacinho meu, minhas qualidades e meus defeitos.

Ele ergue a sobrancelha, o sorriso maroto e sexy realçando os traços perfeitamente talhados de seu rosto.

— Me ama até mesmo eu sendo um torcedor fanático do Corinthians.

Mesmo sentindo minha garganta seca, dou uma risadinha.

— Ah, Maurício, nós já somos casados. Esqueceu?

Ele se inclina para frente e me beija. Quando se afasta, explica:

— Sim, somos casados. Mas há seis meses, todos nossos amigos e familiares não testemunharam nosso casamento. E nós dois sabemos por quê. Contudo, não quero que ninguém neste mundo possa questionar o meu amor por você. Sendo assim, sempre iremos renovar nossos votos a cada ano.

— Meu Deus... Todo ano?

Meus lábios tremulam e as lágrimas começam a descer por minhas bochechas à medida que as minhas emoções reviram o meu interior de maneira intensa e agitada.

— Sim! Simples ou elaborado, como quiser. Cada ano, um de nós planeja ou podemos deixar a encargo de alguém.

— Você é louco, sabia?

— Sim, louco de amor. Eu amo você, Elisa. Você sempre vai ser minha melhor amiga. Você me fez ser um homem melhor. Eu sempre tive minhas convicções e regras quando se tratava do amor. Eu não acreditava em conto de fadas, corações e ainda mais nesse sentimento que sempre acreditei ser sinônimo de fraqueza. Mas agora eu sei que o amor pode nos tocar uma vez e durar uma vida inteira. Agora eu acredito no "para sempre" e é isso que quero que você e eu sejamos. Nós vamos definir a eternidade. Pode parecer meloso demais, mas você coloca borboletas esvoaçantes na minha barriga. Nunca senti isso e não quero perder por nada.

Com o polegar, ele enxuga uma lágrima que desce por meu rosto.

— Você coloriu a minha tela vazia e trouxe luz para minha vida escura. Vamos pintar o quadro completo e iluminar o céu, querida. Caminhe comigo o resto da nossa jornada, até ficarmos velhinhos, sentados em cadeiras de balanço e sem nenhum dente na boca. — Ele faz uma pausa e percebo seus olhos marejados ao ficar de joelhos; sons de suspiros ecoam pela sala. — Diga que aceita essa jornada. Diga que aceita casar comigo.

Ele abre a caixinha e lá dentro tem um anel com um diamante redondo e reluzente engastado em platina com brilhantes menores encravados ao seu redor. Neste momento sinto o ar evaporando dos meus pulmões. Fico paralisada diante da veracidade de suas palavras, meu coração disparado e tumultuando minhas emoções.

— Eu te amo mais que tudo, Maurício — digo com a voz embargada, os olhos ardendo com lágrimas de felicidade. — Então é claro que sim, caso com você quantas vezes quiser.

Ele se ergue numa velocidade impressionante, puxando-me para si, beijando-me com amor, ternura, carinho.

— Obrigado — ele diz, entre os beijos. — Não tenho palavras para descrever como você me faz feliz todos os dias

— Vivam os noivos! — grita Samy, quebrando nosso momento, infiltrando-se entre nossos corpos, abrandando-nos. — Ah, eu quero planejar o casamento do próximo ano. Tenho o tema perfeito.

Tema?

— Eu fico com o casamento na praia! — grita titia Carmen, vindo também nos felicitar.

— E eu quero planejar o de Las Vegas — diz Rômulo com um sorriso petulante nos lábios. — Parabéns, irmãos!

Ah, meu Deus! O que esse bando de maluco vai planejar?

Depois, nossos *familiares* vão até a cozinha, cada um com um propósito. Samy e Rômulo buscam uma garrafa nova de champanhe para comemorarmos, titia a busca da sobremesa. Maurício me puxa para si, o calor e conforto de seus braços ao meu redor é como cobertor macio em dias frios.

— Preparada para embarcar nessa loucura?

— Com você ao meu lado, pulo até de paraquedas se algum desses malucos inventar de nos casar no ar.

Eu me viro em seu colo, ficando de frente, meus braços jogados em volta do seu pescoço, nossas testas coladas uma na outra, nossos narizes quase se tocando.

— Essa é minha garota — ele grunhi. — Eu te amo, Elisa! Não vou cansar de dizer isso. Você é meu mundo, a minha vida, o ar que respiro. Não consigo acreditar que você vai ser minha e para sempre.

— Para sempre.

Com uma intensidade beirando à obsessão eu o beijo, agradecida pelos nossos caminhos terem se cruzado, agradecida por ele me dar a força que eu jamais sabia que possuía. Maurício agora é o meu sonho, que eu oro todos os dias para nunca mais acordar deste paraíso. A quem eu confio minha própria vida. Maurício é o combustível para a chama que há dentro de mim. Ele é o amor que jamais encontrarei com ninguém.

Desde que me entendo por gente, sempre sonhei em encontrar meu príncipe encantado. O dia que finalmente minha vida mudaria e eu chegaria ao meu final feliz.

Eu só não esperava que Maurício entrasse em meu caminho. E, muito menos, mudasse a minha vida e girasse meu mundo de cabeça para baixo. Desde um encontro para me oferecer um acordo, um casamento falso, um jogo de perguntas para nos conhecermos e aguentar a convivência, e muitas camadas de nossas almas serem descascadas, até o agora.

Destino... Que coisinha mais engraçada.

EPÍLOGO

MAURÍCIO

Seis meses depois...

No momento em que você olha nos olhos da pessoa com quem vai passar o resto da sua vida, a ficha cai. Essa é a mulher que foi criada exatamente para mim, que o destino colocou em meu caminho. Esta vai ser a última mulher que vou beijar. A última com quem vou deitar e dividir uma cama e lençóis macios. Aquela que vai ser a mãe dos meus filhos. Aquela que vai seguir ao meu lado por todos os dias que me restam neste mundo.

Por isso, quando ela pisa no jardim da nossa casa nova, de braços dados com sua tia, tudo desaparece.

O som dos pássaros... não está mais aqui.

Os convidados. O padre. Tudo some.

Não há nada além de Elisa. Nunca vai haver nada além dela. Ela é minha razão de existir. O meu sonho dourado. Ela é o meu final feliz.

Seus passos são determinados, acompanhando a música, que eu já nem posso ouvir. Seu vestido branco é simples, elegante e esvoaçante. Não muito diferente da mulher que o veste. Tem alças finas que delineiam o V do decote e uma linha de cristais nas bordas. Ela está perfeita. Parece uma princesa, saída de um conto de fadas diretamente para o seu "*felizes para sempre*".

Comemoro internamente o fato de eu ser o príncipe sortudo para caramba.

Como sempre, perco o controle de tudo em mim quando olho em seus olhos. O tom de azul que me hipnotizou desde o primeiro dia em que a vi. Mesmo tentando lutar contra tudo dentro de mim naquele dia, sempre soube que ela seria meu fim. O que eu não sabia, porém, é que ela também seria o meu início e o meio. Eu não quero viver num mundo em que a Elisa não exista.

Somente ela tem o poder de iluminar os dias sóbrios, transformar os difíceis em fáceis, e os bons em maravilhosos. Não há nada que eu não faça pela mulher que caminha em minha direção, pronta para me aceitar como seu marido pela segunda vez em menos de um ano. Eu só posso orar para ser tudo que ela precisa. Agora e em todos os dias que estão por vir.

Sinto meu coração pular feito doido em meu peito e minha respiração parar por um segundo, quando elas param diante de mim. Carmen, emocionada, entrega-me sua filha.

— Aqui te entrego a minha vida, para você cuidar, amar e proteger.

Pego as mãos de Elisa e a puxo para perto de mim, beijando sua testa.

— Eu a recebo, com a promessa de que sempre vou cuidar dela, protegê-la e amá-la até o infinito e além.

Carmen e eu trocamos um abraço rápido. Depois, ela vai para o seu lugar, junto aos demais convidados.

— Você é linda — sussurro para Elisa —, mas neste momento parece que está milhões de vezes mais. Ou até mais. Talvez, como ir daqui até a lua milhões de vezes.

— E você parece perfeito. Milhões de vezes mais bonito e encantador que qualquer príncipe de contos de fadas.

— Sendo assim, está pronta, minha princesa?

Pego sua mão na minha, entrelaçando nossos dedos.

— Para você, sempre.

Juntos, caminhamos até onde o celebrante está, o fotógrafo acompanha todos os nossos passos. Ao canto vejo Rosa e Samara chorarem, assim como Carmen. Rômulo faz um sinal de positivo para mim.

Ao mesmo tempo em que a lua surge, forte e grande no céu, nós nos ajoelhamos para sermos abençoados por sua energia e vitalidade.

— Bem-vindos — o celebrante começa. — Vocês foram convidados para compartilharem deste momento com Elisa e Maurício, porque são as pessoas mais importantes para eles. O respeito, a compreensão e o carinho que sustentam o relacionamento deles têm suas raízes no amor que todos vocês deram a este jovem casal. Por isso, para os noivos é uma honra contar com a sua presença, aqui, hoje. Vocês são parte insubstituível do seu ontem, do seu hoje e de todos os seus amanhãs. Que todos nós possamos sempre fazer tudo o que esteja ao nosso alcance para apoiar e nutrir a união entre estas duas pessoas que tanto amamos.

Aperto a mão da minha mulher, que me olha com os olhos brilhantes e o rosto começando a ser banhado por lágrimas. Com um dedo, seco as novas lágrimas que ameaçam descer e a puxo para ficar abraçada comigo, pois hoje não há nenhuma regra para seguir a não ser a demonstração do nosso amor e carinho.

— Elisa e Maurício, vocês já foram muitas coisas um do outro: colegas de brincadeiras, amigos, e até mesmo professores e alunos, pois vocês já ensinaram muito um ao outro e já aprenderam muito um com o outro nesses últimos meses. Agora, com as palavras que vocês estão prestes a trocar, passarão para a próxima fase. Pois, com estes votos, vocês dirão ao mundo: "este é meu esposo", "esta é minha esposa". Maurício, você primeiro.

Engulo em seco, tentando desfazer o nó que cresce e quer quebrar a minha garganta. O coração pula, como se meu peito não fosse capaz de suportá-lo. Um filme passa por minha cabeça, mostrando como cheguei até aqui, mas, ao avistar os olhos azuis da mulher que amo, sei imediatamente o que dizer.

— Elisa, na minha infância, eu não tive uma mãe ou uma família normal como todo mundo, e eu sempre soube que algo estava faltando. Mas agora, estando aqui hoje, sei que eu tenho tudo o que preciso...

Pego sua mão colocando sobre o meu peito.

— Sei que nosso começo não foi o dos mais convencionais. Mas desde o início você fez o meu coração parar de funcionar por alguns segundos. Quando nossos olhares se cruzaram, houve o mesmo brilho intenso entre eles. Quando senti o toque dos seus lábios, foi intenso, foi o beijo mais apaixonante da minha vida. Você sempre foi o primeiro e o último pensamento do meu dia. Você sempre foi especial para mim, sempre foi. Você curou minhas feridas do passado e faz o meu presente ser melhor a cada dia. E, quanto ao futuro? Uma coisa é certa, eu sempre estarei ao seu lado. Não importa hora ou dia. Você sempre vai poder contar comigo. Eu vou cuidar de você todos os dias da minha vida. Nunca deixarei que nada se coloque entre mim e a sua felicidade. Nada! Pois você é tudo para mim. Prometo te proteger com tudo que há em mim, porque você é o meu mundo. E prometo amá-la para sempre, através do bom e do mau, independentemente de toda mudança. Seja onde e como for, vou amar você, porque quero, porque você me faz feliz só porque existe!

Não seguro e deixo as lágrimas que ardem em meus olhos escaparem. Assim como fiz antes, Elisa limpa e acaricia meu rosto. Isso me leva a suspirar, fechando os olhos.

— Elisa, sua vez — o celebrante fala.

Os lábios dela tremem, enquanto seus olhos brilham de lágrimas. Milhões de sensações perturbam meu estômago. Seguro seu rosto, meus polegares traçam pequenas carícias em suas bochechas. Conforme eu fiz, ela também coloca minha mão em seu coração, que bate apressado e rápido.

— Meu Maurício, quem diria que depois de tudo que passamos, que depois de um casamento falso, estaríamos aqui hoje? Pois é, nós não nos encontramos por acaso, nossas vidas estavam ligadas desde o nosso nascimento, mas não pelo testamento, sim, pelo destino. De imediato, eu não quis acreditar que o mesmo homem que parecia tão frio e inacessível, seria aquele que poderia enredar e chegar ao meu coração. Mas então, tudo mudou e foi como uma brisa depois da tempestade. Você me encantou dia a dia. Quando precisei, você me abraçou com seus braços, capaz até mesmo de fazer meu mundo parar. O mundo que logo você tomou para si. E por mais que tenha lutado contra meus sentimentos, chegou um momento que eu soube que não podia e nem queria mais viver sem você. Você é tudo para mim! Você é minha vida, minha alma gêmea, meu príncipe! E eu sou muito grata a Deus por ter você. O amor que existe entre nós é a maior recompensa que eu poderia pedir e poder passar o resto dos meus dias ao seu lado é um sonho que mal posso esperar para começar a viver. Amo você de corpo e alma!

Engasgo com suas palavras. Um soluço se prende em minha garganta quando olho para a mulher incrível à minha frente. Ela aperta minha mão e seus olhos se enchem ainda mais de lágrimas.

— As alianças — o celebrante pede, então eu pego a caixinha no meu bolso e a entrego. — O matrimônio é uma entrega total, duradoura e fiel. Esta entrega como dom só é verdadeira se for completa, sem reservas e supõe a força de uma decisão e a vontade de se engajar por toda a vida, por isso, seu símbolo maior é aliança, um elo, sem emenda e divisão. Elas são consideradas um círculo perfeito, sem começo nem fim. Elisa e Maurício, quando olharem para estes anéis, lembrem-se de que vocês se encontraram um ao outro e um no outro, e que nunca mais andarão sozinhos.

O celebrante me entrega uma aliança. Com as mãos tremendo, seguro os dedos de Elisa.

— Elisa, receba esta aliança como prova do meu amor verdadeiro, de nossa união eterna e, sempre que a vir, saiba que ela quer dizer que pertencemos um ao outro e sempre vamos pertencer.

Deslizo o segundo anel em seu dedo, que é de ouro branco e com pequenas pedras de brilhantes.

O celebrante dá a minha aliança para Elisa.

— Maurício. — Sua voz, embargada e rouca. — Receba esta nova aliança como símbolo de que de agora em diante sempre estaremos juntos. Em cada alegria, em cada tristeza e em cada sonho. E quando a vir em seus dedos, quero que se lembre de que sempre fui sua e sempre serei. — Ela desliza o aro grosso também feito de ouro branco em meu dedo anelar.

Eu tremo novamente, com a sensação que toma todo o meu corpo. Como se o ar tivesse parado à minha volta, a respiração fica presa em minha garganta, contraindo-a e apertando-a em formato de um nó, mas sei imediatamente como desfazê-lo.

— Agora você é minha, para todo o sempre — rujo. — Assim, como eu sou seu.

Ela sorri. O amor emana de seus olhos.

— Não há nada mais lindo do que a consagração do amor. Quando dois corações e duas vidas se unem com a bênção de Deus, o amor é ungido pela proteção divina. Elisa e Maurício, vocês começam a seguir um percurso muito bonito: o futuro. Que a cada dia vocês sejam muito felizes, que sejam firmes o suficiente para enfrentar qualquer dificuldade que a vida coloque no caminho de vocês. É com grande alegria que, pela autoridade a mim concedida, eu os declaro marido e mulher. Pode beijar a noiva.

Em menos de um segundo eu a puxo para mim, colocando minhas mãos em suas costas, apertando-a forte em meu peito. E mais rápido ainda, estou beijando-a, com todo amor e carinho que consigo expressar. Nossos corações batem um contra o outro como se fossem um só.

Nossos amigos — realmente nossa família — se animam, gritando e batendo palmas, mas eu ainda não quero parar. Então, continuo inclinado sobre Elisa, meus lábios se movendo tão calmos sobre os seus. Cada pensamento e sensação que esse beijo me causa é como se fossem milhões de estrelas nascendo e iluminando dentro de mim. As estrelas que ela tanto ama e admira. Que brilham dentro de mim através do amor, desejo, alívio de tê-la comigo. E eu não poderia agradecer mais por ter seguido este caminho. Por ter feito as escolhas que fiz. O passado de tristeza ficou para trás, a solidão que era minha vida já não existe mais. O futuro nos espera de braços abertos.

Aqui, abraçado à minha esposa, eu sei que esse início magnífico ficará para sempre em meu coração.

Separo nossas bocas, meus batimentos cardíacos acelerando. Eu olho para Elisa. A mulher que sempre me teve e me terá para sempre. Seus braços jogados em volta do meu pescoço, nossas testas coladas uma na outra, nossos narizes quase se tocando. Felicidade borbulha de nossos olhos, pele e coração. Essa é a sensação do "felizes para sempre".

— Para toda eternidade — digo, rouco, quando separo nossos lábios.

— Para todo o sempre — ela confirma, sorrindo e enchendo meu peito de alegria.

Ah, destino... Que bom que você existe!

AGRADECIMENTOS

MINHA VIDA TEM SIDO UMA GRANDE MONTANHA-RUSSA de emoção nesse momento, ainda assim, uma grande dádiva. Tenho encontrado desafios nunca vividos antes, mas tenho alcançado coisas inesquecíveis: como o presente de ser mãe. É, minha pequena me tomou um tanto de tempo, o que me deixou longe da escrita. Porém, agora estou de volta, para o mundo que eu amo.

E tenho muito que agradecer para isso estar acontecendo. Primeiramente a Deus, por estar sempre ao meu lado. Saber que não estou sozinha é algo surreal, é algo que me joga um sorriso no rosto a toda hora. Sinto que estou preparada para tudo porque Você, meu Deus, sempre tem me ensinado que a estrada da vida é uma experiência sem igual. Sou muito feliz! Obrigada por tudo!

Agradeço à minha mãe querida, por tudo, e espero com essas palavras homenagear a melhor mãe que o mundo irá conhecer: você! Eu a agradeço por minha vida e a você dedico meu amor. Saiba que por toda minha vida vou tentar honrar seu nome, a maravilhosa mãe que você é e sempre foi. Eu te amo, mamãe do meu coração!

Thiago, um "muito obrigada" tem de ser honesto e vir de dentro do coração. Isso é o mínimo sobre ser grata. E eu quero, do fundo do meu coração, expressar a você toda a minha gratidão. Obrigada, de verdade, pelas noites e madrugadas me ajudando com os sinônimos, por esperar sempre para ler o capítulo e me fazer saber que a história estava no caminho certo. Você é meu fã número um. Obrigada. Eu te amo!

Vanesca e Samara, meninas que betaram o livro para mim, fico imensamente feliz de ter vocês em minha vida nessa estrada. Não encontro palavras para agradecer tudo que vocês fazem por mim. Obrigada pelas ótimas ideias e, sobretudo, obrigada pela paciência de me aguentarem! Esta história é tão minha quanto de vocês.

Por último, mas não menos importante, quero renovar meus agradecimentos aos meus leitores, que dedicam parte do seu tempo para lerem minhas histórias. Sem vocês, não haveria motivo para manter esse sonho, nem para dedicar boa parte da minha vida à escrita. Obrigada! Milhões e milhões de "obrigada" por tudo que têm feito por mim nesses últimos lançamentos. Jamais imaginei que um dia poderia chegar a isso e vocês foram lá e fizeram.

Espero que Maurício e Elisa conquistem cada pedacinho de seus corações. É para todos vocês esta história.

Sthefane Lima

www.lereditorial.com

@lereditorial